經學研究叢書・經學史研究叢刊

琢磨論詩，永以為好

——民國以來詩經學研究

邱惠芬　著

自序
琢磨論《詩》，永以為好

　　詩歌緣自於性情，是思想情感的載體。「思無邪」一言以蔽三百篇，讓我們看見三千多年前先民真實樸質的心情，也看到在政教詮釋下，賦予詩歌「經典」的風貌。即便物換星移，別換過天地，然天地無終窮，人情安得有異？

　　對窈窕淑女、秋水伊人的朝思暮想、輾轉反側，乃至執手偕老、至死靡他的深情不渝，直至今日，仍是浪漫愛情中百看不厭的題材。而翻手作雲覆手雨的薄倖寡恩，遇人不淑後家人的冷言嘲諷，更是影視戲劇不遑細論的橋段。職場上不乏爾虞我詐、青蠅染白的小人，卻仍有耳提面命、投桃報李的守護溫情。持志不終、不稂不莠之徒，固然令人無奈搖頭，但不忮不求、疾風勁草之輩，則讓我們看見堅定自信的力量。

　　一九九一年就讀中央大學中文研究所一年級時，曾向文學理論的啟蒙師陳器文先生報告未來以經學為研究志業，陳老師寫了封長信提點我研經治學的態度，審慎思考皓首窮經的抉擇。一九九二年入林慶彰老師門下，成為老師具名指導的第一個學生。在老師的指導下，先後完成了碩士論文《《毛詩正義》詮詩之研究》、博士論文《胡承珙、馬瑞辰、陳奐三家《詩經》學研究》。而後，林老師鼓勵我參加中央研究院中國文哲研究所舉辦的「變動時代的經學和經學家」會議，因此撰寫了民國以來王國維、林義光、聞一多、于省吾、郭沫若、蔣善國等《詩經》研究論文，也跟隨老師所帶領的師友團隊赴香港參加學術會議，撰寫香港學者的《詩經》名物研究論文，這本書是多年來參加學術會議的論文，也是個人從漢唐政治教化、清考證訓詁到民國以

來古文字、文化人類學探論《詩經》的研讀歷程與心得。

　　以《毛傳》、《鄭箋》、《毛詩正義》為主的《詩經》漢學，在乾嘉學者的訓詁考證下，引證浩繁，糾謬校補，豐富了詩義與名物的多樣性；民國以來結合出土文字以及文化人類學的研究方法，則對詩義有更多元視域的詮釋。透過古文字的形訓以及借用文化人類學的演繹，乃至名物的考證，曾令我耳目一新，為之著迷。我從郭沫若翻譯《詩經》的激昂語調，建構唯物史觀的社會圖像，再到他以古文字微觀名物禮制，見識到他張揚的個性與浮躁敢創新的膽量。閱讀聞一多結合文化人類學演繹《詩經》，想當然爾藝術家挑戰新變的靈魂。梳理王國維、林義光、于省吾的古文字研究，折服於他們查證文獻的耐煩吃苦精神與熱衷學術的幹勁。翻讀民國以後趨新疑古的經學概論、教科書，我想像那個時代對經典的議題需求，就不會以漢唐古注疏的風雅正變或朱子淫詩說勸善懲惡的立論，來檢視他的存在價值。雅俗之分，漢宋之辨，主從之別，精采紛呈，成就了當下眼前我們仍在品讀研究的《詩經》學。

　　孔子說《詩經》可以興發志意，萌生感動，也能觀照社會，與人為友，抒發不滿。近可孝養父母盡人倫，遠能事君報效國家，還可以認識鳥獸草木，博物多識。不僅根植於情感欲望，也照顧到人倫日用的社會功能。所以，學《詩》讓人應對說話得體，學《禮》則讓人舉止合宜，立足於社會，而後內化成高尚情操與藝術品格，行走於人間世。從做人修為到社會處世，情感靈魂因此有了安放著落，治國者更藉此揭櫫教化人民的願景目標，在於「溫柔敦厚」四個字。

　　然而，「溫柔敦厚」談何容易，如何可能？

　　朱子說讀《詩》就要當做是今人做的詩來看，吟詠諷誦、觀照詩義委曲，自然和氣從胸中流出，妙處不可言喻。那麼，「和氣」就是「溫柔敦厚」了。對人的溫和寬容，需要睿智與通達；體察人世滄桑，則要有榮辱不驚的淡定與從容。從個人的涵養到社會國家的素

養，《詩經》向我們展現的是如何走向精神文化貴族的道路。因人性情而起的詩，千迴百轉，始終沒有離開人，只是讓我們思考學習成為更好的人。執教長庚科技大學近三十年，選讀「經典與現代生活」課程的學生說：「我的心告訴我要學經典，因為經典二字看起來就很厲害。」感謝二十一世紀的臺灣年輕人，願意學習及體驗當文化貴族的滋味。於是，我從文學的角度切入，再談到詩教的經世致用，即使無法像中文系所學生那般瓜剖釰析詁訓音聲，但仍期待技職體系學生吟詠詩句，認識經典的人文關懷與宏觀視野之餘，能從中汲取養分，成為溫柔和善、能服務關懷他人的人。

每讀〈蓼莪〉詩「哀哀父母，生我劬勞」句，就想起小時候頑劣的自己，讓父母費心勞力，吃盡苦頭。欲報之德，昊天罔極。九歲即承擔家計的父親，矯健的身手與妙語如珠的本事，少有人及；而身為長女、長媳的母親，謹嚴體貼的性格與展現的生命韌性，是我崇拜的模範。沒有上過學的父母，總是教導子女待人溫厚，真誠做事。怙恃俱失的痛苦，我們五姐妹弟這些年相互扶持，在各自的教學現場，實踐回報父母恩。而此時正在為生命奮鬥的姐姐，自小熱愛文學、音樂，且有極高天賦。碩士論文探討日治時期音樂家江文也以科學考據精神揭示孔子二十四歲時已會彈琴，從傳統編磬規格判定孔子精通擊磬，而後期許成為和孔子一樣有音樂家身份的自己，處於世界混亂國家危難人民痛苦之際，有所作為。當我讀論文以及聽她講解江文也獨具隻眼孔廟音樂中「法悅境」的美感境界，如何透過編寫〈孔廟大晟樂章〉，讓人體會「中和」、「天人合一」的音樂感受時，有了和過往學習不同的經驗理解與跨域想像。希望做什麼事都堅持要做好的音樂老師，我們繼續切磋琢磨，永以為好。

我要特別感謝指導教授林慶彰先生，在經學研究上的提點與支持。老師對學術的專注與熱忱、對經學變動脈絡的掌握，總能精準對焦且提出展望與做法，令人敬佩。尤其是老師開放的胸襟與成全後進

的精神，牽繫起海內外經學界的師友們共學共好，我也因此得以認識許多師友，精進學問，完成此書。誠摯祝福老師身體健康，快樂度過每一天。

謹以此書，獻給父母、家人，以及指導教授林慶彰先生。

邱惠芬謹誌

目次

民國學者以古文字訓詁《詩經》的實踐情形

一　前言

　　凡一時代學術的潮流，必有其研究的新視野、新方法與新價值。民國以來學者在探究《詩經》研究的創新上，承繼清末今、古文家辯證的成果，結合了當時利用大量史料及「國故整理」運動，以實證科學的方法，發展成新的訓詁策略及手法。是以新議題與新材料開拓了話語形構[1]，而激盪發展成一個或數個研究群，蔚為風尚。部分學者結合「歷史語言學」、「社會文化學」、「民俗學」、「人類學」等多元視野詮釋《詩經》，更是精采紛呈，別具特色。

　　王國維結合新材料與實證方法，於一九二五年發表《古史新證》一書。書中提出「二重證據法」的思維論點，援引金石、甲骨文等古文字學用以考證《詩經》，補正過去紙上材料的不足，深具啟導之功。相較於乾嘉考據學純以文字史料為主的考證方式，王氏掌握了新穎且有力的詮釋理據，賦予《詩經》研究一個新的變貌。其後，出土文獻知識的運用，在羅振玉、王國維、董作賓、郭沫若等「甲骨四堂」的研究分享、建議與溝通的歷程，成果更為豐碩，流風所及，影

1　米歇‧傅柯《知識考掘學》（臺北市：麥田出版社，1993年）中指出，每個社會或文化都有駕馭其成員思維、行動、組織的規範條例的結構，這就是話語。所謂的話語指的是一個社會團體根據某些成規以將其意義傳播確立於社會中，並為其他團體所認識、交會的過程。

響了不少學者從事出土文獻與《詩經》的研究。林義光《詩經通解》便是第一部大量採用古文字材料，全面訓釋《詩經》的專著。此書成於一九三〇年，是繼王國維之後，有自覺地以古文字全面考釋、訓詁《詩經》的先聲，其對聞一多《詩經新義》（1937）、《詩經通義》（1943）以及于省吾《澤螺居詩經新證》（1935-1963）[2]等人的《詩經》研究，影響甚大。

考察學界對於王國維、林義光、聞一多、于省吾等人以古文字訓詁《詩經》的研究，除一般《詩經》學史的通論簡述之外[3]，專論部分，或有針對專著進行研究者，如臺灣學者洪國樑、季旭昇、侯美珍、許瑞誠等[4]，中國學者姚淦銘、葉玉英、包詩林、朱金發、李思

2　《澤螺居詩經新證》共有上、中、下三卷。上卷由一九三五年出版的《雙劍誃詩經新證》刪訂而成，中卷分別發表於《文史》第一輯《澤螺居詩經札記》（1962年）、第二輯《澤螺居詩義解結》（1963年），下卷〈詩經中止字的辨釋〉發表於《中華文史論叢》第三輯（1962年）、〈詩履帝武敏歆——附論姜嫄棄子的由來〉發表於《中華文史論叢》第六輯（1963年）、〈詩·既醉篇舊說的批判和新的解釋〉發表於《學術月刊》第十二期（1962年）、〈詩「駿惠我文王」解〉發表於《吉林大學社會科學學報》第三期（1962年）。

3　楊晉龍：〈台灣近五十年詩經學研究概述1949-1998〉（《漢學研究通訊》第20卷3期，2001年8月）、洪湛侯：《詩經學史》（北京市：中華書局，2002年）、陳文采：《清末民初詩經學史論》（臺北縣：花木蘭文化出版社，2007年）、夏傳才：《二十世紀詩經學》（北京市：學苑出版社，2005年）、趙沛霖：《現代學術文化思潮與詩研究——二十世紀詩經研究史》（北京市：學苑出版社，2006年）等。

4　洪國樑：《王國維之詩書學》（臺北市：臺灣大學碩士論文，1981年）、《王國維之經史學》（臺北縣：花木蘭文化出版社，2010年）、季旭昇：《詩經古義新證》（臺北市：文史哲出版社，1995年）、〈評聞一多詩經論著中的古文字運用〉（《經學研究論叢》第二輯，1995年2月）、〈析林義光詩經通解中的古文字運用〉（《第五屆近代中國學術研討會》，中央大學中國文學系，1994年，頁121-134。）、〈澤螺居詩經新證〉（《語文、情性、義理——中國文學的多層面探討國際學術會議論文集》，臺北市：臺灣大學中國文學系，1996年）、侯美珍：《聞一多詩經學研究》（臺北市：政治大學中文研究所碩士論文，1995年）、《聞一多詩經詮釋研究》（臺南市：成功大學中文研究所碩士論文，2008年）。

樂、楊天保、白憲娟、陳欣、張晴晴、李玉萍等[5]；亦有從出土文獻、青銅文化論《詩經》的形成發生[6]，以及探論新考據學派學術與思想等[7]。但對於林義光、聞一多、于省吾三人以古文字治《詩經》的繼承脈絡與比較研究上，目前仍乏人論述。

　　本文以林義光、聞一多、于省吾三人運用古文字訓詁《詩經》的實踐情形為研究範圍，除了核實其深受王國維研究影響的關係脈絡外，三人以古文字訓詁《詩經》的立場目的與方法、特色成就及局限，亦將做分析說明。至如民初學者楊樹達《積微居小學述林》、《積微居小學金石論叢》、郭沫若《中國古代社會研究》、《青銅研究》等，則因專意於文字訓詁及歷史研究，非以《詩經》為主之專題研究，則不在本文討論之列。

5　姚淦銘：《王國維文獻學研究》（南京市：江蘇古籍出版社，2001年）、葉玉英：《文源的文字學理論研究》（福州市：福建師範大學碩士論文，2003年）、〈論林義光對古文字學的貢獻〉（《福建師範大學學報》，2004年第2期）、包詩林：《于省吾新證訓詁研究》（合肥市：安徽大學博士論文，2007年）、朱金發：《聞一多的詩經研究》（開封市：河南大學碩士論文，2001年）、李思樂：〈聞一多先生對詩經校勘訓詁的傑出貢獻〉（《古籍整理研究學刊》，1996年第5期）、楊天保：《聞一多與古典文獻研究》（桂林市：廣西師範大學碩士論文，2000年）、白憲娟：《20世紀二三十年代的《詩經》研究──以胡適、顧頡剛、聞一多《詩經》研究為例》（濟南市：山東大學碩士學位論文，2006年）、陳欣：《論聞一多的文化闡釋批評》（武漢市：華中師範大學博士論文，2009年）、張晴晴：《聞一多的詩經研究》（青島市：中國海洋大學碩士論文，2010年）、趙秀芹：《聞一多《詩經》研究評議》（吉首市：吉首大學碩士論文，2012年）、李玉萍：〈論澤螺居詩經新證對詩經故訓的繼承與開展〉（《懷化學院學報》，第32卷第6期，2013年6月）。

6　曹建國：《出土文獻與先秦詩學研究》（上海市：復旦大學博士論文，2004年）、管恩好：《青銅文化與詩經發生學研究》（濟南市：山東師範大學博士學位論文，2007年）、時世平：《出土文獻與詩經詞義訓詁研究》（濟南市：山東師範大範碩士論文，2009年）。

7　董恩強：《新考據學派：學術與思想（1919-1949）》（武漢市：華中師範大學博士論文，2006年）。

二　王國維以古文字訓詁《詩經》的成就與影響

王國維在〈最近二、三十年中中國新發見之學問〉一文中，直言古來新學問的發起，大都由於不同視野下的新發現。他舉出當代發現的殷墟甲骨文字、敦煌塞上及西域各地之簡牘、敦煌千佛洞的六朝唐人所書卷軸、內閣大庫元明以來的書籍檔案，以及中國境內的古外族遺文，可媲美孔壁、汲塚的珍貴價值，而各地零星出土的金石材料，更與學術大有關係[8]。有鑑於身處前所未有的發現時代，他因而提出具體且科學地新治學取向。

〈毛公鼎考釋序〉云：

> 顧自周初訖今垂三千年，其訖秦漢亦且千年。此千年中，文字之變化脈絡不盡可尋，故古器文字有不可盡識者，勢也。古代文字假借至多，自周至漢，音亦屢變，假借之字不能一一求其本字，故古器文義有不可強通者，亦勢也。自來釋古器者，欲求無一字之不識，無一義之不通，而穿鑿附會之以生。穿鑿附會者，非也；謂其字之不可識、義之不可通而遂置之者，亦非也。文無古今，未有不文從字順者。今日通行文字，人人能讀之、能解之，《詩》、《書》、彝器，亦古之通行文字，今日所以難讀者，由今人之知古代不如現代之深故也。苟考之史事與制度文物，以知其時代之情狀；本之《詩》、《書》以求其文之義例；考之古音，以通其義之假借；參之彝器，以驗其文字之變化。由此而之彼，即甲以推乙，則于字之不可釋、義之不可通者，必間有獲焉。然後闕其不可知者，以俟後之君子，則庶乎其近之矣[9]。

8　《王國維學術經典集》上冊（南昌市：江西人民出版社，1997年），頁175-180。

9　王國維：((《觀堂集林》（石家莊市：河北教育出版社，2003年），頁145。

　　由於時空隔絕不可逆轉的局勢，以致時人對古器文字與文義的認知上有極大落差。所以，王國維提出通識古器文字、文義的新法，意即：透過對於史事與制度文物的考訂來瞭解時代的情狀；依據《詩》、《書》來推求文義；考求古音明通假借；以及參照彝器知曉古今字的變化等。

　　大陸學者姚淦銘指出，王國維所運用的材料，不限於甲骨文及金文，還包括了簡牘、封泥、兵器、印文等，以校正訛誤不確的部分，且借鑒宋代到清末的考釋方法與自己的科學的系統方法。所以，他對於古文字考釋的認識，往往「不是孤立的對待，而是將其置於一系統網絡，以古文字聯絡著當時的史事、制度文物，聯絡著《詩》、《書》的義例，聯絡著古音通假，聯絡著銅器文字[10]。」

　　夏傳才〈詩經出土文獻和古籍整理〉一文曾指出，王國維的重要貢獻不在於他的每條考釋都準確無誤，而是他能綜合運用甲骨文、金文、石鼓文、古代簡冊來考釋古史和訓釋古籍，他所提出的二重證據法理論，改變了中國現代學術建構，開闢了古史研究的新時代[11]。而王氏研究後來形成的學術話語權力結構下，其「二重證據法」呈現的古史考證氛圍與進展，對於當時及後來的學術研究活動影響極深。

　　大體而言，王國維的《詩經》研究，主要有四方面：第一，〈頌〉詩與樂舞的關係[12]；第二，以《詩》證史，以史論《詩》；第三，借甲骨金文考釋名物；第四，訓詁《詩經》新義[13]及提挈《詩經》的成語。然而，他研究的關注重點主要在借《詩》以證諸古史，賦予新證。故不論是考論《詩經》的篇次，或是以殷墟卜辭所記的祭

10　見姚淦銘：《王國維文獻學研究》（南京市：江蘇古籍出版社，2001年），頁123。

11　見《二十世紀詩經學》（北京市：學苑出版社，2005年），頁330-331。

12　同註9，〈說商頌〉（頁53-55）、〈周頌說〉（頁51-52）、〈周大武樂章考〉（頁48）、〈說勺舞象舞〉（頁50-51）、〈漢以後所傳周樂考〉（頁56-57）等篇。

13　同註9，〈肅霜滌場說〉，頁30-32。

禮與制度文物來證明〈商頌〉為宋詩，還是援引甲骨金文以考證《詩經》中所言的歷史地理[14]，基本上，其研究旨趣仍在史學。其借史以研經、詩、史相互參證，不僅擘劃了經史研究新局，也在還原《詩》義上，具有一定的作用及價值。

考察王國維援引古文字材料論證《詩經》的情形，可從「抉發《詩經》成語以新詮」、「借《詩》以新證古史」、「考釋名物、禮制」、「斷代詩篇及次第」等四面向，一窺梗概。至於林義光、聞一多、于省吾三人針對王國維說法進一步引申、補充或不同看法的部分，亦將一併說明如下。

（一）抉發《詩經》成語以新詮

所謂成語，係指習用之古人文句、詩句、諺語、格言、熟語等。成語的整理，乾嘉考據學者多有所獲，然闢以專題有系統申論，並作為訓詁新提案者[15]，王國維乃第一人。王國維在〈與友人論詩書中成語書一〉、〈與友人論詩書中成語書二〉及〈與沈兼士先生書〉中，揭示《詩經》中的「成語」。其云：

> 《詩》、《書》中如此類，其類頗多，自來注家均以雅訓分別釋之，殊不可通。凡此類語，能薈萃而求其源委歟？其或不能，則列舉之而闕所不知，或亦治經者所當有事歟？（〈與沈兼士先生書——附研究發題『詩書中成語之研究』〉[16]）

在〈與友人論詩書中成語書一〉文中，王氏亦指出古書中成語難

---

14 同註9，〈散氏盤跋〉（頁438-440）、〈兮甲盤跋〉（頁650）、〈鬼方昆夷獫狁考〉（頁296-307）等篇。

15 洪國樑：《王國維之經史學》（臺北縣：花木蘭文化出版社，2010年），頁223。

16 王國維：《觀堂集林·補遺》（臺北市：大通書局，1976年），頁1477-1480。

解者有三：謂闕、語與今語不同、成語之意義與其中單語分別之意義不同。學者洪國樑統整王國維成語觀念有六：第一，古語非即是成語；第二，成語率為複語，且具相沿之特殊意義；第三，成語類多連用，雖亦有析用者，然須得連文互證；第四，單語而具特殊意義且習用者；第五，成語不可徒拘字形；第六，二字常連用，而其義難確指者，恐多係成語之故[17]。

今整理王氏援引古文字用以說明《詩經》者，計有九則：舍命、神保、永言配命、臨、彌性、庭方、戎公、有嚴、不時。以「舍命」為例，王氏援引《克鼎》、《毛公鼎》等例，說明「舍命」即「捨勇命」。而〈與友人論詩書中成語書二〉云：

> 《詩・羔裘》云：「舍命不渝」。《箋》云：「是子處命不變，謂守死善道，見危授命之等」。案：《克鼎》云：「王使善夫克舍命于成周。」《毛公鼎》云：「厥非先告父厝，父厝舍命。毋有敢蠢。勇命於外。」是「舍命」與「勇命」同意。舍命不渝，謂如晉解揚之致其君命，非處命之謂也[18]。

其後，林義光接受王氏的說法，並增補《克鐘》：「王命膳夫克舍命于成周。」證云：

> 舍字在金文多訓為賜予。說見《文源》。舍命即錫命，亦即敷命之謂也。《易・姤卦・象傳》云：「有隕自天，志不舍命也。」不為發聲語助。「舍命」亦即「錫命」，故為有隕自天之象。此詩「舍命」之解亦當從鼎文與《易傳》。至《韓詩外傳》二、

《晏子‧雜上》篇、《新序‧義勇》篇載崔杼盟晏子，晏子不屈之事，並引此詩，則以「舍命」為「見危授命」，與古義不合[19]。

另于省吾補《矢令𣪘》：「舍三事命，舍四方命。」為證[20]；聞一多附和之，以金文「舍命」義與敷命、施命同[21]。

（二）借《詩》以新證古史

〈商頌〉寫作年代，歷來有二種說法。

第一種說法認為作於春秋時代，乃正考父美宋襄公之作，魏源《詩古微》提出十三證、皮錫瑞《經學通論》亦列舉七證，王國維作〈說商頌〉上、下篇，首先，就詩篇中所言的地理位置，主張紂居河北，不得遠伐河南景山之木，反而宋居商邱，距景山僅百數十里，又周圍百里內別無名山，則伐景山之木以造宗廟，於事為宜。其次，從卜辭中的稱謂與句法用例，發現殷墟卜辭所記祭禮與制度文物，於〈商頌〉中無一可尋。其所見之人、地、名及成語，皆與殷朝不同，而反與周朝稱謂相類。且卜辭稱國都曰商，不曰殷；稱湯曰大乙，不曰湯，而〈頌〉則曰湯、曰烈祖、曰武王。再者，語句中也多沿襲周詩。如〈那〉之猗、那，即〈檜風‧隰楚〉之阿儺。〈小雅‧隰桑〉之阿難，石鼓文之亞箬也。〈長發〉之「昭假遲遲」即〈雲漢〉之「昭假無贏」、〈烝民〉之「昭假于下」也。〈殷武〉之「有截其所」即〈常武〉之「截彼淮浦，王師之所」也。又如〈烈祖〉之「時靡有爭」與〈江漢〉句同[22]。王氏針對〈商頌〉詩篇中所言之地理位置、

---

19 林義光：《詩經通解》（上海市：中西書局，2012年），頁94。

20 于省吾：《澤螺居詩經新證》（北京市：中華書局，1982年），頁10。

21 孫黨伯，袁謇正主編：《聞一多全集》第三冊（武漢市：湖北人民出版社，1993年），頁281。

22 同註9，頁54-55。

〈商頌〉中祭禮與制度文物不見於殷墟卜辭,以及〈商頌〉語句多襲周詩等事例,證明〈商頌〉乃春秋時宋國臣子歌頌宋襄公之作品,對於研究〈商頌〉詩義的解讀,的確有一定的地位價值。

第二種說法是以商頌作於宋代晚期,如大陸學者張松如、楊公驥、陳子展、姚小鷗、陳桐生等人,即針對以上的觀點及論據,提出反駁,引起學術界的高度關注[23]。

今考察林義光《詩經通解·商頌·那》一詩云:

> 十二篇者既為商之名頌,則必為世間所盛傳。惟禮樂廢壞之後,所傳不無錯亂。故正考父校於周之大師,正其篇次,改以〈那〉為首也。閔馬父稱此十二篇為商之名頌,則頌之作必在商時。即如《序》說,亦為微子以前作。惟諸篇中詞句平易,或與〈采芑〉、〈烝民〉、〈江漢〉、〈閟宮〉諸詩轉相因襲,說者或疑不類殷人所為。不知古人成語雖在遠世亦可相襲,至於一時代之文難易錯出,見於《詩》、《書》及彝器者尤所恆有。以辭之難易論定作者年代,非能毫釐不失者也。十二篇之中,今所存者惟五篇。《序》以為此篇祀成湯,〈烈祖〉祀中宗,皆於詩義無據。蓋二詩皆美主祭之人,與〈魯頌〉之〈閟宮〉相類。至〈玄鳥〉、〈長發〉、〈殷武〉乃為稱頌先祖之辭爾[24]。

其以正考父得〈商頌〉十二篇於周太師,正其篇次,改以〈那〉為首,是《詩序》據《國語》閔馬父所言,按此,《商頌》當在微子

---

23 楊公驥與張松如合撰:〈論商頌〉(《文學遺產增刊》第二輯,1956年),其後,張松如撰:《商頌研究》(天津市:南開大學出版社,1995年),一一反駁〈商頌〉為宋詩。陳桐生:《史記與詩經》(北京市:人民文學出版社,2000年)整理並增列二條共13條例說明之(頁158-175)。

24 同註19,頁432。

以前作。而古人成語遠世相襲，〈商頌〉諸篇詞句平易，旨在讚美主
祭之人或稱頌先祖，雖有推疑非殷人所作，然查考《詩》、《書》及古
彝銘文，同一時代文詞多難易錯出，故不當以此遽論作者年代。此與
王國維以語句多沿襲周詩為理據，是不同調的。他主張〈商頌〉之作
必在商時，而詩義指涉的對象，〈那〉、〈烈祖〉二詩應為稱美主祭之
人，與〈魯頌‧閟宮〉類同；〈玄鳥〉、〈長發〉、〈殷武〉三詩則為稱
頌先祖而作。

（三）考釋名物、禮制

王氏〈說斝〉一文引羅振玉《殷墟書契考釋》證明諸經中「散」
字疑皆「斝」字之譌，並明列五例以證，如：斝散，器相若；言斝則
不言散，二者實為同物；斝者，假也，大也。古之灌尊，亦以斝為
之，散為斝字之訛；散者對膳言之，散本非器名；以及引《詩‧邶
風》「赫如渥赭，公言錫爵」。《毛傳》云：「祭有畀煇。胞，翟。閽，
寺者。惠下之道，見惠不過一散。」為例，而云：

> 經言爵而《傳》言散，雖以禮詁詩為《毛傳》通例，然疑經文
> 爵字本作斝。轉訛為散，後人因散字不得其韻，故改為爵。實
> 則散乃斝之譌字。赫、斝為韻，不與上文篇、翟為韻[25]。

其推論爵字本作斝，轉訛為散，以證明小學訓詁之所獲，可證之
古制。王國維關注焦點在於斝譌作訛，于省吾進而引申斝之形制，云：

> 如按《毛傳》之說，則醆、斝與爵只是名稱不同，沒有形制上
> 的差別。今以出土的商周時代酒器驗之，則斝為有鋬（把手）、

---

25 同註9，頁69-70。

兩柱、三足（或四足）；圓口之器，用以貯酒。爵為飲酒器，今
俗稱之為爵杯。以容量計之，則斝大於爵約十或二十餘倍。契
文爵字作𩎟，像有柱、流、尾、腹、鋬、三足之形。此詩之爵
言洗、斝言奠者，爵為手執之飲器，是說主客在獻酢之後，主
人再酬客故言洗；斝為貯酒器，需要用斗以挹注於爵，亦可能
置斝於爵之兩柱上而直瀉之，因為斝器較大，常設於爵側，故
言奠。至於斝之所以有兩柱者，因為斝係中型貯酒器，罍為大
型貯酒器，罍的容量約大於斝十餘倍。持罍以注於斝，故斝有
兩柱以支之。總之，不用出土的商周酒器以驗之，則周之爵等
於夏之醆、殷之斝，而詩人言「洗爵奠斝」之義終沒之辨[26]。

其以罍為大型的貯酒器，斝為中型的貯酒器，爵則是手持拿的酒
杯。罍傾酒於斝，所以斝有兩個柱子支撐，常置放爵旁，須用斗注酒
於酒杯。並認為唯有透過出土實物證據來交驗互證，否則是無法瞭解
詩人「洗爵奠斝」的涵義。此若參照王國維〈說觥〉一文[27]，可見繼
承脈絡。

此外，在〈釋宥〉一文中，王國維以《春秋左氏傳》「王饗醴，
命之，宥。」之「宥」當作侑助解，並引〈小雅・彤弓〉證諸王引之
《經義述聞》與孫詒讓〈比部〉謂胙。其云：

《鄂侯鼎》字正作友，〈有司徹〉之賓尸也，乃議侑於賓以異
姓，吉禮尸之有侑，猶嘉禮賓之有介也。〈有司徹〉一篇紀侑
事者，無侑尸飲食之事，是侑之名義，取諸副尸而不取諸勸尸
審矣。古者諸侯燕射之禮，皆宰夫為獻主，故其臣不嫌有賓

名。若天子饗諸侯，則不設獻主。受獻者嫌與天子亢禮也，若
曰天子自飲酒而諸侯副之，如侑之於尸云爾。《鄂侯鼎》始云
「馭方𪭢王」，又云「馭方卿王射」，蓋祼則副王，而射則與王
為耦，事亦相因也。其在《詩》曰「鐘鼓既設，一朝右之」，
右之者，正《春秋傳》所謂「命之宥」也。不然，酢之事乃諸
侯侑王，天子之享諸侯，顧曰一朝右之，可乎？孫君之說
《詩》，王君之說《左傳》，其理皆長於舊注，而證據未詳，其
義亦不備，故為補之云爾[28]。

顯然，王氏更進一步援引《鄂侯𪭢方鼎》中宥、侑二字，說明侑
之義與酢同。〈彤弓〉《傳》釋右為勸，〈楚茨〉《傳》釋侑為勸，可見
右、侑同字。但林義光對於王引之讀宥為侑，據《爾雅》「酬、酢、
侑、報也。」解「命之，侑。」為王命虢公、晉侯與王相酬酢的說
法，則有不同的意見，其《詩經通解》云：

古制君臣不相酬酢，故〈燕禮〉以宰夫為獻主，則饗禮亦不得
以王命而酢王也。此詩先言饗，繼言右，繼言醻，醻謂賞賜以報
其功。皆於一朝行之，而行之必在宗廟。觀諸彝器記策命事每
云「旦，王格太室」可見也。《虢季子伯盤》「王格周廟，宣榭爰
饗」，其下乃錫弓矢事，亦其證。方饗之時，賓尚在門外。〈周語〉定
王謂隨會云：「唯戎狄則有體薦。坐諸門外，而使舌人體委與之。[29]」而宣
十六年《左傳》云：「王享有體薦，宴有折俎·公當享，卿當宴。」則體薦
在門外者不獨施於戎狄，王之享公宜皆然矣。」既饗而後右之入門。
而賞賜酬庸又在其後。與內外傳所記策命之禮正合。而在彝器

---

28 同註9，《觀堂別集》，頁612。

29 《詩經通解》本處引文「唯戎狄則有體薦」下，缺「夫戎狄，冒沒輕儳，貪而不
讓·其血氣不治，若禽獸焉。其適來班貢，不俟馨香嘉味，故」等字。

亦有可證者。如《大鼎》：「王饗醴。王呼善夫馭召大以厥友入
攼（衔）。王召趣馬雍，命取馬献岡馬卅匹錫大。亦先饗醴而後召
入，既召入而後酬庸也[30]。

《詩經通解》以古制君臣不相酬酢，宥即右之借字，亦即內右、
入右之義。林氏並引《師虎敦》、《揚敦》、《豆閉敦》、《卯敦》等諸彝
器言冊命事為例，解作「既饗而右而酬之」。

（四）斷代詩篇及次第

王國維發揮治史精神，窮究詩篇年代。在〈鬼方昆夷玁狁考〉一
文中，徵之古器，以凡記玁狁事者，皆宣王時器物，而證〈小雅・采
薇〉、〈出車〉、〈六月〉當為宣王時詩[31]。又〈玉谿生詩年譜會箋序〉
一文，針對《鄭箋》據《國語》、《緯候》論斷〈小雅・十月之交〉、
〈雨無正〉、〈小旻〉、〈小宛〉四詩為刺厲王詩，提出例證駁斥，云：

> 逮同治閒，《函皇父敦》出於關中，而毛、鄭是非，乃決於百
> 世之下。《敦銘》云：「函皇父作周穈盨盉尊器敦鼎，自豕鼎降十又兩罍兩
> 壺周穈其萬年子子孫孫永寶用。」周穈猶言周姜，即函皇父之女歸於周而
> 皇父為作媵器者。〈十月之交〉「豔妻」，〈魯詩〉本作閻妻，皆此敦、函之
> 假借字。函者其國或氏，穈者其姓。而幽王之后則為妻為姒，均非穈姓。
> 鄭長於毛，即此可證。信乎，論世之不可以已也。故鄭君序《詩
> 譜》曰：「欲知源流清濁之所處，則循其上下而省之。欲知風
> 化芳臭澤之所及，則旁行而觀之。」治古詩如是，治後世詩亦
> 何獨不然[32]。

---

30 同註19，頁195。

31 同註9，頁296-307。

32 同註9，頁572。

　　王氏此引《函皇父敦》所載，論證《詩序》言為刺幽王之作是錯誤的。

　　按此，于省吾持不同的看法，他認為鄭玄《詩譜》列為厲王時沒有根據。反倒是阮元推得幽王六年十月辛卯朔，證據至確。王國維拘泥於鄭玄氏剡后之說，不求甚解，況厲王后本姓姜，此論實未深考[33]。

　　約論之，王國維的《詩經》研究重點，終極關懷在史學。他能運用新、舊史料參證互釋，補正前說，在研究方法與材料的開拓，影響極大。學者洪國樑謂其學術之重要特質在於開新風氣、闢新途徑、創新解釋[34]。而其補正舊說錯謬，發前人所未聞，所論多為後人所繼承，如林義光《詩經通解》「舍命」、〈正月〉「憂心慘慘，念國之為虐」、〈靜女〉等；聞一多〈羔羊〉「羔羊之縫」；于省吾〈十月之交〉「豔妻煽方處」、〈皇矣〉「王此大邦，克順克比」、〈敬之〉「陟降厥士」、「《詩》駿惠我文王解」等，皆對王說有所繼承與引申補充。

三　林義光、聞一多、于省吾以古文字訓詁《詩經》的立場目的與方法

（一）林、聞、于三人以古文字訓詁《詩經》的立場、目的

1　林義光《詩經通解》

　　林義光《詩經通解》全書共二十卷，成於一九三〇年。此書以疏通晻昧難懂的《詩》義為要旨，甄擇舊說之外，另結合清儒音聲故訓的研究成果與新出土的古文字材料，以試圖釐清文字孳生通假與傳寫改易的變化，駁正前人錯謬舊說[35]。此書立論的重要的依據，係一九

33　同註20，頁26。

34　同註15，頁46。

35　同註19，頁1-2。

二○年以金文定其字形、字音，第一部有系統地利用古文字資料訂正
《說文》字書的《文源》[36]，今詳考全書引用金文的情形，「國風」部
分計有詩二十七首三十二條，「小雅」部分詩二十二首三十條，「大
雅」部分詩二十首四十二條，「三頌」部分詩二十首三十二條。

　　林義光運用古文字研究《詩經》的方法，大抵上與王國維一致，
然尤重於字之音、形、義的本來面目。在訓釋《詩經》的立場上，主
張「欲究詩義，必由古音、古字求之」、「欲達先聖玄意，須明瞭文字
孳生通假與古書傳寫改易」，以及「以遺存文物證驗古事」[37]。而林氏
運用古文字以訓詁《詩經》的目的在於疏通、補正舊說的不足。在
「敏求信述」的自許下，他面對與群經記載不相符合的事證言論，採
取不廢不偏的存錄態度，援引古文物為證驗依據，且參覈諸彝器銘
文，詳加證明。中國學者葉玉英指出其在古文字材料的運用上，一則
利用金文印證《說文》，二是從金文材料中摸索古文字形音義演變的
規律[38]。

　　值得一提的是，林義光對於《詩經》音韻極為重視。在他看來，
確立《詩》的音韻，掌握音讀，訂正傳寫訛變，往往是通解《詩》義
的重要方法。《詩經通解》「正文」除詳列詩句外，於字音收元音與輔
音者，概以羅馬音標表示，繼〈序〉、〈例略〉之後，有「詩音韻通
說」一文，說明標音讀、用韻的準則。而於《文源》一書「古音略
說」中，他依聲母、諸書異文、聲訓、說文重文、說文聲讀等五種方
法，推定古音通例；並定古雙聲之法及疊韻之法。而於〈詩音韻通
說〉文中亦云：

36　葉玉英：《文源的文字學理論研究》（福州市：福建師範大學碩士論文，2003年），
　　頁1。
37　同註19，頁1。
38　同註36，頁61。

> 文字之讀音，作《詩》之時有與近今顯然不同者……皆可於
> 《詩》之用韻見之。由此可證，古今語音多所變易，《三百
> 篇》詩雖非一時一地之作，在當時則字有定音，舛牾極少。蓋
> 作詩之時，華夏語言較今日為整齊畫一也[39]。

　　在他看來，語音隨著時代的不同而有所變易，非一時一地之作的
《三百篇》，在當時肯定音讀是確定的。所以，結合了古音及古文字
材料，以通解《詩經》。

　　《詩經通解》的成果對於于省吾、聞一多的影響甚大。考察于、
聞二人著作中，參引或補正林義光意見者甚多，如于省吾《澤螺居詩
經新證》之〈節南山〉「相爾矛矣」、〈敬之〉「佛時仔肩」、〈雨無正〉
「淪胥以鋪」、〈大明〉「會朝清明」、〈文王有聲〉「維龜正之」、〈生
民〉「履帝武敏歆」等；聞一多《詩經新義》「今」、「墍溉介」、「命」
等；《詩經通義》甲之〈摽有梅〉、〈小星〉、〈日月〉、〈小雅・谷風〉
等；《詩經通義》乙之〈葛覃〉、〈桃夭〉、〈君子偕老〉、〈碩人〉、〈豐〉
〈蟋蟀〉、〈綢繆〉、〈鴇羽〉、〈七月〉、〈小雅・谷風〉、〈杕杜〉、〈采
苣〉、〈庭燎〉、〈我行其野〉、〈小弁〉、〈大東〉、〈車舝〉、〈苕之華〉
等，皆可看出論詩觀點承襲之跡。

2　聞一多《詩經新義》、《詩經通義》

　　《詩經新義》與《詩經通義》甲、《詩經通義》乙是聞一多《詩
經》基礎研究工作的成果。在整理古籍的過程中，他發現較古的文學
作品難讀的原因，不外乎作者的時代背景及著作意圖難以瞭解、文字
假借以及傳本的訛誤，遂訂下「說明背景」、「詮釋詞義」、「校正文

---

39 同註19，〈詩音韻通說〉頁1。

字」三個研究課題[40]。在〈匡齋尺牘〉中，他陳述讀《詩經》面臨的三樁困難，是如何去掉聖人點化的痕跡、建立客觀的推論標準以及擺脫主見悟入詩人的心理[41]，故此，提出先把每篇的文字看懂[42]的良方，以解決《詩經》抽象的、概括的問題。

一九三七年發表的《詩經新義》一書，針對《詩經》裡二十三組字詞，進行了訓釋。《詩經通義》分甲、乙二部。《詩經通義》甲發表於一九四三年，共訓釋〈周南〉、〈召南〉、〈邶風〉等三十一首詩；《詩經通義》乙則為聞氏未定、未刊稿，共訓釋〈國風〉一百五十四首及〈小雅〉十七首詩。一九九三年湖北人民出版社據開明版《聞一多全集》及聞氏遺稿整理小組的整理成果，出版新全集時，方將《詩經通義》乙收入。新全集在「整理說明」中，特別交代了此書封面原題有「詩經新義」字樣，不類聞氏筆跡，當為清理遺稿者所加，而因體例不同於《詩經新義》而近於《詩經通義》甲，故仿開明版分《風詩類鈔》之分甲、乙而定名之[43]。

今考察三書訓釋體例，《詩經新義》以字為主，而《詩經通義》甲則依相類詞例為訓，二書兼論相類字詞句例；《詩經通義》乙則多依原詩詞序排列，擇詞分訓，體例與前二者迥異，然與未刊《風詩類鈔》之語體注釋所擇字或詞多相同。按此，《詩經通義》乙應早於《風詩類鈔》，至於是否先於《詩經通義》甲，則有待商榷[44]。

---

40 同註21，《聞一多全集》第五冊，頁113。

41 同註21，《聞一多全集》第四冊，頁456-457。

42 同註21，《聞一多全集》第三冊，頁202。

43 同註21，《聞一多全集》第四冊，頁4。

44 中國學者朱金發考辨二書體例及內容，以《詩經通義》甲在內容詳盡度、引書疏證數量及邏輯嚴密度皆較《詩經通義》乙為大，且《詩經通義》甲訂正了《詩經通義》乙引書中出現的訛誤，因而推斷《詩經通義》甲是在《詩經通義》乙的基礎上整理加工而成（詳見《聞一多的詩經研究》，河南大學碩士論文，2001年，頁11）。然而，筆者查考聞氏《詩經新義》、《詩經通義》甲、《詩經通義》乙三書訓釋同樣一首詩，選用資料證據多相同，且引用疏證數量繁多不代表內容詳盡及邏輯嚴密

　　探究聞一多研究《詩經》的終極關懷，在於還原《詩經》本來的面目、重現《詩經》時代的真實面貌。聞氏透過考證訓詁的過程及手段，掌握文字及詩義，企圖建構結合了文化人類學、民俗學等「社會學」的讀《詩經》的方法。在《風詩類鈔》的「序例提綱」中，他曾指出這種讀法是採取「縮短時間距離」，用語體文將《詩經》移至讀者的時代，並借助考古學、民俗學、語言學等方法。此外，還要注意古詩特有的技巧（象徵廋語 symbolism、諧聲廋語 puns、其他等）、以申講通全篇詩義，並於書後附錄圖像、校勘記、引用書目、釋音、國風通檢等[45]。

　　大陸學者趙沛霖指出對聞一多來說，訓詁的終點只是起點。《詩經通義》往往在將某些字詞的基本意義解釋清楚之後，再以此為基礎進一步探其根源，明其流變，從而促進詩義的闡發。因此，全方位多角度地從發展和整體規模上考察《詩經》，讓聞一多得出很多具體的個別結論，此外，聞氏更概括許多個別例證的基礎，得出很多具有一定普遍性的結論[46]。

　　相較於歷來經學的、歷史的、文學的《詩經》讀法，聞一多開新造大的企圖，可見一斑。如今瞭解了聞一多新詮《詩經》的企圖，再重新檢視《詩經新義》與《詩經通義》之訓詁考證，以及他運用古文字的態度與方法，將更能理解聞氏有別於林義光、于省吾治《詩》的立場目的。

3　于省吾《澤螺居詩經新證》

　　于省吾考證札記之《澤螺居詩經新證》共有三卷，上卷主要由一

高。何況訓詁考證對於聞氏而言，只是過程與手段，後出漸轉精簡，條理和暢，實則符合他所提出的「社會學」的讀法。

45　同註21，《聞一多全集》第四冊，頁457-458。

46　趙沛霖：《詩經研究反思》（天津市：天津教育出版社，1989年），頁392。

九三五出版的《雙劍誃詩經新證》刪訂而成，中卷分別發表於《文史》第一、二輯的《澤螺居詩經札記》（1962年）、第二輯《澤螺居詩義解結》（1963年），下卷則是已發表的有關《詩經》考證的單篇論文。

于氏治學，極推崇乾嘉學者段玉裁、于氏父子的無徵不信；二十至三十年代，古器物和先秦古文字資料大量出土後，則深受王國維的治學方法影響[47]。一九三一年後，于省吾從事古物學和金文研究，並用古文字研究成果校訂和詮釋先秦典籍。除了堅持「以形為主」的方法避免望文生義外，還要盡可能地掌握辭例[48]。究其研究古文字的主要目的，是為探討古代史。他認為古文字中的某些象形字和會意字，往往形象地反映了古代社會活動的實際情況，所以，文字本身就是很珍貴的史料[49]。

于氏「新證」之作目的，根據《諸子新證‧序》所云：

> 清代學者輯佚糾異，考文通音，訂其違悟，疏其疑滯。微言墜緒，於以宣昭。省吾末學淺識，竊嘗有志於斯，誦覽之餘，時得新解。本之於甲骨彝器、陶石鉥化之文，以窮其原；通之於聲韻假借、校勘異同之方，以究其變[50]。

可知《新證》目標在於借甲骨彝器、聲韻假借、校勘訓詁等方式，吸收前人古文字的研究成果，為其新解提供證例。今考察《澤螺居詩經新證》一書體例，卷上將句法相似的字詞放在一起訓釋，且多

---

47 陳公柔、周永珍、張業初：〈于省吾先生在學術方面的貢獻〉（《考古學報》第1期，1985年），頁4。

48 林澐：〈甲骨文字釋林述介〉（《甲骨文字釋林》，北京市：商務印書館，2010年），頁499-501。

49 《甲骨文字釋林》（北京市：商務印書館，2010年），頁3-5。

50 《雙誃劍諸子新證》（北京市：中華書局，2009年），頁5-6。

臚列鐘鼎文字補證，不作任何說明；卷中則一改前例，以詩句為題解說，並多所駁正《傳》、《箋》舊說；卷下係由完整主題論述的單篇論文組成。此書乃于氏文字之形、音以求義的心得札證。書中舉出不知古人重文之例而誤讀者、古字湮而本音失者、音叚而本義湮者、不知句之通叚，因而失其句讀者、形譌而本義湮者、形譌又繼之以音叚而本義湮者、音叚又繼之以形譌，而本義湮者等七例，期以不蹈拘文牽義之譏[51]。

大抵上，在運用古文字以訓釋《詩經》的立場上，于氏強調透過古文字以瞭解《詩經》裡反映的社會實際情況，採用出土文獻和傳世文獻交驗互足的方法，為《詩經》研究取得新例證。而在運用古文字訓釋典籍的立場上，他則認為古典文獻有許多人為的演繹說法和轉輾傳訛之處，應強調以地下發掘的文字資料為主，古典文獻為輔。《甲骨文字釋林》一書序言即提出同時用地下發掘的實物資料，用以補充文字資料的不足，二者交驗互足，才能使古代史的研究不斷取得新的成果[52]。

古文字學養深厚的于省吾，其訓釋《詩經》字詞過程中，多以金文通例或西周習見語例，判定自來說《詩》者尊崇的《毛傳》、《鄭箋》之錯謬。其徵引鐘鼎銘文，考證文字通假及古書傳寫改易，並利用民俗學、神話學等綜合研究的理論方法，一一辨證諸家舊說。夏傳才《二十世紀詩經學》指出于氏選用的考釋方法，展示了現代進行《詩經》詞語考釋的正確道路——古文獻和古文字（金文、甲骨卜辭、石鼓和簡牘資料）以及文化人類學諸學科的綜合選用，故此書可譽為現代「新證」派代表作。

---

51 《雙劍誃尚書新證；雙劍誃詩經新證；雙劍誃易經新證》（北京市：中華書局，2009年），頁317-320。

52 同註49，頁7。

（二）林、聞、于三人以古文字訓詁《詩經》的方法

綜觀三人運用古文字解《詩》的立場與目的，大抵上不外乎「求通」與「證新」。「求通」旨在疏通傳注，證成舊說；「證新」則意在突破前說，發明新義[53]。二者輔車相依，關係密切。其或有求通以出新，或證新以通釋者，兼而有之，不一而足。茲分校訂誤字音讀、識字通假與句讀、構詞慣例訓詞語、闡明參稽語例、考釋名物禮制、新證詩史與篇次等，論述三人補證舊說及證新詩義的表現。

1 校訂誤字音讀

隨著出土文獻的相繼發現，校訂古書中文字的傳寫改易、訛誤與音讀，既是時代因緣與需求，也是消除古書疑義的基本手段。

在**校定傳寫改易上**，林義光於〈皇矣〉「帝作邦作對，自大伯王季」訓云：

> 邦讀為奉。邦、奉皆从丰得聲，古為同音；而奉金文作𡙡，又與邦形近，故傳寫者譌作邦字也。奉對猶對揚。諸彝器每言對揚，而《召伯虎敦》云：「奉揚朕宗君其休」。是奉亦對揚之義。《書・雒誥》云：「奉答天命」。奉答亦即奉對矣。《陳侯因𡩡

---

53 白憲娟：《20世紀二、三十年代的《詩經》研究——以胡適、顧頡剛、聞一多《詩經》研究為例》（濟南市：山東大學碩士論文，2006年）指出，聞一多對此研究方法又有所發展創新，形成了與清代考據學不同的新特質，主要表現在以下幾方面：首先，不同於清儒為考據而考據，在聞一多而言，考據只是一種手段，一種途徑，是其到達《詩經》的殿堂的憑藉。其次，在傳統考據訓詁的基礎上，吸收多種現代學科方法，開創出現代《詩經》研究的新訓詁學方法（頁48）。而包詩林：《于省吾新證訓詁研究》（合肥市：安徽大學博士論文，2007年）則指出，于氏的所謂「新」，首先體現在古文字、古器物等新材料的運用上；其次，體現在伴隨而來的新方法，即地下材料與傳世文獻的印證；再次體現在對於意義的考釋上。所以，于省吾的「新」是指糾正誤說所發明的「新解」、「新義」，也是他為前賢及當代作者未能論及的「新解」、「新義」，尤其，無徵而不立說是他訓釋的原則。（頁157）。

敦》云：答揚厥德，是對亦作答。帝作奉作對，自大伯、王季者，
言太伯、王季始對揚天休也。《廣雅》云：作，始也。天之休命將
在文王，而非太伯、王季之友愛則文王不得嗣立，故以太伯、
王季為奉答天命之始[54]。

　　林氏主張「邦」讀為「奉」，有三個理據：第一，邦、奉二字古
同音，皆从丰得聲；第二，考釋金文，奉、邦二字形近；第三，奉對
意即對揚，諸彝器每有「對揚」二字，如《召伯虎敦》、《陳侯因斉
敦》等。故而推論今作「帝作邦作對」乃傳寫者譌作。若此，則謂
「奉答天命自大伯王季始」，與邦作國家解，並無太多差別，此例可
從[55]。

　　又如〈雨無正〉「凡百君子各敬（急）爾身」之「敬」字，林引
《師虎敦》「苟夙夜」為例，證敬字本當作苟，傳寫者誤讀為敬而改
其字[56]，敬字古或通作苟，此解作「各以己身之事為急，不恤國難。」
〈下武〉「不遐有佐」之「佐」字，林氏以佐當為差，古文當作差，
作佐者傳寫所改。並引《齊侯鎛》「國差立事」證國差即國佐也[57]，解
作「胡有差」，猶胡害與胡愆。〈時邁〉「允王保之」之「允」字，林
氏以金文作𣣻，𣣻即畯字，故譌省為允[58]。〈訪落〉「堪家多難」之
「堪」字，疑當作「湛家多囏」。林氏引《毛公鼎》「家湛于囏」之辭
例與比類，謂傳寫者譌湛囏為堪難，且增「未」字以足其義，力主此
詩作「湛艱」而不作「堪難」解[59]。林氏援引古文字，發前人所未

---

54 同註19，頁318。
55 見邱惠芬：〈林義光詩經通解研究〉（《輔仁國文學報》第32期，2011年4月），頁
　　115。
56 同註19，頁228。
57 同註19，頁326。
58 同註19，頁398。
59 同註19，頁410。

發，雖與歷來說解不同，但無妨詩義，可備一說。

在**校定訛字上**，聞一多《詩經通義》疑〈旄丘〉之「瑣尾」之尾字為屖省，音沙[60]。尾當為屖字之誤也。其並引金文《曾子屖簠》、《休盤》等及郭沫若的說法，以瑣、屖古同讀，係雙聲疊韻之連綿詞。另〈芣苢〉一詩之「袺襭」，聞氏引《釋文》及山井鼎《考文》作擷，而以袺襭當从手作拮若擷。又吉聲多有上義，拮者當謂拾物之狀，擷與拮同，字誤从衣。聞氏並引甲骨文為證，以𥄹為拮擷本字[61]，其借重古文字以求通詩義，說解異於前人，當可聊備一格。

歷來〈維天之命〉「駿惠我文王，曾孫篤之」訓釋皆從《鄭箋》「以大順我文王之意，謂為《周禮》六官之職也。」而無異議，于省吾以金文驗之「駿惠」二字，謂本應作「眈寔」，其引宋代出土《秦公鐘》「眈寔在立（位）」、《秦公簋》「眈寔在天」為例，證凡典籍之駿字金文均作眈。眈從允聲，駿從夋聲，眈、駿音近字通，辵乃寔字的形訛。《秦公鐘》「眈寔」之「寔」，《歷代鐘鼎彝器款識》和《考古圖》均釋作「惠」，孫詒讓《古籀拾遺》、王國維《兩周金石文韻讀》亦釋作「惠」，于氏遂云此與秦漢之際學者隸定此詩古文時，釋「寔」為「惠」，雖然相去兩千多年之久，然其誤認古文，不謀而合[62]。于氏並參考郭沫若《兩周金文辭大系圖錄考釋》、楊樹達《積微居金文說秦公簋再跋》等說法，直指郭說終屬費解而楊說有誤。進一步指出金文寔字屢見，除用作人名外，均應讀作柢，訓為根柢或本柢。故此詩「駿惠我文王，曾孫篤之」之駿惠本應作眈寔。眈與駿係古今字，惠乃寔字的形訛，寔與柢古字通用。駿訓大，柢訓本，是典籍中的通詁。而由於典籍與地下文字資料得到了交驗互證，因而金文中的「寔處宗室」和「作寔為極」的解釋，過去的懸而未決的問題，終可迎刃

---

60 同註21，《聞一多全集》第三冊，頁373；《聞一多全集》第四冊，頁89。

61 同註21，《聞一多全集》第四冊，頁22。

62 同註20，頁150。

而解[63]。

在**考字音讀者上**，聞一多《詩經通義》甲引卜辭、金文為例，證〈山有扶蘇〉「隰有游龍」之龍，以龍本讀*gl-[64]。于省吾《詩經新證》以古音湮而本音失者，舉〈終南〉「錦衣狐裘」之「裘」字為例，以此詩裘與梅、哉為韻，〈七月〉「取彼狐貍，為公子裘」之貍、裘為韻，〈大東〉「東人之子，職勞不來。西人之子，粲粲衣服。舟人之子，熊羆是裘。私人之子，百僚是試。」之裘與來、服、試為韻。其引甲骨文裘作𧘝及《叉卣》等為證，裘應作𧘝，从衣又聲，古音讀若以，之部[65]。

2 識字通假與句讀

通過比勘用字之異而掌握古今字，可供作釋義及其理據。在**識明古今字**的部分，〈載驅〉「簟茀朱鞹」之茀字，林義光以金文作「簟弼」，證「弼」為本字[66]。《文源》亦引《毛公鼎》「簟弼魚葡」為證，以弼為車蔽，百為茵字，象茵覆二人之形[67]。

〈關雎〉「君子好逑」之逑，于省吾承《傳》訓為匹，駁《箋》據《魯詩》強作解，援《說文》「怨匹為逑」、「仇，讎也。从人九聲」、「雔，雙鳥也，从二隹。」及〈釋詁〉等訓釋，以逑、仇、雔、讎等字古每通用，謂今本字與借字已糾結莫辨。且特引商代金文屢見之雔，均作雔，像兩鳥相向形，以商周金文中均有讎字，中間从言，兩側像兩鳥相反形，主張不論相向或相對，都具左右相對義，故典籍中多訓為匹，此坐實了雔、讎、與仇、逑的演化和通轉的規律[68]。

63 同註20，頁150-152。

64 同註21，《聞一多全集》第三冊，頁380-381。

65 同註19，頁14。

66 同註19，頁113。

67 林義光：《文源》（上海市：中西書局，2012年），頁209。

68 同註20，頁69。

〈楚茨〉「我孔熯矣」之熯字，于氏以金文覲不从見，勤不从力，引
《女🜨段》、《宗周鐘》證熯即謹之本字，「我孔熯矣」即「我孔謹
矣」，下接「式禮莫愆」語意調適，今作熯乃形譌而本義湮者[69]。于氏
此解作謹與《傳》訓為敬，義近可通。

　　通假字之例，林義光於〈節南山〉「不弔昊天，不宜空我師」下
云：

> 不弔，不淑也。金文叔字皆借弔字為之。叔、弔雙聲旁轉，故
> 淑亦通作弔。《書·費誓》「無敢不弔」，《史記·魯世家》作
> 「無敢不善」。襄十六年《左傳》「旻天不弔」。鄭眾注《周
> 禮·大祝》引作「閔天不淑」，是弔即淑也。《詩》言尹氏宜俾
> 民不迷，不宜空窮我眾。其稱不淑昊天，乃痛傷歎嗟之詞[70]。

　　此以叔、弔二字雙聲旁轉，故相通，援引諸書文字證明「不
弔」、「不善」、「不淑」皆同義。《文源》亦引《豆閉敦》古文字，證
明弔皆以為叔字，且叔字幽韻，弔字宵韻，雙聲旁轉[71]。此訓合於詩
義，並可與王國維〈與友人論詩書中成語書〉以「不淑」二字為成
語，謂古多用為遭際不善之專名，不弔亦即不淑、不善的說法，相互
發明[72]。

　　〈絲衣〉「載弁俅俅」之「載弁」，林氏亦以金文有本字，即爵韋
之韠之載巿。載字音義當與纔字相近，載、纔與《禮經》爵字亦聲近
義通，字變作載縗，且引《薛氏款識》「齊侯鎛鐘」所云：「余命女縗

69　同註20，頁30；《雙劍誃尚書新證；雙劍誃詩經新證；雙劍誃易經新證》（北京市：
　　中華書局，2009年），頁319。

70　同註19，頁214。

71　同註67，頁210。

72　同註55，頁116。

差卿。審較文義蓋讀弒為爵，與《禮經》借爵為弒義異而例同[73]。」

〈七月〉「稱彼兕觥」之「稱」字，聞一多《詩經通義》乙據馬瑞辰、朱駿聲之論，以稱為偁、爯之假借，有揚舉之意，並援金文及卜辭為例證之[74]。

〈載芟〉「侯彊侯以」之以字，于省吾謂以、已古通，又已、己二字形近易訛，已即紀之本字。此乃形譌又繼之以音叚而本義湮者。其並引金文《紀姜毀》、《紀侯鐘》之紀并作己，不从糸。故「侯彊侯以」應讀作「侯疆侯紀」，訓為維疆維理[75]。〈南有嘉魚〉「式燕以行」、〈賓之初筵〉「烝衎烈祖」、〈那〉「衎我烈祖」，于省吾按金文行假侃為之，並引《井仁妄鐘》、《兮仲鐘》等為例[76]。

〈雨無正〉「昊天疾威」之威字，于氏以《毛公鼎》「敃天大疾畏」，證　即古疾字，敃、威古並通[77]。《雙劍誃吉金文選》中亦引徐同柏讀敃為愍，愍天即旻天，以及《爾雅》郭注旻猶愍，證此乃愍萬物彫落[78]。又〈民勞〉一詩「無縱詭隨以謹無良」、「無縱詭隨以謹惽怓」、「無縱詭隨以謹罔極」、「無縱詭隨以謹醜厲」、「無縱詭隨以謹繾綣」等「謹」字，于省吾以金文覲不从見，引《頌鼎》、《女覲毀》、《覲卣》等例，以謹本應作堇，堇、覲乃古今字，作「無從譎詐，與見天良」，解為譎詐之人不可從，無良之人不可見。于氏並駁《傳》、《箋》「謹」作「慎」解，以其與下言「式遏寇虐」之遏字言復意乖，未能探得詩人防微杜漸深旨諷意[79]。

73　同註19，頁415-416。

74　同註21，《聞一多全集》第四冊，頁350。

75　同註20，頁62。

76　同註20，頁19。

77　同註20，頁28。

78　于省吾：《雙劍誃吉金文選》（北京市：中華書局，1998年），頁126。

79　同註20，頁43。

榷正句讀是釋古籍的起點。依韻讀而正句讀者,〈臣工〉一詩之「將受厥明,明昭上帝,迄用康年」句,林義光云:

> 明與明昭,複語也。厥明明昭上帝,猶皇(煌)皇(煌)后帝也。將督飭農夫使庤錢鎛,故告之曰:「今將受上帝命竟以康年命我眾人矣。」而下文則申之曰「奄觀銍艾也」。此詩舊失其讀,今依韻正之。介與艾為韻,是「來咨來茹,嗟嗟保介」句絕也。求與年為韻,是「維莫之春」至「於皇來年」句絕也。年與人為韻,是「將受厥明」至「命我眾人」為一讀也。茹、畬、鎛三字為隔協,不在句末。揆諸文義,亦以此讀為宜[80]。

其以「將受厥明明昭上帝迄用康年」當為一句,依韻而訂正句讀失誤。

又〈韓奕〉「鞹鞃淺幭」句,林氏以鞃幭之制,金文有朱虢(鞹)弘幭之例,是以朱鞹為鞃之幭,詩之鞹鞃淺幭當以鞹為一讀,鞃淺幭三字連讀[81]。

而〈正月〉「彼求我,則如不我得」一句,于省吾《詩經新證》以此章上下皆四言,「則如不我得」文實累贅。其引《余冒鉦》「勿喪勿敗」與《說文》敗籀文敗同為證,說明則、敗古通。故此句當為「彼求我敗,而不我得」言彼求敗我,而不我得也。我敗即敗我,謂毀傷我,與上言「天之扤我,如不我克」,言天之抈我,而不我識也。意謂抈我者而不我識,敗我者而不我得也。此乃不知句之通叚,因而失其句讀者[82]。

此外,〈君子偕老〉「委委佗佗」句,于省吾亦謂金文、石鼓文及古鈔本周秦載,凡遇重文不復書,皆作＝以代之,《毛傳》訓釋乃不

---

[80] 同註19,頁401-402。

[81] 同註19,頁379。

[82] 同註20,頁23-24。

知古人重文之例而誤讀者[83]。

3 構詞慣例訓詞語

構詞慣例是論證字詞用義的重要依據，亦是探求篇章意旨的基礎。

〈燕燕〉一詩「遠送于南」句，聞一多酌取眾說，裁定此詩為任姓國君送妹出適於衛之作。其以衛在西北方，為何詩言「遠送于南」，聞氏遂援引金文《士父鐘》、《兮仲鐘》、《井人妾鐘》、《虢叔旅鐘》、《楚王鐘》、《免𣪘》、《免簠》、《同𣪘》、《然員鼎》等，證明南、林古聲近字通，南字當讀為林。「遠送于南」即「遠送于林」，猶「遠送于野」。林、野古同義字。其並據〈魯頌‧駉〉之《傳》訓「郊外曰野，野外曰林」證林乃郊外之地，本無遠近之別，且詩每以林野為互文，如〈野有死麕〉「林有樸樕，野有死鹿」、〈陳風‧株林〉之株林、株野。此詩一章「遠送于野」、三章「遠送于林」亦林、野互文，特字假南為之，使讀者不得其義[84]。

而〈湛露〉「顯允君子，莫不令德」句，于省吾以〈采芑〉三章、四章皆稱「顯允方叔」，顯訓顯明或顯赫，本是常話。且允應讀作駿，訓大，如《爾雅‧釋詁》訓駿為大，駿從夋聲，夋從允聲，二字乃相通借。〈酌〉「實維爾公允師」之允，亦應讀作駿。其並舉典籍駿字，金文通作眈，眈即今畯字，畯與駿古同用。按此，顯駿應訓作顯赫駿偉，故舊訓「明信」有失本義[85]。又「命」字訓釋，聞一多歸納《詩》中命字凡數十見，〈雅〉、〈頌〉諸命字多屬天道之命而與後世異，尤〈國風〉中部分之命字，自來誤解最深。

金文令命同字，經傳亦每通用。〈小星〉篇二命字實即〈東方

---

83 同註20，頁9-10。
84 同註21，《聞一多全集》第三冊，頁348-349；《聞一多全集》第四冊，頁59-60。
85 同註20，頁78。

未明〉篇「自公令之」之謂……金文屢言「舍命」，其義與敷命、施命同。（林義光、于省吾俱有說，不備引。）〈羔裘〉篇「舍命不渝」，戴震以命為君命，證之金文而益信。〈揚之水〉篇「我聞有命」，《傳》曰：「聞曲沃有善政命」，是亦以命為君命。〈定之方中〉篇「命彼倌人」之為君命于臣，無待詮釋。以上〈國風〉中諸命字，用為名詞者五，用為動詞者一，要皆謂人事中上施于下之命令，而非天道中天授于人之命數，如修短之期，窮達之分諸抽象觀念。《小星·傳》曰：「命不得同于列位」，《羔裘·箋》曰：「見危受命」，皆以人事之命為天道之命，斷不可從。（《箋》釋〈羔裘〉之禮命，亦非。《周禮·小宰之職》「五日聽祿位以禮命」，先鄭《注》曰：「禮命謂九賜也」，後鄭彼《注》曰：「禮命，禮之九命之差等。」《箋》既以賤妾進御於君釋此詩，不知九賜九命之事與賤妾何與？若朱子訓〈蝃蝀〉之命為「正理」，則又以宋儒心性之學說《詩》矣[86]。

其以國風中之命字，作動詞者如〈小星〉、〈東方未明〉之命作令解；作名詞者有父母之命（如〈蝃蝀〉「不知命也」）、敷命、施命（〈羔裘〉「舍命不渝」）、君命（〈揚之水〉「我聞有命」、〈定之方中〉「命彼倌人」）等，大抵所指皆上施於下的命令。

〈祈父〉「有母之尸饔」之母字，于省吾以金文凡毋皆作母，《弓鎛》、《毛公鼎》等例不可枚舉。此詩「胡轉予于恤，有母之饔」當解作「胡移我于憂恤，又無以陳饔以供養」，上下義訓一貫，經義調適。否則，為王之爪牙應可竭心盡力於外，何以既有母以尸饔，又責祈父[87]？而《甲骨文字釋林》亦謂甲骨文和金文均借用母字以為否定

---

86 同註21，《聞一多全集》第三冊，頁280-281。

87 同註20，頁23。

詞之毋，毋字的造字本義，係把母字的兩點變為一個橫劃，作為指事字的標誌，以別於母，而仍因母字以為聲[88]。

此外，在「德音」二字訓解上，于省吾確有新義。其統計《詩經》二字連用共十二處。其中，〈日月〉「德音無良」，〈南山有臺〉「德音不已」、「德音是茂」，〈皇矣〉「貊其德音」等三處，「德音」與「令聞」、「淑問」之義相仿，猶言「令名」、「善譽」。另有九處本應作「德言」，如〈邶‧谷風〉「德音莫違」、〈有女同車〉「德音不忘」、〈小戎〉「秩秩德音」、〈狼跋〉「德音不瑕」、〈鹿鳴〉「德音孔昭」、〈車舝〉「德音來括」、〈隰桑〉「德音孔膠」、〈假樂〉「德音秩秩」等。于氏以音與言本系同字，後來因用各有當，遂致分化，然形音義有時還相通用。而就字形上看，金文和金文偏旁中的言字作 𠱒，亦作 𠱒，作 𠱒 者與音字無別。如《楚王領鐘》「其聿其言」即「其聿其音」；晚期金文从言的字作 𠱒，亦作 𠱒。故德音也通作德言[89]。

4　闡明參稽語例

深稽博考古人常語、成語等語例，有助於訓釋古籍。

于省吾以成語釋《詩》者，有〈雨無正〉一詩「飢成不遂」句。于省吾以「遂」字應讀作「墜」。金文本作㒸，金文言「不㒸」和「不敢㒸」的成語習見。古籍中也往往以遂為墜。故此詩「戎成不退，飢成不遂」二句相對成文，不遂即不墜[90]。

在**古人常語**部分，〈雨無正〉「云不可使」之「可使」二字，林義光云：

　　可使讀為考事。《師嫠敦》「在昔先王小學汝，汝敏可吏」，《齊

---

88 同註49，頁455。

89 同註20，頁129-134。

90 同註20，頁128。

侯鎛》「是以余為大攻，旡（暨）大吏、大徒、大僕、是辝（以）可吏」，《多父盤》「其事（使）厦多父眉壽万事」，可吏與万事同，亦即此詩之可使也。可、考雙聲。《叔角父敦》考字作𣶃，以可為聲。則可、考古音亦相通。考，成也。「云不考事，得罪于天子；亦云考事，怨及朋友」，言當正大夫離居莫肯夙夜之時，不作成我事，即贄御之任務。則天子罪之；欲作成我事，則朋友怨之。故上文云維曰于仕，孔棘且殆也[91]。

其以「可使」二字屢見金文，援《師㝨敦》、《齊侯鎛》、《多父盤》、《叔角父敦》等證「可使」讀為「考事」。

而〈思齊〉「不顯亦臨，無射亦保」句，林氏以《毛公鼎》「肆皇天無射，臨保我有周」證「臨保」為古人常語[92]；〈烝民〉「邦國若否」句，以《毛公鼎》「虩許上下若否」例證「若否」古人常語[93]。

周人語例者，〈日月〉「報我不述」句下，于省吾以述、墜音近字通，金文墜作豖，述乃叚字，論「不豖」乃周人語例[94]；〈既醉〉「孝子不匱」以匱本應作遺。遺、墜音近古通，並據《毛公鼎》、《克鐘》、《邾公華鐘》、《邢侯𣪕》、《師寰𣪕》等論斷不豖乃周人語例[95]。〈緜〉「來朝走馬」句，于氏以自來皆以走馬為驅馬，周初決無此等語例，朝、周古音近字通，且〈汝墳〉「惄如調飢」《傳》訓調為朝，而《大鼎》、《師兌𣪕》、《夻馬亥鼎》、《右夻馬嘉壺》等例可證夻、趣古通。故「來朝走馬」應讀作「來周走馬」，謂太王自𡑞遷於岐周，而養馬於此[96]。

---

91 同註19，頁228-229。

92 同註19，頁315。

93 同註19，頁376-377。

94 同註20，頁8。

95 同註20，頁39-40。

96 同註20，頁34-35。

　　金文通例者，〈江漢〉「作召公考」一句，于氏以考、孝金文通用，此考與首、休、壽韻，乃「作孝召公」之倒文。而因上言「錫山土田，于周受命，自召祖命」，故「虎拜稽首，對揚王命」乃作孝召公。且金文多言追孝，如《儔兒鐘》「以追孝徙祖」，而金文通例乃每上有所錫，輒以追孝或言孝其祖考為言[97]。

　　此外，于省吾有以「謰語」訓釋詞義者，如〈君子偕老〉「委委蛇蛇」、〈振鷺〉「以永終譽」之永終，終亦永也；〈載芟〉「侯彊侯以」之彊理乃古人謰語互文皆用之也；〈抑〉「不僭不賊」句下，于氏以賊與貳乃形近而訛，僭、貳是古人謰語，貳亦通作忒為慝。僭忒疊義，猶言差爽。「不僭不貳」即「不僭貳」的分用語。于氏統理謰語分用之例，云：

> 《詩經》中常有此例，如〈隰有萇楚〉的「猗儺其枝」，猗儺即阿難，〈隰桑〉分用之則為「隰桑有阿，其葉有難」；〈那〉的「亦不夷懌」，〈節南山〉分用之則為「既夷既懌」。又如婉孌為謰語，〈甫田〉分用為「婉兮孌兮」；粲爛為謰語，〈葛生〉分用為「角枕粲兮，錦衾爛兮」。是其例證。《諸召鐘》稱「夙暮不貳」，《蔡侯鐘》稱「不貳不愆」，貳即古忒字……僭貳訓差爽，愆訓過錯，語義有輕重。「不愆于儀，不僭不貳」，猶言其儀既沒有大的過錯，也沒有小的差爽[98]。

　　對於猗儺、夷懌、婉孌、粲爛等雙聲、疊韻等謰語分用之例，于氏於〈無羊〉「旐維旟矣」句下增列《毛公鼎》稱「肆皇天亡斁，臨保我有周」之臨保二字疊義，〈思齊〉分用為「不顯亦臨，無射亦

97　同註20，頁52。

98　同註20，頁110-111。

保」，並釋此詩「眾維魚矣，旐維旟矣」之旐字應讀作兆，而「眾維魚矣」之眾，與「旐維旟矣」之兆字，互文同義，兆引申為眾多的泛稱，且眾、兆雙聲疊義，均為量詞，維為句中助詞。此詩當謂牧人所夢眾魚之豐年徵象，兆旟為室家繁盛之驗[99]。

5　考釋名物禮制

《詩經》名物研究最終目的是通過對名物的訓解，進而會通物理、曉暢詩義。在考釋名物禮制上，〈小戎〉「六轡在手」句，林義光按《公貿鼎》轡字作𢏱，象六轡形。中𢏱象兩服馬之轡，旁𢏱象兩驂馬之轡，則服馬一轡，驂馬二轡，力持王夫之《詩經稗疏》主六轡之說[100]。〈六月〉「既成我服」句，林氏引《虢季子伯盤》「王賜乘馬，是用佐王」為例，證賜馬有佐王之義，故「既我成服」當指服馬，不應如舊訓為衣服[101]。〈十月之交〉「擇三有事」之三有事，林氏以為即〈雨無正〉篇三事大夫。其以《詩》、《書》言三事皆在正大夫以外，顯然非三公，並引《毛公鼎》於卿事寮、太史寮而外，又言參有司，謂參有司即三事；且據近出《周明公尊彝》「保尹三事四方，受卿事寮。」闡釋卿事寮外又言三事四方，與〈雨無正〉以正大夫、三事、邦君分言的情形相合，皆可見三事不為長官[102]。〈賓之初筵〉「室人入又」句，林氏以金文言入右，如《豆閉敦》「井伯入右豆閉」、《卯敦》「艾季入右卯立中廷」等，證此室人導賓酌酒，雖非入門，但與納賓之事相類，故亦謂之入右[103]。

又〈采菽〉之「玄袞及黼」，《詩經通解》云：

99　同註20，頁83-84。

100　同註19，頁135-136。

101　同註19，頁197。

102　同註19，頁225。

103　同註19，頁281。

金文《緄侯伯晨鼎》云：「王命緄侯伯晨曰，嗣乃祖考侯于緄，錫汝秬鬯一卣，玄袞衣，幽夫。」幽夫讀為黝黼，即詩之玄袞及黼。黝為微青黑色，黼白黑相配，謂之黝宜矣。金文言賜衣者，曰玄衣黹屯，曰戠衣，曰玄袞衣，皆褖衣非命服也。何以言之？命服上公乃服袞，而〈韓奕〉篇「錫玄袞」，《伯晨鼎》與《吳尊》皆「錫衣袞衣」，《吳尊》之作冊吳，是否上公雖不可知，至韓侯、緄侯則儼然侯也，安得錫袞冕乎？惟《伐徐鐘》云：「王命公伐徐。攻戰攘敵，徐方以靜。錫公寶鐘，大曲，彤矢，僕馬，袞冕，以章公休。」稱為公而賜袞，斯乃真袞矣。又命服必有衣有裳，其章始備。而金文言賜衣者皆不及裳，是亦所賜為褖衣之證也[104]。

　　林氏以金文言賜衣者皆褖衣非命服，且言賜衣皆不及裳，是所賜為褖衣之證，此「玄袞及黼」當謂玄綃為褖衣，以黑與青（袞）為緣，以白與黑（黼）為領，袞應從《爾雅》訓黻，與〈九罭〉之袞衣不同。

　　〈靈臺〉之「辟雍」，林氏針對戴震依古銘識《周鼎銘》「王在辟宮」及「王在雍上宮」等例，謂辟雍乃文王離宮之閒燕遊樂處，不必以為大學之說，援引《靜敦》證說學射必在大池，其上有學宮，力主〈射義〉之習射於澤與〈王制〉以辟雍為學校，皆於古有徵[105]。

　　此外，〈羔羊〉一詩之素絲，聞一多據金文《守宮尊》、《旨鼎》以絲為交易品，亦贈遺用絲之旁證，持論「素絲五紽」即金文之束絲矣。〈干旄〉篇之素絲亦贈遺所用，其以絲馬并證，與《守宮尊》、《旨鼎》所記密合。由於《守宮尊》、《旨鼎》以外未見以絲為慶賞或

104　同註19，頁284-285。

105　同註19，頁323-324。

貨幣之資，以理勢度之，聞一多認為贈遺、儺值、贖罪等經濟性活動，皆以絲為中介，宜早於用帛與綿。故依陳夢家、郭沫若等判定此二彝器皆在西周末葉，而推疑贈遺用絲乃西周末葉以前特殊之風尚[106]。

而〈麟之趾〉之麟，聞一多引用《說文》廬之重文作廌，以及籀文、〈釋獸〉等訓釋，謂麟（麐）、廬（麋）、廬（麐）、廌，四名為一物。《詩經通義》甲云：

> 〈野有死廬〉篇說男求女，以廬為贄。廬即麟，既如上說，則本篇蓋納徵之詩，以麟為贄也，納徵用麟者，麟、慶古同字。《說文》曰：「慶，行賀人，从人从夊。吉禮以鹿皮為贄，故从鹿省。」案此說字形非是。慶金文《秦公𣪘》作夒，其字於卜辭則為麐之初文。麐本即夒下加口，而古字加口與否，往往無別。夒於金文為慶，於卜辭為麐。適足證慶、麐古為一字耳。夫鹿類之中，麐為最貴，故古禮慶賀所用，莫重於麐，因之麐遂孳乳為慶賀字。《說文》以「吉禮以鹿皮為贄」，解「慶」字，可謂得制字之意矣。吉禮用贄，以麟為貴，故相承即以麟為禮之象徵。《傳》曰：「麟信而應禮」，《箋》曰：「與禮相應，有似於麟。」并《左傳·哀十四年》服《注》曰：「視明禮修而麟至」，胥其例也。婚禮納徵用麟為贄，而〈二南〉復為房中樂，其詩多與婚姻有關，故知〈麟之趾〉為納徵之詩。[107]

此通釋麟與廬為一物的說法，前所未見。聞氏更引用婚禮納徵，以廬為贄之禮俗，參考金文、卜辭等材料，判定〈麟之趾〉一詩為納徵之詩，且以〈野有死廬〉一詩證明古婚禮以全鹿為贄，後世尚簡，始易以鹿皮。

---

106 同註21，《聞一多全集》第三冊，頁323。
107 同註21，《聞一多全集》第三冊，頁317。

又如〈靜女〉一詩「俟我于城隅」之「隅」字。《詩經通義》引金文曲字作🜚，並對照《說文》、《無極山碑》，斷定隅、曲同義。言古者築城必就隅為臺。《詩經通義》甲云：

> 宮與城皆垣墻之名，惟所在有遠近為異，故疑宮隅城隅，其制不殊，而上宮城隅，亦名異而實同。宮隅城隅之屋，非人所常居，故行旅往來，或藉以止宿，又以其地幽閑，而人所罕至，故亦為男女私會之所。（金文隅作🜚，從𣥂，像兩亭相對。後世之亭，為行旅所寄頓，亦或為男女所集聚，疑即古隅樓之遺。）城闕即城隅，上宮之類。……蓋城墻當門兩旁築臺，臺上設樓，是為觀，亦謂之闕。城隅，上宮為城宮墻角之樓，城闕為城正面夾門兩旁之樓，是城闕亦城隅，上宮之類，故亦為男女期會之處。《集傳》以〈子衿〉篇為淫奔之詩，信矣[108]。

顯然，聞氏考釋城隅之餘，另外賦予城隅為男女期會之處，且附和朱子以〈子衿〉為淫詩的說法。

至如〈摽有梅〉之梅字，聞一多云：

> 梅字从每，每母古同字，而古妻字亦从每从又。梅一作薇，从敏，古作敏，亦从每从又，與妻本屬同字。本篇梅字，《釋文》引《韓詩》作楳，《說文》梅之重文亦作楳。《說文》又曰：「某，酸果也。」古文作楪。案某楪皆古楙字之省變，卜辭金文，或以楙為母，而經典亦楙毋通用，毋即母字。是梅楳某楪仍為一字。梅也者，猶言為人妻為人母之果也。然則此果之得名，即昉于摽梅求士之俗。求士以梅為介，故某楳二形又孳乳

---

108 同註21，《聞一多全集》第三冊，頁377。

為媒字，因之梅（楳）之涵義，又為媒合二姓之果。要之，女之求士，以梅為贄，其淵源甚古，其涵義甚多。本篇《傳》、《箋》並謂梅盛極則落，喻女色盛將衰，皮相之論也[109]。

其以原始社會之求致食糧，每因兩性體質之所宜，分工合作，採集蔬果乃女子工作。果實既為女子所有，則女之求士，以果為贄，亦適宜合理。則以果實為求偶之媒介，兼取蕃殖性能的象徵意義。故擲人果實寓貽人嗣胤，女欲事人即以果實擲之其人以表其誠。若此，則梅與女子關係甚深[110]。

他如〈甫田〉「如茨如梁」，于省吾以金文荊楚之荊作#者習見，金文梁國之梁與稻粱之粱每無別，橋梁與屋楣，梁字金文中亦有不從米者，可見荊與梁、粱并從刅聲，字本相通。此乃詩人詠「曾孫之稼」，以茨之密集與荊之叢生為比，形容禾稼之多[111]。〈生民〉「卬盛于豆，于豆于登」一句，自來說此詩者，均從《毛傳》訓卬為我，而不知卬即仰之古文。于省吾引《毛公鼎》「卬邵皇天」即「仰邵皇天」、〈瞻卬〉「瞻卬昊天」即「瞻仰昊天」、〈車舝〉「高山仰止」，《說文》引作「高山卬止」等為例證，說明卬為古文，仰為後起的分化字。他並指出近年來出土的銅豆習見，並不限於《毛傳》所說的「木曰豆」的意思[112]。

〈既醉〉「永錫爾類」句，于氏亦有新義。首先，他認為「永錫爾類」是說永久以奴隸的族類錫予之，因為當時習慣以奴隸為賞賜品。至於有人說這四句是指孝子的族類而言，他則以孝子既為君子之子，君子已有世代相傳的族類，為什麼還要言「錫」，予以駁正。其

---

109 同註21，《聞一多全集》第三冊，頁328。

110 同註21，《聞一多全集》第三冊，頁328。

111 同註20，頁91-92。

112 同註20，頁138。

次，就詩義本身來看，首章是以「其類維何」的問辭開頭，而以「室家之壼」為答辭，一問一答，「類」與「室家」都是實有所指。可見用室家聚族以居的族類作為永久的賞賜品，說得通。至於第八章中的「其僕維何，釐爾女士」的女士二字，于省吾認為此乃倒文以協韻，應指士女，如同下文的子孫作孫子。他並引用《師寰簋》以士女與羊牛並列，作為此詩以士女為僕隸的確證。此外，于氏以《詩經》中以士與女相對稱者，都是指青壯年男女，故此詩的士女，係指壯年的男女[113]。

6 新證詩史與篇次

伴隨考古成果的湧現，利用出土材料來重建古史，可以更瞭解《詩》之時代背景與指涉涵義。有別於古人求善的方法態度，聞一多希望用「《詩經》時代」的眼光讀《詩經》。《匡齋尺牘》云：

> 在某種心理狀態之下，人們每喜歡從一個對象中──例如一部古書──發現一點意義來灌溉自己的良心，甚至曲解了對象，也顧不得。這點方便是人人的權利。舊時代中有理想的政客，和忠於聖教的學者，他們自然也各有權利去從《詩經》中發現以至捏造一種合乎他們「心靈衛生」的條件的意義。便是在這種權利的保障之下，他們曾經用了「深文周納」的手術把〈狼跋〉說成一首頌揚周公的詩[114]。

歷來說者多以〈豳風〉裡的詩與周公有關，聞一多持不同的意見，他主張〈狼跋〉一詩應與格調最近的〈秦風・終南〉等而觀之。

---

113 同註20，頁145-146。

114 同註21，《聞一多全集》第三冊，頁214。

二詩同樣是極力摹繪及讚美一位貴族，差別在於〈終南〉是一幅素描，〈狼跋〉則是一幅 Caricature（漫畫／諷刺畫）。其以〈狼跋〉「公孫」等於〈終南〉「君子」，〈狼跋〉「德音不瑕」等於〈終南〉「壽考不忘」。由於詩中既無確證點明身分，倒不如安分點僅說是某一位公孫或豳公之孫就好，畢竟尋繹公孫是什麼樣的典型人物，他的儀表、服飾乃至性情等頭緒，有趣許多。

因此，要明瞭〈狼跋〉一詩，首先應深查「公孫碩膚」的「膚」字。聞氏引金文臚作膚，鑪作鐪，證臚、膚同字。其並以《藝文類聚》引《釋名》例證，主《詩》中膚字的意義與鴻臚的臚相同；而碩膚與鴻臚一樣，譯作近代語，便是大腹的意思。而《詩經》「公孫碩膚」與《易林》「老狼白臚」兩相印證，亦可斷定此詩以狼比喻公孫。至於詩中以狼「跋胡疐尾」的艱難步態形容公孫，並未污蔑公孫人格德性，此乃詩人對公孫一種善意的調弄的態度，所以，他推想公孫的性情應該極具幽默感，作者想當然是與他地位相當的妻子[115]。

而〈文王〉「無念爾祖」句下，于省吾對於舊說以周公所作，不以為然，其云：

> 此詩詞句調暢、押韻流利，在章法上前一章的末句與下一章的首句所用的「蟬聯格」，較之西周中葉常見用韻的金文，已經達到進一步的發展。此詩著作時代不僅不是周初，也不是西周中葉，而是屬於西周晚期。詩人稱頌周人之崛興，歸功於文王，連帶追述周人克殷後勸服殷士，并以殷事為借鑒而作。說《詩》者如果不首先考明作品的時代，則一切都成空中樓閣。我認為，我國的韻文，從不見於商代甲骨文和金文，乃萌芽於周初。〈周頌〉中屬於西周前期的作品約十篇左右，有的一篇

---

115 同註21，《聞一多全集》第三冊，頁215-223。

中僅二、三句押韻。〈魯頌〉和〈商頌〉都係春秋前期所作。
大、小〈雅〉的撰著時期，有的屬於西周末期，有的屬於春秋
早期。〈正月〉稱「赫赫宗周，褒姒威之」，〈雨無正〉稱「周
宗（應依左昭十六年傳作宗周）既滅，靡所止戾」。〈正月〉和
〈雨無正〉兩篇都係〈小雅〉裡詞句最為古奧的作品，但也不
過是「宗周既滅」之後春秋早期所作。至於〈國風〉，則係春
秋前期所作，屬於西周末期是很少的，總之，《詩經》中除去
〈周頌〉中十篇左右外，最早的篇什都超不出西周後期或末
期。鄭氏《詩譜》所列的年代，多不可據[116]。

而在〈《詩·既醉》篇舊說的批判和新的解釋〉一文中，于氏亦
云：

> 自鄭康成詩《箋》以為「成王祭宗廟」的詩，漢以後的學者多
> 宗鄭說，很少異議。但是，按其詩詞句的調暢、韻讀的流利，
> 與其他詩篇以及周代金文中可以辨認出時代的韻文相互印證，
> 則此詩的著作時代不能早於西周末期。再說其章法結構上的技
> 巧考之，全詩共八章，自第三章起，每章的首一句，都是承接
> 了上章的末一句加以變化，蟬聯而下。〈下武〉共六章，即用
> 此法，但每章的首一句很少變化。又〈文王〉共七章，自第三
> 章以下，也是用同樣的承接方法。這種章法結構，可以叫作
> 「連鎖遞承法」。連鎖遞承法是從形式上各自為章的詩篇發展
> 而來的。足證〈下武〉、〈文王〉和〈既醉〉在〈大雅〉中是比
> 較晚的作品。[117]

---

116 同註20，頁95-96。
117 同註20，頁143。

以及對〈周頌〉詩篇時代的質疑，云：

> 按〈周頌〉多周初之詩，其崇奧與東周文字迥然不同。惟〈執
> 競〉、〈臣工〉二篇，詞句不類他篇之渾穆，間有可疑。或為後
> 人所竄易，或書缺有間，為後人所補苴。如〈執競〉〈序〉以
> 為祀武王，然祀武王而曰「不顯成康」，非也。《毛傳》以為
> 「不顯乎其成大功而安之也」，然下云「自彼成康」則指成
> 王、康王言無疑。又〈臣工〉「維暮之春」一語，亦非西周中
> 葉以上之文。薛氏《鐘鼎款識‧鳥篆鐘》「唯正月王萅吉日」，
> 近世出土《陳㠱壺》「陳㠱再立事歲孟冬」，二者皆晚周器，不
> 足以證此詩[118]。

可知于省吾判定詩篇的時代，除以章法結構、詞句調暢及韻讀流利與
否為據之外，仍參照金文中可以辨識的韻文及詩篇交互印證。如〈執
競〉、〈臣工〉二詩詞句與〈周頌〉其他詩篇蕭穆雄渾之氣不同，令人
懷疑乃後人竄易，或是書中有缺漏，後人增補，即便《鐘鼎款識‧鳥
篆鐘》與《陳㠱壺》二件晚周器，仍無法充分證明。

　　于氏強調《詩》若不考明時代，則一切皆成空中樓閣，不切實
際。而他對於詩篇時代的考論推求，實與王國維斷代詩篇時代的做法
相類似。

四　林、聞、于三人以古文字訓詁《詩經》的特色及局限

　　相較清儒受制於出土材料的發現數量和古文字研究水平等因素的
制約，林、聞、于三人自覺地廣搜及運用出土材料與傳世《詩經》相

---

118 同註20，頁56-57。

互證，對於訛字、通假、句讀、詞語訓釋、名物禮制、詩史與篇次等，尋根溯源，參證比較。所展現之特色，主要有五；其研究之局限亦有四，茲分述如下。

（一）三人以古文字訓詁《詩經》的特色

1　結合古文字考釋成果，因形以求義

　　二十世紀甲骨文、金文的大量出現與研究，古文字學因而大興，訓詁方法也由高郵王氏父子等「因聲求義」，漸轉由古文字形之分析以求義。雖說古文字的研究從辨明文字的形體著手，但形、音、義三者是不能截然分開的，若只關注字形而不顧及音、義，將便經義解讀出現局限性。

　　林義光勇於嘗試地從金文材料中摸索古文字形音義演變的規律，《文源》一書整理近百條因形近而產生訛變的條例[119]，並運用在通解《詩經》的涵義上，主張探究《詩》義必於古音、古字求之，並將古文字結合清儒的音聲故訓方式，以釐清文字通假與傳寫改易之跡，因此，本書勾稽傳寫改易、傳寫改謅、傳寫者誤改等例證甚多。

　　聞一多強調要理解《詩經》，欣賞《詩經》，就必須先弄懂裡面的每一個字詞，因為一首詩全篇都明白，只剩一個字沒有看懂，就可能成為影響你欣賞或研究這首詩的重要關鍵。所以，每讀一首詩，必須把那裡每個字的意義都追問透徹，不許存下絲毫的疑惑[120]。如〈行露〉「誰謂雀無角」之「角」字，聞一多舉出五個例證：第一，從語根證角為喙；第二，以文字畫為證，古彝器銘文識有大喙鳥，其喙作形，與卜辭角字作者相似，與字之角的形貌也相似；第三，古諺語稱鳥咮為角；第四，相同部首的孳乳字有觜，可指鳥喙及

119　同註67，頁69-73。
120　同註21，《聞一多全集》第三冊，頁202。

獸角；第五，同樣偏旁的孳乳字有桷，桷即椽，猶喙謂之角。故此，
獸角與鳥喙二者性質相似，皆屬自衛之器，獸角與角喙皆名為角。然
後世以角指獸角，另以嚼字為鳥喙之名，初文角則廢，以致《傳》、
《箋》誤訓「雀之穿屋似有角」，讀角為獸角[121]。

　　于省吾自述研究古文字四十餘年，其依認識的甲骨文字糾正已識
之字的音讀義訓之誤，提出造字本義的新解。他認為古文字是客觀存
在的，有形可識，有音可讀，有義可尋，其形、音、義之間是相互聯
繫的，且應注意每一個字和同時代其他字的橫向關係，以及它在不同
時代的發生、發展和變化的縱向關係[122]。因此，他由字出發以至解
經，卓識見於《尚書新證・序》云：

> 讀古書者必諳於文字之通假，蓋群經諸子與夫騷些之讔語，韻
> 讀固同流共貫，可以求而知之也，然文字形體代更，世異演變
> 無方，有非通假一途之所可限者，有不見夫文字之本原，而無
> 以意測，其果為通假與否者，聲音通假之道至是而窮，而勢必
> 有資乎古籀。《尚書》，古籀之書也，不循古籀以求之，徒據後
> 人竄改譌牾錯襍之跡，奮臆騁辭而強為之解，無當也……[123]。

以及《尚書新證・敘例》：

> 經傳文詞之不易解者，多半由於聲之假與形之譌，是編所發明
> 者，偏於形之訛，往往證以同時語例，其不合者，一句之中每
> 由於一二字，一二字中每由於一二畫，辨察於幾微之間，所以
> 昭昧發幽，蓋以此也。高郵王氏父子所著書，如《讀書雜志》

121　同註21，《聞一多全集》第三冊，頁267-268。
122　同註49，頁1-3。
123　同註51，頁3-4。

及《經義述聞》，〈形譌〉一篇所載往往字形相去懸殊，似不應誤而誤者，不一而足，要在學者之得其會心而已[124]。

可知其力主文字形體演變無方，絕非通假可以囿限，須仰賴古籀相互參驗。而經傳文詞又多半因通假與譌誤而難以訓解。因此，《詩經新證》對於通識《詩經》文本正字之形、音、義特別用心，且特參以古籀以訂正形譌之字[125]。由於字形上或訛或正的問題，往往牽涉到義訓上的是非得失，所以，字形是他實事求是地進行研究的唯一基礎[126]。

如〈匏有苦葉〉「深則厲，淺則揭」之厲字，清・戴震《毛鄭詩考正》引《說文解字》、《水經注・河水》證橋有厲名，時人段玉裁、王引之不以為詞，而採《爾雅》以衣涉水之訓。于省吾《甲骨文字釋林》則提挈砅為砅之古文，砅字中間从水，兩側从石，象履石渡水的樣貌極為鮮明，後世稱橋梁為厲，乃砅或砅的借字，故依此論證《說文》「砅」字段《注》「古假砅為厲」的說法，乃因不知砅與砅之造字本義而本末倒置。于氏核實戴震的理論性理據，仰賴的正是因形證義的方式[127]。

而《詩經》中「止」字的辨釋，于氏有云：

止字卜辭作 或，商代金文作，乃足趾之趾的象形初文。

---

124 同註51，頁12-13。

125 同註51，《詩經新證・序》：「讀經宜先識字形，音得而義始可尋，然非就古人之聲韻以究其本音，古籀之初文以識其本形，則經義豈易言哉，自清儒之闡明古音，而協韻易知，通假可求，自近世之古籀學興而形譌以正，古義式昭。」頁317。

126 同註49，書末李灃〈甲骨文字釋林述介〉一文指出，于氏在考釋古文字方面之所以取得很大的成績，主要與他堅持「以形為主」的方法有關；同時，他也認為僅從某個不識的古文字的上下文來揣測字義，而不先認真研究字形，往往容易望文生義，削足適履地改易客觀存在的字形以遷就一己之見（未編頁碼）。

127 同註49，頁150-152；岑溢成：《訓詁學與清儒訓詁方法》（香港：新亞書院博士論文，1984年）。

金文演化作 凵，《說文》誤解為「艸木有阯」。之字卜辭作 凵 或 凵，從止在一上，一為地，象足趾在地上行動，止亦聲，係會意兼形聲字。小篆訛作 凵，《說文》誤解為「艸木過中，枝葉莖益大」。隸變作 之，為今楷所本。以上是止與之字的發生、發展和變化源流。凡《詩經》中用作容止和止息之止，後世有的傳本均訛作止，這一點，清代的一些說文學家無不知之；凡《詩經》中用作指示代詞和語末助詞之止，即古文之字，後世有的傳本均訛作「止」，這一點，二千年來的說《詩》者卻無人知之[128]。

其以《詩經》中止字凡一二二見，為「止」字之訛有五十三字，用作「容止」及「止息」，是傳抄或傳刻之訛。于氏探索「止」字構形與《說文》「艸木出有阯」無涉，而是足趾的「趾」的初文，商代金文 ✦ 為原始象形字，至於卜辭及周代金文偏旁從止的字已趨簡化。其舉證《儀禮·士昏禮》、《詩經·抑》、《國語》、《說文》等釋義，以「止」字本象足趾之趾，引申則有足、容止、留止、基止等義，雖然義訓不同，但基本上卻是一脈相承，婉轉貫通的。至於或作「之」者則有六十九字，分別用作句首指示代詞、句末指示代詞以及語末助詞，此乃漢人竄改未盡所致，二千年來的說詩者卻無人知曉。由於《詩經》「之」字較「止」字習見，不該於「之」字外存若干「止」字以紊亂，所以他澄清止、止二字的混淆情形，勢必與舊說大相逕庭[129]。

而在釐清卜辭、金文之止與之字的發生、發展和變化後，亦可看出于氏仔細按覈每首詩之辭例及詩義，可見其因形索義目的仍在得於經義。

---

128 同註20，頁129。
129 同註20，頁120-129。

2　徵引古文字相類詞例，論證字詞

字詞的校讀與訓釋，如果能與同時代的甲骨、金文資料對讀，找出可資參考的相同或相類的詞句，不僅可校讀文字錯訛，也可以供作詩義訓釋。尤其根據古文字的用字和書寫習慣，更能推闡、論證字詞的用義。

〈式微〉「胡為中露」之中字，林義光引《沇兒鐘》、《王孫鐘》「中韓叡陽」以及〈終風〉「終和且平」句法為例，依其文義讀為「終韓且陽」，證「中」與「終」古通用，而讀為終[130]；〈桑中〉「美孟弋矣」之弋字，以《釐母敦》有妖字，推證弋當作妖，指姓[131]。而〈維天之命〉「文王之德之純」句，林義光以《虢叔鐘》、《善夫克鼎》、《師望鼎》皆言「得屯亡射」，可見「得屯」為常語，故判定此詩「德純」亦當讀為「得屯」。云：

> 得屯亡（無）射（斁）者，得之雖難，而既得之後永持不釋也。不釋亦即不已。《說文》：斁，解也。一曰終也。是斁又可訓已。《井人鐘》云：得屯用魯，永終于吉。魯讀為固，純嘏金文皆作屯魯。魯與嘏同音，則亦與固同音。亦謂得之難而持之固，故能永終于吉也。屯訓為難者，屯之言鈍。鈍亦謂之魯者，魯之言固。魯鈍之人，有所得則不易失。人之於福祿亦常以易失為懼，故福祿謂之純嘏。其字在金文皆作屯魯。然則純嘏即魯鈍亦即屯固之義矣。《左傳》畢萬筮仕於晉，遇屯之比。辛廖占之曰：「吉。屯固比入，吉孰大焉。」閔元年。屯之卦為難而占為吉者，以凡物鈍則固，與純嘏之義相合也。《周語》「敦厖純固」，純固亦即屯固。《禮記》云：「詩云『維天之命，於穆不已』，蓋曰天之所以為天

130　同註19，頁46。
131　同註19，頁61。

也。『於乎不顯，文王之德之純』，蓋曰文王之所以為文也，純
亦不已。」《中庸》篇。純之所以為不已，正以得之難則持久不
釋，猶「得屯無斁」之義也[132]。

此以「德純不已」即金文「得屯無斁」，且謂「純嘏」在金文皆
作「屯魯」，即魯鈍亦即屯固之義。而物鈍則固，與純嘏之義合。詩
句謂文王之所以為文王，是其得受天命，其德純之不已。至於純之所
以為不已，是得之難則持久不釋，猶如「得屯無斁」的意思。

相較於林義光使用金文常語來推闡論證字詞，于省吾除了以「金
文通例」、「周人語例」或是「謎語」等處理字詞用義外，《詩經新
證》中更大量援引甲骨、金文相似詞例，供作訓釋對照。如〈簡兮〉
「有力如虎」，引《弓鎛》「靈力若虎」為輔證；又如〈蓼蕭〉「鞗革
沖沖」，引《毛公鼎》、《頌鼎》、《吳殷》以「鞗革」並作「攸勒」；
〈鴻鴈〉「哀此鰥寡」與〈烝民〉「不侮矜寡」，引《毛公鼎》「廼敄鰥
寡」與《作冊卣》「勿坿鰥寡」證之；〈韓奕〉「榦不庭方」引《毛公
鼎》「率襃不廷方」、《秦公鐘》「鎮靜不廷」證之等[133]。

誠如趙沛霖指出，于氏對字義的解釋除了有字源學的根據，還有
同時代文獻的證據，每每在語言的歷史性與社會性的統一中，求其訓
解[134]。

3 出土文獻與傳世文獻交驗互證

出土文獻包含實物證據與文字證據。傳世文獻可以證明出土文獻
的古文字，同樣的，出土文獻上的文字證據，也可用來驗證傳世文獻

---

132 同註19，頁392-393。
133 同註20，頁8、20、22、28、51。
134 趙沛霖：《現代學術文化思潮與詩經研究：二十世紀詩經研究史》（北京市：學苑
出版社，2006年），頁296-297。

中詞語的意義，或糾正書寫的錯誤。二者相互補充印證，進行考察，才能真實全面地揭示及還原當時語言文字的真實面貌。特別是出土文獻擁有極多商代後期甲骨文和西周春秋時代的金文，對於補足《詩經》傳世文獻的研究，彌足珍貴。

除了字詞的比勘、語例的推闡以及詩義的訓釋，利用出土實物證據來考釋傳世文獻的器物，更是直接而有效的訓詁方法。〈下武〉「下武維周」句，林義光以古彝器多著足跡形，而訓周有哲王世代相承，猶自上而下之足跡步步相續，便是依遺存古器物的實物證據論斷之[135]。

聞一多釋〈小弁〉「鹿斯之奔，維足伎伎」，依《釋文》「伎本亦作跂」以及徐璈、馬瑞辰訓「伎伎即奔貌」，謂鹿奔為跂。云：

> 支字聲多有三隅之義，《說文》：「䯧，三足鍑也。」《楚辭·離騷》注：「芰，菱也。」《說文》：「菱，芰也。」菱形三角也。（俗呼三角形曰菱形。）《詩·大東》「跂彼織女」，織女，三星鼎立。俗亦呼歧路為三叉路。凡獸類行時，皆懸一足，以三足著地（余兄亦傳明動物生理學，嘗為余言此），而奔馳時其狀尤顯（Bushmeng 畫牛形如此，英國批評家 Roger Fry 嘗詫為奇絕，蓋五十年前攝影術未發明時，歐洲人尚未觀及此也，不謂吾先民於二千年前已知之），故詩人狀鹿奔曰「伎伎」也。奔字金文作奔，從三止，豈即伎伎之義與[136]？

聞氏指出詩人以「伎伎」狀鹿奔，並依動物生理學按綴獸形皆三足著地及奔馳的現象，且參英國著名藝術批評家 Roger Fry 對生活於南非、波札那、納米比亞與安哥拉的一個原住民族布希曼人（Bushmen）牛畫，讚歎先民二千年前已知此樣貌。

---

135 同註19，頁325。
136 同註21，《聞一多全集》第四冊，頁415。

又如〈小戎〉之「陰靷鋈續」，于省吾以近世習見的列國車器銅板上，有的獸首有鼻有環，鼻可納環而環則繫革或滕。銅板與獸首有的彎，有的平，所以綁在車子的木頭上。「陰靷鋈續」是指陰靷所繫綁的地方，環與鼻都是以白金鑲嵌裝飾。至於古人車馬上的革滕都是用環繫綁，此乃通制。故《傳》、《箋》訓「續」為續靷，是錯誤的[137]。

通過感性的實際觀察的目驗方法，在于省吾《詩經新證》裡的訓詁表現尤為常法。如〈閟宮〉「犧尊」，其觀察近世出土尊器其體制像動物形貌者，有犧尊、象尊、羊尊、鴞尊、鳧尊等，駁《正義》「犧尊有沙羽飾」訓非，而肯定王肅「以犧牛為尊」的說法[138]。

4 歸納古文字用例，條貫《詩》訓

辨別《詩經》語詞之用字之例與造句之例，是通釋《詩》義的重要方法步驟。若能加以參酌出土文獻資料，系統地歸納《詩經》成語、謎語等用例，不僅可通解該詩字詞之義，亦能使《詩經》中相似字句條暢理貫，訓釋更為充足完備。

聞一多《詩經新義》中歸納《詩經》語詞之用字之例，論證字詞。如訓「介」字，云：

> 金文乞取字多作匃，亦有作乞者。……《詩》則多用介。匃、介同祭部，乞在脂部，最相近，故三字通用。匃、乞皆兼取與二義，介字亦然。〈小明〉篇「介爾景福」，〈既醉〉篇「介爾昭明」，林義光並讀匃訓予，得之。今案：〈雝〉篇曰：「綏我眉壽，介以繁祉」。綏讀為遺。遺亦與也，以當為臺，我也。「綏我眉壽」與「介以繁祉」亦對文。介亦當訓與。〈酌〉篇

---

137 同註20，頁12-13。

138 同註20，頁65。

曰：「是用大介，我龍受之」。介字義同，大介猶大賜，上言
介，下言受，義正相應。綜之，墍、溉、介聲近義同，並即訓
與之勻乞，今俗呼與為給，亦即此字。〈摽有梅〉傳訓墍為
取，似知墍即乞字，特誤以乞與為乞取爾。諸介字《箋》並訓
為助，未塙。〈匪風〉《傳》訓溉為滌，〈小明〉《傳》訓介為
大，則遠失之[139]。

　　聞氏借重林義光《詩經通解》訓釋成果，並遍考各詩相同句例，
得出墍、溉、介三字近義同，駁正《箋》訓諸詩中介字為助，違失
其義。

　　而〈凱風〉「吹彼棘心」一句，其云：

金文心字作Ⅵ，象心房形，此心臟字，又作Ⅵ，此心思字，Ⅰ
為聲符兼意符。Ⅰ者鐵之初形（心鐵古音同部），今字作尖。
《釋名・釋形體》曰：「心，纖也，所織纖微無不貫也。」阮
元謂此訓最合本義，《說文》心部次於思部，思部次於囟部，
而系部、細部即從囟得聲得義，故知心亦有纖細之義。案：阮
說是也。心從Ⅰ會意，故物之鐵銳者，亦得冒心名。棗棘之芒
刺，物之鐵銳者也，故亦謂之心……然則棘心猶棘也。詩一章
曰吹彼棘心，二章曰吹彼棘薪者，以其體言則曰棘心，以其用
則曰棘薪，其實皆即棘耳。《傳》「棘難長養者」段玉裁云「棘
下奪心字」，棘心對下章棘薪，為其成就者而言，謂棘之初生
萌蘖，故云難長養者。此申《傳》義或是，經意則未必然。知
之者，《詩》又曰「棘心夭夭」，夭夭，傾曲貌（詳〈周南・桃
夭〉篇），心果謂萌蘖，其受風吹，安得夭夭之狀乎？……諸

家皆泥於《傳》說，以棘喻七子，謂心其幼小時，而薪則其已長大者。實則棘心即棘薪，而薪於《詩》例，為婦人之象徵，本以指母，非指子也[140]。

聞氏引金文「心」字闡述纖細之義，並以物之鐵銳亦得有心名。並進一步衍生出「吹彼棘心」與「吹彼棘薪」同詩章句中的相關性，以棘心即棘薪，皆為婦人之象徵，斷論《傳》訓為非。最後，歸納《詩》中言薪者，如〈漢廣〉「翹翹錯薪」、〈王‧揚之水〉「不流束薪」、〈鄭‧揚之水〉「不流束薪」、〈南山〉「析薪如之何」、〈綢繆〉「綢繆束薪」、〈東山〉「烝在栗薪〉、〈小弁〉「析薪扡矣」、〈大東〉「無浸穫薪」、〈車舝〉「析其柞薪」、〈白華〉「樵彼桑薪」等，證明析薪、束薪蓋上世婚禮中實有的儀式，非泛泛舉譬。如〈漢廣〉「翹翹錯薪，言刈其楚。之子于歸，言秣其馬」，即馬以駕親迎之車，與薪都是婚禮中必用之物。此外，《詩》中不明言薪，而意中仍以薪喻昏姻者，有〈豳‧伐柯〉的伐柯猶析薪與〈小雅‧伐木〉的「伐木」等，其義例皆相仿。

此外，于省吾整理金文中對於當時統治階級的歌頌，如《叔弓鎛》「俾百斯男，而藝斯字」、《㝵子壺》「承受純德，旂無疆，至于萬億年，子之子，孫之孫，其永用之」、《翏生盨》「翏生眾大娟，其百男百女千孫，其萬年眉壽永寶」等例，發現和〈大明〉「大任有身，生此文王」、「纘女維莘，長子維行，篤生武王」、〈生民〉「載生載育，時維后稷」、〈思齊〉「大姒嗣徽音，則百斯男」、〈假樂〉「干祿百福，子孫千億」、〈賓之初筵〉「錫爾純嘏，子孫其湛」、〈皇矣〉「既受帝祉，施于孫子」等詩句，都是在頌揚生育子嗣和「綿綿瓜瓞」的詞語。既沒有以士女為淑媛為子女的語句，也沒有言「錫類」和「從

以」的例句。然因典籍中這類詞語常見，所以，說詩者常將〈既醉〉「永錫爾類」、「永錫祚胤」、「景命有僕」、「釐爾女士」、「從以孫子」等詩句，不假思索地看成一般祝詞，曲解詩義。所以，他進一步就古代祭祀用尸祝的意圖，來說明詩篇本義，並附和林義光解此詩「為工祝奉尸命以致嘏於主人之辭」的說法，指出周人祭祀祖先，為尸以象神而崇拜祈福是常見的，而這也是原始宗教的巫術作用發展到階級社會的表現形式之一。因此，〈既醉〉「天被爾祿」、「景命有僕」都是祭祀時通過尸祝致告之辭，說明當時統治階級的福祿和奴隸都是天命所賜[141]。

5　融合多元視域，發明《詩》義

充分運用古文字材料作為訓詁詩義，融合多元視域，重新發明《詩經》新義既是時代潮流所趨，也是民國學者亟思突破的展現。其中，結合文化人類學、心理分析學、神話批評、歷史學、考古學、民俗學、語言學、繪畫美術等不同學科等，用以闡發《詩經》新義，聞一多堪稱箇中翹楚。

聞一多曾說研究《詩經》有三椿困難：第一，無法還原《詩經》的真面目；第二，如何建立讀《詩》的客觀標準；第三，如何擺開主見悟入詩人的心理。另外，他也說研究《詩經》有三大魔障：聖人的點化、以今臆古的危險讀詩法以及難以盡脫自己以瞭解古人[142]。而在這樣的困難及魔障下，他希望能用《詩經》時代的眼光讀《詩經》[143]。而為了要把《詩經》視為反映古代生活的婚姻、家庭、社會文化的史料，用以取代傳統儒家的「經學的讀法」，他在《風詩類鈔》的「序例提綱」中主張的具體做法是「縮短時間的距離——用語體文將

---

141 同註20，頁147-149。
142 同註21，《聞一多全集》第三冊，頁199-201。
143 同註21，《聞一多全集》第三冊，頁215。

《詩經》移至讀者的時代」，並用考古學、民俗學、語言學等方法，帶讀者領會《詩經》的時代[144]。

有關「芣苢」一詞的訓釋，其云：

> 古代有種傳說，見於《禮含文嘉》、《論衡》、《吳越春秋》等書，說是母吞薏苡而生禹。所以夏人姓姒。這薏苡即是芣苢。古籍中凡提到芣苢，都說它有「宜子」的功能，那便是因禹母吞芣苢而孕禹的故事產生的一種觀念。一點點古聲韻學的知識便可以解決這個謎了。芣從不聲，胚字從丕聲，不、丕本是一字，所以古音芣讀如胚。苢從㠯聲，胎從臺，臺又從㠯。（《王孫鐘》、《歸父盤》等器，以字皆從口作臺。）所以古音胎讀如苢。芣苢與胚胎古音既不分，證以「聲同義亦同」的原則，便知道芣苢的本意就是胚胎。其字本只作不以，後來用為植物名變作芣苢。用在人身上變作胎，乃是文字孳乳分化的結果。附帶的給你提醒一件有趣的事。芣苢既與胚胎同音，在《詩》中這兩個字便是雙關的隱語，這又可以證明後世歌謠中以蓮為憐，以藕為偶，以絲為思一類的字法，乃是中國民歌中極古舊的一個傳統……先從生物學的觀點看去，芣苢既是生命的仁子，那麼採芣苢的習俗，便是性本能的演出，而芣苢這首詩便是那種本能的吶喊了。再借社會學的觀點看，你知道，宗法社會裡是沒有個人的，一個人的存在是為他的種族而存在的，一個女人是在為種族傳遞蕃衍生機的功能上而存在著的……這樣看來，前有本能的引誘，後有環境的鞭策，在某種社會狀態之下，凡是女性，生子的欲望沒有不強烈的。知道芣苢是種什麼植物，知道它有過什麼功用，那功用又是怎樣來的，還知道由

---

144 同註21，《聞一多全集》第四冊，頁457。

那功用所反映的一種如何真實的，嚴肅的意義──有了這種知
識，你這纔算真懂了茉苢，你現在也有了充分的資格讀這首詩
了[145]。

「采采茉苢」《傳》：「茉苢，馬舄。馬舄，車前也。懷任焉。」
古人根據類似律（聲音類近）之魔術觀念，以為食茉苢即能受
胎而生子……意者古說本謂禹因茉苢而生，末世歧說變茉苢為
薏苢，亦猶薏苢之說又或變為珠乎？使以上所推不誤，則茉苢
宜子之說，由來已舊。魯韓毛說並同，學者未可泥於近代眼光
而輕疑之也[146]。

由此可以看出他首先以「母吞薏苢而生禹」的神話學切入，然後
從生物學、心理學、民俗學、文化人類學等角度說明「茉苢」是生命
的仁子，具有宜子功能，采茉苢的習俗是性本能的演出。其後，又借
助文字學、聲韻學、考古學等訓「茉苢」與「胚胎」的意義關係，再
者，進一步指出二者乃語言學中的雙關隱語，最後引述魯、韓、毛各
家及本草家的共識，全面地強調「茉苢」若不是一個 allegory 隱語，
包含著一種意義，一個故事的意義暗號、引線或字音，這首詩便等於
一篇囈語了。他之所以要把這觀念的源頭偵察到，目的不是要替古人
辯護，而是要救一首詩[147]。

而于省吾亦有以民俗學說釋《詩》義者，如〈思齊〉「烈假不瑕」
句，其云：

《漢唐公房碑》作「癘蠱不遐」，蠱謂巫蠱，近代民族學家也
稱之為「魔術」，係原始宗教用巫師作法以陷害敵人的一種手

---

145 同註21，《聞一多全集》第四冊，頁205-206。
146 同註21，《聞一多全集》第四冊，頁308-309。
147 同註21，《聞一多全集》第三冊，頁202-213。

段。初民認為人的災難、疾病和死亡，除去戰爭以外，都是被敵人暗地裡施行巫術所致。我國古代和近代世界各原始民族，都盛行著各種巫術作風。甲骨文蠱字作蠱或蛊。甲骨文稱「唯蠱、不唯蠱」者習見。又稱「㞢（有疾），其唯蠱」，這是說有疾病係被人施蠱所致，這樣的例子不煩備舉[148]。

其以此詩意謂得於神佑，因而大疾滅絕，猛烈的蠱難也已遠離。詩之「肆戎疾不殄」與「厲蠱不遐」乃相對為文。而他從民俗學的角度出發，以各原始民族所盛行的巫術證明，可知「厲蠱」指陷害敵人的各種惡毒法術，駁正《傳》、《箋》等誤釋。

（二）三人以古文字訓詁《詩經》的局限

能借重出土文獻的新材料，以新思維、新方法探勘《詩經》，再闢新局，是民國以來學者以古文字訓詁《詩經》的成就，但也往往因執著於古文字而不免有專擅之嫌。中國學者時世平指出運用出土文獻在《詩經》訓詁實踐上，應把握五幾個原則，即：一、依據故訓，不輕改舊說；二、尊重文本，不輕言假借；三、通曉語法，往復求通；四、古代社會生活與古代文獻互相發明；五、實事求實，不鑽牛角尖[149]。

顯然可見研究者的才學識見，攸關出土材料的鑑識、判讀之精確妥適性；唯有信而有徵，客觀公正的態度，才能以理服人；而不追求新奇，損益舊說，以貫通《詩》義為依歸，更是《詩經》訓詁的精神與目的。

---

148 同註20，頁100。
149 時世平：《出土文獻與詩經詞義訓詁研究》（濟南市：山東大學碩士論文，2009年），頁25-36。

1 損益舊說，臆造新解

〈兔罝〉一詩之「公侯干城」、「公侯腹心」句，聞一多以「干城」、「腹心」二詞平列而義相近，進而斷定「公侯好仇」之「好仇」，亦當義近平列之詞。其並考卜辭辰巳之巳作 𝕇，與子孫之子同，亦或作 𝕈，又與已然之已同，是子、已、巳古為一字。子、已一字，則好、妃亦本一字。因而持論《詩》之「好仇」字雖作好，義則或當為妃字。則好訓為妃，則妃亦匹也。如此，〈關雎〉「好逑」亦即君子匹儔也，而妃仇當為古之成語[150]。

季旭昇〈評聞一多詩經論著中的古文字運用〉以甲骨文中根本不存在子、巳同字的情形[151]。故聞一多拆好字，以偏旁相似論同字，且訓好為妃，釋〈兔罝〉「好仇」為「妃仇」，相較舊說言武夫能為公侯之好匹，實屬多餘[152]。

又〈燕燕〉「遠送于南」句，歷來訓解多以此詩為衛莊姜送姜戴媯歸陳之作，陳在衛國南邊，故詩云「遠送于南」。聞一多採用魏源《詩古微》解題，以此詩為任姓國君送妹出適於衛所作，云詩中「仲氏任只」之任即〈大明〉「摯仲氏任」，並援金文證南、林古聲近字通，南字當讀為林。然聞氏此解損益舊說，難免有臆造新解之嫌。

2 務矜創獲，堅持孤證

《詩經新義》集結〈漢廣〉「言刈其楚」、〈王風‧揚之水〉「不流

---

150 同註21，《聞一多全集》第三冊，頁255-256。

151 季旭昇：〈評聞一多詩經論著中的古文字運用〉(《經學研究論叢》第二輯，臺北縣：聖環圖書公司，1995年2月)，頁213-214。

152 許瑞誠指出聞氏在訓詁方面涉及詞義訓詁和文法討論上，犯了引用古字論證之失、忽略文意貫穿之失、論述語法不當之失、好以改字改讀、訓釋詞義不當之失、好以通義釋字之失等缺失。詳見《聞一多詩經詮釋研究》(臺南市：成功大學中國文學碩士論文，2007年)，頁114-115。

束楚」、〈鄭風・揚之水〉「不流束楚」、〈唐風・綢繆〉「綢繆束楚」等，探論「楚」之訓釋。謂「楚」有草及木二種訓義。聞氏以訓木之義，人盡知之，訓草之義則知之甚寡。然則古人服喪所居倚廬，實乃以草蓋屋，可稱謂之梁闇。聞氏盛讚于省吾以梁闇即荊庵，指荊草覆屋之說精碻。云：

> 荊為草類，故制字從草，楚即荊（如上說，荊亦從艸聲，則荊楚為陽魚對轉），是楚亦草矣。楚為草屬，《管子・地員篇》曰「其木宜蚖蕭與杜松，其草宜楚棘」。（《方言》三：「凡草木刺人，……江湘之間謂之棘。」）《詩》中楚字亦多為草名。〈漢廣篇〉二章曰「言刈其楚」，三章曰「言刈其蔞」，楚與蔞并舉，〈王・揚之水篇〉一章曰：「不流束薪」，二章曰：「不流束楚」，三章曰：「綢繆束楚」，楚與薪當并舉。蔞蒲并草類，薪當亦皆以草為之。（《說文・艸部》「薪，蕘也」，「蕘，薪也」，《詩・板》《釋文》，《文選・長楊賦》《注》并引《說文》作：「蕘，草薪也。」《漢書・賈山傳》、〈揚雄傳〉《注》亦并云：「蕘，草薪。」是薪本謂草薪，故制字亦從艸），然則楚亦草矣。知楚為草類，則〈漢廣篇〉曰：「翹翹錯薪，言刈其楚，之子于歸，言秣其馬。」「翹翹錯薪，言刈其蔞，之子于歸，言秣其駒。」謂以楚與蔞為秣馬之當耳。刈楚與秣馬本為一事，乃《箋》曰：「楚，雜薪中之翹翹者，我欲刈取之，以喻眾女皆貞潔，我又欲取其高潔者。」又曰：「于是子之嫁，我願秣其馬，致禮餼，示有意焉。」分刈楚、秣馬為兩事，蓋即坐不知楚為草名之故與？〈王・揚之水〉《傳》訓楚為木，其失亦顯。[153]

---

153 同註21，《聞一多全集》第三冊，頁263-264；《聞一多全集・四》，頁24。

　　聞氏以卜辭中楚字有楚、𣕚二種書體，故楚有草、木二種釋義。據《甲骨文字詁林》所載，卜辭「楚」皆為地名[154]；《古文字詁林》亦載「楚」為卜辭殷祭祀地名[155]。按《說文》則訓「叢木，一名荊。」而此詩歷來說解亦皆訓為叢木，以其細枝嫩葉可以餵馬。聞氏此訓楚為草的說法，於古無據，且屬多餘。

　　然則，對於于省吾指摘梁為荊之誤字，聞一多則駁其非，云：

　　　案刅、刕、刑、荊古當為一字。《貞𣪘》之𠂤即刅字，《𠭯𣪘》之𣓤即刕字，而并讀為荊。二字于皆釋荊，義得而形未符。以金文證之，許書荊從刀乃从刅之訛。《大梁鼎》梁作𣏌，《曾伯簠》梁作𣏌，《叔朕簠》作𣏌，《史免匡》作𣏌，并从刅，與《梁伯戈》同，亦與小篆同。荊、梁并从刅聲，是二字古同音，故荊庵一作梁闇。古字假借，何嘗未有，安得盡以誤字目之哉？且《說苑・正諫篇》荊臺，《淮南子・原道篇》作京臺，而从京之字如涼、諒、掠等皆讀來母，《史記・刺客傳》「荊卿，衛人謂之慶卿」，而慶麏古同字，詳下麐之條。麐亦來母字，則荊古音亦正可隸來母而讀如梁矣。于氏知闇之可假作庵，而不知梁之可假作荊，此千慮之一失耳。）[156]

此聞氏引金文申論刅、刕、刑、荊古當為一字，荊、梁二字古同音，是故荊庵作梁闇。今季旭昇論辨先秦古文字根本見不到刑字，聞氏以刑和刅、刕、荊同字之說誠不可信[157]。

---

154 于省吾：《甲骨文字詁林》第二冊（北京市：中華書局，1999年），頁1378-1379。

155 李圃等編：《古文字詁林》第一冊（上海市：上海教育出版社，1999年），頁467-469。

156 同註21，《聞一多全集》第三冊，頁263。

157 同註149，頁215-217。

3　專斷出土材料為塙據，罔顧篇章通義

篇章之義由貫串全篇的思想或觀念以及所體現的語言行為所構成。以詞句之義為基礎，但並非詞句之義的總和。無論引用的出土材料用例及論證多麼豐富周詳，唯有前後文義的貫通才是訓釋是否真正確立的指標。

〈七月〉一詩之「朋酒斯饗」，林義光以金文酒字皆作酉，酒者乃後人所改。其云：

> 酉者醜之省借。醜從酉得聲，乃後出字，古得借酉為之。《禮記》「在醜夷不爭」，鄭注：「醜，眾也。」《曲禮》。醜、儔古同音。朋醜猶言朋儔也。毛以朋酒為兩樽酒，此特望文生訓。古惟貨貝乃以朋計，兩樽不得為朋也。《儀禮·鄉飲酒禮》雖云尊兩壺於房戶間，然《鄉飲酒》「烹狗於東方」，而此詩「曰殺羔羊」，則亦不得盡據《鄉飲》為說矣[158]。

林氏以古惟貨貝乃以朋計，兩樽不得為朋，故朋酒當解作朋醜、朋儔解。《文源》引《毛公鼎》、《盂鼎》等為例，以酉本義即為酒。聞一多《詩經通義》乙亦引錄此說，並申之曰：

> 案古者五貝為朋，此以朋酒為兩樽，恐非詩義。《說文》無朋字，只見東漢隸書（婁壽孔廟樊敏諸碑可證），西漢亦無之。朋字亦必依葬制新造，字從二月，即二貝之變體[159]。

然就上下文義考之，朋酒訓作朋醜、朋儔，實牴牾不通。郭沫若以朋

158　同註19，頁165。
159　同註21，《聞一多全集》第四冊，頁349。

之貝數初本無定制，為二為五均可，五貝為朋外，亦有兩貝為朋[160]。故「朋酒斯饗」仍依《傳》訓兩樽曰朋，較為妥當。

又〈碩人〉一詩之「朱幩鑣鑣」，林義光訓云：

> 幩，毛云飾也。按《詩》之朱幩不言所飾，而金文則屢言索較《師兌敦》、《吳尊》、《毛公鼎》、《番生敦》《象伯戎敦》。及索靮朱鞹幬，《吳尊》、《象伯戎敦》。皆惟國君之車有之。索為幩之古文。說見《文源》。然則朱幩者，較與靮幬之朱飾也。較之制詳〈淇奧〉篇，靮幬之制詳〈韓奕〉篇。毛於幩字解為人君以朱纏鑣扇汗且以為飾。愚謂鑣鑣既為盛貌，則與馬銜之鑣無涉。而毛乃以鑣鑣二字作三字讀，如毛說，是謂朱纏之鑣鑣鑣然而盛，則詩當言朱幩鑣鑣鑣矣。甚無謂也。蓋車之朱飾在其時已無可考，故聊以屬馬銜耳[161]。

其以「索」為幩之古文，朱幩即較與靮幬的朱飾，鑣鑣乃顯盛之狀，毛訓朱纏之鑣鑣鑣然而盛，於義失當[162]。故主張《詩》之朱幩不言所飾，且車之朱飾已無可考，故朱幩聊以為馬銜，聞一多《詩經新通義》乙亦引錄此說[163]。

今考察《傳》訓「幩」為飾，意指人君以朱纏鑣扇汗，且以為飾。鑣鑣則訓盛貌。《正義》以朱為飾之物，故幩為飾。按此，《傳》訓馬車之飾顯盛多貌，在會通物理，貫通詩義上，顯然較為合理，而林、聞二人以朱幩意指套在馬嘴上用以控制方向的鐵製器具顯盛，則於義不通。

---

160 同註152，第四冊（北京市：中華書局，1999年），頁3286。

161 同註19，頁72-73。

162 同註19，頁72-73。

163 同註21，《聞一多全集》第四冊，頁153。

4 囿於材料出土時機，前修未密，後出轉精

受到地下材料出土的時代環境限制，徵引古文字訓詁《詩經》的結果，往往因新材料的出土發現而屢遭變易。如〈采菽〉一詩「玄袞及黼」，林義光以金文言賜衣者皆褋衣非命服，且言賜衣皆不及裳。然近來西周銅器銘文賞賜物、冊命金文等相關研究，可知金文中賜裳的例子，已見子犯編鐘[164]；賞賜之衣見於銅器銘文者更可歸納成四類：玄衣、玄袞衣、戠衣、戠玄衣，甚或《詩經》裡有卷龍紋圖樣的黑色衣服——玄袞，已被禮學家證成服龍袞者為天子、上公或王者之後、諸侯等[165]。

而在考釋名物禮制上，林義光據《公貿鼎》訓六轡車制，析分轡字形義，思慮縝密，但隨著始皇陵二號銅車的發現，孫機〈始皇陵二號銅車對車制研究的新啟示〉以及揚之水《詩經名物新證》對於六轡的繫結法，也有了更精確的解釋[166]。

至於〈靈臺〉之「辟雍」，林義光據戴震說法申論辟雍為學校者，今考商周彝器金文，有《麥尊》刻有「辟雍」，記載周天子於辟雍乘舟射牲及賞賜從御之人過程。顯見周初「辟雍」為周天子及貴族成員舉行禮儀大典、祭祀活動、習射樂舞等公共活動的場所[167]。

再者，〈緜〉一詩之「古公亶父，陶復陶穴」，林義光疑太王以前非穴居，援引陳啟源復、穴皆土室，復則絫土為之，穴則鑿地為之，其形皆如窯竈等說法，而謂古者窟居隨地而造，平地則絫土於地上重

---

164 吳紅松：《西周金文賞賜物品及其相關問題研究》（合肥市：安徽大學博士論文，2006年），頁64。

165 鄭憲仁：《西周銅器銘文賞賜物之研究——器物與身分的詮釋》（臺北市：臺灣師範大學國文學系博士論文，2004年），頁171-172

166 孫機：《中國古輿服論叢・中國古馬車的三種繫駕法》（《文物》，1983年），頁13。
揚之水：《詩經名物新證》（天津市：天津教育出版社，2007），頁234-236。

167 李紹先、賀文佳：〈西周辟雍考論〉（《文史雜誌》，2011年第6期），頁23。

複為之，高地則鑿土為穴[168]。其後，于省吾則就近世考古發掘的半坡
仰韶文化墓葬、山東大汶口龍山文化墓葬以及《安陽發掘報告》第四
期等資料，加以考釋。于氏指出從仰韶文化、龍山文化到商周之際，
穴居的情形仍保存。周人地處西北，較落後中原，商代末期的太王的
住穴與復穴都用陶冶的紅燒土築成。陶應作動詞，指陶冶紅燒土，其
質地堅固，可防潮濕。而復字是指儲藏穀物的竇窖，「陶復陶穴」實
則「陶穴陶復」的倒文，目的在與上下句的麜、漆、室三字協韻。而
這樣的訓釋，則澄清了二千年來說詩者對把「陶復陶穴」說成在地上
復築土室的錯誤訓釋[169]；今人揚之水亦詳細臚列相關復原圖考以資證
明[170]。

　　又如，〈十月之交〉「擇三有事，亶侯多藏」句，林義光以此詩
「三有事」與〈雨無正〉的「三事大夫」相同，屬於同時期的作品。
但他力主三事不為長官，主要原因有四：第一，〈雨無正〉一詩中先
言正大夫離居，後言三事大夫，可見三事不為長官；第二，《書》中
立事、準人、牧夫並舉，證明三事非三公；第三，《毛公鼎》的「參
有司」為三事；第四，《周明公尊彝》言「三事四方，受卿事寮」，可
見三事自別於卿事寮之外。因此，而判定舊說以三有事為三公、三卿
的說法錯誤[171]。

　　其後，于省吾據出土文獻用例以證通訓，言「事」、「士」古通。
而引《毛公鼎》「及茲卿事寮大史寮」、《廈叔多父盤》「使利於辟王卿
事」、《矢籃》「尹三事四方，舍三事命」。斷言「三事」即此詩之「三
有事」。「有事」猶諸侯之稱「有國」、「有邦」也[172]。

168　同註19，頁307。

169　同註20，頁97-99。

170　揚之水：《詩經名物新證》（天津市：天津教育出版社，2007），頁117-143。

171　同註19，頁2254。

172　同註20，頁27。

　　今季旭昇先生引用劉雨《兩周金文官制研究》為證，指出〈雨無正〉「三事大夫，莫肯夙夜；邦君諸侯，莫肯朝夕」詩句中的「三事大夫」與「邦君諸侯」相對，以及金文「三事」和「四方」對舉，來證明「三事」地位的崇高[173]。

　　他如〈閟宮〉「三壽作朋」之「三壽」，林義光《詩經通解》訓以三壽之人為輔佐也。並云此詩自「黃髮臺背」以下，始為祝壽之辭。然「保彼東方」至「如岡如陵」數語，則與祝壽無關。其並援引《宗周鐘》言保國而不及壽、《晉姜鼎》上文雖為祝壽之辭，然下文僅言保孫子而不及壽，責求向來解詩者徒見「三壽」遂以為祝壽。林氏考察《文源》、《宗周鍾》「三壽惟利」與《晉姜鼎》之「三壽是利」，利字乃讀為賴，故二者皆言依賴老壽之人以保國保孫子之意，正與詩之「三壽作朋」意同[174]。

　　「三壽」一詞，僅見於《詩經・魯頌》，歷來解法約有三種：以「三壽」為三卿，此其一；指壽之三等，即上壽、中壽、下壽，此其二；祝人像三星一樣長壽，此其三。查考《傳》訓壽為考；《箋》釋三壽為三卿；孔《疏》依《箋》訓為三老、三賢；馬瑞辰《毛詩傳箋通釋》以下言「如岡如陵」是祝其壽考，從《傳》訓三壽為三老[175]，而謂之三壽指壽之三等的說法。于省吾僅增列《者瀭鐘》「若參壽」等，而未詳明其義；徐中舒〈金文嘏辭釋例〉則與〈天保〉一詩相較，云〈閟宮〉「三壽作朋」乃祈壽老之義，其辭與〈天保〉「如南山之壽，不騫不崩。」相同。二者分別以岡陵、南山譬壽[176]。

　　今季旭昇則以本詩義旨推求，質疑祝壽何以含糊籠統地祝人從八

173 季旭昇：〈澤螺居詩經新證〉，《語文、情性、義理——中國文學的多層面探討國際學術會議論文集》（臺北市：臺灣大學中國文學系，1996年），頁751。

174 同註19，頁150-154。

175 馬瑞辰：《毛詩傳箋通釋》（北京市：中華書局，1989年），頁1147。

176 徐中舒：《徐中舒歷史論文選集上》（北京市：中華書局，1998年），頁526-529。

十歲到一百二十歲，而不敬祝僖公「萬年無疆」、「胡不萬年」、「壽考萬年」？其並根據《者減鐘》等銘文，證明「三壽作朋」的三壽是「參壽」，指祝福人家如參星一樣長壽的意思[177]。

據金信周《兩周祝嘏銘文研究》一文查考「三壽」與「參壽」所見銅器，以西周共、懿時期之器《仲觶》為最早，其壺銘寫作「三壽」，進而推論二者均是祈請長壽之詞[178]。

五　結論

綜言之，民初學者據古器物銘文以證詞例、訂正傳寫誤謬及禮制歷史等，深受王國維文獻研究的二重證據法影響。王國維的《詩經》研究中，抉發《詩經》成語以解《詩》、借《詩》以新證古史、考釋名物禮制，以及斷代詩篇及次第，對於林義光、于省吾及聞一多的《詩經》研究，具有普遍性的影響。綜觀三人運用古文字解《詩》的立場與目的，在於「求通」與「證新」。「求通」旨在疏通傳注，證成舊說；「證新」則意在突破前說，發明新義。其訓詁實踐分別表現在《詩經》之校訂誤字音讀、識字通假與句讀、構詞慣例訓詞語、闡明參稽語例、考釋名物禮制、新證詩史與篇次等方面。

三人擁抱新材料、新思維、新方法，加以探勘《詩經》新事證，成就在「新」，局限也弊在「新」。在「證新」的期許下，三人以古文字訓詁《詩經》展現了五大特色：一、結合古文字考釋成果，因形以求義；二、徵引古文字相類詞例，論證字詞；三、出土文獻與傳世文獻交驗互證；四、歸納古文字用例，條貫《詩》訓；五、融合多元視域，發明《詩》義等；而在「求通」的原則下，運用古文字訓詁《詩

---

177 季旭昇：《詩經古義新證》（臺北市：文史哲出版社，1995年），頁151-154。

178 金信周：《兩周祝嘏銘文研究》（臺北市：臺灣師範大學國文研究所碩士論文，2002年），頁112-118。

經》亦難免有失當之處，所謂「損益舊說，臆造新解」、「務矜創獲，堅持孤證」、「專斷出土材料為墉據，罔顧篇章通義」以及「囿於材料出土時機，前修未密，後出轉精」則是三人古文字訓詁《詩經》的局限。

中國學者趙沛霖指出二十世紀的考古發現對於《詩經》研究的影響，除了間接促成對《詩經》時代社會歷史和社會性質的認識以外；更能通過考古學的研究成果直接解決《詩經》本身的有關問題，如作品的時代、性質、題旨、詩義以及名物、訓詁、典章、制度等問題[179]。

楊樹達《積微居金文說》序中，曾自述研究金文的經驗，云：

> 每釋一器，首求字形之無牾，終期文義之大安，初因字以求義，繼復因義而定字。義有不合，則活用其字形，借助於文法，乞靈於聲韻，以假讀通之[180]。

其研究金文銘器是以識讀古文字開始，先求正確字形為首務，終以文義通暢為依歸。其因字以求義，再由字義逆推而定正字。遇有文義乖違者，則活用字形、借助文法及聲韻，以通假讀通，此乃研究古器物及釋讀古文字者，值得借鏡之途徑。

從考古學的角度來看，考古學家常以《詩經》釋銘證器。而今從《詩經》研究的立場來看，銅器銘文的時代意義以及冊命賞賜等指涉

---

179 趙沛霖：《現代學術文化思潮與詩經研究：二十世紀詩經研究史》（北京市：學苑出版社，2006年），頁274-275。而劉立志〈二十世紀考古發現與《詩經》研究〉亦指出古文物的發現在四個方面推動了深化了《詩經》研究，即考古文物能糾正《詩經》傳本之誤、能夠貫通《詩經》文字訓詁，參證《詩經》名物制度，以及有助於我們瞭解《詩》三百篇流傳早期及結集成書前後的社會文化狀況，並更全面更深刻地考察《詩經》學術史。(《南京師範大學文學院學報》第2期，2004年6月)，頁51。

180 楊樹達：《積微居金文說·序》（北京市：中國科學院，1952年），頁1。

內容，往往也能提供《詩》義、名物考證、詩史斷代等相關證據。因此，考古材料是《詩經》研究的重要助力，在會通《詩》義的依歸上，如能更進一步結合語言、歷史、考古及多元視域的研究方法，相互參照舊說，截短補長，開拓新局。

本文收入〈民國學者以古文字訓詁《詩經》的實踐情形〉，《變動時代的經學與經學家──民國時期經學研究論文集》，臺北市：萬卷樓圖書公司出版，2014年12月。

林義光《詩經通解》研究

一 前言

民國初年，援用金、石、甲骨等古文字學考證《詩經》中的古義，已是《詩經》學歷史發展的必然要求。隨著大量的龜甲與鐘鼎彝器出土，以及王國維提出以地下出土的新材料來補正紙上材料的「二重證據法」後，延伸衍義的治學新取向，均較清儒從紙上材料考證論辨，來得更加具體且科學。

王國維〈毛公鼎銘考釋〉一文指出古器文字與文義本有不可盡識及強通的情況，所以，他提出四種方式：「考史事與制度文物，可幫助瞭解時代的情狀」、「本之《詩》、《書》，可推求其文義例」、「考古音可通假借」、「參照彝器以驗文字古今變化」等，供作研究[1]，深遠地影響了後來學者，具有啟導之功，例如林義光、于省吾、聞一多三人，在這方面都有突出的成就。其中，林義光《詩經通解》更是王國維之後，第一個大量採用古文字材料，全面訓釋《詩經》的專著。

考察三人《詩經》著作的研究，學界過去對於王國維、于省吾及聞一多的研究較為關注，但對於林義光的《詩經通解》則較少。此書是繼王國維之後，以古文字研究《詩經》，並唯一標注全文，通解全書的專著。目前臺灣學界僅有季旭昇先生〈析林義光詩經通解中的古文字運用〉一文，針對此書古文字在〈國風〉部分的運用情形，進行

---

1 王國維著，彭林整理：〈毛公鼎銘考釋〉（《觀堂集林》外二種，石家莊市：河北教育出版社，2001年），頁145。

評析[2]，另外，陳文采《清末民初詩經學史論》論文也略為敘述[3]。

　　林義光，字藥圓，福建閩侯人，生卒年不詳，民初從事古籀研究的名家，也是殷墟發掘以前，最早研究甲骨文的學者之一，著有《文源》及《詩經通解》。《文源》一書十二卷，成於一九二○年，目的在以金文確定文字本形、本義，《詩經通解》二十卷多據此書以說解《詩》義。《詩經通解》一書條理清晰，文字簡明，尤其能「徵引鍾鼎銘文，考證文字孳生通假之故，古書傳寫改易之跡」，探究詩義[4]。

　　從聞一多《詩經新義》、《詩經通義》成於一八九九至一九四六間，而于省吾《澤螺居詩經新證》上卷由一九三五年出版的《雙劍誃詩經新證》刪訂而成，中卷分別發表於《文史》第一、二輯的《澤螺居詩經札記》（1962年）、第二輯《澤螺居詩義解結》（1963年），下卷則是已發表的的有關《詩經》考證的單篇論文等，按聞、于二人撰著年代及引用林氏的說法[5]看來，成於一九三○年的林義光《詩經通

2　季先生研析十三則中有四則是證成舊說，另外九則是提出與一般舊解不同的新說。（《第五屆近代中國學術研討會》，中央大學中國文學系，1994年），頁121-134。

3　陳文采：《清末民初詩經學史論》（臺北市：東吳大學中國文學研究所博士論文，2002年），頁318-323。

4　洪湛侯：「書中條理清晰，文字簡明，然其書的特色，還在於徵引鍾鼎銘文，考證文字孳生通假之故，古書傳寫改易之跡，以探究詩義。」（《詩經學史》，北京市：中華書局，2002年），頁781。夏傳才：「該書最大的特色是徵引鍾鼎銘文，考證文字孳生通假之故，古書傳習改易之跡」（《二十世紀詩經學》，北京市：學苑出版社，2005年7月），頁120。

5　于省吾：《澤螺居詩經新證》（北京市：中華書局，2003年）引林義光說法者，共有〈敬之〉「佛時仔肩」（頁60）、〈雨無正〉「淪胥以鋪」（頁85）、〈大明〉「會朝清明」（頁97）、〈文王有聲〉「維龜正之」（頁102）、〈詩履帝武敏歆解〉（頁137）等；聞一多引引林義光說法者，《詩經新義》有「今」、「墍溉漑」、「命」等，詳見孫黨伯，袁謇正主編：《聞一多全集》第三冊（武漢市：湖北人民出版社，1993年），頁275、277、281；《詩經通義》甲之〈摽有梅〉、〈小星〉、〈日月〉、〈小雅·谷風〉等，詳見孫黨伯，袁謇正主編：《聞一多全集》第三冊（武漢市：湖北人民出版社，1993年），頁329、332-333、354、372；《詩經通義》乙之〈葛覃〉、〈桃夭〉、〈君子偕老〉、〈碩人〉、〈豐〉〈蟋蟀〉、〈綢繆〉、〈鴇羽〉、〈七月〉、〈小雅·谷風〉、

解》，可說是繼王國維之後，開啟于省吾、聞一多以古文字研究《詩經》的先聲[6]。

本文考論者，主要有三：一則考察林義光《詩經通解》的解詩立場觀點，次則探究其解詩的方法，再者歸納解詩特色及影響，以見林義光在民初《詩經》研究影響的學術證據，解答並驗證學術史上對於林義光的論斷，期對民國初年變動中的經學有更深一層的認識。

二　《詩經通解》的解詩體例與觀念立場

《詩經通解》一書體例，正文前有「序」文自述著作梗概；「例略」一篇揭示詩觀；「詩音韻通說」表明音韻觀點。「正文」二十卷，則詳列詩句，於字音收元音與輔音者，用羅馬音標表示。每章引列舊注、前人說法，以明詞訓、讀音。每篇之後，分列「篇義」、「別義」與「異文」。「篇義」選錄諸家說解，多以《詩序》為根據。「別義」於《序》說及前人說解不同之處，發明己見。「異文」則臚列各家文字異同，供作參考。

在駁正《序》說與前人說解的「別義」部分，經統計「國風」有三十首，「雅」詩四首，「頌」詩七首。其中，或以指涉對象不同而分野，如〈葛覃〉一詩，林氏以為非后夫人之事，所以「古法不踰境則可以歸寧」[7]。又如〈有女同車〉一詩，林氏以為此詩與〈山有扶蘇〉、〈蘀兮〉、〈狡童〉諸篇《序》說皆以刺忽而作，然其觀詩義則全

〈林杜〉、〈采芑〉、〈庭燎〉、〈我行其野〉、〈小弁〉、〈大東〉、〈車舝〉、〈苕之華〉等，詳見孫黨伯，袁謇正主編：《聞一多全集》第四冊（武漢市：湖北人民出版社，1993年），頁15、21、119、153、209、248、257、262、329、342、348、372、379、382、398、403、414、418、419、429-432、440、451。

6　橋川時雄：《中國文化界人物總鑑》（北京市：中華法令編印館，1940年）一書以林義光《詩經通解》是《澤螺居詩經新證》的先聲。

7　林義光：《詩經通解》（上海市：中西書局，2012年），頁5。

無此意。他舉了《左傳》六卿為韓起賦詩以觀鄭志，證明《序》非[8]；或參考禮制以別其非，如〈野有死麕〉，林氏以昏禮無用死麕之事，《傳》、《箋》「分其肉」的說法，不近情理，其說不通[9]；或以《序說》不符《詩》義而別識，如〈草蟲〉一詩，林氏考察詩義，全無以禮自防之意，《序》說顯然不可從[10]等等。

《詩經通解》此書是繼一九二〇年發表《文源》以來，殫精竭慮，歷十年而成之作。名為「通解」，旨在通曉歷來傳讀《三百篇》晻昧難懂之處，除甄擇舊說之外，另增益出土等古文字材料，補正從來說解的違失之處。而清儒高郵王氏父子、俞樾的卓絕成就，最受林義光重視，故此書引用清儒意見最多者為高郵王氏父子，其次是俞樾，再者為馬瑞辰[11]。

《詩經通解》一書的解詩觀念立場，約有六端：

（一）欲究詩義，必由古音、古字求之

夫《詩》之難讀，既由今昔詞言殊致，則欲究《詩》義，自必於古音古字求之。往者毛、鄭說《詩》，猶本斯法；惟其用之未密，是以疑滯罕宣。及清代經師講求音聲故訓得其義例，博辨精覈超漢儒而上之；而高郵王氏、德清俞氏，尤為卓絕，剖析一義往往昭若發矇。然詮釋未及全經，其所蓄疑猶不可勝紀。豈其識有不逮歟？蓋諸先生雖明於古之語言，而獨未習其文字，則於古書未能暢讀，亦時為之也。（《詩經通解·序》）[12]

8　同註7，頁97-98。

9　同註7，頁27。

10　同註7，頁17。

11　同註7，《詩經通解·序》，頁1。

12　同註11。

　　林義光以詩之難讀，在於古今詞語的不同，唯有求古音古字，才能求得詩義。對於清儒講求音聲故訓的成就，他認為即便卓然有成之高郵王氏父子、俞樾之卓然有成，在《詩經》的研究著述上，也僅是摘錄章句，擇一訓釋，未及全書，令人疑惑。考究原因，他猜測應當是才識有限，力有未逮的緣故。在他看來，前人雖然明瞭古代語言，但卻不能在古文字上下工夫，以致無法暢讀古書，十分遺憾。而他身處三代器物逐漸出土的時代，有幸躬逢其盛的他便冀望能以新出土的材料，結合清儒音聲故訓的研究成果，進一步爬梳文字孳生通假，傳寫改易的變化，以改正前人之錯謬舊說。

（二）欲達先聖玄意，須明瞭文字孳生通假與古書傳寫改易

> 輓近三代器物日顯於世，學者始得見真古文，由之以博稽精思，合以清儒所得音聲故訓之端緒，則文字孳生通假之故，古書傳寫改易之跡，憭然易明。群籍之泯泯棼棼者，至是始可得其統紀，將欲達先聖之玄意，曉其言於氓庶，今其時矣。(《詩經通解・序》) [13]

　　林義光主張在三代器物逐漸出土、真古文得以見識的時代，學者應當把握這些可貴材料，結合清儒音聲故訓的研究成果，互相發明，使文字孳生通假的原委以及古書傳寫過程中的改易情形，通曉明白，以解決經籍治絲益棼的困境，通達先聖旨意。

（三）賦比興之名體，屬於句不屬於篇

> 風、雅、頌之別，存乎聲歌，與詩之言辭別為一事。……若賦、比、興之殊體，則非言辭莫屬。鋪陳其事謂之賦，取譬於

13　同註11。

物謂之比，斯灼然矣。至毛公述《傳》，於百十六篇標以興體，則興之與比多不可分；而淮南王安亦謂〈關雎〉興於鳥，〈鹿鳴〉興於獸。夫以感物造端，比賦間出，輒謂之興，是必通篇曲譬，不入本言，如〈匏有苦葉〉、〈鴟鴞〉者，乃可稱比；求於全詩，何可多覯，而煩專立此稱？其一章之中，前比後賦者，特名曰興，又何贅也！竊謂賦、比、興之名體，屬於句不屬於篇。三者之間，必存顯別。蓋《詩》者情發於中而形於言，於是有嗟歎，有咏歌。咏歎之不同於賦，猶賦之不同於比也。如「彼美人兮，西方之人兮」；「懷哉懷哉，曷月予還歸哉」；「優哉游哉，亦是戾矣」；「於乎前王不忘」皆非平鋪直敘之語，而有壹倡三歎之音，斯為興耳。故雎鳩、喬木、汜渚、風霾，比也，非興也。「悠哉悠哉」、「云何吁矣」，興也，非賦也。〈大明〉之詩曰：「矢于牧野，維予侯興。上帝臨女，無貳爾心」，是則奮撟激越之語，其體為興，有明徵矣。斯說也，與前世而異撰，初未謂為必然。惟賦、比、興三者，非是則難於離析。聊載於此，俟覽者擇焉。（〈例略〉）[14]

撰作《詩經通解》之初，林義光自述對於賦、比、興，並沒有特別研究。後來，發現不明白作《詩》方法，便難以解讀《詩》義，才開始琢磨。他主張賦、比、興應以句子來分辨，而不是以篇章也就是整首詩來區分。所以，「關關雎鳩，在河之洲」（〈關雎〉）、「南有喬木，不可休思」（〈漢廣〉）、「江有汜，不我以」（〈江有汜〉）、「終風且霾，惠然肯來」（〈終風〉）等平鋪直敘的詩句，是比而不是興。反倒是「悠哉悠哉」（〈關雎〉）、「云何吁矣」（〈卷耳〉）、「矢于牧野，維予侯興，上帝臨女，無貳爾心」（〈大明〉）等激越的語氣及奮揚的心

---

14 同註7，《詩經通解・例略》，頁1-2。

情，才是所謂的興。

一般而言，興體結合了發端與譬喻的功能，是詩人見到某一景、物，觸動情思，發言為詩的創作過程，是人與自然對應下的一種顯現。這種「感物造端，比、賦間出」的方式，選擇的形象不具有必然的邏輯關係，其多義性、暗示性的語言最耐人尋味。重點在於烘托、象徵情緒，調節韻律，喚起感情，力求情調的一致性。但林義光認為這樣的方式是比而不是興。他以〈匏有苦葉〉、〈鴟鴞〉二詩為例，說明一章裡前比後賦稱為興的情形，實過於冗贅失當。

林義光以「一唱三歎」為千百年來繁複的興義作出折衷的論點，簡化有餘，迥異前人，但卻相對削弱《詩經》中興義之委婉曲說與靈思巧妙，值得商榷。同時在他看來是比而不是興的句子，若按照他的思維理路來看，更像是賦。

（四）以遺存文物證驗古事

> 古詩至孔子時，雖尚存於諷誦，布在竹帛，然或文章條達有異於古言，或代異時殊而語相因襲，其文其事弗協於本始者必既多矣。錄而傳之，以見古來未墜之文僅此而已，非謂存者皆可信，不信者則不可存也。……近時學者追趨逐嗜，輕詆古書，儕六籍於野言，造游辭為史實。以此為治學之隆軌，亦誤之甚者矣。嘗試論之：書固不可盡信，要亦不可盡疑。近世言古事者，莫若以遺存之物為證驗。諸彝器載車服之賜詳矣……（〈例略〉）[15]

林義光以孔子的述而不作、信而好古為典範，並以「敏求信述」自許，面對與群經記載不相符合的事證及言論時，採存錄不廢、不偏

---

15 同註7，《詩經通解・例略》，頁2。

的態度。他主張以遺存的古文物為證驗的依據，並參覈諸彝器銘文，詳加證明。他舉了《郑公鐘》銘文為例，說明〈草蟲〉終、蟲古音相合，陸終乃陸融之孫，確有其人，乃郑國曹姓先祖。此外，也舉例《靜敦》銘辭證明漢代博士以辟雍為學校的說法。

（五）貴君賤民之說，曲解溫柔敦厚

> 《詩》之至者，〈國風〉好色而不淫，〈小雅〉怨傷而不怒。夫好色而不淫，斯無邪之極則。若怨傷而不怒，則有以為民族積弱之原者。以余觀之，特皮相之論耳。夫好色而不淫者，止於禮也。怨傷而不怒者，止於義也。義固不可以怒，又何弱乎？至於義而怒者亦有之矣。「如火烈烈，則莫我敢遏」，此湯之怒也。……他若苛政猛於虎，為民父母忍於率獸食人，為之民者，銜實俎之痛，懷覆舟之思，則怨與怒皆其義矣。秦漢以後，貴君賤民之說習於人心。儒生固於為《詩》，每謬託溫柔敦厚之辭，以深泯沸羹憇羹之跡。如〈揚之水〉篇致嫉平王，而曰「彼其之子」；〈唐·羔裘〉篇「將覆其主」，而曰「豈無他人」：皆文詞之易曉者，而必為之曲解，使無怨毒乃已。……此皆末師之陋，要非《詩》意本然。學《詩》者先明乎此，則知三代盛時政體之良，人君皆以敬民畏民為治，與後世帝者僅以愛民為善政迥不同也。（〈例略〉）[16]

林義光認為〈小雅〉中民怨激憤沸揚的心聲，在過去貴君賤民的思想觀念下，往往被轉移或假託成溫柔敦厚的說法，成為後人譏諷民族積弱本原的依據。因此，他主張說《詩》應還原人民本色，即使像「怨傷而不怒」的詩作，也仍然以義為基礎，故毋須假託溫柔敦厚之

---

16 同註7，頁2-3。

辭，刻意壓抑及泯滅人民怨怒的心聲。

（六）三百篇多錄婦女之作，不宜詆毀女性，為害國俗

> 古昔教人，不專主學校。人才之生，風俗之成，多由於父詔其
> 子，兄勉其弟。故女子之習於教化，與國之髦俊無以異焉。
> 《三百篇》中，多錄婦女之作。自〈葛覃〉、〈汝墳〉以逮〈小
> 明〉、〈白華〉，婉孌篇章，文質之美，與哲夫所成難分高下。而
> 考其時俗，尊慕女子，奉之若師保，有為意想所不及者。……
> 其女子之於郎人，亦或若師保之臨其弟子……後儒說《詩》不
> 窺乎此。於〈斯干〉篇「無非無儀」一語，竟以女子不可為善
> 解之，是直以有齊其思孌之儔不列於人類矣。故於南國婦人，
> 屢褒之曰不妒忌；於鄭、衛女子，概詆之曰淫；考於經文，或
> 未有其一字：皆儒生挾其輕女之見，瞀亂本真爾。昔之贊《易》
> 者，於〈咸〉曰：「男下女」；於〈家人〉曰：「男女正」，等是
> 為人，理相匹敵，厥意可知。而兩千年積習，獨使為女子者德
> 慧陵夷，罕能自拔，豈非經術之階厲也。余觀舊說茲經，頗多
> 謬戾，而尤以此為害國俗，故具論之。（〈例略〉）[17]

林義光考究古代時俗，實尊慕女子才德，無異於髦俊良士。《三百篇》多錄婦女之作，如〈東門之池〉、〈車轄〉等詩，皆讚譽賢女化導君子，達識盡責，令人景仰。但後儒輕詆女性，每以樂淫概指鄭衛女子，不甚恰當。他認為所謂男女對等，理相匹敵，是中國傳統善良風俗，不容變易。

---

17 同註7，《詩經通解‧例略》，頁3-4。

三　《詩經通解》的解詩方法

（一）據古音以通解詩義

　　林義光對於音韻的重視，從《文源》「古音略說」與《詩經通解》「詩音韻通說」二文，可略窺一斑。在他看來，確立《詩》的音韻，掌握音讀，訂正傳寫訛變是通解《詩》義的重要方法。

　　首先，在《文源》「古音略說」中，他依聲母、諸書異文、聲訓、《說文》重文、《說文》聲讀等五種方法，推定古音通例；並定古雙聲之法（以一語之轉定及連語定雙聲）及古疊韻之法（以古書有韻之文及連語定疊韻）。認為在這三個準則下求通古音，即使小有出入，也是屬於通轉的範圍[18]。而通轉有定例，本音亦有常居。

　　其次，世殊言雜，剖析愈密，反而錯誤愈多，如《三百篇》的用韻，便是其例。所以，他主張論《詩》不講四聲，反而較清楚明白。

　　再者，《詩經通解》「詩音韻通說」中，說明了標音讀、用韻的準則。

　　　　文字之讀音，作《詩》之時有與近今顯然不同者。……皆可於
　　　　《詩》之用韻見之。由此可證，古今語音多所變易。而詩《三
　　　　百篇》雖非一時一地之作，在當時則字有定音，舛牾極少。蓋
　　　　作《詩》之時，華夏語言較今日為整齊畫一也[19]。

───────────────

18 林義光《文源》：「世異言雜，不可一概斟量，大抵剖析愈密，而牴牾亦愈甚。如《三百篇》用韻，四聲亦頗以類相從，而錯迕者多，則不言四聲為勝，韻有歌麻，紐有輕脣重脣有舌頭舌上有齒頭正齒本易混淆，於古尤多不別。則併為一部，始得其原，至於通轉有定例，本音有常居，舉其大綱，弗能紊也。」（上海市：中西書局，2012年），頁21。

19 同註7，《詩經通解・詩音韻通說》，頁1。

語音隨著時代的不同而有所變易，但在他看來，非一時一地之作的《三百篇》，在當時是有定音的。所以，他提出七個主張：

第一，形聲字孳生之字，必與其聲母同音，此可見《詩》的用韻上[20]。

第二，《三百篇》用韻可分古音若干部，同部之字用韻可相通[21]。

第三，由《三百篇》之用韻，可知陰聲、陽聲皆自相配合[22]。

第四，《詩》中常以入聲與陰聲通韻，而不與陽聲相通[23]。

第五，《詩》之用韻不以平上聲為分界[24]。

第六，形聲之字，古皆與聲母同音，且聲母無齒頭、正齒之分[25]。

第七，古音某字屬某紐，頗與今音不同。故紐音之擬定，必須廣採文字之聲訓，群書之異文，以為例證[26]。

茲就以下幾則訓例，以見林氏據古音通解《詩》義的情形。

1 〈出其東門〉「縞衣綦巾，聊樂我員」

員，《廣雅》云：「有也」。按：有謂之員者，員（圓）口（圍）雙聲對轉，而義相近。口與厶同字。說見《文源》。自環為厶，即

---

20 同註7，《詩經通解・詩音韻通說》，頁1。林義光同時此條變例者，有〈正月〉、〈緜〉、〈皇矣〉、〈行葦〉、〈鄘・柏舟〉、〈伐檀〉、〈秦・黃鳥〉、〈我行其野〉、〈正月〉等詩，然終究為少數。

21 同註7，《詩經通解・詩音韻通說》，頁2。林氏並將《三百篇》用韻分成二十七類，區劃為三：一為陰聲，其字音皆收於元音；二為陽聲，其字音皆收於輔音；三為入聲，其字音亦收於輔音而較為短促。」

22 同註7，《詩經通解・詩音韻通說》，頁2。

23 同註7，《詩經通解・詩音韻通說》，頁5。

24 同註7，《詩經通解・詩音韻通說》，頁8。

25 同註7，《詩經通解・詩音韻通說》，頁9。

26 同註7，《詩經通解・詩音韻通說》，頁9-10。

私字。則口亦私有之義也[27]。

　　林義光以員、口雙聲對轉，訓「員」有私有之義，與王引之《經傳釋詞》釋云為語詞的說法不同。今考察《文源》，員字從口從鼎，實圓之本字[28]。至於口字，其云：

> 韓非曰：「倉頡作字，自營為厶。」按公字篆從厶，古作厸，從口。見公字條。則口與厶同字，自圍亦私有之義。厶今字以私為之。口、厶疊韻，口音轉為厶，猶惠音轉為穗也。《韓非子》「自環者謂之私」〈五蠹〉字惟作口，乃得云自營自環也。營古音與環近而通用。〈羽獵賦〉「禁御所營。」營，環也。[29]。

今參覈詩文脈絡，訓員為私，無妨詩義，應當可從。

　　此外，〈正月〉一詩，尚有「無棄爾輔，員于爾輻」與「洽比其鄰，昏姻孔云」二員字。前者標以員、圍雙聲對轉，讀為圍；後者則標讀為圓，釋為圓滿。如：

> 云讀為圓。古圓、云字皆作員。鄭玄〈玄鳥〉箋云：員，古文云。此詩員字義本為圓，後人誤寫為云也。襄公二十九年《左傳》子大叔引「協比其鄰。昏姻孔云」，而釋之云：「晉不鄰矣，其誰云之？」云亦圓之義[30]。

　　林氏依照《左傳》引詩，證明云字當為圓的意思。今作云字，乃

---

27 同註7，頁103-104。

28 同註18（卷4，頁11），頁170。

29 同註18（卷3，頁11），頁145。

30 同註7，頁222。

後人誤寫。而據《文源》「員」字所云：

> 《說文》云：「員，物數也。从貝口聲。」按：古作 🔲《員父尊彝》，从口从鼎，實圓之本字。∩，鼎口也。鼎口圓象，省作 🔲《員父敦》。[31]

《員父尊彝》、《員父敦》等古文字材料，則可佐證「員」為「圓」的本字。若此，與上句「洽比其鄰」合而解釋，似乎不如高本漢釋為芸（云為芸之省體），謂眾多親戚來得恰當[32]。

2 〈蟋蟀〉「好樂無荒，良士休休」

> 休休，自斂制之意也。《爾雅》：「瞿瞿、休休，儉也。」儉為斂之借字。《說文》：「逑，斂聚也。」斂又謂之收，收古音亦如逑。收從丩得聲，丩求古同音。休，古文從求得聲，說見《文源》。則休、逑古亦同音也。凡言休止者，亦以斂制為義。良士休休者，謂娛樂之時，心有儆惕，自斂制之毋使大過也[33]。

林義光從收、求、休古同音，《文源》並引《格伯敦》、《頌敦》，證休字「從人，求省聲」[34]，「休休」有自我收斂約束的意思。按《傳》訓休休為「樂道之心」，與詩上章「良士瞿瞿」、「良士蹶蹶」等句，意義不合。今林氏以古音通解「休休」為自我約束要求，較為允當。

---

31 同註18（卷4，頁11），頁170。

32 高本漢以「云」是「芸」的省體，認為《詩經》中只用聲符而略去義符的省體字是很普通的。而且，這和下面「念我獨兮」的「獨」字，正好成對比。（《高本漢詩經注釋》，臺北市：國立編譯館，1979年），頁538。

33 同註7，頁121-122。

34 同註18（卷11，頁8），頁398。

3 〈正月〉「有皇上帝，伊誰云憎」

憎讀為贈，古贈賞字作曾尚。說見《文源》。曾與尚亦一聲之
轉。古人凡賞賜可謂之曾。《詩》作憎者，傳寫由曾字改成也。
「伊誰云贈」，蓋謂有皇上帝將降賚何人使之定亂乎？[35]

林義光以曾、尚一聲之轉，訓「憎」為「贈賞」，並從《文源》引
《叚敦》為例證，說明曾是贈的古文。今詳察《文源》「尚」字下云：

凡贈賞者以自有之物增加於他人所有之物，故曾古層字增字、尚
皆可訓為加，曾、尚亦一聲之轉。故曾為詞與嘗尚聲同義[36]。

故「伊誰云憎」與上句通讀，似有呼天哀告上天賜贈賢人以平定亂事
的意思。若此，雖相較釋為憎惡的語氣不同，但無妨全詩大義，當可
從之。

4 〈緜〉「緜緜瓜瓞，民之初生」

民，古萌字，民、萌一聲之轉。說見《文源》。《詩》以瓜瓞喻周
之子孫緜延，而溯其萌芽初生之時，即自杜以遷漆。蓋周之
興，始於后稷居邰。杜即邰地。是周之萌芽生於杜也。漆即豳
地。公劉由邰遷豳，仍在萌芽初生之時。故云緜緜瓜瓞，萌之
初生，自杜徂漆也。及太王由漆遷岐，傳之文王，則周業漸
大，如由萌而瓞，由瓞而瓜矣。瓞，小瓜也。〈生民〉篇「厥初
生民，時維姜嫄」，生民亦即生萌。舊解民為周民，則幾以后

---

35 同註7，頁219。

36 頁362。(同註18，卷10，頁19。)《文源》「曾」字下亦云:「當為贈之古文，以物
分人也。」

稷子孫而外不復有人民矣[37]。

　　林義光此訓利用民、萌聲轉，訓民為萌。《文源》書中除了引用《說文》：「民，眾萌（氓）也。从古文之象。」的說法外，並引《齊侯鎛》民及《洹子器》民等象草芽之形的古文字，證明「民（臻韻）」當為「萌（陽韻）」的古文，音轉為萌，亦轉為氓（陽韻）[38]。若此，於詩句並無異解，當可從。

5　〈皇矣〉「帝作邦作對，自大伯王季」

> 邦讀為奉，邦、奉皆从丰得聲，古為同音；而奉金文作奉，又與邦形近，故傳寫者譌作邦字也。奉對猶對揚。諸彝器每言對揚，而《召伯虎敦》云：「奉揚朕宗君其休。」是奉亦對揚之義。《書·雒誥》云「奉答天命」，奉答亦即奉對矣。《陳侯因𦎫敦》云「答揚厥德」，是對亦作答。帝作奉作對自大伯王季者，言太伯、王季始對揚天休也。《廣雅》云：「作，始也」。天之休命將在文王，而非太伯、王季之友愛，則文王不得嗣立，故以太伯、王季為奉答天命之始[39]。

　　林義光主張「邦」讀為「奉」，有三個理據：第一，邦、奉二字古同音，皆从丰得聲；第二，考釋金文，奉、邦二字形近；第三，奉對意即對揚，諸彝器每有「對揚」二字，如《召伯虎敦》、《陳侯因𦎫敦》等。所以，他推論今作「帝作邦作對」，乃傳寫者譌作。若此，詩句就解成奉答天命就從大伯王季開始。與邦作國家解釋，並無太多差別，此例可從。

37　同註7，頁306。

38　同註18（卷1，頁14），頁69。

39　同註7，頁318。

6 〈節南山〉「不弔昊天，不宜空我師」

不弔，不淑也。金文叔字皆借弔字為之。叔、弔雙聲旁轉，故淑亦通作弔。《書‧費誓》「無敢不弔」，《史記‧魯世家》作「無敢不善」。襄十六年《左傳》「旻天不弔」。鄭眾注《周禮‧大祝》引作「閔天不淑」，是弔即淑也。《詩》言尹氏宜俾民不迷，不宜空窮我眾。其稱不淑昊天，乃痛傷歎嗟之詞。[40]

林義光以叔、弔二字雙聲旁轉，故相通，其並援引諸書文字，證明「不弔」、「不善」、「不淑」皆同義。《文源》引《豆閉敦》古文字，證明弔皆以為叔字，且叔字幽韻，弔字宵韻，雙聲旁轉。此訓合於詩義，並可與王國維〈與友人論詩書中成語書〉以「不淑」二字為成語，謂古多用為遭際不善之專名，不弔亦即不淑、不善的說法，相互發明[41]。

7 〈王‧黍離〉「悠悠蒼天，此何人哉」

人讀為仁。人、仁古字通。蒼天何仁，猶言昊天不惠，不弔昊天也。不弔即不淑。〈四月〉篇云：「先祖匪人（仁）」，蓋人疾痛慘怛之時，於天於祖不無譙讓。故〈雲漢〉亦云「先祖于摧」也。摧讀為譙，說詳彼詩。[42]

林義光以人、仁二字古字相通，而訓〈黍離〉與〈四月〉二詩之「人」為「仁」。前者於詩義，似不妥當，至於後者，則無妨詩義。

大抵而言，《詩經通解》多以雙聲對轉、旁轉通解詩義，時有新

---

40 同註7，頁214。

41 同註1，頁32。

42 同註7，頁81。

解，異於前人。今扣緊上下詩文脈絡，加以查驗，無妨詩義者，當可聊備一格，供作參考。過於繁冗曲說者，理應棄除。

（二）據古文字以通解詩義

茲就以下幾則訓例，以見林氏據古文字通解詩義的情形。

1 〈王風・揚之水〉「懷哉懷哉，曷月予還歸」

> 月當作夕。月、夕兩字古文不甚分別。《尤盉》「唯五夕初吉」，五夕，五月也。《曆尊彝》「其用夙月將享」，夙月，夙夕也。夕，古釋字也。說見〈載驅〉篇「齊子發夕」。曷釋予還歸，何時釋我還歸也。《詩》中曷字皆訓為何時，不訓為何；而何月謂之曷月，古今曾無此言也[43]。

林義光引用《尤盉》及《曆尊彝》的材料，佐證月當作夕。由於夕是古釋字，所以，此詩「曷月予還歸」當解作「何時釋我還歸」。他並以《詩》中「曷」字常訓為何時，不訓為何，由古至今從無何月釋曷月之例。今查驗詩文脈絡，無妨於詩義，當可從。

2 〈正月〉「憂心慘慘，念國之為虐」

> 國讀為或，古文國字多作或，如《毛公鼎》之「喪我或」，《宗周鐘》之「畯保四或」，或皆讀為國。《詩》中作國者，每由後人改之。惟此章之或字則義本為或，不宜改作國也。念或之為虐，慮有為虐之人也。蓋沼水甚淺，魚雖潛伏亦甚昭著，故常以有人虐害為憂也。作詩者之憂心似之矣[44]。

---

43 同註7，頁84。

44 同註7，頁222。

　　林義光引《毛公鼎》、《宗周鐘》佐證古文國字多作或。主張《詩》中作國者，多由後人改之。然此章之「或」義作「或」，「念國之為虐」的應釋「念或之為虐」，所以，此詩不宜改作國，作「邦國」解。今查驗詩文脈絡，此訓國為「邦國」或是「或」義，雖所指小異，然無妨詩義。

3　〈縣〉「古公亶父，來朝走馬」、〈大明〉「肆伐大商，會朝清明」

> 　　來當為黎。黎字古作𥠖。《石鼓文》𥠖字偏旁。省作𥞆。《曾伯𥠖簠》𥠖字偏旁。形與來近，遂譌為來，黎朝猶言犁旦。《史記‧尉佗列傳》「犁旦城中皆降伏」。即黎明也[45]。

　　林義光訓「來」為「黎」字。理由是黎字形與來近，遂譌為來。此詩「來朝走馬」應作「黎朝走馬」解，黎朝即犁旦、黎明。林氏並引《史記‧尉佗列傳》：「犁旦城中皆降伏」為佐證。

　　清人俞樾自云年幼讀書時，即疑「來朝」二字，遂以〈小雅‧彤弓〉「一朝饗之」及〈大雅‧大明〉「會朝清明」為例，說明此詩「來朝走馬」當是「夾朝走馬」。《達齋詩說》云：

> 　　夫來朝者，從其未來之時計之也，猶曰明日耳，豈有追述百年以前之事而猶曰來朝哉？誠言來朝，則詩中必應及其先一日事，乃於「古公亶父」之下，不著一語，即曰「來朝走馬」，此語大有可疑。求之朱《傳》，不得其說，求之毛、鄭，仍不得其說，及作《群經平議》得一創解，終以無徵不信，刪而不存，今姑錄於此。竊疑來字乃夾字之誤，夾與甲通。《周禮》射鳥氏則以并夾取之。《注》云「夾讀為甲」。《尚書‧多方》篇因甲於

45　同註7，頁308。

丙亂，《正義》曰夾聲近甲，古文甲與夾通，並其證也。夾朝者，甲朝也。〈大明〉篇「會朝清明」，《毛傳》曰「會，甲也」，會朝即甲朝也。〈彤弓〉篇「一朝饗之」，《傳》曰「一朝猶早朝」。夫經既言朝，其早不待言矣。此字乃甲字之誤，說詳《群經平議》。甲為十日之首，引申之為第一之稱，故毛公云「一朝猶甲朝」。甲朝之稱蓋當時常言也。「會朝清明」者，一朝清明也。「夾朝走馬」者，一朝走馬也。夾乃甲之假借而來，又夾之誤字耳。《楚辭·哀郢》篇「甲之鼂吾以行」，此正襲詩人甲朝走馬之義，且可證甲朝之為古人常言矣[46]。

俞氏以作《群經平議》時未有旁證，故刪而不錄；其後作《達齋詩說》，俞氏方才補上《周禮》及《尚書》中夾、甲二字聲近之例，以證諸「來朝」二字之疑。然此說則遭于省吾否定，云：

> 按：朝、周古音近字通……然則「來朝走馬」，應讀作來周走馬。謂太王自豳遷于岐周，而養馬于斯也……三章云「周原膴膴」，正言來周後見周原之膴膴也……自來說《詩》者以走馬為趨馬，不知如是解，則成後世俚言矣。周初決無此等語例也。俞樾云：「豈有追述百年以前之事，而猶曰來朝哉？誠言來朝，則詩中應及其先一日事，乃于古公亶父之下，不著一語，即曰來朝走馬，此語大有可疑。」按：俞氏之致疑，是也。然俞氏以來朝為夾朝，夾朝走馬者，亦所謂不知而妄作矣[47]。

于氏以朝、周古音相通，「來朝走馬」應讀作「來周走馬」。俞樾以混「來朝走馬」與「會朝清明」，訓「來」為「夾」，是為謬誤。

---

46 俞樾：《春在堂全書》（光緒25年重訂本，環球書局），頁1365-1366。
47 于省吾：《澤螺居詩經新證》（北京市：中華書局，2003），頁34-35。

　　就詩義來看，〈大明〉一詩「會朝清明」四字，旨在說明武王伐
商會戰時的天地人和。「會朝清明」的「會朝」二字，歷來有釋為黎
明、甲子日的黎明、一朝、甲日的早上、天尚未大明之際、不終朝等
六種說法。而林義光則把「會朝」二字解釋成早晨清明之時[48]。《詩經
通解》云：

> 會朝清明，言適會早晨清明之時也。〈牧誓〉云：「時甲子昧
> 爽，王朝至于商郊牧野，乃誓。」〈周語〉「泠州鳩言武王伐
> 殷，以二月癸亥夜陳未畢而雨」。然則夜陳而朝誓師者，必以
> 遇雨未獲畢陳，至朝而清明乃復陳之也[49]。

　　林氏此說被于省吾所接受[50]，但在〈緜〉詩的「來朝走馬」一
句，林義光則認為是敘述古公亶父遷岐時，黎明驅馬勘察周地的說
法。但于省吾則解釋「來周走馬」為說古公亶父遷岐於周，養馬於
此，二者不同。于氏訓來為周，顯然與「走馬」二字無法連義，不如
林氏以形近訓「來」為「黎」允當。

4　〈常棣〉「常棣之華，鄂不韡韡」

> 鄂不，鄭玄云：「承華者曰鄂（蕚）不當作柎。柎，鄂足也。」
> 按：不字本義為蕚足，象形說見《文源》。作柎者，後出字耳。
> 凡花蕚由蕚片群集而成。蕚片有尖細者，其末端分散同承一
> 花，狀如鼓架，是為蕚柎，亦即蕚足。不字三足雖向下，若承花之

48　季旭昇〈大雅大明會朝清明古義新證〉一文中，指出林義光的訓解雖持之有故，卻
　　未能言之成理。按理〈大明〉一詩側重描寫周人滅殷的關鍵戰役，若只是說當日早
　　晨天氣清明，未免詩義不夠完整。故此說雖不可取，但也不可全廢。（《詩經古義新
　　證》，臺北市：文史哲出版社，1995年），頁132-134。

49　同註7，頁306。

50　同註47，頁97。

萼,則其足倒而向上,觀月季花之萼可得其形。萼足相比次以承花,猶兄弟協力以承家也[51]。

林義光以「不」字本義為柎,柎是後出字。柎字解為萼足,承載花片的主架,就好比是兄弟同心協力以持家。他並引《文源》說法佐證:

《說文》云:「𠀚,鳥飛上翔不下來也。从一,一猶天也。象形。」按:𠀚與鳥形不類,周伯琦云:「鄂足也。萼足謂之柎。不、柎雙聲旁轉。」《詩》「鄂不韡韡」《箋》云:「不當作柎,柎,鄂足也。」《左傳》「三周華不注」成二年山名華不注,亦取義於華柎[52]。

同時,他認為不為之韻,柎為遇韻,二字雙聲旁轉[53]。林氏的看法,顯然與清人沿用《鄭箋》的說法相近,但于省吾有不同的見解。其云:

戴震《毛鄭詩考正》謂「鄂不今字為萼柎」,陳奐《詩毛氏傳疏》謂「《藝文類聚》引《三家詩》作煒煒。不,語詞。」按:以上各種說法都不足以為據。清代學者多宗《鄭箋》之說,但是,首句為「常棣之華」,則下句所形容的對象當然要就華為言。以「鄂足得華之光明」為解,殊不知華本向陽面,如何能說「得華之光明」呢?
今再以《詩》證《詩》,也足以駁倒鄭箋的臆說。《詩經》中詠

---

51 同註7,頁179。
52 同註18(卷1,頁14),頁69-70。
53 同註18,「古音略說」,頁24。

「常棣之華」者，除此詩以外凡兩見，皆屬詰問語氣。〈何彼
襛矣〉稱「何彼襛矣，唐棣之華」。唐、常古字通，唐棣即常
棣。襛字係形容「唐棣之華」的盛多；〈采薇〉稱「彼爾維
何，維常之華。」《毛傳》謂常即常棣。爾通薾，《說文》訓薾
為『華盛』，是爾字也係形容「常棣之華」的繁盛。然則此詩
之「鄂不韡韡」應該就是華言之，而非鄂柎甚明。

鄂不猶言胡不、遐不，《詩》言胡不、遐不者習見。古讀鄂如
胡，古讀遐為「公虎切」（見江有誥《廿一部皆聲表》）。鄂、
胡、遐三字，就聲言之，并屬淺喉；就韻言之，并屬魚部。然
則「鄂不」之可以讀作「胡不」是沒有問題的。「常棣之華，
胡不韡韡」（《說文》訓韡為盛，《廣韻・上尾》訓韡為「華盛
茂」），猶〈出車〉的「彼旟旐斯，胡不旆旆」，以「胡不旆
旆」形容旟旐旒垂之盛，與此詩以「胡不旆旆」形容「常棣之
華」的旺盛，其文法詞例完相仿。「胡不韡韡」係反結語，正
言其韡韡。可是，自來說此詩者多宗《鄭箋》，讀鄂不為萼
跗，把反結語改作華萼之名，詞義俱乖[54]。

　　于省吾的論點有三：第一，「鄂不韡韡」當承上句「常棣之華」
而言，常棣之花本向陽，清人沿襲《鄭箋》以鄂足得花的光明，實不
妥當。第二，〈何彼襛矣〉「何彼襛矣，唐棣之華」、〈采薇〉「彼爾維
何，維常之華」二詩，皆屬詰問語氣，在於形容常棣之花的繁盛。因
此，本詩「鄂不韡韡」應當指花而不是指鄂柎。歷來解詩者，皆把詰
語當成華萼之名，詞義乖戾。第三，〈出車〉「彼旟旐斯，胡不旆旆」
的句子，可證明此二詩文法詞例相同。所以，「鄂不」即如「胡不」、
「遐不」。鄂、胡、遐三字聲、韻皆可相通。

---

54 同註47，頁77-78。

就全詩詩義看來，于省吾的訓釋，顯然較林義光的說法合理。

5　〈天保〉「俾爾單厚，何福不除」

> 除者余之假借。余本義為賜予。說見《文源》。《太保彝》：「王衍太保，錫休余土。」余土者，錫以土也。今字作予，何福不予，賜以多福也[55]。《說文》云：「𢆷，語之舒也。從八，舍省聲。」按：余為語之舒，其說未聞。余本義為賜予，即予之或體。《太保彝》「王衍太保，錫休余土」是也。古作𢆷邾公華鐘，從口、八，與曾、尚同意……《詩》「何福不除」〈天保〉除蓋借為余，亦賜予之義。[56]

　　林義光以除為余，有賜予之義的訓釋，而且，他還引用了《太保彝》當佐證。今據馬瑞辰《毛詩傳箋通釋》訓釋「何福不除」，從《傳》訓與王引之訓為「開」，進一步引申「開」猶「啟」、啟猶起，起猶興，且除、余古通用，余、予古今字，「何福不除」猶云「何福不予」[57]的說法看來，《詩經通解》是借用古文字材料，用以證明前人舊注。

　　對此，于省吾的說法是這樣：

> 按除、余、餘古音近義通。《說文》：「除，從阜余聲。」《爾雅·釋天》：「四月為余。」《小明·箋》作「四月為除」。《周禮·委人》：「凡其余聚以待頒賜。」《注》：「余當為餘。」《周禮·夏官·職方氏》「昭餘祁」。《爾雅》作「昭余祁」。《吳鍾山碑》「父有余財」，即父有餘財。《呂覽·辨士》：「亦無使有

---

[55] 同註7，頁184。

[56] 同註18（卷10，頁6），頁335。

[57] 馬瑞辰撰，陳金生點校：《毛詩傳箋通釋》（北京市：中華書局，1989年）頁510。

餘」，《注》：「餘猶多也。」然則「何福不余」者，何福不多
也。下云「俾爾多益，以莫不庶」，正申述單厚有餘之意也。
次章云「降爾遐福，維日不足」，五章云「詒爾多福」，意皆相
若也。《傳》、《箋》訓除為開，俞樾讀除為儲，均非達詁[58]。

依全詩的意思來看，于省吾以除、余、餘古音近義通，訓「何福不
余」即「何福不多」，言單厚有餘福，參照《傳》訓、王引之、馬瑞
辰以及林義光的說法，其實都可成訓，而不相違背。

6 〈雨無正〉「凡百君子，各敬爾身」

敬讀為苟。音亟。苟者，急也。《說文》：苟，自急敕也。各急爾
身，謂各以己身之事為急，不恤國難也。敬字古或通作苟。
《師虎敦》「苟夙夜」。苟即敬字也。此詩敬字本當作苟，傳寫
者誤讀為敬，因改其字矣[59]。

林義光引《師虎敦》「苟夙夜」，證明敬字古或通作苟。他認為此
詩「各敬爾身」應作「各苟爾身」，意即各以己身之事為急迫之事，
與前人「儆戒己身」的說法不同。他對「苟」字作「敬」的看法是傳
寫者誤讀改字所造成的。而這種傳寫者誤讀改字的情形，在《詩經通
解》的訓釋裡，屢見不鮮。如〈文王〉「常服黼冔」[60]、〈皇矣〉「憎其

---

58 同註47，頁18。

59 同註7，頁228。

60 林義光云：「常讀為尚。常為後出字，古文本作尚。《陳侯因𢈼敦》：『永為典尚。』
典尚即典常。是義為常者，字亦為尚也。此詩之常當從古文作尚，傳寫者誤改為
常。」「黼讀為夫，黼亦後出字，古文以夫為之。《伯晨鼎》：『玄袞衣幽夫』，幽夫
即黝黼（說見〈采菽〉篇）。此詩之黼，古文當亦作夫。傳寫者見與冔字連文，遂
疑為黼字假借，而逕改為黼心。此夫字為語助詞，實非黼義，冔為殷冠，黼則非殷
服也。」（同註7）頁302。

式廓」[61]等詩，林氏便引用敦、鼎等古器銘文，證諸文字傳寫改易的
現象，以通解詩義。

7 〈雨無正〉「雨無正」

> 詩名「雨無正」者，無正即正大夫離居之謂。雨疑周字之誤。
> 古金文周字作圁，形與雨近，故誤認為雨字也。周無正謂周無
> 大臣耳。後《序》云：「雨自上下者也。眾多如雨，而非所以
> 為政也。」說既謬迂，且亦非此詩之意矣。[62]

此詩篇名，向來令人費疑猜。大抵上，《詩》的命名，皆摘取詩
中的句子，但是本詩命名卻無法求得。因此，林義光據古金文周字作
圁，推測與雨字形狀相似，而被誤認為雨。因此，「雨無正」當作
「周無正」。

俞樾曾解此詩「雨無正」為「眾無正」，《茶香室經說》云：

> 愚按：〈雨無正〉名篇，自來不得其解，如《序》所言，亦甚
> 迂曲。疑此《序》有衍字。本云「雨無正，大夫刺幽王也，眾
> 多如雨而無正也。」此正字當訓長，古謂官長為正。《周禮·天
> 官》序官「宮正」，《注》曰「正，長也。官正主宮中官之
> 長。」又《酒正·注》曰「酒正，酒官之長是也。」《詩》云
> 「正大夫離居」，《箋》云「正，長也。長官之大夫，於王流于
> 彘而皆散處。」此正大夫即《序》所謂正也。王流于彘而正大
> 夫皆散，是無正也。其下之官屬猶有在者，而其長皆散去，則

---

61 林義光云：「憎讀為增，增字古文作曾（說見《文源》）。此詩憎字，古文當亦省借作
  曾，今作憎者，傳寫改之也。曾雖可惜為憎，而在此詩則非憎惡之義。」（同註
  7），頁317。

62 同註7，頁229。

眾無正矣，故曰「眾多如雨而無正也」。雨無正猶云眾無正，雨有眾義。〈敝笱〉篇首章曰「其從如雲」，《傳》曰「如雲言盛也」。次章曰「其從如雨」，《傳》曰「如雨言多也」。三章曰「其從如水」，《傳》曰「水喻眾也」。是雨與雲、水皆喻眾多。此《序》曰「眾多如雨」與詩人之辭正合。後人不達其義，乃申說雨字，曰雨自上下者也，又申說無正之義，曰非所以為政也。傳寫并入《序》中，以意增刪，而《序》義晦，詩義亦晦矣。[63]

俞氏為證明《詩序》之「雨自上下者也」及「非所以為政也」為衍文，不從前人訓正為政，援引《箋》訓「正大夫離證，訓《詩》「雨無正」之「正」為官長。據〈敝笱〉篇《傳》訓以雲、雨、水喻眾多，義正與《序》文「眾多如雨」相合，解「雨無正」為「眾無正」。今詩名篇「雨無正」乃傳寫謬誤。

自來說此詩者，多取《韓詩》為證，謂霪雨成姦，在上者無道，政治昏亂，如雨無極，傷我稼穡，而謂〈雨無極〉或〈雨無政〉[64]。俞氏以「眾無正」傳寫誤謬成「雨無正」，而林義光則由金文的周、雨二字形近，推測當為「周無正」，都是扣緊詩義而發，言之成理，然有待更多資料，予以輔證，方能確說。

8 〈十月之交〉「擇三有事，亶侯多藏」

三有事，即〈雨無正〉篇所謂三事大夫也。三事大夫從皇父徙

---

63 同註46，《茶香室經說》卷3，頁5148。

64 朱熹《詩集傳》引劉安世《元城語錄》云：「嘗讀《韓詩》，有〈雨無極〉篇，《序》云：雨無極，正大夫刺幽王也。至其詩之文，則比《毛詩》篇首多『雨無其極，傷我稼穡』八字，腸按：劉說以似有理。然第一、二章本皆十句，今遽增之，則長短不齊，非詩之例。又此詩實正大夫離居之後，御瞽之臣所作。其曰「正大夫刺幽王者」，亦非是。且其為幽王詩，亦未有所考也。」（上海市：中華書局，頁136）

居于向，而王朝遂無一老，與〈雨無正〉篇「正大夫離居，三事大夫莫肯夙夜」情事相合。蓋二詩同時作也。三有事，三事，舊說以為三公或三卿，其實不然。〈雨無正〉先言正大夫，次言三事大夫。《書‧立政》篇：「繼自今，我其立政。立事、準人、牧夫。」先言政，次言事，又以事、牧、準並舉，謂之三有宅。其所謂政，即正大夫；所謂事，即三事大夫也。同篇，事牧準又謂之準夫牧作三事，是其證。凡官之長曰正說見〈節南山〉末章，三公即正大夫。《詩》、《書》言三事皆在正大夫以外，則三事非即三公明矣。《毛公鼎》於卿事寮、太史寮而外，又言參有司。其參有司即三事。近出《周明公尊彝》云：「保尹三事四方，受卿事寮。」於卿事寮而外，又言三事四方，與〈雨無正〉以正大夫、三事、邦君分言者正合。皆可見三事之不為長官。故胡承珙謂三事大夫為在內卿大夫之總稱，對下邦君句為在外諸侯之總稱，其說甚塙也。至何以列之為三，則《周明公尊彝》云：「舍三事命。暨卿事寮，暨諸尹，暨里君，暨百工，暨諸侯甸男，舍四方命。」舍命即錫命，說見〈鄭‧羔裘〉篇。所云諸侯甸男既即四方，則三事分言之似即為諸尹、里君、百工矣[65]。

林義光以此詩「三有事」與〈雨無正〉的「三事大夫」相同，二首詩是同時期的作品。但他主張三事不為長官，原因有四：第一，〈雨無正〉一詩中先言正大夫離居，後言三事大夫，可見三事不為長官；第二，《書》中立事、準人、牧夫並舉，證明三事非三公；第三，《毛公鼎》的「參有司」為三事；第四，《周明公尊彝》言「三事四方，受卿事寮」，可見三事自別於卿事寮之外。據此，他認為舊說以

三有事為三公、三卿的說法，是錯誤的。因此，依《周明公尊彝》的古文字，斷定三事似指諸尹、里君、百工，並駁斥胡承珙以三事大夫為內卿大夫的總稱。

對此，季旭昇先生〈澤螺居詩經新證述評〉一文，引用劉雨《兩周金文官制研究》為證，並指出〈雨無正〉「三事大夫，莫肯夙夜；邦君諸侯，莫肯朝夕」詩句中的「三事大夫」與「邦君諸侯」相對，以及金文「三事」和「四方」對舉，來證明「三事」地位的崇高[66]。

大抵而言，《詩經通解》企圖據古器物銘文以證詞例、訂正傳寫誤謬及禮制歷史等，屢有新解。雖然用以佐證的論點，不盡周全，但卻也同時開啟有別於以往從故紙堆中找答案的一種新思維和新方法。

9 〈閟宮〉「三壽作朋」

朋，《說文》云：「倗，輔也。朋、倗同。」三壽作朋，言以三壽之人為輔佐也。任用老人以安國，《詩》、《書》中屢言之。如〈蕩〉篇云：「雖無老成人，尚有典型。曾是莫聽，大命以傾。」《書·文侯之命》云：「即我御事，罔或耆壽俊在厥服。予則罔克」之類是也。此詩自「黃髮台背」以下，始為祝壽之辭，而「保彼東方」至「如岡如陵」數語，則但言保國而與祝壽無涉。猶《宗周鐘》云「降余多福，福余□孫，三壽惟利，割（勾）其萬年，畯保四國。」言保國而不及壽。《晉姜鼎》云：「用祈綽綰眉壽，乍匽為亟，萬年無疆。」此為祝壽之辭，而下文云：「用享用德，畯保其孫子，三壽是利。」亦言保孫子而不及壽也。解詩者徒見經有三壽二字，遂謂為祝壽考，則過矣。《宗周鐘》、《晉姜鼎》之利字讀為賴。利、賴一語而分兩音，

66 季旭昇：〈澤螺居詩經新證〉，《語文、情性、義理──中國文學的多層面探討國際學術會議論文集》，臺北市：臺灣大學中國文學系，1996年)，頁751。

賴古文作剌，與利同字，說見《文源》。三壽惟賴，三壽是賴，言依
賴老壽之人以保國保孫子，與《詩》之「三壽作朋」同意。朋
之言憑也。《韓非子・十過篇》：「公仲朋」，《史記・甘茂傳》作「公仲
侈」；徐廣曰：「侈一作馮」，《藝文類聚》引《六韜》：「九江得大貝百馮」，
《淮南子・道應篇》作「大貝百朋」，又「暴虎馮河」之馮，《說文》作
淜。是朋、馮古同音。憑亦賴也。朋訓為輔，亦憑賴引申義耳[67]。

　　林義光訓朋為輔，以《詩》、《書》中多用老人輔國，故「三壽作
朋」是指任用三壽之人為輔佐。其參證《宗周鐘》「三壽惟利」、《晉
姜鼎》「三壽是利」等古文字材料，訓利為賴，指依賴老人保國保孫
子，與此詩的「三壽作朋」同意。

　　對此，季旭昇先生舉出徐中舒〈金文嘏辭釋例〉駁斥《詩經通
解》的說法，並根據另外二件銘文《其中乍倗生飲壺》及《者減
鐘》，證明「三壽作朋」的三壽是「參壽」，指祝福人家如參星一樣長
壽的意思[68]。

四　《詩經通解》的特色與影響

　　林義光撰述《文源》一書質教於通學，其後習《詩》，甄擇舊
說，益以新知，十年後成《詩經通義》。《文源》乃林義光研究古文字
的重要作品，大陸學者葉玉英在〈論林義光對古文字學的貢獻〉一文
中，指出林氏古文字研究主要有兩方面，一是利用金文印證說文，一
是從金文材料中摸索古文字形、音、義演變的規律[69]。而《詩經通

67　同註7，頁427-428。

68　同註48，頁150-154。

69　葉玉英：〈論林義光對古文字學的貢獻〉（《福建師範大學學報》，2004年第2期），頁
　　90。另於《文源》的文字學理論研究》碩士論文中也指出：「林義光之所以能取得

解》引用的理據，有大部分是取決《文源》的說法。詳考《詩經通解》全書引用金文的情形，「國風」部分計有詩二十七首三十二條、「小雅」部分詩二十二首三十條，「大雅」部分詩二十首四十二條、「三頌」部分詩二十首三十二條。因此，研究《詩經通解》必須重視《文源》裡的說法及意見。

綜言之，《詩經通解》一書特色有五：

（一）據古音古字探求詩義，說而有據

林義光借助出土的古文字，研究《說文》，考釋文字音義及傳寫改易之跡。《詩經通解》一書臚引諸家說解，得當不繁，雖所言未必成理，然其說必有根據。

如〈子衿〉「挑兮達兮」：

> 挑、達，雙聲字，謂行不相遇也。《說文》：「㞢，滑也。」「泰，滑也。」濯物於水，因其滑而有所脫除謂之㞢泰，今字變作洮汰。㞢泰即洮汰，說見《文源》泰字條。人往來不相遇，與滑脫之意亦近，故謂之挑達。說文訓㞢為滑，訓達為行不相遇。引《詩》曰：「㞢兮達兮」，是許君謂不相遇即滑脫也。挑達、㞢達今字並作逃脫。挑、㞢、洮、逃古同音，達、泰、汰、脫古同音。《詩》言曰行城闕而不相見，故曰逃兮脫兮[70]。

> 泰，脫也。即洮汰之汰本字。凡洮汰者，以物置水中，因其滑而脫去之[71]。

成功，《文源》不正是林義光運用古文字材料研究《說文》的成果，即使是在古文字研究處於鼎盛時期的今天看來，《文源》中的大部分說解都是正確的。」（福州市：福建師範大學碩士論文，2003年）

70 同註7，頁102-103。

71 同註18（卷6，頁36），頁250。

泰從大聲，達從奎聲，奎又從大聲，故泰、達同音[72]。

此詩歷來解釋多沿用《傳》訓「往來相見貌」，如馬瑞辰引《左傳‧成公二年》「楚師輕窕」，訓為「疾行滑利之貌」。林義光訓解「挑達」為「往來不相遇」，迥異前人，未能成理，然引用《說文》條例，訓「挑達」為「滑脫」之意，指二人日行於城闕，卻逃脫不得相見，以及《文源》云此屬於古音通例中的「以聲母定同音」等說，皆有所根據。

此外，〈漢廣〉「言秣其駒」的「駒」字，及〈株林〉、〈皇皇者華〉二詩之駒同。此五尺以上、六尺以下之駒，後變稱為驕。《說文》引「駒」作「驕」。段玉裁《說文解字注》謂《詩》本作驕，今作駒者，乃俗人改字以就韻。林義光則指出諸詩之駒若易為驕，於韻不協。他並引金文《伯晨鼎》、《兮田盤》皆云「錫駒車」，證明駕車之駒與諸詩之駒字義合，故詩之駒字本不作驕，段氏的說法顯然不通[73]。

（二）通解詩義，擺落前人詩教迂說

《詩經通解》旨在「通解」前人說解難通之處，除了時殊世異，文字音形變易外，對於前人說《詩》多陷詩教迷障，曲說旁解，也進行批判。對於秦漢以後貴君賤民的思想習於人心，致使說《詩》者每每假託溫柔敦厚的說法，林義光表示，苛政無度、宛如率獸食人的暴君，人民無不銜怨懷怒怨，痛苦不堪，陋儒解詩強抑人情之常，實非詩之本義。所以，他勇於從詩句找線索，擺落前人迂曲婉說，以別義識之，並舉四詩為例[74]。

〈揚之水〉一詩，林氏遵從《詩序》的說法，以此詩為周平王東

---

72 同註18，〈古音略說〉，頁19。

73 同註7，頁11-12。

74 同註7，《詩經通解‧例略》，頁4。

遷洛邑，派兵戍守申、許、呂幾個小國，以防備楚國侵略，人民思歸而怨，詩句「彼其之子」其實是在影射周平王。

〈唐·羔裘〉一詩，按《詩序》說法旨在諷刺在位之人倨慢可惡，「豈無他人」一句即人民百姓的埋怨心聲。

〈小雅·甫田〉一詩，按《詩序》說法乃是諷刺周幽王當政，倉廩空虛，政繁賦重，農夫失職，致使君子傷今而思古。「倬彼甫田，歲取十千，我取其陳，食我農人，自古有年。」的詩句意思是在稱揚豐收年歲，政府官員用倉庫裡的陳糧餵飽農夫們，是官民和樂融融的景象。但有人解讀是「貴族食新糧，農夫食陳米」的階級剝削，認為國君屬民以自養的苛政行為。

〈大雅·靈臺〉一詩，按《詩序》說法是借百姓為周王建造靈臺、辟雍來說明文王有德，人民樂於歸附他，呈現的是文王與民偕樂的景象。然後世說詩者，卻以「眾民來攻，如子趨父事」解釋之。林義光指出：

> 自漢以後，說經者未嘗夢見古昔之盛治，以為民賤君貴必無同樂之理。故趙岐注《孟子》，以「經始勿亟」為文王不督促眾民。是文王雖寬假之，其民未嘗不勤苦供役。而後人又改分三章為兩章，以上六句專言庶民之致力，下六句專言文王之娛樂。於是臺池鳥獸仍為文王所獨有，偕樂云者徒為虛語，此詩之精意遂全失矣[75]。

因為「貴君賤民」的思想使人認為盛治君民和樂的景象是虛妄的，果如其言，則整首詩的意思將失去了它的精義。他認為三代盛治，人君皆以敬民、畏民為治，此與後世帝王以愛民為善政，迥然不

---

75 同註7，頁323。

同。後人之固陋成見，絕非詩的本義。

另外，林義光對於〈鄭風〉歷來的說解，也很不以為然，而主張「燕好之語與淫詩有別」。他從《左傳》鄭國六卿餞行韓宣子時賦詩言志的情形，知道除了〈羔裘〉一詩，都是表示親好的意思，所以絕不可以淫藝的觀點來看待這些詩；而鄭詩中之〈山有扶蘇〉、〈狡童〉、〈東門之墠〉、〈子衿〉、〈揚之水〉等詩，察其辭意，也是燕好之語，說詩者應當就其詩之本文以觀詩義，毋須偏見曲說。〈靜女〉一詩，原為男女約會之辭，大旨為陳情欲以歌道義，故稱女為「靜女」，皆與溱洧間互相戲謔的女子有別[76]。

（三）巧妙利用甲骨文、金文等古文字材料研究《詩經》，為後世詩經研究開拓新方向

林義光研究《詩經》的方法，基本上與王國維是一致的。但是王國維研究的重點在史學，林義光則是著重在《詩經》字的音、形及詩義的本來面目。所以，利用甲骨文、金文等古文字材料說解《詩經》，仍是冀望求通詩義。大陸學者曹建國《出土文獻與先秦《詩》學研究》一文指出林義光最大的成就在於利用金文，或解字，或考證名物，或與《詩經》中的成詞、成語比較，精當之例，不勝枚舉[77]。他舉了林義光引用金文訓〈小雅・甫田〉「攸介攸止」的「介」為「愒」的假借字[78]，以及引用《毛公鼎》訓〈大雅・韓奕〉「榦不庭

76　同註7，頁54。

77　參曹建國：《出土文獻與先秦《詩》學研究》（上海：復旦大學中文系博士論文，2004年），頁75。

78　〈小雅・甫田〉：「攸介攸止」一句，《鄭箋》訓「介」為「舍」，言百姓人民鋤作耘耔時，閒暇止息的廬舍。」清人陳奐《詩毛氏傳疏》則訓「介」為「大」。林義光《詩經通解》以「介」讀為愒。並引《說文》：「愒，息也。」林氏並以金文「以介眉壽」之「介」皆作「匄」。愒從匄得聲，故介、愒古同音。且據《書・酒誥》「爾乃自介用逸」、「不惟自息乃逸」，證明「自介」即「自息」，「介」乃「愒」的假借字。（同註7，頁267）

方」的「榦」為扞等二例[79]，證明林義光的訓釋一出，遂為定論，之後訓詁《詩經》者，無不提出回應。

又如〈周頌・時邁〉「時邁其邦，昊天其子之，實右序有周。」《毛傳》訓「邁」為「行」，後世多從其說。然林義光以諸彝器「萬年」多作「邁年」，而斷言「邁」讀為「萬」，此一說解較《毛傳》通順，今人高亨《周頌考釋》便採納這個意見，且進一步列舉六十一件彝器上的金文「萬」作「邁」的例證[80]。

林義光的成就對於後來以古文字學研究《詩經》的于省吾，以及利用古文字作為文化闡釋和文學鑑賞的聞一多，都有相當影響的，此從于、聞二人著作中，引述林義光的意見，即可看出承襲之跡。

如《詩經新義》釋「墍溉介」條下：

> 金文乞取字多作匃，亦有作乞者，《郜公紊鼎》「用气覍壽萬年無疆」，《洹子孟姜壺》「用气嘉命，」詩則多用介。匃介同祭部，乞在脂部，最相近，故三字通用。匃、乞皆兼取與二義，介字亦然。〈小明〉篇「介爾景福，」〈既醉〉篇「介爾昭明」，林義光並讀匃訊予，得之。今案〈雝〉篇曰「綏我眉壽，介以繁祉，」綏讀為遺，〈那〉篇「綏我思成，」林義光讀綏為遺，云與〈烈祖〉篇「賚我思成，」義正相同也……[81]。

---

79 〈大雅・韓奕〉「榦不庭方」，古訓作「正」。林氏以為不妥，而引《毛公鼎》之「率懷不廷方無不閈」的說法，謂閈亦讀為扞。斷言《詩》之「榦不庭方」，榦、閈古同音。（同註7，頁379）

80 參曹建國：《出土文獻與先秦《詩》學研究》（上海市：復旦大學中文系博士論文，2004年），頁8。高亨以金文萬作邁者，有《蔡大師鼎》等27件；作䨲者有17件；作䖆者有15件，䨲、䖆皆邁之省文，以邁為萬是常見之事。（見《中華文史論叢》第四輯（北京市：中華書局，1963年），頁100。

81 孫黨伯，袁謇正主編：《聞一多全集》第三冊（武漢市：湖北人民出版社，1993年），頁276-277。

〈摽有梅〉釋「今」字條下：

林義光曰：「今讀為堪。堪字通作伐。」二十年《左傳》「王心弗堪」《漢書・五行志》作「王心弗伐」孟康曰「伐，古堪字。」又《說文》引《書》「西伯既伐黎」《爾雅》郭注引《書》作堪黎。伐亦後出字，古文省借，宜作今也。古今文伯作白，仲作中，祖作且，錫作易，並是其例。「首章『迨其吉兮，』言於眾士而嫁之。此章則已以失時為懼，故曰『迨其堪兮，』言有可嫁者即嫁之，不暇審擇也。」案：林讀今為堪，是也，惟首章之吉既謂吉士，〈野有死麕〉「吉士誘之」，〈卷阿〉「王多吉士，」《書・立政》「庶常吉士。」則二章之堪亦當謂堪士，核諸詞例，最為顯白。《呂氏春秋・報更》篇「堪士不可以驕恣有也，」是古有堪士之語。堪能義近，堪士猶能士也，《荀子・王霸》篇「足以容天下之能士矣。」《韓非子・說難》篇「今以吾言為宰虜，而可以聽用而振世，此非能士〔今作仕，從史記老莊申韓列傳索隱引改，〕之所恥。「迨其堪兮，」猶言庶幾此所求得之士為堪士爾。《傳》誤讀「今」如字而訓為急辭，林氏辯之審矣。然林氏讀今為堪，而釋之曰「有可嫁即嫁之，不暇審擇」，則是名雖易《傳》而實從之，宜其進退失據，不能自圓其說[82]。

又如《澤螺居詩經新證・敬之》「佛時仔肩」一條，于省吾云：

《箋》訓「佛」為「輔」，讀「佛」為「弼」。林義光謂仔為保之訛，是也。金文保字作𤩴，甲骨文𠈼字習見，即保之初

文……然則「佛時仔肩」，應讀作「佛時保賢」，言輔善保賢也。此《詩序》以為群臣進戒嗣王，故以輔善保賢為言，猶云輔之以善，保之以賢。下云「示我顯德行」，語意正相吻合。《傳》以大克為訓，《箋》以輔佛是任為訓，均不得其解[83]。

（四）訓釋簡明，體例清晰，音標清楚明確

《詩經通解》一書訓釋簡明，標音清楚明確。體例網舉目張，明列「正文」、「篇義」、「別義」、「異文」，且前人諸說條理井然，不致繁冗無當。相較時人以古文字詮解《詩經》的專著，此書系統完整，便於研讀。

（五）借詩以證古史，斷代〈商頌〉之作

林義光主張〈商頌〉之作必在商時，而詩義指涉的對象，〈那〉、〈烈祖〉二詩應為稱美主祭之人，與〈魯頌・閟宮〉類同；〈玄鳥〉、〈長發〉、〈殷武〉三詩則為稱頌先祖而作。其云：

> 十二篇者既為商之名頌，則必為世間所盛傳。惟禮樂廢壞之後，所傳不無錯亂。故正考父校於周之大師，正其篇次，改以〈那〉為首也。閔馬父稱此十二篇為商之名頌，則頌之作必在商時。即如《序》說，亦謂為微子以前作。惟諸篇中詞句平易，或與〈采芑〉、〈烝民〉、〈江漢〉、〈閟宮〉諸詩轉相因襲，說者或疑不類殷人所為。不知古人成語雖在遠世亦可相襲，至於一時代之文難易錯出，見於《詩》、《書》及彝器者尤所恆有。以辭之難易論定作者年代，非能毫釐不失者也。十二篇之中，今所存者惟五篇。《序》以為此篇祀成湯，〈烈祖〉祀中宗，皆於

詩義無據。蓋二詩皆美主祭之人，與〈魯頌〉之〈閟宮〉相類。
至〈玄鳥〉、〈長發〉、〈殷武〉乃為稱頌先祖之辭爾[84]。

其以正考父得〈商頌〉十二篇於周太師，正其篇次，改以〈那〉
為首，是《詩序》據《國語》閔馬父所言，按此，〈商頌〉當在微子
以前作。而古人成語遠世相襲，〈商頌〉諸篇詞句平易，旨在讚美主
祭之人或稱頌先祖，雖有推疑非殷人所作，然查考《詩》、《書》及古
彝銘文，同一時代文詞多難易錯出，故不當以此遽論作者年代。

林氏的意見與歷來學者視〈商頌〉作於春秋時代的說法，顯然不
同[85]，但卻與當今學者辯證〈商頌〉作於宋代晚期的立論，則可等同
而觀[86]。

五 結論

從解詩的觀點立場來看，《詩經通解》以古音古字求通詩義、掌
握文字孳生通假與古書傳寫改易原由，立說有據，求真確實。其論賦
比興之名體屬句不屬篇，且以「一唱三歎」作為最難釐清界定的
「興」的標準，相對削弱《詩經》中興義之委婉曲說、觸物起情的靈
思巧妙，值得商榷。而他對於前人受囿於貴君賤民的成見，刻意壓抑

---

84 同註7，頁432。

85 歷來學者以〈商頌〉作於春秋時代，乃正考父美宋襄公之作，有魏源《詩古微》、
皮錫瑞《經學通論》等，王國維亦作有〈說商頌〉上、下篇，分別從詩中所言地理
位置、卜辭中稱謂與句法用例於〈商頌〉中無一可尋，以及詩中語句多襲周詩等，
證明〈商頌〉乃春秋時宋國臣子歌頌宋襄公之作品。

86 中國學者楊公驥與張松如合撰：〈論商頌〉(《文學遺產增刊》第二輯，1956年)，其
後，張松如撰：《商頌研究》(天津市：南開大學出版社，1995年)，一一反駁〈商
頌〉為宋詩。陳桐生：《史記與詩經》(北京市：人民文學出版社，2000年)整理並
增列二條共13條例說明之（頁158-175）。

人本情性，曲說溫柔敦厚的意思，以及將燕好之語視同為淫詩等詆毀女性的說法，提出了批判。這種尊重女性，並重新檢視「淫詩」的作法，雖未有更深層的詳細論述，但頗具新時代觀點，值得重視。

其次，從《詩經通解》據古音、古文字以通解詩義的方法及成果來看，林義光立說有據，以甲骨文、金文等古文字研究《說文》，突破了清儒以《說文》解詩的限制，使得《詩經》有了更真實的面貌。《詩經通解》有許多迥異前人的新解，部分訓解無妨全詩義旨，聊備一格，可供參酌，但仍待後來更多佐證研究，方能定讞。

再者，《詩經通解》駁正《詩序》的「別義」部分僅有四十一首，占全書比例不多，可見其仍多遵從《詩序》的說法，相較於後來的聞一多等人，學術性格較為保守。而在繼承清儒《詩經》考證的成果上，他最為推崇王氏父子與俞樾，對於清中葉胡承珙、馬瑞辰、陳奐三人的《詩經》見解，多所援引。其中，馬瑞辰《毛詩傳箋通釋》的說法，最常被他引用，這或許是「通釋」與「通解」的性質較為接近的關係，而馬瑞辰在引用金文以訓釋《詩經》的成就上，也在胡、陳之上。此外，在古文字部分研究上，除了繼承清儒顧炎武、江永、段玉裁、王念孫、嚴可均、孔廣森、張惠言、朱駿聲等人古韻分部的成果外[87]，並能進一步結合出土文物的時代優勢，對於《詩經》的經文提出強而有力的說法。

綜合之，「據古音古字探求詩義，說而有據」、「通解詩義，擺落前人詩教迂說」、「巧妙利用甲骨文、金文等古文字材料研究《詩經》，為後世詩經研究開拓新方向」、「訓釋簡明，體例清晰，音標清楚明確」、「借詩以證古史，斷代〈商頌〉之作」是《詩經通解》一書的特色。然而面對新出土的古文字材料與音韻通用情形，書中雖每有新解，然待查證尚無定論者亦不少，卻是他的限制。在引用古文字以

---

87 詳見〈詩音韻通說〉，同註7，頁4-10。

解《詩》的過程中，不論是材料的選擇與解說上，都不如後來的于省吾完整；而在跳脫前人執著於文字詁訓而忽略詩義的企圖，比起以民俗學、人類學解釋《詩經》的聞一多，又相對遜色。然而，林義光能著眼於靜態的文字共時性結構，並能重視文字發展的歷時性動態軌跡，利用深厚的文字學養與豐富的古文字材料研究《詩經》，對於啟導聞一多、于省吾二人《詩經》古文字的研究，卻是毋庸置疑的。

原載《輔仁國文學報》第32期（2011年4月），頁105-133。收入〈民國學者以古文字訓詁《詩經》的實踐情形〉，《變動時代的經學與經學家——民國時期經學研究論文集》，臺北市：萬卷樓圖書公司出版，2014年12月。

今依上海中西書局出版之《詩經通解》、《文源》，更正引文頁碼，內容亦略增補及校正之。

郭沫若詩經研究

一　前言

　　民國以來政治社會環境的改變與外來思潮的衝擊，經學研究面臨了思想、方法與實踐上的批判與重建。在整理國故的浪潮下，古史辨學者倡導經典去聖化，《詩經》褪去了教化嚴肅的外衣，強調詩歌真實的生命；而地下出土材料的發現，更使得《詩經》的疑古、考古、釋古及證古等探索，凸顯了一定的普適性和前瞻性。其中，白話翻譯《詩經》並以世界觀視閾建構《詩經》古史社會，拔新領異，造成重大影響者，當屬甲骨四堂之一的郭沫若莫屬。

　　郭沫若身兼詩人、小說家、戲劇家、史學家、考古家等多種身分，中國第一本《詩經》白話翻譯《卷耳集》，是他與《詩經》研究連結的開始。留日期間所作《甲骨文字研究》、《中國古代社會研究》、《卜辭通纂》、《金文叢考》等專著，則是他援引唯物史觀進行古史新證的《詩經》相關研究。翻譯《詩經》可說是郭沫若張揚自我的創作表現；援《詩》考古、證史，或許是他避難沈潛、自勵堅貞的一種出路[1]。郭氏《詩經》研究所開創的格局及影響，自有其個人與時代的因緣，所論證對於近代中國學界造成的重大影響，遠非他始料所及。其專著今由郭沫若著作編輯出版委員會編錄於《郭沫若全集》，共計

1　郭沫若為《金文叢考》作序時，說明「金文叢考」標題頁的背面，有以古文字題句「大夫去楚，香草美人。公子因秦，《說難》《孤憤》。我遘其厄，媿無其文。爰將金玉，自勵堅貞。」用以表述流亡期間感傷的心情與期許。詳見郭沫若《郭沫若全集》考古編第5卷（北京市：人民出版社，1954年），頁3。

文學編二十卷、歷史編八卷、考古編十卷。

　　考察學界對於郭沫若的《詩經》研究，中國學者的研究成果很多，相形之下，臺灣學者較少。大抵上，郭氏《詩經》研究的向度有三：第一，《詩經》白話譯詩的討論，如曹聚仁、趙制陽、伍明春、唐瑛、陳文采、李霞、熊玲淄等論文[2]；其次，是闡釋《詩經》時代社會的研究，如胡義成、徐復觀、金達凱、潘光哲、周朝民、歐崇敬、王霞、戴晉新等專論[3]；再者，則是《詩經》古文字考論，如江淑惠、卜慶華、邱敏文、陳仕益、符丹、侯書勇、徐明波等[4]專著論

2　曹聚仁：《卷耳討論集》（上海市：梁溪圖書館，1925年）、胡義成：〈郭沫若與《詩經》〉（《西南師範大學學報‧人文社會科學版》，1981年2月）、夏傳才：〈試論郭沫若對《詩經》研究的貢獻〉（《文學評論》，1982年6月）、趙制陽：〈郭沫若詩經論文評介〉（《詩經名著評介》第三集，臺北市：萬卷樓圖書公司，1999年）、伍明春：〈古詩今譯：另一種新詩〉（《重慶郵電學院學報‧社會科學版》，2006年第6期）、陳文采：〈談談胡適與郭沫若的《詩經》新解〉（《國文天地》第22卷10期，2007年3月）、鄭群《詩經與周代婚姻禮俗研究》（揚州大學博士論文2007年）、唐瑛：〈隨意點染也譯詩——由郭沫若今譯卷耳集引發的一點思考〉（《郭沫若學刊》，2008年2月）、李霞：〈《詩經》農事詩研究綜述〉（《湖北成人教育學院學報》，2012年5月）、熊玲淄：〈詩經今譯以情感和意境為特徵的詩性傳統的繼承——以郭沫若《卷耳集》為例〉。

3　徐復觀：〈駁郭沫若殷周奴隸社會說〉（《中華雜誌》12卷4期，1974年4月）、金達凱：〈論郭沫若殷周奴隸社會說旳謬誤〉（《東亞季刊》11卷3期，1980年1月）、潘光哲：《郭沫若與中國馬克思主義史學的發展——以中國古代社會研究為中心的討論》（臺北市：政治大學歷史研究所碩士論文1990年）、〈郭沫若治古史的現實意涵〉（《二十一世紀》29期，1995年6月）、周朝民：〈王國維與郭沫若在古史研究上之關係〉（《中國文化月刊》180期，1994年10月）、歐崇敬：〈胡適、顧頡剛、陳寅恪、錢穆、傅斯年、郭沫若、洪業等新時代史學家在哲學上的貢獻〉（《當代中國哲學學報》第4期，2006年）、王霞：〈淺析郭沫若中國古代社會研究〉（安徽文學2008年8月）、戴晉新：〈是其所以是，非其所以非：談幾則有關王國維史學的評論〉（《輔仁歷史學報》28期，2012年3月）。

4　江淑惠：《郭沫若之金石文字學研究》（臺北市：華正書局，1992年）、卜慶華：〈郭沫若研究考訂三則〉（《吉林大學學報‧社會科學版》，1998年第4期）、邱敏文：《郭沫若甲骨學研究》（中國文化大學中國文學研究所碩士論文，2002年）、陳仕益：《郭沫若考古文論》（成都市：巴蜀書社，2009年）、符丹：《郭沫若古文字整理方法研究》（成都市：西南交通大學碩士論文，2010年）、〈郭沫若金文古史研究的成就與局限〉

文。此外，夏傳才、洪湛侯、陳文采、趙沛霖等《詩經》學史專著[5]，亦有部分論述。

以上研究大多就單一向度或《詩經》學發展概論進行申論，關於郭氏《詩經》研究的思想脈絡、方法與實踐成果，尚待全整性的整理討論。故此，本文將以郭沫若學思歷程為經，翻譯及考古等《詩經》相關研究為緯，分別從《詩經》風韻譯的創作衍繹、唯物史觀下的《詩經》社會圖像以及考古研究與《詩經》訓詁新證等三方面，進行考察整理，期以瞭解郭沫若《詩經》研究的成就與局限。

二 《詩經》風韻譯的創作衍繹

（一）《卷耳集》翻譯的學思因緣

郭沫若（1892-1978），四川樂山人，原名開貞，號尚武。小時候在家塾裡接受傳統教育，曾抄寫《說文部首》，讀過段玉裁《群經音韻譜》。雖然少年時代適逢科舉制度改革，廢八股，改設學堂，但家塾並沒有廢除，家課反而比蒙學堂的學課內容還要充實[6]。他從大哥採集的新書中，開始大量接觸新書報，並嘗試寫詩[7]。十五歲（1906）入小學讀書，帥平均教授的《今文尚書》令他獲益良多，但對學校其他教員及教法頗多微詞，因反對教員被記大過[8]。十六歲（1907）讀

（《郭沫若學刊》2009年第2期）、徐明波：〈從傳統金石學走向科學考古學──郭沫若甲骨文、青銅器研究中考古學方法的應用〉（《郭沫若學刊》，2013年1月）。

5　洪湛侯：《詩經學史》（北京市：中華書局，2002年）、陳文采：《清末民初詩經學史論》（臺北市：東吳大學中文研究所博士論文，2002年）、夏傳才：《二十世紀詩經學》（北京市：學苑出版社，2005年）、趙沛霖：《現代學術文化思潮與詩經研究─二十世紀詩經研究史》（北京市：學苑出版社，2006年）。

6　《郭沫若全集》文學編第12卷（北京市：人民文學出版社，1992年），頁3。

7　王繼權、童煒鋼編：《郭沫若年譜》（南京市：江蘇人民出版社，1983年），頁8-13。

8　同註7，頁20。

《史記》，翻閱《皇清經解》，嘗試找出梅賾《古文尚書》偽撰部分。
此時他成績優異，但個性驕傲、散漫懶惰，因發動罷課而被退學。之
後，考入嘉定中學，仍因學校教學一塌糊塗，而自暴自棄[9]。此時他
最感興趣的經學是《春秋》[10]。十八歲（1909）因故被學校退學[11]。
十九歲（1910）進成都分設中學，對學校的腐敗感到失望；代表學校
參加教育研討會後，隨即遭學校斥退。在大哥周旋下，雖返校續讀，
但憎惡禮教、追求解放的心情絲毫未減[12]。二十歲（1911）參加川漢
鐵路「保路同志會」成立大會，赴藩臺衙門請願。武昌起義，辛亥革
命爆發後，他把象徵封建壓迫和民族壓迫的辮子剪了，加入學生自願
軍[13]。二十二歲（1913）考取天津陸軍軍醫學校，但因原本就沒有學
醫的意志，也不想借醫來醫人及餬口，而複試時光怪陸離的題目，便
使他毅然放棄就讀。最後，在大哥的安排下，赴日求學[14]。

　　二十三歲（1914）考取東京第一高等學校的預科，因畏習數學而
選擇醫科，希望日後對國家社會作出切實的貢獻。開學後，結識張資
平、郁達夫等人，也接觸泰戈爾詩集，成了泰戈爾的崇拜者[15]。二十
四歲（1915）被分配到岡山的六高醫科，結識成仿吾。在偶然機緣下
買了《王文成公全集》，萌生靜坐的念頭，卻也因靜坐治癒神經衰弱
症。因為喜歡莊子，被導引到老子、孔門哲學、印度哲學以及近世歐
陸唯心派哲學[16]。二十五歲（1916）開始翻譯泰戈爾，學德文，認識
了歌德與海涅，接受了哲學上的泛神論影響[17]。二十六歲（1917）因

9　同註7，頁23-26。
10　同註6，頁11。
11　同註7，頁30。
12　同註7，頁32-37。
13　同註7，頁38-39。
14　同註7，頁49-52。
15　同註7，頁57。
16　同註7，頁59-60。
17　同註7，頁63。

經濟問題，想出版譯著《泰戈爾詩選》，卻遭拒受挫[18]。二十七歲
（1918）進入九州帝國大學醫科就讀，決心和文學斷緣，專攻醫學。
其後，與張資平醞釀辦文學雜誌並提倡新文學[19]。二十八歲（1919）
曾因學醫枯燥，且雙耳重聽而想改入文科，但遭妻子反對。在零碎地
翻譯歌德《浮士德》中，得到思想的共鳴。六月與福岡同學組織「夏
社」，為增進社團的通訊，訂閱上海《時事新報》。其後偶然間在副刊
《學燈》上看到康白情的白話新詩，激起他將詩作投寄發表的欲望，
不久後即獲刊登。此時因接觸惠特曼豪放自由的詩作並受其影響，創
作了一系列崇高奔放、粗暴的詩作，如《鳳凰涅槃》等[20]。

　　三十歲（1921）時，與成仿吾、田壽昌信件討論辦理純文藝雜誌
的創刊事宜，並擬轉入京都文科大學，後因成仿吾反對而作罷。此時
心情煩悶到連學堂都不願進，整天只讀文學和哲學一類的書。妻子於
是同意他棄醫回國，另找出路[21]。回國後，在《女神》序詩中公開宣
稱自己是無產階級者，儘管當時對馬克思思想仍感茫然。六月赴日東
京與郁達夫、張資平等商量《創造》季刊的創刊事宜，七月返上海開
譯《少年維特的煩惱》；八月出版詩集《女神》，引發新詩界和青年讀
者極大注意及好評，聞一多更稱譽他為「現代第一詩人」。九月回日
本繼續學業[22]。三十一歲（1922）發表《星空》詩集。此時，他的思
考有了變化，詩風也與先前爆發式的情感不同。五月《創造》季刊創
刊號出版。暑假期間返國，八月十四日寫《卷耳集》序，說明翻譯
《詩經》的原由、目的和方法。譯詩並於九月五日至二十六日在《中
華新報·創造日》上發表[23]。三十二歲（1923）三月自九州帝國醫科

18　同註7，頁68-69。
19　同註7，頁71-78。
20　同註7，頁83-88。
21　同註7，頁112。
22　同註7，頁117-122。
23　同註7，頁128-141。

大學畢業，但因聽覺不靈，遂放棄做醫生的希望，決心回國從事文學活動。五月譯尼采，七月二十三日《卷耳集》寫跋強調研究文學必須重視原著，要從作品本身求生命[24]；八月《卷耳集》出版，引發古書今譯的討論，便又作〈我對卷耳一詩的解釋〉、〈釋玄黃〉等相關回應[25]。三十三歲（1924）作〈整理國故的評價〉批評國故整理運動，〈古書今譯的問題〉大談其翻譯〈國風〉的體會。四月，赴日本研究生理學，同時學習社會科學。其後，譯日人河上肇《社會組織與社會革命》，深受影響，對社會革命與文藝也有了新的認識，故放棄專攻生理學。十一月回上海[26]。三十四歲（1925）時，想樹立一個文藝論的基礎，並利用近代醫學尤其生理學的知識來解釋文藝現象[27]。三十五歲（1926）參加北伐；三十七歲（1928）一月作〈譯關雎〉；二月赴日，展開流亡的生活[28]。

　　一九二八年以前的郭沫若，性情浪漫、好批判，求學歷程幾經波折。誠如他在《少年時代》所言：「我自己頗感覺著也就像大渡河裡面的水一樣，一直是在崇山峻嶺中迂迴曲折地流著[29]。」對新式教育的失望，使他轉向遊山玩水、吃酒賦詩的名士習氣。因緣際會赴日習醫後，幾度想棄醫從文，但囿於家庭、朋友及務實的經濟因素，仍完成學業。他對基礎醫學深感興趣，卻因重聽而在臨床醫學的學習上，痛苦萬分。畢業後雖未行醫，可是幾年的醫學教育讓他洞察人體和生物的秘密以及近代科學方法的門徑，對於後來從事文藝寫作、學術研究乃至政治活動，都有很大的幫助[30]。

---

24 《郭沫若全集》文學編第5卷（北京市：人民文學出版社，1984年），頁208。

25 《郭沫若全集》文學編第15卷（北京市：人民文學出版社，1990年），頁328-334。

26 同註7，頁171-183。

27 同註7，頁190。

28 同註6，頁231-243。

29 《郭沫若全集》文學編第11卷，（北京市：人民文學出版社，1992年），頁3。

30 同註6，頁16-18。

　　一九二一年他與郁達夫、成仿吾等人共同創立「創造社」[31]，將
文藝當做高興時的遊戲或失意時的消遣之作。相對另一個新文學社團
「文學研究社」為人生而藝術、文學應反映社會現象的文學主張，崇
尚浪漫主義的「創造社」，明顯缺乏理性的文化建構意識。由於「創
造社」成員都是住日本近十年之久的留學生，長期沈浸在經濟、文化
相對成熟、以人為本的大正時期（1912-1926）社會氛圍中，任性縱
情，時髦感性。尚新磊《前期創造社作家精神心理研究》指出，在他
們身上凝聚的是個人與社會、個人與國家、個人與時代以及個人與自
我的凌亂複雜的關係。而徘徊在中日社會文化的夾縫間，學業不成，
前途不定，孤獨感與身分的焦慮，既是「創造社」成員自我異化的體
驗，也是日後轉型到文藝道路的主要原因[32]。

　　童曉薇〈日本大正時期都市社會對創造社的影響〉亦云：

　　　　他們的感情往往是跳躍的、狂躁的，色彩是斑斕的，因過於以
　　　　自我為中心而顯得有些神經質。他們的故事述說的是都市青年
　　　　對性、對愛情的迷惑和追求，對前途的擔憂，或對祖國的眷念
　　　　和憧憬，對自己的遠大抱負的激勵[33]。

---

31 同註7，頁117。

32 尚新磊《前期創造社作家精神心理研究》指出，前期創造社作家由於疏離了本土社
　　會，沒有強烈的家國觀念所集成的責任意識，個體的感性體驗與情感欲望使他們處
　　於放任狀態，隨波逐流地體驗著異域的社會風情，汲取著西方文學、文化的營養。
　　他們的身心處於極度混亂的狀態，身分的模糊與情感認同的危機，使得他們獲得感
　　性的同時卻也失去了自己社會、文化上的身分，這樣的情況下，總體體驗是「異
　　化」，精神情態是「焦灼」與「混亂」，情感特徵是「感傷」，而這些都促使前期創
　　造社作家本著內心的要求，走上了文藝的道路。」（南京市：南京師範大學碩士論
　　文，2011年，頁44。）

33 童曉薇：〈日本大正時期都市社會對創造社的影響〉（《歷史教學》第475期，2003年
　　6月），頁45-48。

由此可知，大正時期的日本都市社會對創造社成員產生了重要的影響，而這正是創造社文學的起始點。他們普遍具備了現代都市人的意識和素質，文學作品與評論也大量模仿或借鑒日本文藝思潮和理論[34]。

郭沫若在〈論國內的評壇及我對於創作上的態度〉一文中曾說自己是一個偏於主觀、個性衝動的人，想像力比觀察力強，由於自幼嗜好文學，所以便借文學以鳴存在，在文學中借了詩歌這只蘆笛。他回顧走過的半生行路，大都任由衝動在奔馳，作起詩來更是如此。對於性格的偏頗與意志的薄弱，他是很樂意進行糾正與鍛鍊的。所以，即使面對不甚喜好的科學，也決意把醫學作為畢生研究的對象，希望藉此養成縝密的客觀性與堅強的意志力。在藝術的見解上，始終覺得應當是創造的。所謂「真正的藝術作品應當是充實了的主觀的產品」、「文藝如由真實生活的源泉流出」，主張藝術不應當迎合時勢[35]。

（二）風韻譯的創作理論

五四時期，譯介西方浪漫主義文學並引入中國而蔚為潮流者，當屬「創造社」的貢獻最大。詳察郭沫若的文藝活動，基本上是以創作詩歌、翻譯外國作家作品為主。而他的詩歌翻譯理論又與他詩歌創作理論，息息相關[36]。

留日期間，郭氏曾吸納西方柏克森、弗洛伊德、斯賓諾莎、尼采等哲學，也接受了泰戈爾、雪萊、莎士比亞、海涅、歌德、惠特曼等作家作品的洗禮，創作與譯介數量頗豐。一九一九年九月首次署名「沫若」，投寄詩作至上海《時事新報》副刊《學燈》，獲主編宗白華

---

34 宮下正興：《以日本大正時代為背景的郭沫若文學論考》（濟南市：山東大學博士論文，2006年），頁116-117。

35 同註25，頁225-228。

36 李春在〈翻譯主體與新文學的身分想像——郭沫若「風韻譯」及其論爭〉文中指出，細加考察郭沫若的翻譯理論，可以發現翻譯理論其實是結合他的詩學觀念與對新文學的構想。（《北京第二外國語學院學報》第12期，2009年），頁22。

賞識[37]，此後直到一九二〇年四月底宗白華辭掉職務赴德留學為止，作品幾乎全數刊登，堪稱是他創作的爆發期。一九二一年八月出版中國新詩的奠基之作《女神》。由於先前曾翻譯《泰戈爾詩選》、《海涅詩選集》、《雪萊詩選》、《浮士德》、《少年維特的煩惱》等，所以，在詩歌的創作上，深受泰戈爾擺脫古體詩格律限制的那種清淡平和的無韻詩影響。其次，惠特曼題材多樣的自由詩體，那種高昂激情的分明個性，以及雪萊節奏明快，氣勢磅礴的詩歌，對他的詩歌創作產生極大的影響[38]。

在創作及翻譯的實踐中，郭沫若探索出「風韻譯」和「創作論」的翻譯理論。一九二〇年，為田漢〈歌德詩中所表現的思想〉一文所寫的附白中，他提出了詩歌「風韻譯」的標準。

> 詩的生命，全在他那種不可把捉的風韻，所以我想譯詩的手腕於直譯、意譯之外，當得有種風韻譯[39]。

而一九二二年在〈談文學翻譯工作〉文中，又再次重申「風韻譯」的主張，云：

---

37 同註7，頁98。

38 郭沫若在擬作《我的著作生活的回顧》中，曾列出對他的文學生涯有影響的作家有：詩的修養時代——唐詩；詩的覺醒期——泰戈爾、海涅；詩的爆發期——惠特曼、雪萊（《郭沫若全集》文學編第13卷，北京市：人民文學出版社，1992年，頁299-300）。而王影《郭沫若翻譯理論與實踐研究》中亦指出郭沫若早期的詩作如〈Venus〉、〈新月與白雲〉、〈死的誘惑〉等都受到了泰戈爾無韻詩的影響，體現了清淡平和的詩風，擺脫了古體詩格式韻律的束縛；惠特曼的詩歌，尤其是《草葉集》對郭沫若的詩歌創作產生了決定性的影響，這在詩集《女神》中有明顯的體現；〈天狗〉一詩作為詩集《女神》的代表作之一，受雪萊的《西風頌》的影響非常明顯。」（保定市：河北大學碩士論文，2011年），頁29-31。

39 同註25，頁98。

詩的生命在他內含的一種音樂的精神。至於俗歌民謠尤以聲律為重。翻譯散文、詩、自由詩時自另當別論，翻譯歌謠及格律嚴峻之作，也只是隨隨便便地直譯一番，這不是藝術家的譯品，這只是言語學家的解釋了。我始終相信，譯詩於直譯，意譯，之外，還有一種風韻譯。字面，意義，風韻，三者均能兼顧，自是上乘。即使字義有失而風韻能傳，尚不失為佳品。若是純粹的直譯死譯，那只好屏諸藝壇之外了[40]！

在他看來，直譯、意譯只是翻譯表層的第一道、第二道程序。他所主張的風韻譯，是詩的生命中不可捉摸的風韻，也是超乎字義的一種靈動生命力。其既非「直譯」嚴格地遵從原著句式、意義，也不像「意譯」那樣忠實地傳達原著[41]，而是在譯者閱讀原詩之後，不損及意義的情況下，自由移易地將詩中靈動的氣韻，用自己的語言復現出來的一種自我表現。

而在〈論詩三札〉中，他說：

詩的精神在其內的韻律，內在的韻律（或曰無形律）並不是甚麼平上去入，高下抑揚，強弱長短，宮商徵羽；也並不是甚麼雙聲疊韻，甚麼押在句中的韻文！這些都是外在的韻律或有形律。內在的韻律便是「情緒的自然消漲」。這是我自己在心理學上求得的一種解釋，前人已曾道過與否不得而知，將來有暇時擬詳細的論述。內在的韻律訴諸心而不訴諸耳[42]。

---

40 《郭沫若全集》文學編第17卷（北京市：人民文學出版社，1989年），頁227-228。

41 楊敏，王慶：〈郭沫若譯詩「真的美」看「風韻譯」的得失〉（《世紀橋》總第252期，2012年第13期），頁23。

42 同註25，頁337。

　　所以，郭氏強調詩歌裡的神韻就是「詩的內在的韻律」。他認為譯詩者對詩歌必須要有很深厚的瞭解，至於不寫詩的人，肯定是不能譯詩的。譯者唯有充分發揮想像力，深入挖掘深層的意象和情趣，對原詩心領神會，才可能在譯詩中完全再現原詩的神韻[43]。

　　對於文學翻譯的工作，他給予極高的評價。認為文學是現實生活的反映，透過翻譯可以承受全世界的文學遺產，瞭解各國人民的生活習慣和願望，還能消除人為的隔閡，對於保衛世界和平、反對新戰爭威脅，有很大的作用。尤其，翻譯還可以促進本國的創作，促進作家的創作欲。在他看來，翻譯工作是一項艱苦的工作，也是一種創作性的工作。

　　　　好的翻譯等於創作，甚至還可能超過創作。這不是一件平庸的
　　　　工作，有時候翻譯比創作還要困難。創作要有生活體驗，翻譯
　　　　卻要體驗別人所體驗的生活。翻譯工作者要精通本國的語文，
　　　　而且要有很好的外文基礎，所以它並不比創作容易[44]。

　　郭氏指出翻譯的條件原則，即譯者態度應具高度責任感，不可輕率。下筆之前應對作品的時代、環境、生活有深刻的瞭解，從各方衡量一部作品的價值與影響，要具備文學的修養和語文的修養，更重要的是本國語文的修養，才能運用自如，因為「詩有一定的格調，一定的韻律，一定的詩的成分的。」所以，他在〈古書今譯的問題〉文中認為詩的翻譯，不可能像翻電報號碼的逐譯，詩的翻譯應該是譯者在原詩中所感得的情緒的復現[45]。

---

43 郭沫若認為當時大家多只注重媒婆，而不注重處子；只注重翻譯，而不注重產生。而主張處女應當尊重，也就是自由創造的翻譯理應受到重視，而單純照本宣科的鸚鵡名士，也就是媒婆，則應當稍加遏抑（同註25，頁340-341）。

44 同註40，頁72-76。

45 同註40，頁163-166

　　因此，郭沫若的「風韻譯」主張，其實也是翻譯的創作理論。王影《郭沫若翻譯理論與實踐研究》指出郭氏的「風韻譯」是一種審美理想，是翻譯所要達到的目標。「創作論」則是一種方法論意義上的翻譯理論，是實現「風韻譯」這一審美理想的方法和途徑。若以「風韻譯」為目標，必不可少地要運用「創作論」的方法；只有通過「創作論」的充分發揮，才能達到「風韻譯」的目標[46]。

（三）《卷耳集》的翻譯衍繹

　　《詩經》的白話翻譯當以一九二一年顧頡剛〈瞎子斷匾的一例──靜女〉為最早，但尚未發表。一九二三年，郭沫若出版了第一本《詩經》白話選譯的專著《卷耳集》。一九二六年，顧氏將譯作發表在《現代評論》第三卷六十三期中，便引發了張履珍、謝祖瓊、劉大白、魏建功、郭全和、劉復、董作賓、杜子勁等人分別就詩中靜女、彤管、荑等訓詁，進行討論[47]。

　　郭沫若譯詩的立場主張，於〈古書今譯的問題〉文中指出四書、五經之所以令人深感困難，主要在於外觀古澀而不是內容艱深。在他看來，〈國風〉中許多的抒情詩，十二、三歲的人未必不能領會，只要給它們換上一套容易看懂的文字即可。所以，整理國故最大目標是使有用的古書普及，讓更多人得以接近。他認為讀經並不容易，提倡讀經應注重道德涵養、研究古史、識字等目的，《沸羹集》收有〈論讀經〉一文，云：

46　王影：《郭沫若翻譯理論與實踐研究》（保定市：河北大學碩士論文，2011年），頁16-19。

47　有關〈靜女〉一詩的討論，當時有劉大白〈關於瞎子斷匾的一例──靜女的異議〉、〈再談靜女〉、〈三談靜女〉、〈四談靜女〉、郭全和〈讀邶風靜女的討論〉、魏建功〈邶風靜女的討論〉、劉復〈瞎嚼噴蛆的說詩〉、董作賓〈邶風靜女篇荑的討論〉、杜子勁〈詩經靜女討論的起漚與剝洗〉等，收錄於顧頡剛：《古史辨》第三冊（臺北市：藍燈文化公司，1987年），頁510-573。

我不反對讀經，而且我也提倡讀經。但我為尊重讀經起見，卻不希望年輕人讀經，而希望成年人讀經，更尤其希望提倡讀經的人認真讀經。……我們在普遍地提倡讀經之前，總得先走一步翻經或譯經的工作。把古代難懂的經文翻譯成現代文，先要讓人們能夠親近。不僅《易》、《書》、《詩》等難懂的經有翻譯的必要，就連比較容易懂的「四子書」都有翻譯的必要。舊時對於聖經賢傳視同圖騰禁忌，不准易一字，省一筆。那樣的科舉時代已經老早過去了。我們現在所需要的是精神。誰個吃胡桃而不肯去掉青的果皮，硬的核殼，如可能時再沒法去其仁衣的呢？不去皮、不去殼的胡桃果你就要青年吃，他怎麼也是吃不下去的。你會說讓他自己去剝吧，真正多謝你的親切啦[48]。

以上敘述，可看出他翻譯或譯經都是為青年剝除舊時代皮衣的首要工作。同時，他也坦言自己時常讀經，但並不全懂。對於沒有文字學的素養，缺乏原始社會的研究、不諳科學方法，以及沒有各種豐富科學常識的青年，他認為還不具有讀經的資格。也因此，他的《詩經》白話翻譯就是在提倡讀經的前提下，希望成年人認真讀經而做的工作。

在〈簡單地談談詩經〉一文中，他提出民間文藝的生命往往比貴族文藝或宮廷文藝的生命更豐富、更活潑，所以，〈國風〉最具有文學價值。然而，由於年代相隔太遠，生活習慣、語言音韻古今差異，令人不易接近，倘若能經過一番解釋，稍懂古音古訓的話，讀來當別有風味。他說：

〈國風〉多是一些抒情小調，調子相當簡單，喜歡用重複的辭

---

48 《郭沫若全集》文學編第19卷（北京市：人民文學出版社，1992年），頁370-374。

句反覆地詠嘆，一章之中僅僅更換三兩個字的例子是很多的。
這正是一般民間歌謠的特徵，尤其是帶些原始性的民間歌謠。
在這種風格上正保證著〈國風〉是比較可靠的文獻。敘事的成
分很少。中國古詩人有一種風尚，不高興用韻文形式來敘事。
別的民族在很古的時代便流傳出大規模的史詩，在我們的確是
沒有的。或許有過，沒有後人搜集而失傳了吧？因此，在〈國
風〉中沒有什麼波瀾壯闊的成分，沒有什麼悲壯的成分，這可
以說是一種缺點[49]。

　　同樣的，他認為〈大雅〉、〈小雅〉和〈商頌〉、〈魯頌〉也多是抒
情的贊頌或詛咒，敘事的成分仍然很少。至於多為斷片的〈周頌〉，
時代最早，有的遠在西周初年，但最為無聊，沒有什麼文學價值。
〈雅〉、〈頌〉則主要採自宗廟朝廷的貴族文學，略有加工，但在自然
和生動的情趣上遠遠不如〈國風〉，反倒是含有詛咒的「變雅」，比較
值得推薦[50]。

　　大抵上，郭沫若的《詩經》白話語體翻釋，主要有二部分：一是
〈國風〉的愛情詩翻譯；另一則是論述西周農業的詩。前者主要收錄
於《卷耳集》，一九二三年八月由泰東圖書局出版，列為《辛夷小叢
書》，收有語體《詩經‧國風》四十首，現收《全集》文學編第五
卷；後者則見於〈由周代農事詩論到周代社會〉一文，一九四四年二
月十七日用語體譯成〈豳風〉、〈豳雅〉、〈豳頌〉等十首農事詩，現收
於《全集》歷史編第一卷《青銅時代》。

　　在一九二二年八月十四日《卷耳集》序言中，他說：

　　　我這個小小的躍試，在老師碩儒看來，或許會說我是「離經畔

49　同註40，頁227-228。

50　同註40，頁227-228。

道」，但是，我想，不怕就孔子再生，他定也要說出「啟予者
沫若也」的一句話[51]。

郭氏自信地表示，在新人名士看來，或許會說他是「在舊紙堆中
尋生活」，但他認為倘若能在這故紙堆中尋得剎那的生命，也就心滿
意足了。而之所以只選譯〈國風〉中男女戀愛的情歌四十首，是因為
有些好詩不能譯，有些譯不好，才只好割愛。也因此，《卷耳集》中
第一首詩非〈關雎〉而是〈卷耳〉。此書初版本附有原詩及譯者注
解，一九五七年收入《沫若文集》第二卷時刪去。

考察《卷耳集》一書除譯詩外，另有詩旨解題，其中，敘男女幽
會者七；怨媒妁之言、婚姻不自由、有待而不遇、夫奴役而亡者四；
相戀男女或夫妻之思念、勸戒或相約私奔者十二；男女合歡合唱風俗
者三；失戀者三；男子戀慕女子者四；女戀慕男子者三；自由戀愛、
自由離婚者一；國王與王妃閨房對話者一；悼亡妻者一；女子自敘婚
姻生活安適者一。詩中女子口吻有二十二首，男子口吻十一首，男女
問答者七首。

經對照譯詩與原詩，析分其解題、翻譯之結構布局，可歸納出
《卷耳集》翻譯特色主要有六：

1 鋪排全詩場景作為引言

書中多首譯詩大多先鋪排全詩場景作為譯詩引言，再按原詩章次
予以翻譯，如〈卷耳〉、〈野有死麕〉、〈女曰雞鳴〉、〈溱洧〉、〈雞鳴〉、
〈綢繆〉、〈蒹葭〉等。以〈野有死麕〉為例，不採逐譯方式，而先鋪
陳勇士帶著獵犬同行，獵鹿後將鹿背在左肩，右手拿著弓、箭的樣貌。
然後揉合原詩第一、二章，安排勇士巧遇清秀佳人，獻鹿引誘，然後

---

51 同註24，頁157。

女子告誡男子規矩守禮等，勾勒出一幅男女相戀時活靈活現的景象。

2 運用意識流進行內心獨白

〈卷耳〉譯詩一開頭僅譯原詩第一章人與物（卷耳、頃筐），描繪一幅婦人在家思夫坐立難安，而後外出摘取卷耳，時而昂頭遠眺的靜默圖像。詩開頭「采采卷耳」及「不盈頃筐」則在第二段及最後一段才分別譯出。原詩「嗟我懷人，寘彼周行。」於譯詩第二段開頭譯出；「我僕」及「我馬玄馬」提前到譯詩第二段譯出。而原詩第二章「陟彼崔嵬，我馬虺隤。我姑酌彼金罍，維以不永懷。」與第三章陟彼高岡，我馬玄黃。我姑酌彼兕觥，維以不永傷。」則在譯詩第三、四段婦人的心理想像中出現。

在女子的心理想像中，愛人影像浮現在卷耳葉上、花中，對著她微笑；而在遠眺的山丘上，她彷彿看見了愛人立馬躊躇，帶著愁慘的面容，向她訴說別離羈旅的痛苦。因此，沒有心情採取卷耳的她，坐在草地上憂思男子思念她時、走上危巖高山、馬病而黃、僕人生病之愁苦憂歎，而懊惱著自己沒辦法在他身旁勸慰他。當婦人坐在草地上思念男子可能遭逢的困頓場景時，終究無心採取卷耳，而心裡的波瀾轉折如同遠方的綿延起伏的山谷。

此詩翻譯有別於直譯、意譯，而是雜揉全詩物、事、人，以女子「情緒的自然消漲」為主軸，從女子出外採卷耳一事鋪陳開來，並且匠心獨運地利用「意識流文學」技法來處理女子意識流動狀態，此詩乃《卷耳集》中唯一採用「意識流文學[52]」技巧的翻譯之作。

---

52 意識流原是心理學上的名詞，運用於文學，指的是一種寫作技巧，泛指一種心靈活動，指未形諸於語言之前，人的心理意識像瀑布般流動，其意識可超越時間與空間。十九世紀由美國心理學家威廉・詹姆斯所創。指人的意識活動持續流動的性質，意識並不是片段的連接，而是不斷的流動，如一條河的流水。說詳於梅・弗里德曼：《意識流：文學手法研究》（上海市：華東師範大學出版社，1992年），頁2。

3　義複節略或合譯

　　《卷耳集》譯詩有二節或三節義同，僅譯其中一節者，如〈君子于役〉、〈葛生〉、〈蒹葭〉、〈衡門〉、〈東門之池〉、〈月出〉、〈澤陂〉等。如〈衡門〉一詩，首譯「衡門之下，可以棲遲，泌之洋洋，可以樂飢。」一章，譯云：

> 我們的住家是淺淺的茅屋，
> 我們的門外有活活的流泉。
> 我在這兒盡可以自得優游，
> 我就受些饑寒也心甘情願。

　　此詩後二章，郭氏以「末尾兩節意本相同，只表現出一種旋律的作用」，便為譯述之便，併成一節。
　　而〈月出〉譯詩云：

> 皎皎的一輪月光，
> 照著位嬌好的女郎。
> 照著她天裊的行姿，
> 照著她悄悄的幽思。
> 她在那白楊樹下徐行，
> 她在低著頭兒想甚？

　　此詩三章形容佳人從容悠閒、嫺靜優雅的樣貌，郭氏亦以「三節同解，只譯其一。」且把「勞心悄兮」、「勞心慅兮」、「勞心慘兮」譯成美女幽思。而譯詩最後二句，則依據個人想像，衍繹成「她在那白楊樹下徐行，她在低著頭兒想甚？」

　　至如〈澤陂〉一詩，郭氏亦以第三章與第二章詩義重複，略去不
譯，美人之「碩大且卷」、「碩大且儼」等美好及矜莊樣貌因而沒有譯
出；此外，疑〈蒹葭〉一詩表現出一種幻覺（Hallucination），故三節
義同而只譯其一，其後白露由霜至未晞到未已，因時間推移造成的遞
進心象，以及一唱三歎佳人縹緲迷離的距離美感，都略而未譯。

4　男女歡會之戲劇性對話

　　《卷耳集》中男女歡會應答大多為幽會之詩。郭氏擅用戲劇性對
話，取代平鋪直敘的詩義。如〈女曰雞鳴〉一詩，譯曰：

> 獵人同他的愛人
> 在一座崖洞裡過夜；
> 他們說了通宵的情話，
> 惺忪忪地沒有些兒睡意。
>
> 女的說：「雞怕快要叫了吧？」
> 獵人說：「天怕還沒有亮呢？」
> 兩人走出崖洞來看看天色，
> 還看見光琳琅的一天星斗；
> 并立在星光之下幽幽地對語。
>
> 獵人說：「白鳥快要來了，
> 雁鵝也快要來了。
> 到那我要射兩隻來親迎你。
> 我們兩人對坐著飲酒，
> 你彈琴，我鼓瑟，
> 我們的生命要融和在一起。」

女的摘下了荷包來送他，

向他說：「我知道你是要來的，

我把這荷包來送你。

我知道你是不會失信的，

我把這荷包做把憑。

我知道你是愛我的，

我請把這荷包當成我。」

此詩郭氏譯為戀人幽會、通宵達旦互訴情話，最後相約親迎、以荷包為憑信的婚嫁誓言。相較《毛詩序》云「刺不說德也。陳古義以刺今不說德而好色也。」朱熹、方玉潤「述賢夫婦相警戒之辭」等說解，譯詩的浪漫色彩顯然多了幾分。

又如〈雞鳴〉一詩，《毛詩序》云「哀公荒淫怠慢，故陳賢妃貞女，夙夜警戒相成之道。」方玉潤《詩經原始》「此正士夫之家，雞鳴待旦，賢婦關心，常恐早期遲誤有累盛德。」郭氏解題只說：「讀譯詩自明。」而譯詩則云國王與王妃貪著春睡而不上早朝，雖仍不脫傳統釋義，然直指詩中人物為國王、王妃，在《卷耳集》中仍較突兀。

再者，〈溱洧〉一詩郭氏以此為男女跳舞，因而相愛慕的詩。其譯詩呈現的是一幅青年男女相遇在汪洋河水旁，盡情跳舞說笑，交換花草的玩耍圖像。〈綢繆〉一詩他則認為本敘一夜間星空斡旋、變換的事，詩意讀譯文自然明瞭，對於歷來將「三星」解作「參星」在天空中出現的好幾個月時節的說法，反倒辜負了一首好詩。在他看來，此詩乃女子在白虎三星高掛天空時到山中捆柴，而在背柴回家途中遇著了戀人，一路上男子隨伴在側，並在她耳邊悄悄說著話。

5 引入西方社會科學注釋名物

郭氏翻譯的目的，是要從《詩經》中直接感受它的真美，而不與

迂腐的先儒古注訟辯。《卷耳集》自跋云：

> 人們研究文學，每每重視別人的批評而忽視作者的原著……研
> 究《詩經》的人也不免有這種習氣。《詩經》一書為舊解所淹
> 沒，這是既明的事實。舊解的腐爛值不得我們去迷戀，也值不
> 得我們去批評。我們當今的急務，是在從古詩中直接去感受它
> 的真美，不再與迂腐的古儒作無聊的訟辯[53]。

因此，他對《詩經》中的名物注釋，並不考究，有時甚至逕以西
方社會科學等名詞注釋說明。如〈邶風‧靜女〉中牧羊女所持的彤
管，郭氏解作紅色針筒，並說明詩的末尾兩節則有男女相戀中通有的
拜物戀（Fetichism）變態心理，就是援引西方社會科學的方法。

此外，一九二一年〈我對於卷耳一詩的解釋〉一文回應曹聚仁對
他詩譯「我馬玄黃」為「他騎的一匹黑馬怕也生了病，毛都變黃了」
的批評[54]，認為曹氏過於信任陳奐、王引之的說法。而云：

> 玄馬病了究竟變不變成黃色，我們雖不曾專門地實際試驗過，
> 但據醫學的經驗上說來，這個事實是全不悖理的。我們就把人
> 的頭髮來說罷，病人或產婦的頭髮每每由黑翻黃，這是因為營
> 養不良，表皮的胎芽層中色素減少了的原故。這件事情是我們
> 時常經驗的，可見「玄病則黃」並不是「不通」，並不是「完
> 全不能成立」，轉是合乎學理的了。陳、王二家只知其然不知
> 其所以然，他們曉得依據古解，曉得玄黃是病，而不知玄黃何

---

53 同註24，頁208。

54 曹聚仁氏細核譯詩採用的訓詁，發現《卷耳集》中訓詁取《毛傳》及朱說甚多。其
援陳奐以虺頹疊韻，玄黃雙聲，皆合二字成義，不可分釋，以駁正毛訓「玄馬病則
黃」為非。詳見曹聚仁編：《卷耳討論集》（上海市：梁溪圖書館，1925年），頁22-
23。

以是病。他們曉得玄黃是雙聲，但這只捫著造字時的第二假功夫；這可以解釋詩人用字時，何以不用「黑黃」而用「玄黃」的一個疑問。詩人為求音調的美，所以在字面上加了一層修飾；但是玄黃何以是病？並不是雙聲二字便可以攏統說明的了。至於陳碩甫說：「黃本馬之正色，黃而玄為馬之病色」，這是顛倒事實，荒謬得不可思議！王引之所解的，何草不黃，何木不玄的為病貌，牽扯到「玄黃」二字去，這也是表明訓詁家只是一個字簍，草是青色，旱魃為虐，把他曬黃了，曬黑了，是簡切了當，老嫗孺子都瞭解的常識，而考據家偏要矜他的淵博，走一番轉路，這是書在講書，不是人的腦筋在講書了[55]。

此以醫學論證說明「玄病則黃」的合乎學理，並援《爾雅》訓「玄黃，病也」為訓，主張《毛傳》「玄馬病則黃」的訓釋正確，指摘訓詁家矜其淵博，繞了一大圈闡釋人人皆曉的常識，實不足取。

6 以情緒直寫來譯詩

郭氏極力反對、排斥甚至輕視用心的「做」詩，認為「做」詩本身就是矯揉造作的表現[56]。因此，譯詩側重情緒的直寫。他摒棄呆笨的直譯，提倡「風韻譯」，一九二三年四月〈討論注釋運動及其他〉曾云：

---

55 同註54，頁23。

56 徐芳〈郭沫若與聞一多新詩理論比較〉一文指出，郭沫若偏重以充滿蓬勃激情的想像來呼喚時代的黎明。與其說是新詩的建設者，毋寧說最大意義在於對舊體詩的徹底破壞。在詩歌創作的具體態度上，郭沫若主張寫詩觀，極力反對排斥甚至輕視用心的「做」詩，認為「做」詩本身就是矯揉造作的表現，美的詩、好的詩就是情緒本身的直寫。此與聞一多反對任意發揮的「寫」詩、倡導注重對詩的語言和內容進行精雕細琢的「做詩觀」不同（濟南市：山東師範大學碩士論文，2010年），頁5-6。

我們相信理想的翻譯對於原文的字句，對於原文的意義，自然
不許走轉，而對於原文的氣韻尤其不許走轉。原文中的字句應
該應有盡有，然不必逐字逐譯的呆譯，或先或後，或綜或析，
在不損及意義的範圍以內，為氣韻起見可以自由移易[57]。

在他看來，逐字逐句的直譯，雖把死的字面意思照顧著了，但活
的精神卻遺失了。對於原文應有的字句，他以不影響詩義的範圍內，
雜揉地錯綜譯出。

一九二八年郭氏染上傷寒重病癒後，譯作〈關雎〉一詩，云：

夜怕已經深了吧？深了吧？深了吧？
那淒切的水鳥兒還在河心的沙洲上哀叫。
在那兒我遇見過一位美好的少女呀，
她，她使我無晝無夜地日日為她顛倒。

我遇見她在那洲邊上采集荇菜，
那青青的荇菜參差不齊地長在洲邊。
她或左或右地弓起背兒采了，
她采了，采了那荇菜的嫩巔。

她采了，又把那荇菜來在河水中沖洗，
在那涓潔的河水中她洗得真是如意。
我很想把我的琴和我的瑟為她彈奏呀，
或者是搖我的鐘擊我的鼓請她跳舞。

---

57 《郭沫若全集》文學編第16卷（北京市：人民文學出版社，1989年），頁143-145。

　　我自從遇見她，我便想她，想她，想她呀，

　　沙洲上我不知道一天要去多少回；

　　但我遇見她一次後，便再也不能見她了，

　　我不知道她住在何處，她真是有去無歸。

　　啊！這夜深真是長呀，長呀，長呀，

　　我翻來覆去地再也不能睡熟。

　　河中的水鳥喲，你仍然在不斷地哀叫，

　　你是不是也在追求愛人，和我一樣孤獨？[58]

由上可知，郭氏譯詩顯然增衍了許多創作的成分，而為堅持貫徹詩裡男子思念女子感歎的語氣，他調整了原詩中各章的順序，將「琴瑟有之」與「鐘鼓樂之」放在同章譯出，期以氣韻不走轉。

　　又如〈白駒〉一詩，譯云：

　　小白馬兒多麼好，

　　牧場上面吃嫩草。

　　抓著它，拴著它，

　　拴它一個大清早。

　　好和我那人，

　　一道去逍遙。

　　小白馬兒多麼歡，

　　牧場上面吃嫩顛。

　　抓著它，拴著它，

58　《郭沫若全集》文學編第1卷（北京市：人民文學出版社，1982年），頁360-361。

拴它整整一晚間。
好和我那人，
通宵話纏綿。

小白馬兒多麼陡，
遠遠跳來把頭抖。
你們公，你們侯，
歡樂永遠無盡頭。
好生守規矩，
不要到處溜。

小白馬兒多麼姣，
一逃逃進背山坳。
人來了一把草，
多情哥哥真是好。
時常捎信來，
不要忘記了[59]。

　　儘管郭氏認是這是仲春通淫期間，行執駒之禮的男女戀詩，但從此詩的翻譯內容看來，捨棄原詩「縶之維之」、「于焉喜客」、「爾公爾侯」等句，純就男女相戀的情調，加以引申想像。

　　伍明春〈古詩今譯：另一種新詩〉一文指出，郭氏譯詩所體現的完全是一種現代人的抒情姿態，與原詩可謂大異其趣，而其目的是在創造一個全新的文本，與其稱之為「譯」，毋寧說是一種「寫」。呈現

---

59 《郭沫若全集》考古編第6卷，《金文叢考補錄》（北京市：科學出版社，2002年），頁125-128。

在讀者面前的這些詩、語言、形式甚至「詩意」都發生了變異，無疑是一種「新詩」，一種被「更新」的詩[60]。

（四）農事詩的翻譯衍繹

一九二四年四月郭沫若翻譯河上肇《社會組織與社會革命》一書，系統地接觸馬克思主義後，思想有了轉變[61]，後來的哲學觀、文藝觀與政治觀也都起了變化。一九二六年《文藝家的覺悟》一文曾云：

> 當一個社會快要臨著變革的時候，就是一個時代的被壓迫階級被虐得快要鋌而走險，素來是一種潛伏著的階級鬥爭快要成為具體的表現的時候，在一般人雖尚未感受得十分迫切，而在神經質的文藝家卻已預先感受著，先把民眾的痛苦叫喊了出來，先把革命的必要叫喊了出來。所以文藝每每成為革命的前驅，而每個革命時代的革命思潮多半是由於文藝家或者於文藝有素養的人濫觴出來的[62]。

以及《革命與文學》亦曰：

> 文學是社會上的一種產物，它的生存不能違背社會的基本而生存，它的發展也不能違反社會的進化而發展。所以我們可以說

---

60 伍明春：〈古詩今譯：另一種新詩〉（《重慶郵電學院學報・社會科學版》，2006年第6期），頁908。

61 同註56，頁6-21。郭沫若在〈孤鴻——致成仿吾的一封信〉中，陳述自己在面臨物質條件困頓及精神不安定的情況下，無法從事艱苦的生理學研究，而身處最有意義的大革命時代裡，他認為馬克思主義是所處時代的唯一寶筏。河上肇《社會組織與社會革命》一書的譯出，是他一生中重要的轉換時期，此書喚醒了半眠狀態的他，也把彷徨歧路的他拉了回來，讓他徹底成為馬克思主義的忠實信徒。

62 同註56，頁22。

一句話，凡是合乎社會的基調的文學方能有存在的價值，而合乎社會進化的文學方能為活的文學，進步的文學[63]。

真正的文學只有革命文學的一種。所以真正的文學永遠是革命的前驅，而革命的時期中總會有一個文學的黃金時代出現[64]。

由上可知，身處社會變革之際，自詡神經質的文藝家的他，預先感受地且有必要地必須把民眾的痛苦吶喊出來。而此時「文學永遠是革命先驅」、「文學是社會進化的產物」的論點已與先前「創造社」力主詩歌無功利論的看法大不相同[65]。

而他根據朱熹《詩集傳》以「〈雅〉、〈頌〉之中，凡為農事而作者，皆可冠以幽號。」疑〈七月〉為「幽風」，〈楚茨〉、〈信南山〉、〈甫田〉、〈大田〉為「幽雅」，〈思文〉、〈臣工〉、〈噫嘻〉、〈豐年〉、〈載芟〉、〈良耜〉為「幽頌」[66]，在〈詩書時代的社會變革與其思想上的反映〉及〈由周代農事詩論到周代社會〉二篇論文中，他正式提出「農事詩」定義的篇目，包括了農業生產的《七月》及餘下的十篇農業祭祀詩[67]。

---

63 同註56，頁35。

64 同註56，頁37。

65 潘雲《郭沫若詩歌理論初探》將郭沫若的詩歌理論分成早、中、後三期，早期（五四前夕到20年代中後期）主要特徵是反抗束縛，張揚個性，表現自我。「情感論」是詩論的核心。強調詩歌是「情感的自然流露」，詩歌的美主要體現在內在的韻律；中期（20年代中後期到40年代中期）則由原來的創作的無功利性轉向功利性和工具性，強調詩歌為社會革命服務。在內容上主張詩歌創作要反映時代的革命要求，體現革命精神，反映革命階級的生活與鬥爭，表現社會主義的思想。在形式上，他從浪漫主義轉向現實主義；後期（40年代中期以後），詩歌理論逐漸上升到「人民文學」的高度，並且是站在歷史的高度上對「人民」加以理解（蘇州市：蘇州大學碩士論文，2009年），頁20-21。

66 朱熹：《詩集傳》（北京市：中華書局，1958年），頁98、158、235。

67 郭沫若提出農事詩篇目後，後來多有就農事詩篇目及專題進行考察者，學者李霞整理指出，有張西堂《詩經六論》除去〈思文〉以外的十篇為農事詩；郭預衡《中國

　　相較於一九二八年〈詩書時代的社會變革與其思想上的反映〉文中憤懟偏激的情感，一九四四年〈由周代農事詩論到周代社會〉文中的十首譯詩，乃郭氏充分接觸古代史料後，重新檢點《詩經》農事詩的新詮釋。今對照譯詩與原詩，可見農事詩翻譯特色主要有四：

1　逐句直譯農官勸耕的和樂景象

　　有別於〈卷耳集〉的文學自由翻譯，郭氏採逐句直譯的方式翻譯農事詩，如〈臣工〉、〈載芟〉、〈良耜〉、〈大田〉、〈甫田〉等農官勸耕、國君視察等和樂景象，即依原詩句逐次直譯。基本上，在譯述農事詩時，郭氏仍能兼顧字面、詩義及風韻，十首譯詩均能呈現農民耕作、祭祀敬謹等生命靈動力。

2　詠嘆振奮的激昂語調

　　譯詩中多以呵、啊等激昂語氣聲調，呈現農官勸耕之鼓舞振奮情狀，以及對生產工具、農作、儀式等詠嘆。如〈豐年〉「年辰好呵」；〈載芟〉「有一千對人在薅草呵」、「啊，陸續的射出禾苗來了」；〈良耜〉「堅利的好犁頭呵」、「戴的笠子多別致呵」；〈甫田〉「開朗呵，好廣大的田，一年要收十千石的收成。」〈信南山〉「敬神的儀式是多麼堂皇呵，祖宗是多麼光輝呵」等[68]。

文學史》另外加上〈國風〉中〈芣苢〉、〈十畝之間〉和〈七月〉3首；鄭振鐸《插圖本中國文學史》以「農歌」來定義農事詩，包括〈七月〉、〈甫田〉、〈大田〉、〈行葦〉、〈既醉〉、〈思文〉；陸侃如、馮元君《中國詩史》以〈思文〉、〈噫嘻〉等5篇為「祭歌」，以〈楚茨〉、〈信南山〉等4篇為「祭祀詩」；羅麗〈淺析古代農事詩的淵源〉定義農事詩為21首，其中加入了〈潛〉、〈無羊〉、〈生民〉等；張應斌〈周代的農業文學〉中加入〈生民〉、〈雲漢〉、〈鴇羽〉、〈碩鼠〉、〈伐檀〉、〈十畝之間〉等共17篇；吳倫柏〈詩經農事詩與周代農耕社會〉點明只要涉及農業的詩都算農事詩，總共133首等。詳見〈詩經農事詩研究綜述〉(《湖北成人教育學院學報》第18卷第5期，2012年9月)，頁79。

68　《郭沫若全集》歷史編第1卷(北京市：人民出版社，1982年)，頁409-417。

3 借重歷史歌劇技法

郭氏以歷史新歌劇的技法，運用在《詩經》譯詩上，如〈臣工〉
一詩，譯云：

> 啊啊，你們這些耕作的人們！好生當心你們的工作。國王賞識
> 你們的成就，親自來慰問你們來了！
> 王問道：「啊啊，你們這些管田的官，在這暮春時節，你們可有
> 什麼要求？兩歲的新田種得怎麼樣？三歲的畬田種得怎麼樣？」
> 管田的官回答：「很好的大麥（年）小麥（來）來都來抽穗
> 了。感謝老天爺照顧，年年都是有好收成的。」
> 王又向著大家說：「好生準備你們的耕具呵，今年又會看到好
> 收成的啦！」

郭氏此詩以國王與田官的設問方式譯出，認為是周王親自催耕之
作，其云「首節是傳宣使的宣說，次節與三節為王與保介的一問一
答，尾節為王給臣工的命令[69]。」全詩描繪出君臣民樂、活影活現的
場景。

又〈楚茨〉譯云：

> 很條暢的蒺藜，它老是在抽它的刺。
> 我們是幹什麼的呢？從古以來便耕我們的地。
> 我們的黃米長得好，我們的高粱長得高，
> 我們的倉裝滿了，我們的穀堆有十千。
> 拿來煮酒，拿來煮飯，拿來祭祖宗，拿來祭鬼神，祈求大的
> 幸福。

---

69 同註68，頁408。

大家熱熱鬧鬧的，牽起你們的羊，牽起你們的牛，去趕祭祀吧。

有些人來剝皮，有些人來煮肉，有些人來陳設，有些人來運搬，我們要在神堂祈禱。

我們的祭典多麼堂皇呵，我們的祖先多麼光輝呵，

神靈是要保佑的，我們的主子有幸福。

我們要報祭先祖，祈求多福多壽，沒有盡頭。

管灶的人忙忙碌碌的，祭盤做得頂頂大。

有的在叉燒，有的在油炙，主婦們都誠心誠意的，為了賓客做了不少的席面。

大家要敬酒，你敬我一杯，我回敬你一杯，禮節要周到，談笑要盡興。

神靈是要保佑的呵，我們要報祭先祖，祈求多福多壽，這就是報酬。

我們都好興奮的呵，儀式沒有差池的了。

司儀的人要開始司儀了，他要宣告著：「主祭者就位。」

香氣蓬蓬的祭品，神靈都很喜歡，

要給你一百種的幸福呵，一分一釐也不周轉。

祭獻已畢，神意再宣：

「永遠保佑你到盡頭，福分讓你有十萬八千。」

儀式都準備好了，鐘鼓手也都在等候著奏樂了。

主祭者就了位，司儀的人開始司儀了。

神靈都喝醉了，皇尸離開神位了。

奏樂送尸，神靈也就回去了。

管膳事的人，和主婦們，都趕快把祭獻撤了。

老老少少，大家都一團和氣地有說有笑。

樂移到後堂裡去奏，大家在後堂裡享享快樂。

「你們都請就席啦，別嫌棄啦！」

「那裡，好得很呵！」

醉的醉了，飽的飽了，大大小小都叩頭告辭了。

「神靈喜歡你們的飲食，要使你們延年益壽。」

「真是慷慨呵，真是合時呵，一切都好到了盡頭。」

祝你們的子子孫孫，世世代代，

都照著你們這樣天長地久。

　　從譯詩的內容，可以看出從祭祀的準備、場地的布置、祭品的烹煮，到司儀宣讀儀式禮成的完成，整個祭祀活動進行的程序及不同場景的換置，宛在眼前，逆轉農事詩板重樸質的風格而為活潑熱鬧的嘉年華會。

4　側重西周社會制度的反映

　　郭氏曾說農事詩對於「西周的生產方式是很好的啟示」，所以他盡可能客觀地、實事求是地進行檢點。其翻譯側重在西周社會制度的反映，每首詩均先檢點詳細說明其時代背景、社會制度、生產工具等，最後再譯詩。如〈噫嘻〉一詩譯「成王」為周成王，有別於《毛傳》譯作「成是王事」。郭氏認為按文法結構看來，成王分明是一個人，而且是詩中的主格，故此詩當即周成王乃毫無疑問。而他在王國維考證的基礎上，據彝器斷定諡法大抵為戰國中葉以後，故此詩應是周室史官所作[70]。然而，郭氏一九五六年八月有〈讀了關於《周頌‧噫嘻》的解釋〉一文中，亦載有此詩翻譯，相較前後二種版本翻譯，乃經憨之先生糾正「昭假」二字乃祭祀時的階級習慣語，是被用在生人對神或死人的在天之靈說話的時候，是人對神昭假，而不是神對人昭假」後，將原譯「要你們率領著這些耕田的人去播種百穀」改

70　同註68，頁406-407。

成「他率領著這些農夫，開始農作物的播種」[71]。

　　其次，郭氏從農事詩裡可看出當時大規模的公田制，耦耕的人多至千對或十千對。如〈載芟〉「千耦其耘」與〈噫嘻〉的「十千維耦」相印證，可知當時耕種的大規模，且全國上下都參與耕作勞動[72]。而〈甫田〉之大田一年可取十千石，可斷定土地依然屬於公有[73]；〈大田〉「雨我公田，遂及我私」則足證公有土田之外，另有私有土田，且沒有生產力的寡婦成了乞丐[74]。其並援以周代金文《卯簋》、《格伯簋》、《曶鼎》等錫土田或以土田為貿易賠償的紀錄，更正先前否定周初井田制的錯誤判斷[75]。

（五）《詩經》翻譯的局限

　　詳察郭沫若《詩經》翻譯共有五十二首，按時間可以一九二八為界，分為前、後二階段。依譯詩內容則可分成情詩與農事詩兩大類。一九二八年以前《卷耳集》、〈關雎〉及一九五六年〈白駒〉等四十二首譯詩，端賴直觀情緒的衝動奔馳，風格清麗，自由衍繹〈國風〉情詩，與其說是譯詩，不如說是寫詩來得恰當。《卷耳集》的目的是要吹噓些生命進去優美的平民文學——《詩經》，讓千年沈睡的木乃伊甦醒過來[76]。然而，由於是《詩經》的再創作，任意增添或減略若干字句，以情緒直寫，務求一氣呵成的翻譯方式，難免會與原詩存在若干差異，致使本義失真。

　　《卷耳集》出版以來，備受爭議，一九二六至一九三一年間學界

71　同註40，頁157-160。

72　同註68，頁410。

73　同註68，頁413。

74　同註68，頁415。

75　同註68，頁427。

76　同註24，頁158。

甚至出現關於《詩經》白話文翻譯的大討論[77]。大抵上，圍繞在《卷耳集》所進行的批判，主要有三方面：第一，是《詩經》的白話翻譯可行性；第二，是字詞訓詁；第三是名物考釋。首先，在《詩經》白話翻譯的可行性爭議上，朱光潛〈替詩的音律辯護——讀胡適的白話文學史後意見〉徹底懷疑《卷耳集》的翻譯，其云：

> 凡詩都不可譯為散文，也不可譯為外國文，因為詩中音義俱重，義可譯而音不可譯。成功的譯品都是創造而不是翻譯……記得郭沫若先生曾選《詩經》若干首譯為白話文，成《卷耳集》，手頭現無此書可考，想來一定是一場大失敗。詩不但不能譯為外國文，而且不能譯為本國文中的另一體裁或是另一時代的語言，因為語言的音和義是隨時變遷的，現代文的音節不能代替古代文所需的音節，現代文的字義的聯想不能代替古代文的字義的聯想[78]。

朱氏認為白話文的音節無法取代古代的音節，如原文是驚嘆的語氣，譯文只能表現出敘述的語氣，而語氣及用字構句的分別，往往因

---

77 1926至1931年間學界討論《詩經》白話文翻譯的專論，計有：梁繩禕：《評郭沫若著〈卷耳集〉》（《晨報副刊》，1923年2月27日）、小民：〈十頁〈卷耳集〉的贊詞〉（《時事新報・文學》第93期，1923年10月22日）、施蟄存：〈蘋華室詩見——周南・卷耳〉（《時事新報・文學》第100期，1923年12月10日）、蔣鐘澤：〈我也來談《卷耳集》〉（《時事新報・文學》第102期，1923年12月24日）、梁繩禕：〈評《卷耳集》的尾聲〉（《晨報副刊》，1924年7月27日）等。李欣：《〈詩經〉白話譯本的接受意義〉一文指出，郭沫若《卷耳集》問世於1923年，作為《詩經》白話譯本嚆矢，明顯滲透出五四時期個性解放氣質，以力能扛鼎之勢掀起《詩經》白話翻譯浪潮，成為現代「《詩經》熱」中關鍵的一環（《吉林師範大學學報・人文社會科學版》，2011年6月，頁27）。

78 朱光潛：《朱光潛全集》第三卷《詩論》（合肥市：安徽教育出版社，1987年），頁233-234。

為譯者的情思與作者情思存在著隔閡，所以他堅持詩不可譯為白話詩，因為詩是絕對無法適切地被轉譯的。

針對諸多批評，郭沫若始終從容自信的因應面對，尤其《卷耳集》、《魯拜集》以及雪萊詩的翻譯，都是他比較稱心的著作。所以，在〈古書今譯的問題〉一文，他澄清及強調自己譯詩的立場，云：

> 但我相信青年朋友們讀我的譯詩必比讀〈國風〉原詩容易領略。不幸而年紀稍長已為先入見所蒙蔽的人，他要理解我離經叛道的行為，至少他先要改換過一次頭腦。自《卷耳集》出版後，知我者雖不乏人，而罪我者亦時有所見。故意的無理解，卑劣的嘲罵或夾雜不純的抨擊，我都以一笑視之。我不願作天下的鄉愿，嘲罵、抨擊原是在所不辭了。最近北京《晨報副刊》上的梁繩煒君和南京《東南評論》上的周世釗君各有一篇〈評卷耳集〉的文字，他們都以為我的翻譯是失敗了，因而斷定古書今譯是走不通的路，古詩是不能譯和不必譯的東西。其實我的翻譯失敗是一個小小的問題，而古書今譯卻另外是一個重大的問題。以我一次小小嘗試的失敗，便要把來解決一個重大問題，那卻未免太早計，未免把我太過於尊重了。我覺得他們的言論大有討論的必要，所以我不惜辭費，特地來縷述幾句[79]。

在此他重申詩的翻譯應該是譯者在原詩中所感受的情緒的復現，詩之不能譯指的應是詩不能逐字逐句的直譯。囿於字數的限制以及漢字廢棄的結成，在當時古書的普及要求下，他認為唯有今譯一途，別無他法。

其次，在字詞訓詁上，郭氏將〈卷耳〉「云何吁矣」譯作「他後

---

[79] 同註24，頁165-166。

思著家鄉，前悲著往路，不知道在怎樣地長吁短嘆了。」曹聚仁以詩中「云何吁矣」凡三見，引據《爾雅》及戴震說「吁」是「盱」即「忓」字，其義為憂，否定郭氏長吁短嗟的翻譯。郭氏則主張二種訓解可同時並存，並進一步指出：「我相信天地間沒有絕對的是非，只有相對的自信，有人有更適當的解釋，贏得我的自信的時候，我可以服從[80]。」又如時人對郭沫若將詩中「我」字譯成「他」字的批判，郭氏則解釋《詩經》上的「我」字作複數甚多，如「母氏聖善，我無令人」、「我車既攻，我馬既同」、「雨我公田，遂及我私」等，因此，他把「卷耳」的「我」字當成複數，指我們的馬、我們的僕人[81]。

此外，〈七月〉一詩之「觱發」說成「辟里拍拉的響」、「一之日」的斷句訓釋，以及「滌場」譯為「開心見腸」等，也都被批評是相當離譜的錯譯[82]。

再者，名物考釋方面，郭氏訓〈靜女〉「彤管」為針筒，釋〈女曰雞鳴〉「雜佩」為荷包，以及〈宛丘〉之「缶」、〈齊風‧雞鳴〉之「蒼蠅」、〈子衿〉之青衿以及〈七月〉曆法等，都缺乏嚴謹的考證。趙制陽曾批評其《詩經》研究原無根柢，又不肯讀前人注疏，自以為「不要擺渡的船」就能「在這詩海中游泳」[83]。另外，面對曹聚仁援他書旁證、《詩經》旁訓、聲韻上之轉證反證以及《牛馬經》等，再復郭氏「玄黃」的訓釋，郭氏則以生理學解釋營養不良導致馬毛色素減少，堅持「玄病而黃」的說法，並說即便有五百個戴東原出來，也不怕他笑[84]。

---

80 同註24，頁331。

81 施蟄存〈蘋華室詩見〉一文中，批評郭沫若〈卷耳〉譯詩以第三者口吻傳述的直覺翻譯，認為減卻了原詩的sentiment情詩（同註54，頁32）。

82 趙制陽：〈郭沫若詩經論文評介〉《詩經名著評介》第三冊，臺北市：萬卷樓圖書公司，1999年），頁251-255。

83 同註82，頁251-255。

84 同註54，頁29-32；同註25，頁332-334。

　　今檢核郭沫若《卷耳集》、〈關雎〉、〈白駒〉等四十二首譯詩皆符合他所提出重視節奏情調的「風韻譯」。都這種凸顯詩中內在韻律的情調或情緒，追溯到他對於屈原與陶淵明詩歌的喜愛，以及對自我詩作的剖析，可以清楚看到雄渾與沖淡二種風格在他譯詩、寫詩、創作詩等的實踐情形[85]。事實上，郭沫若，基本上正是。然而《卷耳集》順應當時文化發展趨勢，訂正《詩經》舊說，把〈國風〉當作古代民謠來讀，進行白話選譯，別開生面，但也因為自由而過度的創作衍繹，增刪章句的翻譯，損害了詩的原貌，但卻不免看作詩經研究從經學研究過渡到文學研究的一個重要信號[86]。

　　一九三五年陳漱琴《詩經情詩今譯》對《卷耳集》中任意增減語句、把興詩譯成質直的賦及不講究韻律的部分，覺得不滿意[87]。而鍾敬文〈談談興詩〉亦指出郭氏將《詩經》四十首情歌翻成國語的詩歌，這是一件很有意義的工作，但把許多搖曳生姿的興詩改成直率鮮味的賦詩，則十分可惜[88]。今人唐瑛〈隨意點染也譯詩──由郭沫若今譯卷耳集引發的一點思考〉指陳譯詩失去原詩重章複杳所構成的韻律迴旋之美[89]。陳文采《民初詩經學史論》也指出郭沫若在方法上，自覺地提高了詩與文在譯法上的區隔，給予譯者較自由的揮灑空間，實質上更接近詩歌的再創作，對於詩經的本相也就不可避免的造成一些損傷，其中較明顯的是「自鑄新意，扭曲詩篇原貌」、「失卻興詩的意味」、「抹殺詩經重章複杳的特色」、「訓詁名物不甚措意，譯文牽

85　〈題畫記〉一文中，郭沫若套用了司空圖《二十四詩品》的雄渾與沖淡二品，用來說明陶淵明是優美的沖淡代表，而屈原則是悲壯美的雄渾一品代表。詳見〈題畫記〉（《今昔集》，（重慶東方書社，1943年），頁225-231。

86　洪湛侯《詩經學史》（北京市：中華書局，2002年），頁803-804

87　陳漱琴：《詩經情詩今譯》（上海市：女子書店，1935年），頁4-5。

88　同註47，頁683。

89　唐瑛：〈隨意點染也譯詩──由郭沫若今譯卷耳集引發的一點思考〉（《郭沫若學刊》，2008年2月），頁56。

強」等[90]。

　　況且不論《卷耳集》自由創作的譯法，減卻托物起興、低迴反覆的情致，以白話新詩體復現詩中意象、情境及句式結構、韻腳，都是相當高難度，即便《卷耳集》中已籠統略括考證及解題等。誠如高玉〈古詩詞今譯作為翻譯的質疑〉所言，所有的翻譯都是權宜之計，古詩詞今譯實際上是為了緩解消除及解決文學上的時間差所造成的語言障礙及文學上的陌生感問題。今譯不僅無法完整譯出古詩詞中格式簡練、意境或是多樣性，反而強制性的解讀及改變古詩詞裡原來的意義內容，還原了詩詞裡被隱藏的平庸雜蕪[91]。故此，《卷耳集》風韻譯的創作衍繹自有其先天及後天的局限。

　　一九四四年以後翻譯的十首「農事詩」，此時郭氏已全盤接受唯物史觀，並藉以檢視中國社會，故揀擇〈豳風〉、〈豳雅〉、〈豳頌〉等農事詩，一改前期以寫詩取代譯詩的創作手法，以古代史料為基礎，進行中國古史社會的建構論述。在沿襲風韻譯的原下，其吸納歷史新歌劇中的技法，進行逐句翻譯。但也由於唯物史觀的主觀成見，使得農事詩成為生產方式、社會制度及階級對立的另一種目標功利導向的衍繹。透過農事詩的翻譯，雖可微觀《詩經》可親近的史詩圖像，但擺落傳統詩教溫柔敦厚、興觀群怨範式，一概化約詩句內容為庶民遭貴族剝削欺榨，寄沈痛於農事的表達，則未免庸俗粗魯，盡失情致，而這正是農事詩翻譯的局限。

　　趙制陽〈郭沫若詩經論文評介〉批評郭沫若譯詩的文藝技巧相當欠缺，指他有關《詩經》的著述，大都成於旅居日本的青年時期。由

---

90 陳文采指出《卷耳集》因為在方法上捨棄直譯改採義譯，所以將起興的內容，根據字面的意義，譯成了實有的情事，遂都成了「比」或「賦」。而郭氏將詩篇譯成不擇韻的白話詩後，又失去了韻腳上的聯繫，說詳《民初詩經學史論》（臺北市：東吳大學中文研究所博士論文，2002年），頁191。

91 高玉：〈古詩詞今譯作為翻譯的質疑〉（浙江師範大學文學院《社會科學研究》，2009年1期），頁180-182。

於他忙於譯著，反而《詩經》下的功夫不多，後人尊之為《詩經》新解的宗師，恐為「向聲背實」[92]。持平而論，趙氏的批判值得商榷。從郭氏譯詩的立場態度來看，《卷耳集》乃基於經典新譯的創作衍繹，而農事詩則是以呈顯階級制度下農業社會的縮影，所以，詩中呈現的情緒自然消漲與史詩圖像才是郭沫若譯詩強調的特色，至於字句訓詁與名物考證，則非他關注的層面。尤其翻譯農事詩的時候，早已完成許多考古文論的研究，如〈釋支干〉一文駁斥日人新城新藏甲骨文十二支文字的牽強附會，而從甲骨文字的字形，十二歲名的發音以及參稽歷來的天文傳說，得知古時候的十二辰實為黃天周天的十二恆星，且與巴比倫的十二宮頗相一致。而推溯歲陰紀年在殷周之際或以前，周人已多不識十二辰本為星名，以致星象多所轉變等[93]。顯而易見，郭氏是有能力處理特定名物所象徵的標誌的考證，但因為翻譯的重點在於從古詩中直接感受它的真美或論述古史社會，所以，選擇擺落傳統字義訓詁與詳盡的名物考證，他自詡不與「迂腐的古儒作無聊的訟辯」，以至譯詩無法符合詩的真正意涵，簡譯、誤譯因此成了他《詩經》翻譯的一大局限。

三　唯物史觀下的《詩經》社會圖像

一九二八年二月，三十七歲的郭沫若流亡日本，受到日本反動當局的嚴密監視。在行動不甚自由的情況下，他轉向研究中國古史，並陸續完成〈周易時代的社會生活〉（1927年8月）、〈詩書時代的社會變革與其思想上之反映〉（1928年8月）等論文，且同時翻譯《政治經濟學批判》（1928年12月）、《德意志意識形態》（1931年12月）等馬克思思想的相關著作，對唯物史觀有了更全面深層的瞭解。

---

92 同註82，頁274
93 《郭沫若全集》考古編第1卷（北京市：科學出版社，1982年），頁155-340。

郭沫若與唯物史觀的因緣，從一九二三年〈我們的新文學運動〉、〈泰戈爾來華的我見〉等宣告反抗資本主義及由文藝轉談政治的興味，略窺端倪；而一九二四年譯介《社會組織與社會革命》，一九二六年發表〈革命與文學〉、〈文藝家的覺悟〉及寫給成仿吾的信中，指出「昨日的文藝是有產階級的消閒聖品，今日的文藝只有促進社會革命才配得上文藝的稱號」，並對自己過去缺乏有機統一的半覺醒狀態，進行批判[94]，顯然易見思想的轉變。然而此時郭氏大抵上仍強調研究文學應重視原著，並未將馬克思主義的思想具體實踐在在寫詩或譯著上，直至流日期間郭氏才引進唯物史觀進行相關研究，從〈英雄樹〉、〈桌子的跳舞〉、〈留聲機器的回音〉、〈文學革命之回顧〉、〈關於文藝的不朽性〉和〈眼中釘〉等主張論述，可以確知唯物史觀對於他思想價值觀的全面性影響[95]。郭氏此一時期的研究特點，除了套用唯物史觀以建構中國古史外，還結合地下出土的甲骨文、金文以證明發揮中國古代社會生產發展和社會結構[96]。

（一）批判的整理國故

一九一九年前後，疑古辨偽思想、五四新文化運動與西學東漸的話語形構，在歷時性與共時性的整合後，整理國故的實踐呈現出史料

---

94 同註56，頁6-43。

95 同註56，頁44-119。另外，有關郭沫若思想的轉變分期及年限，宋耀宗〈對郭沫若前期思想發展的一些理解〉一文臚引樓棲《論郭沫若的詩》、艾揚〈試論郭沫若思想的發展〉等多家說法，斷定1924年是他開始走上研究馬克思主義的道路，思想產生質變的預備階段；而避日期間（1927-1937）則是他步入馬克思主義史學研究領域的成長期（《中國文學史資料全編·現代卷》，北京市：知識產權出版社，2009年，頁510-511）。

96 張永山〈郭沫若學案〉一文中指出，郭沫若是一位自覺的適應革命需要成長起來的馬克思主義史學家。摩爾根《古代社會》和恩格斯《家庭、私有制和國家起源》是郭氏作為開啟中國古代社會之門的鑰匙。說詳楊向奎等著：《百年學案》（瀋陽市：遼寧人民出版社，2003年），頁576-577。

學派和唯物史觀學派兩種極端的態勢。史料學派以「評判的態度」來重新檢視經典古籍，企圖還原本來面目，他們大多重排序列，標榜為「學術而學術」，以「求真」為旗幟[97]，其學術成就雖為中國史學的轉型提供重要的基礎，但也因對社會生活刻意疏遠，排斥現實關懷，致使學術流於偏枯。相對地，唯物史觀派則強調「為現實而歷史」，注重史學與生活、時代和社會的聯繫，視歷史為連亙過去、現在、未來整個全人類生活[98]，申明「求致用」而研究歷史，尤其更注重經濟因素在歷史變遷中的作用，著墨於歷史上的大規模變動，主張由下往上看歷史[99]。然而，卻也因為無法清楚劃清學術與政治的分野，流於偏鋒極端。

　　唯物史觀派代表人物之一的郭沫若曾說：「對於未來社會的待望

---

97 史料學派的顧頡剛提出「在學問上則只當問真不真，不當問用不用。學問固然可以應用，但應用只是學問的自然的結果，而不是著手做學問時的目的」，並聲明要大膽作無用的研究（《古史辨·自序》，臺北市：藍燈文化事業公司，1987年，頁25。）；而王國維認為「學術之發達，存於其獨立而已」，「未有不視學術為一目的而能發達者。」（詳見〈論近年之學術界〉，《王國維論學集》，北京市：中國社會科學出版社，1997年，頁215。）另外，傅斯年專從史學上立論，說史學的工作就是整理史料，不是去扶持或推倒這個運動或那個主義（詳見《傅斯年全集》第2卷《史學方法導論》，長沙市：湖南教育出版社，2000年，頁308）。

98 史觀派學者李大釗說：「我以為世間最可寶貴的就是今，過去與未來皆是現在，所有過去都埋沒於現在的裡邊，無限的過去都以現在為歸宿，無限的未來都以現在為淵源，過去、未來之間因有現在以成其連續，以成其永遠，以成其無始無終的大實在（詳見《李大釗文集》第14卷，遼寧電子圖書有限責任公司，2003年，頁1）；翦伯贊亦云：「我們研究歷史，不是為了宣揚我們的祖先，而是為了啟示我們正在被壓抑中活著的人類；不是為了說明歷史而研究歷史，反之，是為了改變歷史而研究歷史。」（《歷史哲學教程》，上海市：新知書店，1946年，頁3）。

99 王學典、陳峰〈20世紀唯物史觀派史學的學術史意義〉一文指出其學派四大特徵：第一，把生產力的作用視作社會變動的最後之因；第二，追求跨學科研究，致力於社會學、經濟學、人類學等在史學領域裡的引進；第三，更同情歷史上的「小人物」和普通百姓的遭遇與處境，主張寫「從下向上看」的歷史；第四，特別喜愛研究歷史上的大規模變動，願意在歷史的大關節、大轉捩點上下功夫。說詳山東社會科學院《東嶽論叢》（第23卷第2期，2002年3月），頁49-58。

逼迫著我們不能不生出清算過往社會的要求。古人說：『前事不忘，後事之師。』唯有認清楚過往的來程，才能決定好未來的去向[100]。」在這種現實的思考以及待望未來的情況下，他嘗試用世界觀的格局及視野，重新估價舊價值。雖然對顧頡剛「層累地造成的中國古史」的見解，極為稱讚，但對於史料派學者的研究，則有不客氣的批判。

> 一般經史子集的整理，充其量只是一種報告，是一種舊價值的重新估評，並不是一種新價值的創造。它在一個時代的文化的進展上，所效的貢獻殊屬微末[101]。
>
> 「整理」的究極目標是在「實事求是」，我們的「批判」精神是要在「實事之中求其所以是」。「整理」的方法所能做到的是「知其然」，我們的「批判」精神是要「知其所以然」[102]。

在他看來，「整理」是「批判」過程必經之路，但仍僅是古史研究的第一階段。所以，對胡適倡導用歷史的眼光整理一切過去文化歷史的做法，非常不以為然，認為並未摸著邊際，所以凡是胡氏「整理」過的，全部都有重新進行「批判」的必要。他並且鄭重地呼籲談國故的人除了飽讀戴東原、王念孫、章學誠等人的著作外，也應該暸解馬克思、恩格斯著作中辯證唯物論的觀念，跳出國學的範圍，認清國學的真相。至於二千多年來被御用學者湮滅、改造及曲解的中國社會史料，更應該應用近代的科學方法趁早療治封建思想下人們思想的近視、白內障或明盲[103]。

---

100 同註68，頁3。
101 同註24，頁161-162。
102 同註68，頁7。
103 同註68，頁6。

（二）古史斷代與《詩經》

唯物史觀派史學的開山之作——《中國古代社會研究》一書，是郭氏以世界公民的角度企圖將中國史融入世界史的著作。此書主要根據恩格斯《家庭、私有制和國家的起源》中五種社會形態：原始社會、奴隸社會、封建社會、資本主義社會、共產主義社會，以疑古的精神，嘗試從《易》、《詩》、《書》找答案及證據。

基本上，郭氏認為《詩經》是一部可靠的古書，〈詩書時代的社會變革與其思想上之反映〉一文指出堯、舜、禹是儒家託古改制中理想的聖人，禪讓傳說是儒家理想的時代[104]。而商代以前的社會是石器時代的未開代的原始社會，只是文字構造的過程，故唐、虞時代絕對不可能出現〈堯典〉、〈皋陶謨〉、〈禹貢〉這樣體例及敘述完整的作品。所以，斷言殷、周之際是原始公社制轉變成奴隸制的時期；而東周以後則是奴隸制轉成封建制的時期。

其後，郭氏因有感於立論證據的不夠堅強，轉而研究甲骨文、古器物銘文。對於中國古史的分期，他修正了幾次，坦言《中國古代社會研究》是他「用科學的歷史觀點研究和解釋歷史」的草創時期作品，所以材料的時代性未能劃分清楚，以致於有些分析錯誤或論證不充分[105]。然而，前車之覆，後車之戒，他勇敢的改正錯誤，並從錯誤中吸取經驗。他認為自己對古代社會的看法很難與其他人取得一致性，主要原因在於「有了正確的歷史觀點，假使沒有豐富的正確的材料，材料的時代性不明確，那也得不出正確的結論[106]」。

如奴隸制的時代，他前後修正了數次，〈中國古史的分期問題〉云：

---

104 同註68，頁97。

105 同註68，頁11。

106 同註68，頁4。

我認為西周也是奴隸制社會。但關於奴隸的下限，我前後卻有
過三種不同的說法。最早我認為：兩種社會制度的交替是在西
周與東周之交，即在公元前七七〇年左右。繼後我把這種看法
改變了，改定在秦漢之際，即公元前二〇六年左右。一直到一
九五二年初，我寫了〈奴隸制時代〉那篇文章，才斷然把奴隸
制的下限劃在春秋與戰國之交，即公元前四七五年[107]。

　　在斷代《詩經》古史以及檢視社會文化圖像，郭氏所採取的策略
是掌握唯物史觀所強調的經濟組織的架構和生產模式。因此，《詩
經》中有涉及大規模的社會變動、生產工具與生產力變遷、階級意識
等詩歌內容，都是他揀擇論述的材料依據。

1　殷周之際──原始氏族社會到奴隸社會

　　在〈詩書時代的社會變革與其思想上之反映〉一文中，郭沫若從
〈大雅‧緜〉一詩首章「古公亶父，陶復陶穴，未有家室」看出文王
祖父穴居野處；第二章「古公亶父來朝走馬，率西水滸，至于岐下，
爰及姜女，聿來胥宇」則是逐水草而居的古公亶父，騎著馬兒到岐山
下，找到姜姓女酋長，作了她的丈夫，而推論當時是母系社會；在解
讀〈思齊〉「太姒嗣徽音，則百斯男」上，指文王的夫人有一百個兒
子，是亞血族群婚的例證。

　　至於在生產力變遷上，他以「牧畜的發現為開始，以農業的發達
而完成。」因為男性從漁獵中發現牧畜，克服了自然，也克服了女
性。牧畜愈見發達，連動影響了男子的生活趨於固定，以及草料恐慌
而變成當秫、禾黍的栽培種植。而從《詩經》〈豳風〉、〈豳雅〉、〈豳
頌〉有關農業的詩，充分可見西周是牧畜社會的經濟組織一變而為農

---

107 《郭沫若全集》歷史編第3卷（北京市：人民出版社，1984年），頁4。

業的黃金時代。因此,最後男子有了固定的產業,女性遂變成家庭生產的附庸,轉而變成父系社會。此外,奴隸在農業中所提供的大量生產力,也是造成原始氏族向奴隸制推移的重要因素。

郭沫若根據《詩經》篇章所載,初步斷言殷代是原始公社制[108],而後在〈古代研究的自我批判〉[109]及《甲骨文字研究》的重印序言中,則更正為殷代是奴隸制時代[110]。

2 春秋與戰國之交──奴隸社會到封建社會

郭沫若自始至終都堅持周代是奴隸制社會,他認為這個論點是極關重要的揭發。他從保存最濃厚傳說色彩的〈生民〉一詩「厥初生民,時維姜嫄,生民如何?克禋克祀,以弗(祓)無子。履帝武敏歆,攸介攸止,載震載夙,載生載育,時維后稷。」等詩句,想像周初各種嘉稻,以及祭享時的各種熱鬧的農業狀況。其次,舉〈緜〉「周原膴膴,菫荼如飴。爰始爰謀,爰契我龜,曰止曰時,築室於茲」、「乃忍乃止,乃左乃右,乃疆乃理,乃宣及畝。自西徂東,周爰執事」等詩句為例,說明周初離原始社會並不甚遠,在太王時都還是女酋長時代;而後太王因農業的發達,才漸漸有國家刑政的發生,短時間之內周室又吞併了四鄰,沒多久便呈現「三分天下有其二」,導致最後公然的「初始翦商」。

他發覺歷來以為周代是封建社會的說法與社會進展的程序不相合,堅持中間應有一個奴隸制度的階段。所以,在〈周代彝銘中的社會史觀〉文中,便大膽斷定周代的上半期正是奴隸制度,至於一般以西周為封建社會的說法,則主要來自於是儒家托古改制的偽造[111]。

---

108 同註68,頁101。
109 《郭沫若全集》歷史編第2卷《十批判書》(北京市:人民出版社,1982年),頁19。
110 同註93,頁7-9。
111 同註68,頁250。

在生產力變遷上，他從奴隸與井田制二條線索來論證。首先，從周代重要的工具彝器，也就是青銅器的銘文中，找到不少以奴隸和土田為賞賜品的記載，以及西周中葉的奴隸價格[112]。由於周代彝器中錫臣僕的紀錄頗多，如《大盂鼎》、《大克鼎》、《令鼎》、《矢令簋》、《井侯尊》、《齊侯鎛》、《子仲姜鎛》、《周公簋》、《不嬰簋》、《陽亥彝》、《克尊》等銘文內容，人民用以錫予的例子甚多，足證庶人、民人與臣僕都是奴隸的身分。由於大多來自俘虜，且奴隸可以賞賜、買賣、抵債，證明奴隸在周代正是一種主要的財產。

其次，在〈附庸土田之一解〉文中，郭氏以〈閟宮〉「土田附庸」、《左傳》定公四年「土田陪敦」及《召伯虎簋》「余考止公僕墉土田」為例，指出經孫詒讓、王國維的考釋，可知土田附庸、土田陪敦、僕傭土田三者本為一事。敦乃庸字之誤，古文敦、庸二字形甚相近。僕陪乃附的假字。此時他由羅馬制度推測「僕傭土田」指的應當是附墉垣於土田周圍，或周圍附有墉垣的土田，充分瞭解周代殖民制度以及後世城垣的起源。郭氏並進一步點出〈崧高〉、〈韓奕〉、〈江漢〉、〈定之方中〉等詩就是殖民的實際例證。因此，春秋初年所謂的封建，只不過是築城垣建宮室的移民運動，而西周的時代社會絕非封建制度[113]。

至於奴隸制的崩潰，他主張關鍵在於井田制的崩潰。因為土地所有制遭受剝削，私有的畝積便逐漸超越公田，私家的財富逐漸超過公家。加以生產工具鐵的發明使用，大為提升農業生產力，並促進了井田制的崩潰，以致於奴隸制的崩潰[114]。

此外，周室東遷前後是奴隸制變為真正封建制度的證明，可從《詩經》變風、變雅找出無數的證明。郭沫若總結周室東遷的前後，

---

112 同註107，頁4。

113 同註68，頁284-286。

114 同註107，頁7-8。

由奴隸制變為真正的封建制度的時期，取資證明〈詩經〉篇章，其分有三類：第一類是「階級意識的覺醒」，如〈何草不黃〉、〈北山〉、〈出車〉、〈采薇〉、〈葛屨〉、〈伐檀〉、〈碩鼠〉、〈黃鳥〉等；第二類是「舊貴族的破產」，如〈旄丘〉、〈北門〉、〈兔爰〉、〈園有桃〉、〈權輿〉、〈衡門〉、〈隰有萇楚〉、〈匪風〉、〈黍離〉、〈正月〉、〈十月之交〉、〈苕之華〉、〈瞻卬〉等；第三類是「新有產者的勃興」，如〈候人〉、〈節南山〉、〈正月〉、〈十月之交〉、〈巧言〉、〈大東〉、〈角弓〉、〈瞻卬〉、〈召旻〉等[115]。

（三）《詩經》時代的社會變貌

郭沫若在完成〈詩書時代的社會變革與其思想上之反映〉的初稿後，對研究的材料的時代性及可靠性便產生了懷疑，指出《詩經》的時代混沌未明，不僅是材料的純粹性有問題，每首詩的時代以及一句一字的解釋，也都有問題。例如《毛傳》論〈七月〉為「周公陳王業」的詩，經過一番考釋後，才知道此詩原是春秋後半葉的作品[116]；〈先秦天道觀之進展〉文中他指出〈大雅〉的〈生民之什〉和〈文王之什〉的體裁看似完全相同，但其實時代完全不同，可見《詩經》篤定是經過後代的纂詩者通盤潤色而整齊化的成果[117]。

故此，為還原《詩經》的本來面目，他立基於唯物史觀的「物質的生產力是一切社會現象的基礎」，主張研究一個時代的社會首先要研究它的產業，例如漁獵、牧畜、農業、工藝、貿易等。而考察周初的產業情形，最好的資料便是《詩經》中的農事詩。所以，他在〈由

---

115 同註68，頁155-170。

116 郭氏指出，詩《三百篇》的時代性尤其混沌。詩之滙集成書當在春秋末年或戰國初年，而各篇的時代性除極小部分能確定者外，差不多都是渺茫的。自來說詩的人雖然對於各詩也每有年代規定，特別如像傳世的《毛詩》說，但那些說法差不多全不可靠（同註93，頁5）。

117 同註68，頁338。

周代農事詩論到周代社會〉及〈詩書時代的社會變革與其思想上的反映〉二篇論文中，正式提出「農事詩」的篇章。

郭沫若逐一檢查《詩經》中的周代農事詩，並且翻譯了一遍，斷言〈周頌〉裡〈噫嘻〉、〈臣工〉是西周初年的詩；而〈小雅〉和〈國風〉則是西周末年或晚至東遷以後[118]的作品；〈七月〉一詩的年代則更晚至春秋中葉以後。此外，他認為農業社會發展的進度是很遲緩的，從周初到春秋中葉雖然已經有五百年，但詩的形式並未顯示出有多麼大的變化[119]。茲就郭氏揭示《詩經》之農業、商業、社會、思想文化等社會圖像，略分七點說明《詩經》時代的社會變貌。

1　王者躬親勸耕的盛大場面

王國維〈遹敦跋〉文中曾揭發周初文、武、成、康、昭、穆等諸王稱號並非謚號，並推論謚法之作大抵在宗周共、懿諸王之後[120]，郭沫若〈謚法的起源〉進一步補充《獻侯鼎》、《敔敦》等彝銘申論謚法之制當在戰國時代才規定[121]。故〈噫嘻〉一詩之「噫嘻成王」按文法結構看來，他認為指的是成王一個人，而非《傳》、《箋》訓釋。他指出：

> 這首詩便成為了研究周代農業極可寶貴的一項史料，可以作為一個標準點。特別是作於周成王時，周初的農業情形表現得異常明白。農業生產的督率是王者所躬親的要政之一；土地是國家的所有，作著大規模的耕耘；耕田者的農夫有王家官吏管率著的。這情形和殷代卜辭裡面所見的別無二致[122]。

118　同註109，頁6-7。

119　同註68，頁425。

120　王國維：《觀堂集林》（石家莊市：河北教育出版社，2001年），頁443-434。

121　同註1，頁89-101。

122　同註68，頁407。

郭氏以此詩所提的大規模耕作景況，作為周初農業生產情形極堅定的社會史料，如果不是奴隸制度，是絕對不可能辦到的[123]。而〈臣工〉一詩王親自催耕的情形，他認為與卜辭中王親自「觀黍」和「受禾」一樣[124]；〈豐年〉一詩辭句多與〈載芟〉相同，「萬億及秭」表示是國有土地上的大規模耕作，絕非小有產個人或大有產地主所能企及的景況[125]；〈載芟〉「千耦其耘」與〈噫嘻〉「十千維耦」兩相印證，可知耕作規模廣大，幾乎全國上下都參加，而耕作的人有主、伯，有大夫、士的亞旅、年富力強及年紀老弱者[126]。郭氏並且認定西周詩人樸質，「十千維耦」人數約有二萬人的說法，絕不可能向壁虛造，此與〈甫田〉「曾孫之稼，如茨如梁。曾孫之庾，如坻如京。乃求千斯倉，乃求萬斯箱。」的情況一樣，都是實寫[127]。

2 井田制的崩解與新富階級的產生

郭氏認為殷周兩代曾經實行過井田制。〈大田〉「雨我公田，遂及我私」二句，足證公有的土田之外已經有私有田地。農人利用公事之餘，開墾自己的私地，之後奴隸制遭受破壞而直接衝擊生產力變遷。而〈甫田〉一詩的甫田是指大田，田之大一年至少可以取十千石，顯而易見土地依然屬於公有，甚至還知道有老寡婦的乞丐[128]。他並指出田字這個象形文字具有圖畫價值，西周的金文每見賜田和以田地賠償等以田為單位的交易紀錄[129]。而他根據古器物《召卣》、《殷簋》、《賢設》銘文上的直接資料，以及田字本身的結構，證實了殷、周兩代是

---

123 同註40，〈讀了關於周頌噫嘻篇的解釋〉，頁160。
124 同註68，頁408。
125 同註68，頁409。
126 同註68，頁410。
127 同註109，頁25。
128 同註68，頁413-415。
129 同註109，頁26。

施行過豆腐乾式的均田法，也就是井田。

此外，他認為當農人開墾私田，私有的畝積超越公田，私有的財富超過公家，以及生產工具鐵的發明使用，都大為提升農業生產力。因此，井田制便受到嚴重衝擊而瓦解，隨後導致奴隸制的崩潰[130]。而新富階級的產生，只要有錢就可以作三卿，所以，君子甚至也可以經營買賣事業。

3　階級統治者欺壓農業奴隸

郭沫若考察施行井田制背後的象徵意義，主要有二：一是作為榨取奴隸勞力的工作單位，另一則是作為賞賜奴隸管理者的報酬單位[131]。由於生產奴隸的產生，必然有管理奴隸的官人及階級統治，如卜辭中屢見以臣、宰從事征伐，或命臣以眾庶從事戰爭或耕稼的紀錄[132]。對於其他史學家認定周代為封建社會，否定井田制以及耕者為自由農民的看法，他認為關鍵在於沒有認清「民」字的本義。他認為殷、周兩代從事農耕者謂之民，謂之眾，謂之庶人，其地位比臣僕童妾等家內奴隸還要低，至於這個論點始終無法得到其他史學家的肯定與正面反駁，他覺得主要原因或許是由於農業奴隸與封建下的農奴性質相近所產生的混同。他說：

> 農業生產奴隸和手工業的生產奴隸或商業奴隸，性質不盡同。這在典型的奴隸制時期的希臘已經是表明著的。注重手工業和商業的雅典，奴隸是無身體自由的，而注重農業的斯巴達，它的農者黑勞士便有充分的身體自由。這是因為農業的土地便發揮著更大的縲絏髡鉗的作用，耕者不能離開土地，離開了便有

---

130 同註107，頁31-32。
131 同註109，頁34。
132 同註109，頁35。

更深沉的苦痛。這層土地的束縛作用，連相當原始的彝族都是無意識地利用著的。中國是大農業國，故殷、周兩代的農耕奴隸，能顯得那麼自由[133]。

他進一步表示，土地既可作為酬勞臣工的俸祿代替，那麼奴隸作為更重要的生產工具自然也可以作為酬勞品。尤其是西周金文中他發現臣民與土田同錫之例，屢見不鮮。此外，他從古代社會中發現人民本是生產奴隸，且解釋民、臣二古時候都是眼目的象形文。臣是豎目，民是橫目而帶刺。古人以目為人體的極重要的表象，每以一目代表全頭部，甚至全身。豎目表示俯首聽命，人一埋著頭，從側面看去眼目是豎立的。橫目則是抗命平視，故古稱「橫目之民」。橫目而帶刺，蓋盲其一目以為奴徵，故古訓云「民者盲也」。這可見古人對待奴隸的暴虐，如〈七月〉一詩農夫一年的生活極其繁忙，戰爭時還要土國城漕，寓兵於農[134]。

4　周正曆法比夏正早二個月

郭沫若以〈七月〉詩中的物候與時令與農曆相比對，認定「周正」要比「夏正」早兩個月。而他據日本新城新藏博士《春秋長曆的研究》，發現魯文公與宣公時代，曆法上有過重大的變化。故以此時期為界，前半葉以含有冬至之月份的次月為歲首（所謂建丑），後半則以含有冬至之月份為歲首（所謂建子）。又前半葉置閏法顯然無規律，後半葉則頗齊整。他對於自己根據春秋二百四十二年間的三十七次日蝕（其中有四次應是訛誤），用現代較精確的天文學知識所逆推出來的這個發現，是相當自豪的。而也因為這個推論，他發現三正論

133　同註109，頁38-39。

134　同註107，頁29-30。

係出於春秋末年曆術家的捏造，而斷定〈七月〉一詩當作於春秋中葉以後。尤其詩中只稱「公子」與「公堂」，也算得是內證[135]。

5 周初商業始有貨幣

貨幣的發展和商業的行為是相應的，商業的發展又依存於農工。商業行為初時，貝字只是裝飾品，周代才被轉化成貨幣。貝、朋初時物尚少，僅用以作頸備，入後始化為一般之貨幣單位。其事當在殷周之間。貝即貝子，學名所謂「貨貝」是南海出產的東西，可知殷代有貝必自南方輸入。而貝初入中國只是當作裝飾品使用，以若干貝為一朋，一朋即是一條頸鏈。故賏字從貝（賏，貝連也），賁字從貝（賁，飾也），賛字從貝（賛，美也）。貝不易得，後來替之以骨，更替之以石，全仿貝子之形而加以刻畫。後更兼帶有貨幣的作用[136]。郭氏並於《甲骨文研究‧釋朋篇》論朋為由貝所製之器物有朋，字於甲骨文作𢎘，肖頸飾之形。

又〈周代彝銘中的社會史觀〉中，他指出「貝」在殷代尚未真實地成為貨幣。殷彝中錫朋之數，至多者不過十朋，此與周彝中動輒有二十朋，三十朋、五十朋的判然有別，與《詩‧菁菁者莪》之「錫我百朋」亦相隔甚遠。所以，殷彝中的錫朋，在他看來，是在賞賜頸環，不是在賞賜貨幣[137]。

6 從怨天到恨人的存在意識覺醒

精神文化無形的社會變革，往往比政治革命來得更無法抵禦。郭沫若從《詩經》中變風、變雅詩作中，看出社會的絕大變異。特別是變雅，他認為差不多全部都是怨天恨人之作。如〈北門〉、〈黍離〉、

---

135 同註68，頁421-422。

136 同註109，頁20。

137 同註68，頁267-268。

〈鴇羽〉、〈黃鳥〉、〈節南山〉、〈正月〉、〈小旻〉、〈板〉、〈桑柔〉、〈雲漢〉、〈瞻卬〉、〈召旻〉等「對於天的怨望」;〈節南山〉、〈雨無正〉、〈小弁〉、〈巧言〉、〈蕩〉、〈正月〉、〈生民〉、〈楚茨〉、〈皇矣〉、〈天保〉等「對於天的責罵」;〈園有桃〉、〈兔爰〉等「徹底的懷疑」;〈隰有萇楚〉、〈蓼莪〉、〈苕之華〉等「憤懣的厭世」;〈山有樞〉、〈車鄰〉、〈頍弁〉等「厭世的享樂」;〈正月〉、〈小弁〉、〈四月〉、〈雲漢〉等「對祖先崇拜的懷疑」;以及〈閟宮〉、〈崧高〉、〈瞻卬〉、〈何草不黃〉、〈十月之交〉、〈楚茨〉、〈皇矣〉、〈天保〉等「人的發現」[138]。他認為從怨天到恨人的憤懣厭世之情,隱伏著人的存在意識的覺醒與抬頭。

7 殷、周親屬稱謂差異有別

　　親屬稱謂往往反映原始婚姻的遺存制度。郭沫若考察世界歷史中家族進化的歷史,推論中國婚姻演進的歷程,是由上世男女雜交到亞血族群婚,再到一夫一婦的現行制度。至於母權與父權的交替,是在殷周之際,亞血族群婚制約於入周後逐漸廢除。這從〈小雅‧斯干〉「似續妣祖」、〈周頌‧豐年〉、〈載芟〉「烝畀祖妣」的「祖妣」稱謂與金文考釋,可見一斑。

　　郭氏指出古時候祖妣父母稱謂有別,殷代男名「祖某」,女名「妣某」,而周代則男子均稱父,女子均稱母,稱女性先祖為妣,稱男性先祖為祖。他例舉王國維〈女字說〉以古彝器中稱「某母」共有十七件,分別為母為女作器、女子自作器或為他人作器所稱,以及「女子之字稱某母,猶如男子之字謂某父」、「男子之美稱莫過於父,女子之美稱莫過於母」等,認為王氏的說法受限於鄭玄、許慎的舊說而推臆,並非古人實際情況。

　　此外,他考察家族進化的過程,以「女字均稱母,父字均稱父」

係源自於亞血族結婚制中兒女多父多母的情況，所以均稱父為「父某」，均稱母為「母某」，周人因襲未盡廢，男女亦自稱某父某母。其後，稱謂涉嫌方而改制，某母的稱號遂絕跡，而某父之字也改用某甫[139]。

（四）《詩經》古史研究的特色及限制

詳察郭沫若《詩經》古史研究，其特色主要有五：

1 繼承王國維殷周古史研究成果而推闡之

王國維殷周古史考證以及甲骨金文研究的成果，對郭沫若有著直接的影響。郭沫若曾盛讚美王氏求實的治史態度，肯定他充分且嚴格地甄別材料，不輕斷結語的優良學風，他除了繼承王國維從古文字到古代社會經濟制度的科學性研究，還進一步補苴罅漏，張皇推闡，例如〈釋祖妣〉中就甲骨文母權時代的殘餘和宗教起源問題，改正了王國維未能解決的問題及錯誤，他依人類社會發展學說，發現「祖妣為牡牝之初字」，而這一考證成為古代婚姻制度和母權時代歷史遺產的創見[140]。

又如王氏轟動學界的〈殷周制度論〉，郭氏除了特別強調它在新史學方面的重要性之外，更根據文中提挈的政治與文化變化劇烈之殷周之際、立嫡宗法與同姓不婚等考證，進一步推闡；而王國維剔發卜辭中殷代先王先公這個被埋沒三千年的秘密，〈殷卜辭中所見先公先王考〉中揭示「先妣特祭」之例，證明殷代王室仍相當重視母權，郭氏繼承並進而探討後，發現特祭先妣是有父子相承的血統關係，所謂直系諸王的配偶雖被特祭，但兄終弟及的旁系諸王則配偶則不見祀

---

139 同註93，頁19-36。

140 周朝民：〈王國維與郭沫若史研究上之關係〉（《中國文化月刊》第180期），頁103-119。

典，由此可證立長立嫡的制度在殷代早已有它的根蒂[141]。

2 以唯物史觀系統科學地建構及詮釋《詩經》古史社會

郭沫若借重唯物史觀為《詩經》古史社會研究開拓了新的視野。他從農事詩中大規模社會變動、生產方式、生產工具以及宗教思想等要素、結構，從社會學、經濟學、人類學等跨學科視閾，有系統地觀察追究殷、周之際的關係脈絡，並藉此檢視《詩經》背後的社會梗概。

夏傳才曾云：

> 〈詩書時代的社會變革與其思想上之反映〉這一論著，創立了一個用馬克思主義研究《詩經》的科學研究體系。當然，由於這時還未能準確判斷某些詩篇的時代性，解釋詩篇雜有臆斷，用來說明社會型態，在史學上就難免產生某些缺乏科學性的論，對於某些詩篇的譯述解說，也有待於商榷。但是，郭沫若為中國古代史，也為《詩經》提出了一個科學的研究體系，啟發我們在上古兩個重大社會變革的歷史背景上來考察《詩經》所反映的社會生活與社會意識形態，這對於揭示《詩經》的全部思想內容，把《詩經》研究建立在科學的基礎上，確實是重大的貢獻[142]。

由上可知，夏氏中肯地評價了郭氏創立《詩經》科學研究體系的時代意義，啟發用史學考察《詩經》的門徑。此外，郭氏前後數次修正研究立論，例如對殷商農牧業生產在整個社會經濟的比重，以及井田制的認識[143]等，都可看出他立論正反合的辯證歷程，這種由否定到肯定

---

141 同註109，頁6-7。

142 夏傳才：《詩經研究史概要》（臺北市：萬卷樓圖書公司，1993年），頁294-295。

143 陳仕益：《郭沫若考古文論》整理郭沫若對於井田制的前後不同說法，他指出：

再到完善的修正過程，無疑某種程度上展現了相當科學的研究精神。

3 從微觀角度看《詩經》時代社會史學

在建構古史社會圖像的脈絡下，郭沫若關注歷史的轉折點，留意於大規模的社會變動，尤其對殷、周時代的社會經濟狀況相當重視。他除了從《詩經》的篇章中找證據，也嘗試從卜辭中尋覓出社會經濟生產的線索，進一步回過頭來核實《詩經》中有關漁獵、畜牧、農業、工藝、商賈等生產工具、生產力，並且進行考釋。由於這些專題研究歷來在《詩經》的研究中，較少被論述，但堅信唯物史觀的他認為「物質的生產力是一切社會現象的基礎」，所以，為了要研究古代社會，就有必要對當時的產業、進行研究。

誠如趙沛霖所說《中國古代社會研究》援《詩經》等古代文獻為基本資料，「對各階級、階層人物的生活、遭遇、要求和願望，進行論證，尤其是掌握社會生活和社會制度的重大變化、讓《詩經》為它的時代作全景式的真實具體反映。而郭沫若能夠從不同的角度把《詩經》中的作品貫串起來，以致形成經濟史、階級鬥爭史和思想發展史特徵的作品系列，並在《詩經》學術史上占有一定的地位，實則標誌《詩經》學步入了一個新的歷史發展階段[144]。

王霞〈淺析郭沫若中國古代社會研究〉亦肯定郭沫若從社會經濟基礎以及社會發展規律的大背景來闡發歷史，儘管《中國古代社會研

1929年2月作〈周代銘中的社會史觀〉時，郭沫若認為井田制並不存在，其後，1930年作《中國古代社會研究》之附錄〈附庸土田之另一解〉時，則認可了井田制，1944年《青銅時代》之〈由周代農事詩論周代社會〉文中，也論證井田制是以與孟子之說有異的方式而存在的；然而1944年7月作《十批判書》之〈古代研究的自我批判〉則進一步證實井田制的存在發展和衰落情況（成都市：巴蜀書社，2009年），頁272-274。

144 趙沛霖：《現代學術文化思潮與詩經研究——二十世紀詩經研究史》（北京市：學苑出版社，2006），頁93-98。

究》書中所提的一些觀點並不完全符合中國古代社會的實際情形，但卻是結合政治、經濟、歷史、哲學、宗教和思想文化研究的《詩經》綜合研究[145]。此外，郭氏提挈「農事詩」的篇目與標準，並針對《詩經》中農業社會的發展、農具、農夫及農事、曆法、祭祀等進行考釋，影響後世農事祭祀詩的研究[146]。

4　結合傳世文獻與出土文獻、器物，進行《詩經》古史論證

在研究中國社會史發展上，郭沫若認為傳世文獻中有不少託古改制的偽造，遂而將研究範圍延伸到殷墟卜辭和殷周青銅器銘刻。他以「銘文中記錄的史實，由於未經人竄改及牽強附會，可單刀直入地看定一個社會的真實相，而且還可借以判明以前的舊史料一多半都是虛偽的[147]。」所以，深感考古學知識的必要，遂而投入這看似迂闊、玩物喪志的工作，有志於「探討中國社會之起源，本非拘泥於文字史地之學。」

而為能真實地闡明中國的古代社會，則需仰仗「鋤頭考古學」等大規模地下的挖掘，才能得到最後的究竟，並讓從未經過後人竄改的銘文，說出它們所創生的時代，所謂「捨此即無由洞察古代的真相[148]」。

---

145 王霞：〈淺析郭沫若中國古代社會研究〉（《安徽文學》，2008年第8期），頁36。

146 趙沛霖即歸納農事研究的重點有三：第一，題旨的研究；第二，〈七月〉國別的研究；第三，農事詩產生時代的研究等。他指出農事詩的研究相當繁榮，有從社會學、歷史學、民俗學等角度或利用交叉學科來看待及研究農事詩。詳見《詩經研究反思》（天津市：天津教育出版社，1989年），頁104-107。學位論文中關注《詩經》農事詩者，有吳倫柏：《詩經農事詩與現代農耕社會》（暨南大學碩士論文，2008年）、張春霞：《詩經農事詩研究》（首都師範大學碩士論文，2001年）、王志芳：《詩經中生活習俗研究》（山東大學博士論文，2007年）、韓高年：《詩經分類辯體》（上海市：上海古籍出版社，2011年）、李山：《詩經的文化精神》（北京市：東方出版社，1997年）等。

147 同註68，頁251。

148 《郭沫若全集》考古編第4卷（北京市：科學出版社，2002年），頁1。

因此，從周代彝銘中，郭氏推論出周代是青銅器時代，彝器中有許多賞賜臣僕的紀錄、井田制的痕跡等，而且彝銘中並沒有五服五等之制。至於卜辭中無民字，亦無从民之字，他認為只是沒有機會用到，並不代表殷代無民。而民在周又稱為人鬲，人鬲又省稱鬲。臣民本是王家所授予，不可私相授受或有所損失。人民不僅可以授與，而且可以買賣，《曶鼎》中可到例證[149]。

5　留意《詩經》庶民心聲，同情發掘社會底層小人物的無奈

唯物史觀在現代史學上的價值之一，是以全體人民為歷史的主體所提出的一種世界的平民的新歷史[150]。郭沫若在〈卜辭中的古代社會〉中指出，卜辭已有奚奴臣僕等字，奚、奴之從俘虜而來於字形已顯著，如奚作 𡘾 𡙇 𡙙 ，奴作 𡚦 ，俘作 𡘪 等用手捕捉人的樣子，可知當時確已有階級存在。而奴隸的用途有三，服御、牧畜耕作及常備軍警[151]。又〈周代彝銘中的社會史觀〉亦載明庶人就是奴隸。奴隸的賜予以家數計，隸是家傳世襲。他從《詩經‧既醉》「君子萬年，景命有僕；其僕維何，釐爾士女；釐爾士女，從以孫子」知道「僕」字正是奴隸的本字，不用傳統古經學破字去解釋。奴隸的來源主要是戰俘，奴隸可以用來賞賜、買賣及抵債。

對於奴隸被欺壓的對待，郭沫若深表不滿諷刺的說，糊里糊塗只求皮相的人，會以為自己看到一幅充滿牧歌意味如米勒「拾穗」的畫圖風光，而道學先生或許會搖頭擺腦，一唱三嘆，極力讚美這是首好的牧歌，把農夫的痛苦故意甘媚化。為此，他相當同情被無聊的文人

---

149 同註109，頁41-44。

150 李大釗〈唯物史觀在現代史學上的價值〉指出唯物史觀的史學，是一種社會進化的研究，而不是供權勢階級紀功耀武、愚民的工具（《新青年》第8卷第4期，1920年12月，頁4）。

151 同註68，241-243。

騙得團團轉的可憐農夫，而對於「報以介福，萬壽無疆」呈現的場
景，譯云：

> 農人萬歲喲！工人萬歲喲！只要你克勤克敏的供我榨取，你的
> 壽命愈長愈好，萬歲喲！萬歲喲！萬萬萬萬萬歲喲！—— 哼
> 哼！[152]

憤恨的他很想詩的後面再加上「嗚呼」兩個字。

又如〈大田〉「彼有不穫穉，此有不斂穧，彼有遺秉，此有滯
穗，伊寡婦之利」，郭氏解作奴隸的寡婦們收穫時拾些遺穗以充饑，
可見當時已有乞丐的現象。他認為〈國風〉中采草卉的女人屢見不
鮮，恐怕指的都是無依靠的寡婦。

再者，他指出《詩經》中〈大雅〉、〈小雅〉的詩中描述大批奴隸
們大興土木，開闢土地，供徭役征戰的情形。而君子又叫作百姓，小
人又叫作民、庶民、黎民、群黎，實際就是當時的奴隸。所以，周初
極盛的封建時代完全是被粉飾，全盤都是虛偽的。如〈七月〉詩中一
天到晚工作的農夫；〈信南山〉、〈甫田〉、〈豳頌〉六篇被公子榨取的
農夫；〈甫田〉「倬彼甫田，歲取十千；我取其陳，食我農人。」階級
截然對立可見一斑。農夫、庶民被當成奴隸的對待，平時作農，有土
木工事時便供徭役，如〈七月〉「上入執公宮」、〈擊鼓〉「擊鼓其鏜，
踊躍用兵，土國城漕，我獨南行」、〈鴇羽〉「王事靡盬，不能藝稷
黍」等；征戰時，便不免要當兵或伕役，如〈東山〉等，所以，農
人、工人、軍人，有如奴隸一般。

詳究郭沫若《詩經》古史研究的限制，主要有三：

1 生搬硬套馬克思五種社會形態理論於中國社會，缺乏科學性結論

郭沫若初時作〈詩書時代的社會變革與其思想上之反映〉的時候，尚未充分接觸及掌握古代史料，以致於產生某些錯誤的論斷[153]。在研究方法上，他生搬硬套唯物史觀的公式到中國古代社會，以一般原理代替個別性，完全不能符合中國實際情形。

王霞〈淺析郭沫若中國古代社會研究〉一文指出，《中國古代社會研究》代表郭沫若「研究過程中的初級階段」，只是他「用科學歷史觀點研究和解釋歷史」的「草創時期的東西」。其「興趣」是在追求及考證、辯證唯物論在中國古史社會的適應度上[154]。夏傳才也點明郭氏某些詩篇的時代性及解釋，過於臆斷，至於把馬克思五種社會形態的理論機械地套用在中國社會，難免產生某些缺乏科學性的結論[155]。

大抵上，將五種社會形態作為人類歷史發展循序遞進的必經規律，實則違背了馬克思主義的歷史觀，由於這樣的歷史分期模式既非世界發展的惟一圖式，也缺乏充分的文本及世界性的普遍事實依據。所以，郭沫若將「亞細亞」說成是中國早期的奴隸，殷商是奴隸制，而又因為西周與古希臘、羅馬時代相當，而斷定西周也是奴隸制，進而又論東周還是奴隸社會，並將奴隸制的下限，定於春秋與戰國之交」等，既不符合中國歷史的實際情形，也缺乏堅強有力的證據。

誠如趙沛霖所言，郭氏《中國古代社會研究》由於未能正確處理學術研究與政治目的、革命激情與科學態度以及求真與致用之間的關係，把馬克思五種社會形態的理論機械地套用於中國社會，以一般原

---

153 同註68，頁405。

154 同註145，頁36。

155 同註142，頁294-295。

理代表個別，造成中國歷史和《詩經》研究許多混亂。故《中國古代社會研究》從奴隸制社會出發對《詩經》性質和思想內容所做的分析，勢必成了空中樓閣，至於其中對《三百篇》所做的歷史定位，也就變得毫無意義[156]。

2　詩篇年代斷定及訓詁問題，有待商榷

〈七月〉一詩以時序為經，以衣食為緯，勾勒了農業社會生活面貌。其中涉及的農業生產方式以及天文曆法等時序問題，是窺探上古農業重要的關鍵線索。

郭沫若根據日人新城新藏博士《春秋長曆的研究》，認為魯文公與宣公的時代，曆法上有過重大的變化，斷定〈七月〉為春秋中葉以後的作品。他並且以此詩的物候與時令是所謂的「周正」，比舊時的農曆「夏正」還要早兩個月[157]。其云：

> 〈七月〉，《魯詩》無序，其收入《詩經》，大率較其它為晚。假使真是采自豳地，當得是秦人統治下的詩，故詩中只稱「公子」與「公堂」。這也可以算得是一些內證。又詩的「一之日」云云，「二之日」云云，向來的注家都是在「日」字點讀，講為「一月之日」、「二月之日」，但講來講去總有些地方講不通。而且既有「四月秀葽」，又有「四之日」，何以獨無一月二月三月？而五月至十月何以又不見「五之日」至「十之日」呢？這些都是應有的疑問。一句話總歸，分明是前人讀錯了。我的讀法是「日」字連下不連上。「一之」，「二之」，「三之」，也就如現今的「一來」，「二來」，「三來」了。說穿了，很平常[158]。

156　同註144，頁102。
157　同註68，頁421。
158　同註68，頁422-423。

郭氏標斷「一之日」、「二之日」等為「一之」、「二之」的作法，並不
恰當，同時，僅載七個月的農事，所言物候與詩意也不盡相通。詳察
此詩曆法的記月方式，主要有「某之日」、「某月」及用名詞和月份表
示的「蠶月」等三種稱謂。根據張劍之〈七月曆法與北豳先周文化〉
一文指出，「某之日」的記月方法是「狩獵曆法」；而「某月」的記月
方法是「農事曆法」。至於以〈七月〉曆法為代表的「豳曆」，是周先
祖早期在古北豳創業時制訂的[159]。而郭氏引用新城新藏的研究，根本
不能證明春秋中葉以前沒有周正曆，尤其豳地於西周末年已被獫狁侵
占，春秋時已屬西戎，且孔子、孟子、荀子等都曾引用過一詩，足證
〈七月〉絕非春秋中葉以後的作品[160]。

　　此外，「七月流火，九月授衣」的「授衣」兩個字，按郭氏的說
法是古代農民有一定的制服，到了「九月」（農曆七月），就應該發寒
衣[161]。然而，授衣對象主從關係究是奴隸主授與奴隸，還是婦女製成
後發給奴隸，還是國家統一發給，歷來眾說紛紜。一九七五年地下發
掘出土之《睡虎地秦墓竹簡・秦律十八種・金布》所記，其授冬衣的
時間與《毛傳》相合，而豳地乃平王東遷後賜秦襄公之地，顯見豳地
習俗為秦所繼承的關係。至於所授的衣當為「無衣無褐，何以卒歲」
的「褐」，也可以在〈金布律〉找到證據。黃新光〈豳風七月的名物
訓釋與歷史文化底蘊的發掘〉認為是婦女裁製完成冬衣後再授與農夫
[162]；季旭昇則根據〈金布律〉另一段記載，判斷是由國家發給，但人
民必須付錢才能取得[163]。張玉林〈七月流火，九月授衣釋疑〉也是認

---

159 張劍：〈七月曆法與北豳先周文化〉（《寧夏師範學報》第22卷第1期，2001年1月），
　　頁11-12。

160 同註142，頁301。

161 同註68，頁423。

162 黃新光：〈豳風七月的名物訓釋與歷史文化底蘊的發掘〉（《南昌大學學報・人社
　　版》第33卷第1期，2002年1月），頁116。

163 李旭昇：《詩經古義新證》（臺北市：文史哲出版社，1995年），頁293。

為九月寒冬將至，公家會供應人們禦寒冬衣，但收受者要交付一定的價款，且對沒有人身自由的奴隸只供應極為粗糙、簡陋的「褐」[164]。按此看來，郭沫若解「授衣」為制服的說法，不夠詳實。

3　強調詩歌怨怒之聲，捐棄溫柔敦厚情致，開啟浮躁庸俗作風

郭沫若在〈周代彝銘中的社會史觀〉中曾說：

> 固定了幾千年的傳統，一旦要作翻案本來是不很容易的事。加以我的研究也尚未周到，以《易》、《詩》、《書》為研究資料大有問題。《易》、《詩》、《書》雖可證明其為古書，然已傳世數千年，正不知已經多少改變；而幾千年的傳世注疏更是汗牛充棟。要排除或甄別那些舊說絕不容易。大家的腦中都已有先入之見，紅者見紅，白者見白，孤軍獨往終不免要受以五經為我注腳之譏彈[165]。

對於打破傳統《詩經》解釋的困難與處境，郭氏早有難免被人譏諷「五經皆我注腳」的心理準備。他從奴隸制社會出發對《詩經》內容思想進行的分析及闡述，如〈七月〉一詩被壓榨勞役一整年的農夫奴隸，以及春日婦女們慘遭蹂躪的傷悲；〈甫田〉詩中吃剩餘陳腐米穀的農人，愚昧得向榨取者高呼萬歲取的蠢昧；〈大田〉一詩充滿牧歌的拾穗圖畫背後，是乞丐寡婦喫草根過活的慘狀等[166]，對照強取豪奪的貴族公子，更顯奴隸階級的激憤不平。

然而，特別強調階級對立下奴隸者的悲憤與怨怒之情，而忽略或

164　張玉林〈七月流火，九月授衣釋疑〉（《承德民族師專學報》，1995年第2期），頁51。

165　同註68，頁250。

166　同註68，頁113-118。

漠視《詩經》「怨而不怒、哀而不傷」之溫柔敦厚情致，也是郭沫若
建構古史的一大限制。郭氏以唯物史觀原理套用在《詩經》的社會，
往往因忽略特殊性研究，而誤解詩義，如〈邶風・北門〉、〈王風・黍
離〉等表達勞苦倦極的呼天而告，乃人之心情，毋須比附成宗教思想
上對天的怨望；而〈小雅・北山〉詩中小臣怨恨勞役不均的心情，與
「鼓吹階級鬥爭」是根本不同的兩回事。而郭沫若輕下結論的浮躁作
風，對於二十世紀五十年代以後驟下結語、恣意比附民俗人類學等傾
向，多少有一定的關係[167]。

四　考古研究與《詩經》訓詁新證

　　一九二九年，三十八歲的郭沫若譯作《美術考古發現史》，並完
成《甲骨文字研究》；三十九歲（1930）補記〈附庸土田〉，收於《中
國古代社會研究》之〈附錄〉，且作《殷周青銅器銘文研究》、《金文
叢考》；四十一歲（1932）出版《兩周金文辭大系》；四十二歲（1933
年）撰述研究甲骨卜辭的新體系代表作──《卜辭通纂》，集成《古
代銘刻滙考》；四十三歲（1934年）十一月作《兩周金文辭大系圖
錄》；四十四歲（1935年）出版《兩周金文辭大系考釋》；四十七歲
（1937）出版《殷契粹編》；四十八歲（1939年）出版《石鼓文研
究》等。

　　避居日本期間，他在迫於無奈、聊勝於無的情況下，從事古史與
古文字的研究工作。〈我怎樣寫青銅時代和十批判書〉文中，他表示如
果有更多的實際工作可做，是絕不甘心做一個舊書本子裡的蠹魚[168]。
〈我與考古學〉中亦表述讀了唯物辯證法的幾本書，並撰述了幾篇論

---

167 同註144，頁104。
168 同註107，頁486。

文後，因有感《詩》、《書》、《易》三部書的年代沒有一定標準，而想從三部書去建構古史觀，不免有點危險。所以，才切實地感覺研究考古學以及和考古學相關學識的必要，而開始研究甲骨文字和殷周金文[169]。

在古史、甲骨金文的認識與研究上，郭沫若以王國維為學習典範並選擇考古證史的門徑，嘗試擘劃與胡適整理國故不同的局面[170]。他坦言開啟他對古文字研究的門徑與堂奧的是容庚與王國維。王氏《國朝金文著錄表》、《宋代金文著錄表》、《王氏說文諧聲譜補》等著作，是他研究撰寫時未嘗片刻離手的重要參考資料。其《殷周青銅銘文研究》中五篇專論銘文的韻讀之作，便是受到王國維認為韻讀可為考釋古文字的方法之一而啟發的。他尤其讚賞與欽佩王氏在考論古史、古制、古文字、古物的成就，是幾千年來舊學城壘上燦然放出的光輝[171]。

考察郭沫若研究古文字的歷程，最初僅將銘文作為史料，希望從中探討周代彝銘中奴隸、井田制度、五服五等之制度以及殷周的時代性等問題。細究〈周代彝銘中的社會史觀〉一文，可知他對於銘文的理解大多承襲舊說。其後，察覺中國古史觀建構立論的基礎薄弱，才轉向結合古文字、地下出土器物來觀察古代的真實情形，以破除虛偽粉飾。然而研究終極關懷仍在瞭解古代社會面貌。一九五二年重印《金文叢考》時，云：

> 我準備向搞舊學問的人挑戰，特別是想向標榜「整理國故」的胡適之流挑戰。從前搞舊學問的舊人，自視甚高，他們以為自

---

169 《郭沫若全集》考古編第10卷（北京市：科學出版社，1992年），頁9-10。

170 謝保成《郭沫若評傳》指出郭沫若對於「國學」的認識，劃出了與胡適為代表的「整理國故」一派的界限，但同時又表現出了對於王國維為代表的「考古證史」一派的直接繼承（南昌市：百花洲文藝出版社，1995年），頁22。

171 同註6，頁6。

己所搞的一套是「國粹」，年青一代的人不肯搞了，因而以裂冠設套，道喪文敝為慨望。因此，我想搞一些成績出來給他們看看。結果證明，所謂「國粹」先生們其實大多是像古董[172]。

由上可知，他研究的期許與標榜整理國故的胡適一別苗頭的意氣。

在〈卜辭中的古代社會〉一文中，他指出中國學者特別是研究古文字一流的人物，鮮少有科學的教養，所以往往不能有系統的科學把握古文字絕好的材料。直到研究甲骨文字後，才對於《詩》、《書》、《易》中被後人所粉飾或偽托的部分，終於得以撥雲霧而見青天。一九二九年八月《甲骨文字研究》初版序中他表示研究卜辭志在探中國社會的起源，而不是拘限於文字史地之學。其中，文字是社會文化的一大要徵，關乎社會生產狀況與組織關係，因此，想要追求文化的梗概，「識字」是第一步。

一九三〇年九月給容庚的信中，郭沫若表示古文字學是他繫心的要事，只是人在日本可看到的資料太少[173]，對於當時知識分子以革命時期研究古器物、古文字的顧慮，他胸有成竹地表示「我輩勿憂玩物而喪志，幸於玩物中以見志焉」。由於研究古文字是他探討中國古代社會的第一步，他認為要在中國進行革命、開拓未來，就不能不懂中國的過去。

此外，德國米海里司《美術考古一世紀》對於郭氏研究考古資料及建構古史，有相當大的啟發，在一九四六年十二月所寫譯者前言中自云：

假如沒有譯過這本書，我一定沒有本領把殷墟卜辭和殷周銅器

---

172 同註1，頁3-4。

173 《郭沫若書信集‧上》（北京市：中國社會科學出版社，1992年），頁328。

整理得出一個頭緒來，因而我的古代社會研究也就會成為砂上樓臺的[174]。

而此書作者注重歷史的發展，實事求是地作科學的觀察，且精細地分析考證而且留心著全體的態度，啟發他用宏觀的角度去審視所整理的殷墟卜辭及商周時銅器資料。

由於他所能掌握古文字的相關資料十分有限，但他在處理殷周古文字的方法上，則受益於王國維的研究成果最多，他如羅振玉、董作賓、商承祚、容庚等人著作，也是他取酌參考的材料依據[175]。

雖然說郭氏研究古文字的目的在於古史研究，但他在金文學的貢獻以及對彝銘材料的匯集整理、青銅器體系的建立[176]，卻對古文字研究發展造成重要的影響。在傳統訓詁的學養基礎上，他借重王、羅等人的研究成果，善用辭例、以傳世文獻與地下出土文獻交驗互足，並依出土實物構件類推，據字形與歷史文化、地理風俗等發明新義[177]，往往立論新穎。茲就郭氏利用考古研究成果以訓詁《詩經》的實踐情形，分別從識本字、訓常語、新證名物等方面探論之。

---

174 米海里司：《美術考古一世紀》（上海市：上海書店出版社，1998年），頁2-3。

175 同註93，頁1。

176 江淑惠《郭沫若之金石文字學研究》指出金文學的內容可說是郭沫若建立起來的，而對於彝銘材料的匯集與整理以及青銅器體系的建立，正是郭氏對金文學的最大貢獻。因此，從古文字學的角度考量郭氏之成就得失，是最基本而必要的工作（臺北市：華正書局，1992年，頁4-8）。他並且歸納郭氏釋字方法，共有：比較法、分析法、辭例推勘法、結合偏旁分析與字音之確定、利用古音知識以釋字、利用韻讀釋字等（頁389）。

177 符丹將郭沫若古文字考釋的一般方法分為：綜合法、據字形、文意分析法、據音韻、據辭例、據說文、據傳世文獻、比較法、據其他古文字、據出土實物、構件類推、反證法、排除法（詳見《郭沫若古文字整理方法研究》，西南交通大學碩士論文，2010年，頁7）。

（一）識本字

1 釋𡢃

〈釋庸〉

王國維「玁狁考」一文中曾考釋《杜伯鬲》「杜伯乍作叔 𡢃 障鬲，其萬年子子孫孫永寶用」，以叔字下「𡢃」字為「媥」。並訓「庸姓之庸，金文作媥，今《詩》『美孟庸矣』作庸字」[178]，而羅振玉附和此說。郭沫若指出王、羅二人釋 𡢃 為媥，主要是沿襲吳大澂釋 𤰃 為庸的說法。在他看來，吳氏只是根據此字與庸形近的關係，和《虢季子白盤》𤰃、《毛公鼎》𤰃、《召伯虎𣪘》𤰃 並釋為庸，絕非確當。所以，他認為 𤰃 非庸，𡢃 更不是媥。

其次，指出《杜伯鬲》乃杜伯為其女叔 𡢃 所作的媵器，杜為陶唐氏的後代，所以按宋代刊刻的《嘯堂集古錄》記載，《劉公鋪》的杜 𡢃 即晉襄公第四個妃子杜祁。其云：

> 𡢃 當為从女 𤰃 聲之字，是則 𤰃 聲當讀如祁。《石鼓文》之 𤰃𤰃 即《詩經》中祁祁矣。〈召南・采蘩〉「被之祁祁」、〈豳風・七月〉又〈小雅・出車〉「采蘩祁祁」、〈小雅・大田〉「興雨祁祁」、〈大雅・韓奕〉「祁祁如雲」、〈商頌・玄鳥〉「來假祁祁」。《爾雅・釋訓》「祁祁，徐也。」《毛傳》於〈采蘩〉訓舒遲，於〈七月〉訓眾多，於〈大田〉訓徐，於〈韓奕〉訓徐靚。《鄭箋》於〈采蘩〉亦訓安舒，於〈玄鳥〉亦訓眾多。是則祁祁有舒徐與眾多二義[179]。

---

178 同註120，頁300。

179 同註1，頁207下。

由上可知，郭氏推論 𠭯 若 𢼄 字，乃祁的本字，而除了從字例來判定以外，他還從字形來論定 𨿳 字像是兩個 𠙶 相抵，𩰫 就好比兩個 𠙶 之間有它物充墊的樣子，顯見 𨿳、𩰫 二字為同一個字，音在脂部。所以，𠭯 當為祁姓的本字，而不是嫡。

2 釋覃

郭沫若考察《番生𣪘》及《毛公鼎》均有「金簟弻魚服」句，正與〈小雅・采芑〉「簟笰魚服」句例相同。而簟字在《番生𣪘》作「 🔲 」，《毛公鼎》作「 🔲 」，他認為二個字的下半部「 🔲 」、「 🔲 」應為覃字。而他更進一步推論容庚《金文編》附錄中未能辨識的《亞形父乙卣》🔲 、《亞形父乙爵》🔲 、《父己爵》🔲 三字，均為覃字。而羅振玉《貞松堂集古遺文》著錄《亞形父乙𣪘》之未識「 🔲 」二字，也可斷定為共、覃二字。

此外，《說文》覃字訓云：「長味也，從 🔲 ，鹹省聲。《詩》曰：『實覃實吁』，🔲 古文覃，🔲 篆文覃省。」郭氏認為此乃 🔲 形之誤。🔲 為象形文，如器皿中裝盛果實的樣子，並非鹹省聲。而下部從皿的 🔲 🔲 🔲 等形，他主張必定也是器皿的象形。因此，今小篆譌變為 🔲 ，古音讀在侯部，依聲類推求當是豆字的異體。而在「豆」類的器皿中裝盛果實，自然有「長味」的意思[180]。

嚴格說來，郭氏以「覃」字下部為類似「豆」的器皿，裝盛果實可保「長味」的論述，證據不夠充分。季旭昇〈談覃鹽〉一文根據晚近出土包山楚簡及鹽金古幣等，析論「覃」原即「鹽」字，《說文》保留「覃」字「長味」、「鹹省聲」的線索及解釋，基本上是正確的。他並析分覃字作名詞指的是「鹽」；作形容詞時則解為「長味」。而「長味」的意義主要來自「覃」字上部的「鹵」，與下部放鹽的罈子

---

180 同註1，頁225-226。

「鼻」無關[181]。

3　釋勹勿

卜辭卜牲色，多以「更羊」與「更 🔆 」對文。羊即後來之騂字。🔆 或作𤘗，有時省作 🔆、🔆，下部有時是牛而不是羊。王國維釋此字為「物」，原指雜色牛的名稱，其後推衍成「雜帛」的意思。而以〈小雅・無羊〉「三十維物，爾牲則具。」《傳》云「異毛色者三十也。」為例，說明「三十維物」與「三百維群」、「九十其犉」的句法正同，指的正是三十頭雜色牛[182]。

郭沫若考察周代彝器《盂鼎》、《克鼎》及《召伯毀》等銘文，勿字作𠃌，在《師酉毀》、《命鎛》、《冉征》則作𠃌形。且卜辭多見勿字，有作 🔆 若 🔆，但均作否定用，與 🔆、🔆 用來指牛色，並不相同。而由於羅振玉、王國維等人不識 🔆 🔆 字，置列待問字例，今人已確辨為「勿」字，但因為與 🔆 🔆 字不能相配合，故暫時並存。

郭氏認為𤘗字在祖庚、祖甲時已有較多的使用機會。而 🔆 🔆 本是犁的初文，犁字典籍多作犂。犂與騂對文，正與卜辭同，所以，黎、物都是從 🔆 演化而來的。如果是耕具就从刀从牛，若是談種植就从禾从黍。而犁之轉化為銳利及吉利字的，都是由勿引申而來。至如庶眾稱黎民，其初應當是操勿耕種的農夫；而因農耕而日曬為黑，所以黎有黑義。

此外，郭氏發現卜辭有犁字而無黎字。犁字多見於武丁時骨臼刻辭的人名，後用為吉利字；而深黑色的驪馬為驚，則𥂕、犁都是指黑牛，又耕具、耕事、耕牛是黑色也都是𥂕。犀銳的耕具以及有耕事

---

181 季旭昇：〈談覃鹽〉（《龍宇純先生七秩晉五壽慶論文集》，臺北市：臺灣學生書局，2002年），頁255-256。

182 同註120，頁142。

有收穫也叫作秎。耕作的人臉黑叫作黎等，基本上，都是由勿字引申轉化而來。

至於周代金文所以用作勿，郭沫若認為是周人誤寫別字的緣故。勿在殷末已成古字，周人襲殷，因與習用的 ⅋ ⅋ 相近，因此混淆為一。據此，他更提出勿乃笏的初文，⅋ 即前詘後詘的笏形，而 ⅋ ⅋ 乃笏上的彡彰，《說文》篆文 ⅋ 及籀文 ⅋ 均從此出。而由於前詘後詘過度，中間 ⅋ 畫太長，許便誤以為「象气出形」，不知勿 ⅋ 為一字，又不知勿 ⅋ 就是笏字，所以才會在曰部的 ⅋ 字解作「出气 ⅋ 」，而勿為旃的初文。然而周人雖誤以勹為勿，但並不以勿為旃。許慎去古以遠，殷周古文又未多見，故其字源說多未得當。而由於純色的笏數量較少，故从勿聲之字多含有雜駁義，如「雜帛為旃」、「三十維物」[183]。

郭氏以牵為物字的說法，在《殷墟粹編考釋》四百二十四片已作了糾正[184]。而從考古出土物來看，新干大墓發現的青銅製作的犁具，足證殷代已有牛耕作，而甲骨文字从「勿」是犁形農具，由耒形器發展而來，用牛或用犬作為牽引農具向前的動力，而有「牵」字[185]。

而他對於王國維解釋《詩》「三十維物」《毛傳》訓為「異毛色者三十」的說法，提出了新證，然而，郭氏更正王氏欲求三十種不同毛色的牛的說法，顯然誤解了王國維的意思，因此，更正也就沒有必要。

大抵上，在識讀器銘古文字的部分，郭沫若多援引《詩經》作為輔助證例，其重點不在通釋《詩》義，而是在辨識及確認器銘文字的本義及古史禮制。例如他認為「矢殷銘」文可作為西周年井田制與奴隸制的佐證，惟因其中重要文字被毀滅，故舉證〈魯頌・閟宮〉「乃命魯公，俾侯于東，錫之山川，土田附庸」、〈大雅・江漢〉「王命召

---

183 同註93，頁79-88。

184 《郭沫若全集》考古編第3卷（北京市：科學出版社，1965年），頁473。

185 邱敏文：《郭沫若甲骨學研究》（臺北市：中國文化大學碩士論文，2003年），頁177。

虎⋯⋯告于文人，錫山土田」、〈大雅・崧高〉「王命申伯，式是南邦，因是謝人，以作爾庸，王命召伯，徹申伯土田」等詩所歌詠的史實，表裡互較[186]。而郭氏識讀彝器銘古文字的成果，則被于省吾[187]及聞一多[188]等，多所參閱。

（二）訓常語

1 釋祖妣等

針對古人常語祖妣、考母，郭沫若分別從稱謂、文例、字形韻讀、民俗祭祀以及婚制廟寢等，分別考釋之。

首先，就文例而言，祖妣對文有〈小雅・斯干〉「似續妣祖」、〈周頌・豐年〉、〈載芟〉「烝畀祖妣」等例；而考母對文則有〈雝〉「既右烈考，亦右文母」。而金文中亦多有例證，如《齊侯鎛鐘》、《子仲姜鎛》、《陳逆盨》等言祖妣、考母；《譱鼎》、《頌鼎》及《殷》壺諸器、《召伯虎殷》、《師趛鼎》等單言考母，皆可見考妣連文乃後起之事。

其次，從字形韻讀來看，祖、妣二字為牡、牝的本字。卜辭牡、牝二字並無定形。古文祖不從示，妣亦不從女。且乃牡器之象形，可省為丄；而牝器則似匕，故以匕為妣若牝。

王國維作有〈釋牡〉一文，云：

> 卜辭牡字皆从丄。丄，古士字，孔子曰：「推十合一為

---

186 同註59，〈矢殷銘考釋〉（北京市：科學出版社，2002年），頁100-109。

187 于省吾釋〈北山〉「鮮我方將」、〈時邁〉「懷柔百神」、〈小毖〉「莫予荓蜂」等，提供于省吾訓釋時參閱的文件。詳見《澤螺居詩經新證、澤螺居楚辭新證》（北京市：中華書局，2003年），頁30、56、113。

188 孫黨伯，袁謇正主編：《聞一多全集》第四冊（武漢市：湖北人民出版社，1993年），頁89。

士。」……古音士在之部，牡在尤部，之、尤二部音最相近。牡從士聲，形聲兼會意也。士者男子之稱，古多以士女連言。牡從士，與牝從匕同。匕者，比也，比於牡也[189]。

郭氏對此提出了批評，認為母權時代，牡尚且不足與牝等同而論，孔子「推十合一」的說法，也不是士之本意。士女的士遠在士君子的士之前。而如果土字是十與一相合，那麼士應當也是十與一相合而成。其云：

> 據余所見，土、且、士，實同為牡器之象形，土字古金文作▲，卜辭作♀，與且字形相近。由音而言，土、且，復同在魚部，而土為古社字，祀於內者為祖，祀於外者為社，祖與社二而一者也。士字卜辭未見，而由形而言士與土、且實無二致。士音古雖在之部，然每與魚部字為韻。如〈射義〉《禮記》引《詩》「曾孫侯氏」八句以舉、士、處、所、射、譽為韻，《詩‧常武》首章以士、祖、父、武為韻。是士字古本有魚部音讀也。又今人之所謂古音，實僅依據周、秦、漢人文之韻讀以為說者，周以前之音，茫無可考。周秦以後音有變，則周以前之音，至周亦必有變。余謂其變且必甚劇，蓋殷周之際禮制之因革彰，而文字之損益亦甚者，則如士字蓋古本讀魚中音而轉入之部者，未可知也。牡從土聲而讀在尤，亦同此說。尤、魚二部亦有為韻之例，如〈民勞〉二章以恢韻休、逑、憂、休者，是也。是故士、女對言，實同牡牝、祖妣。而殷人之男名「祖某」女名「妣某」，殆以表示性別而已[190]。

---

189 同註120，頁142。
190 同註93，頁38-40。

　　以上敘述，可知土、且、士等都是牡器的象形，音韻上，土、且同在魚部，士雖在之部，但與魚部字為韻，按理可推士字古本有魚部音讀。士女對言猶如牡牝、祖妣。

　　再者，郭氏從民俗祭祀的觀點來看，祖妣與祖宗祭祀、神道設教等風俗淵源密切，若干事項可作為輔證。

　　第一，古時凡涉及神事之字，大抵从示。考察卜辭於天神地祇人鬼皆稱示，可見示的初意原本就是生殖神的偶像，如卜辭裡的祀象人跪於神像前，祝象跪而禱告，祭則持肉以獻神的樣子，顯然這類字仍未脫圖畫文字的領域，屬於象形文字。

　　第二，示乃牡神，祀牡之前也有以牝為神的例子。古人祭祀，在內為妣，在外為方。如同牡的祭祀在內為祖，在外則為土（社）。而古人每以方社連言，如《詩·雲漢》「求年孔庶，方社不莫」、〈甫田〉「以社以方」等，社方猶言祖妣。

　　第三，神事是人事的反映。人稱孕育自己的人為母，母是生殖崇拜的象徵。母字甲骨文與金文大抵作 𩇓，象人乳形之意。又「爽」字其字形與母同為一字，且可與歐洲各地出土的生殖女神像「奶拏（Nana）」互相參證。此外，「后」字在卜辭及典籍中的用例並不存在，僅見稱王而不稱后，后為母權時代女性酋長的稱謂。在母權時代，用毓以尊稱王母，轉入父權則當以大王之雄以尊其王公。已死之示稱之為祖，存世之示自當稱之。祖與王，魚陽對轉也。他如後起的「皇」字，金文中其器已稍晚。如《秦公殷》、《禾殷》、《陳侯因𦎫殷》、《齊陳曼簠》、《齊子仲姜鎛》、《王孫鐘》、《沈兒鐘》、《邾公華鐘》等，皆从王作。而器之較古者如《毛公鼎》、《宗周鐘》、《頌鼎》、《善夫克鼎》等，則皆从士。是則王與士為同一物之明證。

　　郭氏認為士、且、王、土同係牡器之象形，其初意本是尊嚴而無絲毫猥褻之義，入後文物漸進則字涉於嫌，遂多方變形以為文飾。故士上變為一橫筆，而王更多加橫筆以掩其形。且字在金文中器之較古

者無變，器之較晚者如《郜公簠》、《師父毀》、《伯家父毀》益以手形。《陳逆盙》、《子仲姜》始从示。土字上肥筆亦作橫畫，後且从示矣。匕字亦如是。

第四，卜辭帝字多用為至上神之稱號，稱作天帝是生殖崇拜。由於人事吉凶與天時風雨均由帝命主宰，人王有稱帝號者如「帝甲」，又有假借字用為祭名者如「禘」。郭氏認為帝為蒂之本字，帝字用例的興起必定是在漁獵牧畜進展到農業種植以後的事，因為崇祀的生殖神已由人身或動物轉化為植物。此外，他臆測古人本不知有所謂雄雌蕊，故觀花落蒂存、蒂熟而為果，其果多碩大無朋，人畜多賴之以為生，且果實種子可化而為億萬無窮之子孫，所謂「韡韡鄂不」、「綿之瓜瓞」等，而引以為天下至神者所寄，故以帝為尊號。

最後，郭氏從婚制廟寢方面探討祖妣二字與宗教起源及古代文化大有關係。他以古人祖、社每每對言，祀與內者為祖，祀於外者為社，然因古制祭祀並無內外之分，如《墨子‧明鬼》「燕之有祖，當齊之社稷」。而古人本以牡器為神，或稱為祖或社，男女群荷牡神而趨即為「馳祖」的意思，揚州以紙為巨大牝牡之器，男女群荷而趨之的迎春習俗可以互相佐證。至如《周禮‧地官》所載仲春之月男女相會，乃古人未有寢廟時仲春通淫的野合，其後有寢廟，則在廟前結婚，寢後以備男女燕私，〈小雅‧斯干〉、〈楚茨〉等敘述燕寢生活可見一斑。

而從〈商頌‧玄鳥〉《傳》云「玄鳥，鳦也。春分玄鳥降，湯之先祖有娀氏女簡狄配高辛氏，帝率與之祈于郊禖而生契。」的訓釋，他看出〈月令〉祠高禖之事，契之生迺吞卵而孕，是知母不知父之歡合於野的文飾，而以〈小雅‧甫田〉「琴瑟擊鼓，以御田祖，以祈甘雨，以介我稷黍，以穀我士女」、〈大田〉「田祖有神，秉畀炎火」的田祖，即《毛傳》、〈月令〉所說的郊禖、高禖。所以，「御田祖」就是燕的馳祖、齊的觀社。《春秋》以齊之觀社為非禮，主要在於尸女

通淫。郭氏並指出〈鄭風・溱洧〉歌詠溱洧間遊春士女，兩相歡樂，所謂「女曰觀乎，士曰既且」的且字即祖字，言士與他女歡御。又〈出其東門〉「匪我思且」與「匪我思存」對言，且字亦為祖字，言求歡之女與既祖之士終復謔浪相將，誓無相忘。

郭氏此訓〈溱洧〉「女曰觀乎，士曰既且」、〈出其東門〉「匪我思且」的「且」字為祖，就《詩》義而言並不恰當。

2 釋奴隸

郭沫若將臣、僕、眾、夫、民、宰等均釋為奴隸，曾引起史學界極大的討論。在〈釋臣宰〉一文中，他指出生民之初與禽獸無別，群居聚處，沒有政令，及至以母氏為中心的血族集團出現，才知有母而不知其父。由於族與族之間不可避免產生的糾葛與兼併，同族之間有了階級的分化，統制政治及國家方才形成。國家中被支配的人就是臣、民，而隨著國家的進展，血族成分愈見稀薄，臣、民的構成與意義也因此轉變成所謂的奴隸。

郭氏引用的證據，主要有三：第一，彝銘中入周以後多有賞賜臣民的事。他考察《矢令毀》、《盂鼎》、《周公毀》、《克鼎》、《井侯尊》、《令鼎》、《陽亥毀》、《不嬰毀》、《齊侯鎛》、《子仲姜鎛》等銘文，發現臣、民與土田、都邑、器物等賞錫物一樣，都為宰治者所占有，所有權可以任意轉移。第二，賞賜臣以家為單位計數，顯見奴隸是家傳世襲。如〈大雅・既醉〉：「君子萬年，景命有僕。其僕維何？釐爾士女。釐爾士女，從以孫子」中的「僕」字，即是臣僕。第三，奴隸的來源是俘虜，《周公毀》與《克鼎》銘文即征服井國之後，即瓜分其土地人民的證據。又奴隸二字多有縲絏之象，奴字從又，童、妾、僕等字則從辛。辛乃古昔虐待奴隸之剕額、割鼻等真相而留存的象形文字[191]。

---

191 同註93，頁184。

臣字小篆作 𝐸，許書云：「臣，牽也。事君也。象屈服之形。」
臣之訓牽，蓋以同聲為轉注，然其字何以象屈服之形於小篆字
形實不能見出。近人亦有依小篆字形以說者，然皆以訛傳訛
也。字於卜辭作 𝐸 若 𝐸，金文如《周公設》之「錫臣三品」
作 𝐸，《令鼎》之「臣十家」作 𝐸，均象一豎目之形。人首俯
則目豎，所以「象屈服之形」者，殆以此也。古人造字於人形
之象徵，目頗重要，如頁字，夒字，首字等，均以一目代表一
人或一頭首，此以一目為一臣，不足為異[192]。

　　郭氏就卜辭、金文等臣字象人豎目的形貌，申論俯首目豎的「象
屈服之形」，駁斥《說文》以同聲轉注訓臣為牽的說法。此外，他也
指出殷人以臣為兵士的情形，較之古代希臘羅馬或英國人任用印度
人、法國人用安南人擔任軍警，如出一轍。

　　而從周康王時代的彝器《盂鼎》、《克鼎》以及《齊侯壺》等銘文
中，他指出民字均作左目形有刃物刺穿的樣子。所以，民字的造形構
義與古人民、盲二字可通訓為同樣的意思。由於字都是作左目，被總
稱為奴隸。因此他推斷民人之制是從周人開始，周人因盲敵人俘虜左
目以為奴隸的象徵。而卜辭中多記有殺人之事，所屠殺者當是俘虜，
且用俘虜為祭牲之事亦屢見卜辭。

　　至於臣、民二字均有目形，他的看法是臣字目豎而明，民字則目
橫而盲，二者差異在於俘虜的待遇有別。對於柔順而敏給的男性俘
虜，採取懷柔降服的政策，用來作為服御的臣；而愚戇暴戾的難馴俘
虜，則殺戮或作為人牲苦役的奴隸，利用所剩的生產價值只盲其一
眼，統稱為民。雖然他在文獻中找不到記載，但他觀看古人在奴隸額
頭上刺字塗墨、割鼻剃髮、割耳砍腳或去勢宮刑等刑罰，盲瞎奴隸的

左眼，也是意料中事。而民乃象形文字，實為三千年來傳世的古畫。

此外，羅振玉《待問編》未識之 🐾 🐾 等字，郭沫若綜合辭例疑為「宰」的初字，認為指的是罪隸俘虜之類，祭祀時可用為人牲，征伐時可作兵士。他並根據《說文》以宰字摹象一人在屋下執事的樣子，可見必為罪人，而由辭意亦可證明。至於从辛作宰字當屬後起例子，係由圖形文字漸化為會意字，其字變遷大概在殷代。

故此，民是不甘受異族統治的遺頑，而臣、宰則是遺頑中的叛離者，後被利用來宰治同族的人，二者貴賤有別。郭氏得到的結論是「一部階級統治史，於一二字即已透露其端倪，此言文字學者所不可不知者也[193]。」

他如「眾」字，郭沫若在〈奴隸制時代〉文中認為從卜辭中看不出眾的身分，參證〈周頌・臣工〉「命我眾人，庤為錢鎛，奄觀銍艾」的句子，以為是耕田的人。首先，引用《曶鼎》銘文「匡迺稽首于曶，用五田，用眾一夫曰益，用臣曰疐，曰朏，曰奠，曰用茲四夫。」為例，解讀為匡季搶劫曶的十秭禾，甘願用五個田、一個眾、三個臣的人來賠償。他認為既然臣是奴隸的象徵，那麼眾也是同樣可任意轉移物主的奴隸。其次，郭氏從卜辭字形識讀眾字乃「日下三人形」，象徵多數人在太陽底下從事工作。再者，從字音來看，童、種、眾、農、奴、辱等字皆聲轉而義相沿襲的字，可知用來耕田的這類人很多，所以「眾」字被引申為多數意思後，眾的原義才完全喪失[194]。

3　釋拜

〈召南・甘棠〉「勿翦勿拜」之「拜」字，唐施士匄訓如人低屈拜之貌，朱熹從之，馬瑞辰、胡承珙等斥其望文生義，而依前後文義證成毛、鄭假拜為拔的說法。

193 同註93，頁61-72。
194 同註107，頁22。

郭沫若〈釋拜〉一文，以〈國風・召南・甘棠〉第三章「蔽芾甘棠，勿翦勿拜」與首章「勿翦勿伐」、次章「勿翦勿敗」為對文，主張拜為拔的本字，用為拜手頴首是引申的意思。據他考察金文中多見拜字，如《周公設》、《舀鼎》、《師酉設》等，都是以手連根拔起草卉的樣子。由於拜手至地像是拔草的樣子，所以引申為拜。然引申義通行而本義廢，故造拔字以代之[195]。

大抵上，在常語訓釋的部分，郭沫若從文例、字形、韻讀、民俗人類學、禮制等多重角度，考察《詩經》部分的詞語稱謂，其研究重點不在於詞義，而在建構及瞭解古史社會，其中雖不乏穿鑿比附，如臣、民、眾等奴隸說，但對我們掌握《詩經》時代的文化社會及詞義的演變，卻有相較以往注釋更多的啟發及豐富性。

（三）新證名物

1 兵器

（1）叀

金文中多見叀字，大抵均用為惠字，而以《毛公鼎》及《彔設》二例最為顯著。郭沫若發現《說文》叀字若惠的篆文及古文，與金文相互比較，稍有譌變。首先，他駁斥《說文》以形聲字說叀字，主張此字應為象形文。其次，又以音讀差異論述許慎未識叀、專字之初義，而誤謂專從叀聲。而他詳察金文中未有專字，卜辭則有專字三例，揆其字形乃以手執叀之形，是搏的初文，非必從叀聲。故叀字當讀如惠，讀為專係後人誤會所致。再者，就叀字的形與聲，郭氏斷言叀乃戚的古字。至於叀為古戚字，他發現古文獻中僅有一例，即《尚書・顧命》「二人雀弁執惠，立於畢門之內」，其與下文之「執

戈」、「執鉞」、「執劉」、「執戣」、「執銳」為對文，因此可證惠必定是
兵器[196]。而惠字音兼攝喉脣，在脂部，與戲在祭部，音相近，二者亦
相通韻。所以，叀音可轉為戲。他並舉〈大雅·瞻卬〉首章惠、厲、
瘵、屆、為韻，惠、屆在脂部，厲、瘵在祭部，作為證明。

此外，郭氏以戲字古有象形文，其形與干、鹵稍異。而就其橢圓
形制，上有文飾而下有蹲，可與讀《詩》「蒙伐有苑」互為發明。他
並斷言戲制承襲殷人，卜辭有專有傳，亦有叀字。故羅振玉釋叀為
罍，顯然有誤。而他發現叀的花紋與鹵相同，推論大盾為鹵，中盾為
叀，小盾為干。叀有定制，干、鹵形制也各有方圓的差異。

（2）干鹵

〈秦風·小戎〉「蒙伐有苑」之伐字，《毛傳》訓作「中干」，郭
沫若認為古干字乃圓盾的象形。干、鹵均盾的象形文，殷朝作方形，
上下兩端均有出，面有文飾。周人作圓形，干上以析羽為飾，以下出
為蹲；鹵從字形可知上端似有裝飾，下則無蹲。大抵上，古時干、鹵
的制度因古文字而保存梗概。《釋干鹵》一文中，他分從古文字字
形、文獻典籍和人類學等材料，詳加考訂其形制及演變。

首先，《說文》：「干，犯也。從一，從反入。」的訓釋，郭氏指出
與金文的說法有異。他從古文字的字形考察中，發現干字有從圓點和
從一兩種情況。干字小篆作干，《虘殷》作干，《毛公鼎》作干；而
從干之字，雖從反入，但並不從一者，則有《睘卣》干、《庚嬴卣》
庈、《季子白盤》干等銘文字例為證。至於類似從一的字，如《干氏
叔子盤》干、《大鼎》干等例，基本上是從從圓點制作演進而來。而
依古文通例，凡字作肥筆或從圓點而制作的字，後來均演化為從一的
字，如十、土、古、朱、午、辛等。故凡從圓點制作的干字，必先早

---

196 同註1，頁238-240。

於從一而作的干字。從圓點制作的觀點來看，他認為干字是圓盾的象形。盾下有蹲，盾上之 **∨** 形乃羽飾。並從人類學的角度，援舉非洲朱盧族土人所用「盾」的形貌，作為本字的證據。

其次，從文獻典籍對〈小戎〉「蒙伐有苑」訓釋來看，郭氏認為鄭眾採用《毛傳》「治羽而覆於中干之上」的說法，相較鄭玄釋為畫羽來得恰當。《釋名・釋兵》記載盾名多達五例，都不說有羽飾，也沒有上下出，大概是漢制。而從武氏祠的刻石壁畫中，漢盾形狀狹長且上有畫文，大致如《釋名》所說盾形。因此，他推想鄭玄由於只看到漢盾，所以才會以畫羽訓釋「蒙伐」。

郭氏指出古人以干羽為舞器，原始民族的舞蹈則多用兵盾。根據《周禮・樂師》「凡舞有帗舞，有羽舞，有皇舞，有旄舞，有干舞，有人舞」、鄭司農「帗舞者，全羽；羽舞者析羽」、鄭玄「帗，析五采繒，今靈星舞子持之。」等說，他懷疑《周禮》帗字本作翇，後鄭以帗字易之。而翇乃瞂字之異，古人的瞂有羽飾，字故從羽，以瞂與舞，而稱瞂舞。而瞂有羽飾，後人為圖簡易，僅取其羽飾而去其盾，所以才有全羽析羽之舞。由於全羽乃沿用翇名而來，漢人改用五彩繒來代替，所以字又變易作帗。帗舞本為瞂舞，與干舞並舉。

古時候的干，郭氏以為可區分有羽飾及沒有羽飾兩種。有羽飾的別稱為瞂，像伐，所以瞂、干不妨並舉。而干既有羽飾，則用染乃意料中事。他並進一步從人類學角度援引原始民族印度亞桑一帶居民用虎皮或熊皮作成盾，並染以紅色為飾作為有力旁證。而由於古時干、戈每每同時出現，金文中不見盾字，也沒有從盾的字，較古的典籍也很罕見，可知盾字稍後才出現。至於沒有羽飾的干，從《祖丁尊》、《父乙尊》等銘文看來，所執雖為盾形，然實為干的本字。因此，他從圖形文字推知古時候的干有時呈方形，上下兩出，且證諸洲丁加族、南洋島民及朱盧民族等原始民族的盾，也常有上下兩出的情形。郭氏同時援引《秉干父乙爵》、《秉干丁卣》、《父乙爵》

、《父乙鼎》 、《日舉父乙爵》 等銘文為例，說明銘文 等形，基本上都是同一個字。

綜合之，郭氏以干字在古時候有各種異文，如出現較早的方盾形的毌字，在卜辭有 及金文 ，上下兩出。其後較晚出現的圓盾形的干字，卜辭未見，但在金文有 等例，則於上下左右四出，隨後又在盾上方飾以析羽，而以下出為蹲，最終演化成干字的形貌。據他解讀，漢代以後又廢羽飾與蹲，致使干為象形文的事實，此乃二千年來無人知曉的事。

此外，郭氏論鹵字是櫓的本字，以櫓、樐為後起字。鹵被用作鹽鹵是假借義。《說文》誤以假借義為鹵的本義，又以字似從西，而以西方鹹地說解。郭沫若認為鹽鹵多產於海，就中國的地理來看，海在東南，《說文》釋鹵為西方鹹地，顯然是不正確的。而他考察金文鹵字作 ，字象圓楯的形貌，而上面有文飾，有的作長方形而上下各有三出的 ，與菲律賓人所用的盾形狀極為相似[197]。

大抵上，郭氏釋干為盾，其說可從，然訓「蒙伐有苑」為盾上羽飾，並引原始民族為例，則待商榷。季旭昇以「蒙」為冡字假借，本義是蒙虎皮，〈小戎〉「蒙伐有苑」應當是干盾用虎皮包住以為偽裝並驚嚇敵人，且據出土戰爭圖中盾上沒有羽飾佐證其說[198]。此外，郭氏以鹵為干、櫓初文，從字形用法來看，也缺乏明確證據。

2 貨幣

王國維〈說珏朋〉一文謂殷代玉、貝都是指貨幣，用作貨幣與衣服、車馬，基本上都是小貝、小玉。其以五枚為一系，合二系則為珏，為朋[199]。郭沫若〈釋朋〉一文肯定王氏以珏、朋古本一字的說

---

197 同註1，頁188-202。

198 同註163，頁67-73。

199 同註120，頁77-78。

法,但對於玨、朋究竟由多少數量的貝組成,則有意見。

> 貝、玉在為貨幣以前,有一長時期專以用於服御,此迺人文進
> 化上所必有之步驟。許書貝部有賏字,曰「頸飾也,从二
> 貝。」女部嬰字亦曰「頸飾也,从女賏,賏其連也。」「其連」
> 段氏改作「貝連」。案即不改字,固可知其為貝之連。貝而連
> 之,非賏而何耶?古說以五貝為朋外,亦有兩貝為朋說,
> 《詩·七月》「朋酒斯饗」,《傳》曰「兩樽曰朋」…是知朋與
> 賏實一物而異名,朋之為賏,猶賏之為連也。(今人謂之練)。
> 賏及从賏之字古器物中未見,曩於新鄭所出「王子嬰次之□
> 盧」。王國維以為即「楚令尹子重嬰齊。」(觀堂集林十八卷)
> 嬰省从女貝。以其从女而觀之,知必為後起字。蓋古之頸飾,
> 男女無別,此於現存未開化之民族猶可徵見也,逮其專施於女
> 子迺在社會已移變為男權中心以後也[200]。

　　首先,他站在人文進化歷經的步驟的觀點,認為貝、玉在成為貨
幣之前,有一段時間專明用在衣服、車馬上,成為流通的貨幣是後來
才演變的。而朋、賏都是指貝相連同樣一件事,只是名稱不同罷了。
至於賏及从賏的字在器銘文字中找不到實證,《說文》訓為頸飾。
　　他進而從字形論述朋亦為頸飾,甲骨文中朋作 ▦、▦、▦,像
是將三個或二個貝玉串成左右對稱的樣子,以及金文《效卣》▦、
《呂鼎》▦、《剌鼎》▦ 等例證,說明見朋字為頸飾的象形。其中,
最明顯的,莫過於商代彝器《母鼎》▦、《祖癸爵》▦、《父丁鼎》
▦、《父乙盤》▦ 等以玨、朋為頸飾的圖形文字,可看出人脖子上佩
戴玉飾的樣子,就是佩的本字。

---

200 同註93,頁107-108。

其次，玨、朋的使用應始於濱海民族，其取材於海產的瑪瑙貝，長不及半寸，可磨穿其脊以橫貫，連結而成玨、朋，如此長短重量本冊須勞人擔荷。然而，由於殷、周疆域距離海邊頗遠，玨、朋數量少而愈顯珍貴，其後，有以骨、玉仿效貝形，甚至是銅鑄等。郭氏並引羅振玉〈殷墟古器物圖錄〉說明，申論貝、朋在當作頸飾時，大多來自實物的交換，實際用作貨幣，成為物與物的介媒，他認為應該是在殷、周之際，此從古器物中錫貝的朋數，便可以略窺端倪。他考察出土的二、三萬片以上的甲骨卜辭，發現論及「錫貝」的事僅有一例，斷定所賜之物是女子頸飾。由於卜辭為帝乙以前之物，故貝、朋成為貨幣當是帝乙以後。

再者，彝銘錫貝事例漸多，且朋數多於十朋以上，從《區庚鼎》、《呂鼎》、《中鼎》、《陽亥設》、《邑罜》等文例以及「以日為名」的特性來看，他推論殷末周初的錫朋之數多不過十，而且只有王侯才得以賞賜貝朋。因此，與其認為所賞賜者為貨幣，不如視為頸飾較近情理。而貝、朋由頸飾變成貨幣，應當在殷、周之際。如此一來，年代較晚的〈菁菁者莪〉之「錫我百朋」的情況，自然與此大相逕庭[201]。

而後郭氏於一九六○年作〈安陽圓坑墓中鼎銘考釋〉一文，更正為：

> 殷代已有錫貝之事，而且可以可以多至廿朋，與西周的情況差不多。西周彝銘，錫貝至多者只到五十朋。圓坑墓中有三堆海貝，其中有一堆可以看出確是十貝為朋，聯成一組。三堆之數，當不止廿朋[202]。

以上所述，承認了殷代已有錫貝且與西周錫貝數目差不多的情形，

---

201 同註93，頁103-110。

202 同註59，頁232。

但對於賞賜物是否仍堅持是頸飾而非貨幣，則顯然沒有多作說明。

詳考「朋」在《詩經》共有四種解釋：第一，指朋友，如〈小雅・常棣〉「每有良朋」、〈大雅・假樂〉「燕及朋友」、〈大雅・抑〉「惠于朋友」、〈大雅・桑柔〉「朋友已譖」、「嗟爾朋友」、〈小雅・雨無正〉「怨及朋友」、〈大雅・既醉〉「朋友攸攝」等；第二，集結的意思，如〈魯頌・閟宮〉「三壽作朋」；第三，相類比的意思，如〈唐風・椒聊〉「碩大無朋」等；第四，量詞或貨幣單位，如〈爾風・七月〉「朋酒斯饗」、〈小雅・菁菁者莪〉「錫我百朋」等。顯然可見四種解釋的淵源及引申含義，都與貝、朋串連為頸飾、貨幣等有關。〈菁菁者莪〉「錫我百朋」的錫貝數量，季旭昇統計商周彝銘的賜貝數量發現僅有三例，且在周成王、康王、昭王的時候，由此可見詩中主角必定是有大功勳的人[203]。

3　玉器及服飾

（1）共

「共」在《詩經》有幾種解釋：第一，指殷、周間的共國，如〈大雅・皇矣〉「侵阮阻共」；第二，共、供音義並同，釋作用手奉之的供奉、供給，其後又引申為恭敬的意思，如〈召旻〉「昏椓靡共」、〈小雅・小明〉「念彼共人」、「靖共爾位」、〈巧言〉「匪其止共」、〈六月〉「共武之服」等；第三，訓為法或執的意思，如〈韓奕〉「虔共爾位」、〈抑〉「克共明刑」等。

〈商頌・長發〉「受小共大共」句，歷來解詩多就《毛傳》釋共為法、《鄭箋》闡論此與上章「受小球大球」的執圭搢與諸侯會同結心，其義相同。王引之《經義述聞》以「小共大共」與上章「小球大球」皆言法制有小大之差。馬瑞辰以求、共二字雙聲，訓共為拱、球

為捄的假借。言拱、捄皆有取義，引申為法，言為人所取法，駁斥《傳》、《箋》失義[204]。

郭沫若根據金文字形，提出了不同的見解。他認為金文共字作⚗是拱璧的意思，此詩「受小共大共」與「受小球大球」對文，所言乃大璧、小璧。

> 古人之用璧，蓋繫於頸而垂於胸次，時以兩手拱之，故稱曰拱璧或單稱曰共。樂浪郡第九號墓，有璧在胸次，其明徵也。今《牧共殷》文作⚗，雙手所奉之圓正象璧形。作口者乃形之變，後更變作⚗（此《叔夷鐘》文）。故小篆從廿作矣。古文於圓形之物，每以方形作之，如日作 □（《祖日戈》），若 □（《索諆角》），兄之首本係圓顱，而通作⚗（此《蔡姞殷》文，凡金文兄字大率如是》），更或作⚗（《子中姜鎛》），此與共之從廿無以異矣。[205]

以上針對容庚所云「兩手奉器，象供奉之狀」未言究竟所奉何器而加以闡發，主張共字象雙手捧璧的樣子。根據他分析其他的彝器銘文，發現雙手所奉的圓器正是玉璧，而《牧共殷》作⚗即象雙手捧璧之意，所以，「共」字乃大拱璧的初文。

此外，〈屍敖簋銘考釋〉一文中，郭氏也指出「屍敖用拱用璧，用召告其右，子歠史孟」的拱字，應是大共璧，其用兩手持捧，且拱、璧對文表示有大有小。此並可與春秋宋襄公時代〈商頌・長發〉「受小共大共」互證，謂以大、小二璧為贄見禮乃當時的禮節[206]。

郭氏端賴金文字例與〈商頌・長發〉詩句之上下對文，釋「共」

---

204 馬瑞辰：《毛詩傳箋通釋》（北京市：中華書局，1989年），頁1175。
205 同註1，頁231-232。
206 同註59，頁464。

為璧，前所未聞。暫且不論「共」釋作璧是否恰當，相較舊訓「受小球大球」、「受小共大共」為執法以作下國表率及庇護下國的說法，郭氏解作執受圭、璧以為下國表率及庇護，就全詩祭祀的內容而言，未妨詩義。

（2）黃

彝器銘文中賜命服多以市、黃對言。首先，郭沫若歸納言「赤市朱黃」者有《頌鼎》、《頌毀》、《頌壺》、《師酉毀》、《師艅毀蓋》、《休盤》、《袁盤》、《袁鼎》等共二十五例，言「赤市幽黃」則有《訇鼎》、《伊毀器》共二例；單言「幽黃」有《康鼎》一例；言「赤市恩黃」有《番生毀蓋》與《毛公鼎》二例；言「叔市金黃」的有《師毲毀》；言「載市回黃」有《趞曹鼎》、《師奎父鼎》、《趩尊》、《免觶》等四例；言「赤市回霋黃」有《鄁毀》等例，其餘典籍中「市」作韍若韍，黃作珩若衡者，則有〈小雅・采芑〉「朱韍斯皇，有瑲蔥珩」、〈曹風・侯人〉「彼其之子，三百赤韍」及《禮記・玉藻》「一命縕韍幽衡，再命赤韍幽衡，三命赤韍蔥衡」等，進一步推論黃、珩、衡都是指佩玉。

對於吳大澂、容庚等人以黃為假借字，釋黃為玉佩上的橫木，郭氏提出反駁，認為古人賞錫佩玉不可能只說玉佩上的橫木，況且金文中的黃字均作黃，而不作珩。至於衡字，《番生毀》與《毛公鼎》皆作「趙衡」，與「恩黃」同時出現，顯見衡、黃二者不同。

其次，他從文獻記載考察佩玉制度，如〈女曰雞鳴〉「雜佩以贈之」句，《毛傳》訓云「雜佩者，珩璜琚瑀衝牙之類」，而鄭玄注《周禮・天官》亦引《毛傳》「佩玉上有蔥衡，下有雙璜，衝牙蠙珠以納其閒。」等訓，指出蔥珩是珩的一種，不能概括佩玉的通制。但也因為文獻記載古代佩玉的制度不夠周全，所以只能仰賴將來古墓發掘後，就墓塚裡珠玉的位置來試圖恢復原形。

　　再者，他發現殷、周古文「黃」字甚多，其形與小篆 黃 近，但又不像《說文》所說的「从田茨聲」。於是，郭氏援引《蜀𣪘》、《伯家父𣪘》、《黃君𣪘》、《趙曹鼎》、《休盤》等字例，加以確認，並且審理黃字的結構，指出金文凡言錫佩者均用黃字共五十多例，皆毫無例外。而他由字形看黃字，中間環狀物乃玉佩主體，《禮記‧經解》「行步則有環佩之聲」、《列女傳‧貞順》「鳴玉環佩」等，都是佩玉有環之證。所以，主張黃為佩玉，殷以來即有，後假借為黃色，本義遂廢。其後造珩字甚至假借衡字以取代之。由於佩玉形制已廢，故珩、璜僅限佩玉一體，又以為衡為橫的本字，才有所謂的「佩玉之橫」。

　　最後，郭氏徵驗傳世古玉器，引羅振玉論蔥珩佩璜為聯環的說法，以及美國勞介氏《巴爾氏所集中國古玉考說》圖例，找出卜辭及金文圖形文字 𤎗 𩵋 𩵋 等實證，加以對照分析，建構一幅想像圖，並且與歐洲古代與原始部落 brooch 佩飾下作三垂、上呈環形的樣貌，以及華盛頓費里亞美術館所藏古玉佩照片等，輔助證明其形影相似[207]。

　　大抵上，西周銅器銘文賞賜物中，「黃」多與「市」一起，依銘文文例看來，「黃」亦可稱「亢」，異體字為「𫞔」。唐蘭〈毛公鼎「朱䩶、蔥衡、玉環、玉瑹」新解──駁漢人「蔥珩佩玉」說〉一文從《毛公鼎》銘文出發，提出黃是服飾之類的革帶，而不是玉佩，否認了郭沫若的說法，以「市黃」的黃，金文或作「亢」，都應讀為「橫」，黃、橫皆可以衡代之，而且「蔥衡」是指繫佩玉的一種革帶[208]；而陳夢家也以西周金文中的賞賜，命服與玉器是分開敘述，黃於市後而多與「玄衣黹屯」、「玄袞衣」、「中絅」、「赤舄」等聯類並舉，如《師酉𣪘》、《𠭯壺》、《師�𣪘》等，可見黃是整套命服的一部分。他並以黃為帶，與亢是不同的東西[209]。對此，孫機〈周代的組玉佩〉則指出命

207 同註1，頁162上-174下
208 唐蘭：《唐蘭先生金文論集》（北京市：紫禁城出版社，1995年），頁86-93。
209 陳夢家：〈西周銅器斷代〉（《燕京學報》第1期），頁277-279。

服「赤市幽黃」、「赤市恩市黃」、「赤市回黃」、「朱市五黃」等「黃」，就是佩飾中的璜。他以《師兌簋》「市五黃」、《元年師兌簋》「乃且市，五黃」、《師克盨》「赤市五黃」等「五黃」，均釋作五璜佩，說明唐、陳二人未見後者出土實例說明之，並以一九九三年北趙村九二號西周晚期墓出土的八璜佩中玉圭組合為證，認為黃為命服中的玉佩，無可置疑[210]。

孫慶偉《周代用玉制度研究》歸納周代墓葬出土的四種組玉佩類型，說明多璜組玉佩不同時代的使用制度，如西周時期主要作為頸飾，佩於頸部而垂於胸腹部，與「市」屬性不同，分別代表不同類別的物品；春秋戰國之際，多璜組玉佩則下移到腰帶，取代「市」而單獨使用。此外，組玉佩構件玉璜數量的多寡和佩戴者的身位地位息息相關，所反映的等級特徵大多作為一種裝飾用具，而非顯示身分地位的禮儀用器。所以，他肯定郭沫若以組玉佩為周代命服的意見，影響深遠，並針對郭、唐、陳、孫等人說法，加以審視釐清。

第一，他指出郭氏〈釋黃〉文中對顏色「黃」的考證過於牽強，孫氏以朱黃為塗朱的玉璜、蔥、幽為玉的本色、金黃為銅珩等說法，有待商榷。第二，唐、陳二人所引述的西周銘文，「黃」多在「韍」之後並和各種服飾一起敘述，顯然都是服飾而非佩玉。孫氏所援舉《毛公鼎》銘文「黃」與車馬器連類，按周王賞賜毛公服飾、玉器及車馬器等文義脈絡，實可反證「蔥黃」絕非玉器。而與《毛公鼎》時代及受賜者身分相近的《番生簋》相較，組玉佩中的玉璜染玉色料的供應問題，以及墓葬出土的多璜組玉佩顏色大多相異，無由判定哪些是蔥黃、朱黃或金黃等情形，若「黃」解釋成腰帶，視其需要染色，自可迎刃而解。第三，從字體寫法來看，銅器銘文中朱黃、蔥黃及金黃，其字多不從玉，然《五年琱生簋》則作璜而非黃，顯見兩周時人

---

210 孫機：《中國古輿服論叢》（北京市：文物出版社，2001年），頁131-132。

明確分辨二者。而孫氏引《縣妃簋》玉瑱以證黃為組玉佩，也是誤讀銘文。第四，周代高等級墓葬組玉佩中，女性器物比例及數量皆高於男性，「黃」釋為組玉佩及周代命服重要組成部分，無法解釋這種性別差異。反之，若「黃」為腰帶，組玉佩是高等級貴族常用的裝飾品，便可充分解釋這個問題及《詩經》中男女互贈佩玉的作法。第五，《詩經》中組玉佩均稱佩、雜佩及佩玉。而根據《瘼鐘》、《子範鐘》等所載，佩為周代組玉佩的通名，如此一來，蔥黃、蔥衡便只能另作他解而不是指佩玉[211]。

（3）鞞鞍

《番生殷》及《靜殷》有鞞鞍二字，吳大澂識讀《靜殷》以鯨為鞞字，解作刀室；剢為遂字，解作為射鞲。二物為同類的東西；容庚《金文編》沿襲此說用以解釋《番生殷》。郭氏認為賞錫刀室的說法違反體統，鞞鞍二字在《番生殷》銘文中與恩黃、玉環等佩飾並列，推測鞞鞍必定也是玉飾，且斷言鞞即珌，鞍為瑲。

首先，郭氏指出〈小雅・瞻彼洛矣〉「鞞琫有珌」與首章「韎韐有奭」句為同例，奭與珌均形容詞，《毛傳》訓鞞為「容刀鞞」，亦即〈大雅・公劉〉所說的容飾而非容納。對於《毛傳》訓云：「鞞容刀鞞也。琫上飾，珌下飾。天子玉琫而珧珌，諸侯璗琫而璆珌，大夫鐐琫而鏐珌，士珧琫而珧珌。」他認為本作「鞞容刀鞞也」，其中五個珌字均作琫，古文及金文的珌字都是作鞞。

其次，金文鞍字係瑲字，《說文》訓為「劍鼻玉」，程瑤田解作劍首的玉飾，郭氏援〈王莽傳〉「進劍而解瑲」予以否定，認為瑲既可解下，斷非劍首。判定瑲應是裝飾在劍鞘的「昭文帶」。劍鼻是名，以瑲著於鞘像是在鼻孔中貫串緣帶，像是穿牛鼻。他根據玉器圖錄等

---

211 孫慶偉：《周代用玉制度研究》（上海市：上海古籍出版社，2008年），頁179-184。

書,以及日本學者在朝鮮大同江岸發掘的漢代樂浪郡時代遺物第九號墓、第三號墓等出土的玉具劍,其劍柄兩端都以玉為飾,推想古時候佩劍必有繸,佩戴時掛於劍帶下鉤,解下玉佩時則可提挈,即如《考古圖》「其室之上下雙綴,以管縚者」的說法。

再者,《毛傳》「琫上飾,珌下飾」、「下曰鞞,上曰琫」。郭氏針對《釋名》:「室口之飾曰琫,琫,捧也。捧束口也,下末之飾曰珌。珌,卑也。下末之言也。」將琫珌看作是刀鞘上部及下部的裝飾的看法,提出反駁。他認為刀鞘的上下不得有玉飾,因為不論是刀鞘之上或刀鞘之下都常與劍鐔或它物相碰觸,容易碎裂。其次,樂浪墓出土的玉具劍的劍鞘上、下部都沒有玉飾。所以,琫是指劍柄上端的玉飾,而珌則是劍柄下端與劍身相接托的玉飾。而珌在古經籍及金文中皆作鞞,璏在古經籍及金文中皆作鞢若刻,後人誤作珫,吳大澂等人以為刻鞢為射韝之遂,是錯誤的[212]。

郭氏認為鞞是劍柄下端和劍身互相接托的飾玉,而鞢為劍鞘上端用來貫串繸的飾玉。然而,後來又更正鞞是刀室,鞞鞢為刀室上的飾玉。唐蘭於〈鞞鞢新釋〉文中,對此提出反駁,指出鞞是刀室,而「鞢」或「刻」從革、從刀,可見是繫刀用的革帶,改用絲帶就是「繸」。而他根據《番生殷》「錫朱戠蔥衡,鞞鞢,玉環玉璱」文義,判定戠衡與容刀、佩璲、玉環等服飾是一組的,且《靜殷》的「刻」字從刀,也可見「佩璲」本是繫刀用的革帶,既可用來繫玉佩,也可以用絲織品來代替革帶。如此一來,「鞞鞢」絕不可能是玉飾[213]。

鄭憲仁先生以《番生殷》銘文中記載了周王賞賜成套車服器物給番生,「鞞鞢」在恩黃之後玉環之前,推論鞞鞢在服飾的座標上應是

---

212 同註1,頁150上-161下。

213 同註208,〈鞞鞢新釋〉,頁96-98。

腰的部位；而《番生毀》及《靜毀》二銘文皆不言賜刀，可見所賜重點乃在刀室而不在刀，因為刀在西周賞賜物中並不重要；而刀與刀室組也可能一同賞賜，就是「鞞鞻」[214]。

4 樂器

（1）和言

《說文》以唱和為和，調和為龢，和、龢二字不同。郭沫若指出古經傳二者實通用無別，龢、和乃古今字。其查考古金文《克鼎》、《王孫遺諸鐘》、《沇兒鐘》、《子璋鐘》、《公孫班鐘》、《虢叔鐘》等龢字，皆不从品龠，而是从亼象編管之形。而金文作ㅂㅂ可見管頭的空，表示這是編管而不是編簡，正與从亼冊的龠字不同。龠既然是取象於編管的形貌，則後人均以為是像笛子的樂管，以為是三孔、六孔或七孔，則都是憑空想像的。《詩經‧簡兮》「左手持籥，右手秉翟」即可知六孔、七孔是單手絕不能辦到的。所以，郭沫若懷疑只有三孔還勉強可能彈奏，且是為了調和這首詩而產生的。但是，按照《說文》「笛」字下注云：「羌笛三孔。」則中國古時候並無三孔的笛。因此，可判定龠應該比照竹製的樂器，類似當今的口琴，雙手優能吹奏，左手也能吹奏。甚至狂舞時，舞者也吹著這種單純的樂器。

如此一來，可知龢的本義必當為樂器名，是由樂聲的和諧進而引申出的調和意義。後世引申義流行而本義廢，只知有音樂和樂之樂，而不知有琴絃之象。此懷疑籥只有三孔的說法，聞一多引而申論籥即苗人舞時所吹的蘆笙[215]。

---

214 鄭憲仁：《西周銅器銘文賞賜物之研究──器物與身分的詮釋》（新北市：花木蘭文化出版社，2011年），頁145-147。

215 同註188，第四冊，頁93。

（2）中韓叡觴

《沈兒鐘》、《王孫鐘》之「中韓叡觴」，郭沫若曾懷疑是形容鐘聲，而讀叡為虘為且。而後他重新檢視，更正其說，認為應當讀作「樅翰虡揚」，用來形容鐘的外貌。他根據〈大雅・靈臺〉「虡業維樅」句《毛傳》：「植者曰虡，橫者曰栒。業，大版也，樅，崇牙也。」、〈周頌・有瞽〉「設業設虡，崇牙樹羽」句《毛傳》：「植者為虡，衡者為栒。崇牙上飾，卷然可以縣也」以及鄭玄注解《禮記・明堂位》的說法，指出古時縣鐘之具之縱柱為虡，橫柱為栒。前者飾以虎豹毛皮，後者則用龍蛇毛皮為飾，端頭有龍首，也就是崇牙，又叫作樅。樅、崇一音之轉，中、崇則古音同部又同紐，彝器銘文的「中」就是崇牙的簡稱，和樅是同樣的東西。而韓讀為翰，高的意思。叡像虘，與虡同部；觴則應該是颺的古字。此外，又援引《邵鐘》銘文為例，佐證其說[216]。

5　車馬

（1）淺幭鞹靷

《毛公鼎》銘文自「金車奉縟較」以下關於輿馬諸名物，甚為繁瑣。郭沫若以《彔伯𣪘𣪘》、《潘生𣪘》、《師兌𣪘》、《伯晨鼎》、《牧𣪘》、《䯧盨》等七件彝器與《毛公鼎》的輿馬名物，互有詳略，但大致相同，可相互比較研究。

首先，他援引〈大雅・韓奕〉第二章內容與《毛公鼎》個別考核，認為《毛公鼎》「奉縟較」的「奉」與賁同，訓作飾；「縟」字王國維作「幭」；「較」字則是《詩》、《考工記》中的較。而《詩經》的幭與《周禮》的禩，今文作幦，絕對不是覆軾，且恰與《潘生𣪘》

「𠦪繴較」與《彔伯𢦚毀》「𠦪幬較」同例，都是指較上有繴、幬，用賁來裝飾，可簡稱作「𠦪較」或「幬較」。

鄭憲仁先生指出「𠦪較」不可能單獨賞賜，凡是賜「𠦪較」的器銘，都是先說賜金車、駒車、車，接著說明所賜車的特色時，才說到「𠦪較」，因此可以肯定「𠦪較」是車子的一部分，西周中期到晚期的賞賜銘文中，提到賜車（金車、駒車），幾乎都會將這車的配備、規格說上一遍，而「𠦪較」常是數到的第一件配備[217]。

其次，《毛公鼎》「朱嚻囙𧝓」句，《潘生毀》作「朱[illegible]」，其他彝器作「朱虢」。郭氏以嚻聲讀如亂，而與虢字義思相近，假借為鞃；而虢與鞹通，「朱虢囙」即《詩》之「鞹鞃」，說的是車前横木中間用皮革固定且塗成朱色。至於𧝓字，孫詒讓疑為靳字異文，與鞃都是車軾，只是不一樣的名稱。而《毛傳》訓「鞹，革也。鞃，軾中也。」顯然是以鞹鞃為革前。郭氏以《彔伯𢦚毀》、《吳彝》囙、𧝓分開說，而《師兌毀》只說𧝓而不說囙，可知二者絕非一物。他認為𧝓是靳的古字，指的是馬的胸衣，按其字形乃「从衣，[illegible]象其形，[illegible]上有環以貫驂馬之外轡，故从束，斤聲」。而靳與靳都是𧝓的晚出字，以馬而言，靳為馬胸前的帶子，以車而言，靳在最前面。

郭氏訓囙為鞃，以「朱虢囙」即漆上朱色皮革的車軾中把，並與〈大雅・韓奕〉詩義相對應。而據甘肅武威磨咀子西漢墓出土的彩繪銅飾木軺車模型，其車軾上有施了紅彩的瓦狀覆木看來[218]，前横木中間用皮革固定且塗成朱色，其說可從；然以𧝓為馬胸衣，與金文賞賜物先言車飾，次及馬飾的慣例不合。孫機根據始皇陵二號銅車馬指出「靳」是驂馬套繩的名稱，指的是沿著兩驂內側向後通過前軫左右的

217 同註214，頁152。

218 林素清：《西周冊命金文研究》（嘉義市：中正大學中國文學研究所博士論文，2011年），頁141。

吊環而綁繫在車底桄上的套繩[219]，正可解釋古訓「輿革前」的意思。

再者，《毛公鼎》「虎𥄂熏裏」之「虎𥄂」二字，應作虎冪、虎幎。《毛傳》訓為「淺幭」，是與「鞹軛」連類而訓，指覆蓋在車軾的虎皮淺毛。郭氏考察器銘𥄂與冒之間，每每有物隔開，顯見二者並不同類。而彝銘凡言「虎𥄂」必及裏，裏的顏色或熏或䆫幽，可知裏的關係非同等閒一斑。覆笭覆軾之物，不必在裏的顏色上刻意著墨。因此，他推論毛、鄭解釋幭、幎不足採信，並進一步指出通觀各種彝器，凡是關於輿馬的裝置幾乎應有盡有，只缺少馬車的華蓋。而君王的賞賜不至於都是沒有華蓋的馬車，不應該只車上各種名物，而對於車蓋隻字未提。因此，郭氏斷言「虎𥄂」應當是馬車最重要的觀瞻之物，也就是車蓋的覆物，上面畫有虎紋，而不是虎皮。《詩經》的「淺幭」、《周禮》的「犬幎」都是在說車罩[220]。

郭氏以「虎𥄂」為繪有虎紋的車蓋覆物，而其裏色為黑色。而釋「金甬」為金鈴，發前人所未發，見識卓然。

（2）執駒

郭沫若〈盠器銘考釋〉一文曾援引〈小雅‧白駒〉及《周禮‧校人》等文獻，說明春秋執駒之禮。

> 「執駒」當是一種典禮。古時候王者有考牧簡畜的制度。〈小雅‧無羊〉《毛詩序》謂「宣王考牧也。」彼詩雖只言牛羊，但在《周禮》則主馬政者有校人、趣馬、巫馬、牧師、廋人、圉師、圉人等職。校人和廋人均有「執駒」之明文。〈校人〉云「春祭馬祖，執駒。」鄭司農云「執駒無令近母，猶攻駒也。二歲曰駒，三歲曰駣。」鄭玄云「執猶拘也，中春通淫之時，

---

219 同註210，頁9。

220 同註1，頁272下-276下。

駒弱，血氣未定，為其乘匹傷之。」後鄭訓執為拘，今於《盠馬尊》銘文得其佳證[221]。

　　他氏指出《盠馬尊》銘文所載可作《詩經》及《周禮》執駒之禮的最佳論證依據。由於馬的價格十分昂貴，《曶鼎》中有奴隸五人方抵「匹馬束絲」的記載，按《周禮》的說法，春祭馬祖所進行的執駒之禮，是仲春通淫期間，將兩歲幼駒馬與母馬分開豢養，以防季春已妊孕的母馬受到踢踏傷害的一種儀式。從君王親自參加的情形看來，古代相當重視馬政。

　　而郭氏雖以〈白駒〉一詩為仲春通淫期間，行執駒之禮的男女戀詩，定調此詩與〈魯頌・駉〉「駉駉牡馬」、〈有駜〉「有駜有駜」等同樣都是「中春通淫」的戀詩，絕非《詩序》：「大夫刺宣王。對白駒而縶之維之」的說法。至於仲春通淫的時令與銘文「王十又二月」不合，他特別以周正曆法十二月相當夏正的十月作為開釋，指的是秋末冬初。而春、秋皆可行「執駒」之禮，《周禮・校人》記載四季均有馬祭，「執駒」之禮僅限於春天，他認為應是後來秋季交配、其育不旺的經驗才作的調整[222]。

（三）考古研究在《詩經》訓詁的特色與局限

　　在郭沫若自勵堅貞的考古論史研究中，《詩經》是重要輔證的角色。郭氏秉持著唯物史觀的中心思想，採用析形以求字源，並結合地下出土與傳世文獻交驗互足的方法，揭露《詩經》與彝器銘文間的關係及義涵。從實踐層面來看，他創造性地把考古學、古文字和古代史的研究結合起來，引進社會學、經濟學、民俗學、人類學等跨學科資源，有機結合傳世文獻文例、出土彝銘用例、圖形文字本義音讀、原

---

221 同註59，《金文叢考補錄》，頁123-124。

222 同註59，頁123-129。

始部族器物圖貌、宗教祭祀與禮制風俗等史料及考據物件，嚴密而實證的構成一個完整的史論體系，大為開闢《詩經》研究的格局。

郭氏借重考古研究成果在《詩經》的訓詁實踐中，援引《詩經》作為識讀及判定甲骨金文，最終目的在於考訂及證明古史，為整體的歷史發展進行科學系統化的掌握與建構。因此，對於《詩經》字詞的訓詁與名物的考證在疏通《詩》義的表現上，並不特別重視。其特色可從思想、方法與實踐三個層面，分別論述之。

1　以《詩》證史，宏觀地建構《詩經》古史社會

董作賓曾說郭沫若把《詩》、《書》、《易》裡面的紙上史料，把甲骨卜辭、周金文裡面的地下材料，熔冶於一爐，製造出來一個唯物史觀中國古代文化體系[223]。郭沫若延續了王國維利用甲骨文字考證古代歷史，再用歷史史實來反證古文字的歷史考證方法，因此，在細部考察的推論基礎上，往往能以宏觀的視野來看待及建構古史社會。如排比殷代世系時，他發現凡是有姓名者，皆以祖妣配列，進一步推論出殷代「先妣特祭」猶保存母權時代的孑遺，但僅祭其直系，可見父權系統在當時已然成立的事實[224]。其次，他從〈七月〉「三之日于耜」、〈大田〉「以我覃耜」、〈臣工〉「庤乃錢鎛，奄觀銍艾」、〈載芟〉「有略其耜」、〈良耜〉「畟畟良耜」等，歸納出耜、鎛、銍、覃等四種田器，推論田器已用金器，並由卜辭知道殷代是金石並用的時代，由周代彝器知道周代是青銅器時代[225]。且將中國青銅器時代的下限訂在周秦之際，秦以後才轉入鐵器時代。

郭沫若曾說一部工藝史便是人類社會進化的軌跡，而彝器的可貴

223　董作賓：〈中國古代文化論的認識〉（《中國現代學術經典：董作賓卷》，石家莊市：河北教育出版社，1996年），頁614。

224　同註93，頁10。

225　同註68，頁251，598，178。

在於能夠徵驗古史。彝銘進化的四階段（石器時代、金石時代、青銅時代、鐵器時代）宛如人類進化的歷史。他認為一個時代有一個時代的文體、字體、器制和花紋，而這些差不多是十年一小變，三十年一大變[226]。因此，他對於生產工具所象徵的意義，特別重視。早期他依據〈大雅·公劉〉「取厲取鍛，止基乃理」一語，並根據鄭玄「石所以為鍛質」而解釋為鐵礦，認為周初鐵已被用來作為耕器，且周人的生產力超過殷人[227]；其後對於這種輕率的牽強附會，進行自我批判，校正為〈公劉〉一詩絕非周初時詩，而鍛字的初文為「段」，有礪石，石灰石以及椎冶的含義，與鐵礦無關[228]。鐵作為耕具及手工具的使用，除了可以增加生產力，促成農業發達之外，更是社會變革的一個重要契機，由於殷墟的發掘並沒有發現鐵的痕跡，因此，他斷定鐵的發現不能上溯至殷末，應該是在春秋、戰國時代。

而事實上，郭仕益《郭沫若考古文論》指出公元前約三千年的甘肅東鄉縣林家遺址出土的馬家窯文化的小刀，是現有的考古資料中最早的青銅製品。中國真正進入青銅器時代的時間相當於夏代。這比郭沫若所說的時代下限周秦之際提早一些[229]。

此外，郭沫若《兩周金文辭大系》自述整理兩周金文銘辭的方法，是「先讓銘辭史實自述其年代，年代既明，形制與紋繢遂自呈其條貫也。形制與紋繢如是，即銘辭之文章與字體亦莫不如是[230]」。徐明波指出郭沫若用考古學方法對甲骨文與青銅器進行系統的整理，作出了開創性的研究，同時也是傳統金石學走向科學的考古學的一個標

226　同註68，頁605。

227　同註68，頁108-110。

228　同註109，頁62-63。

229　同註143，頁58。

230　郭沫若：《郭沫若全集》考古編第7卷《兩周金文辭大系·圖說》（北京市：科學出版社，2002年），圖說三下。

誌作出了開創性的研究[231]。

　　儘管郭沫若對甲骨文與青銅器進行系統的整理，並創造性地提出標準器系聯法，在《詩經》研究的篇章詩義上看似沒有直接的幫助，但彝器銘文的年代與文例，對於《詩經》時代背景、名物禮制，事實上有更豐富深化的義涵。例如援引〈大雅・韓奕〉一詩與《毛公鼎》、《彔伯䀇簋》、《潘生簋》、《師兌簋》、《伯晨鼎》、《牧簋》、《曶盨》等七件彝器相互參校，判讀名物研究。郭沫若曾說《詩經》儘管從來無人懷疑，但問題實在很多。不僅材料的純粹性有問題，每首詩的時代、解釋，乃至於一句一字的解釋都可以有問題。所以，他並不是要全部否定《詩經》，而是不同意對《詩經》的全部肯定與隨意解釋。主張透過考證名物的年代與構件，謹慎地解釋，嚴密地批判，也就是歷史唯物主義者對於《詩經》乃至一般史料所必備的基本科學態度[232]，來進一步掌握古史。

2　析形以求字源，形物雙證，立論新奇

　　符丹《郭沫若古文字整理方法研究》指出郭沫若的古文字整理方法是在吸取前人方法後，進一步開展出來的，例如王國維甲骨文字的考釋方法六大特點：有意識的總結甲骨文字形體演變發展的規律、類比甲骨文和後代文字構形與構件後再以訛變關係考證甲骨文字、特別重視文字形體對比與源流演化、運用辭例考證、通過構件分析進行考證、通過《說文》及金文來考釋甲骨文等，郭沫若基本上皆依循繼承[233]。大抵上，郭氏是以考古論史的宏觀格局來看待及檢驗《詩經》，其高明之處在於能夠繼承前人古文字整理方法，並善加利用先

---

231 徐明波：〈從傳統金石學走向科學考古學——郭沫若甲骨文、青銅器研究中考古學方法的應用〉（《郭沫若學刊》，2013年1月），頁61。

232 同註231，序107。

233 同註177，頁87-88。

前因為翻譯而大量接觸的跨學科方法，從不同的角度來審視古文字及
《詩經》名物，賦予新義。

在古文字的研究上，郭沫若對於古文字初始本義的圖形文字的解
析，往往遠甚於引申義的說明。特別是他往往援引彝器銘文作為相互
印證，增加論據的說服力。例如〈采芑〉一詩之「約軧錯衡」、「朱芾
斯皇」、「有瑲蔥珩」等古玉佩飾，于省吾僅提供《毛公鼎》、《番生
設》之「錯衡」作「衡」、「朱芾」作「朱市」、「赤市恩黃」、「錫朱市
恩黃」等古文字供作比對分析，但郭沫若〈釋黃〉一文首先針對古代
象形文字中出現的佩玉進行考釋，並從卜辭及金文找出圖形文字等實
證，然後再與同期彝器銘文印證，自圓其說。

又如〈釋祖妣〉中對於从示之字的考察，以及〈釋干鹵〉中對於
干字的論證，都是結合傳世文獻與出土材料文例，交驗互足而立說。
或〈釋聲〉一文中，郭氏以聲為匄字的異體字，讀為容，除引《說
文》、《毛公鼎》加以明匄假借為容，其「實則容為容納之容亦假借字
也。容當與頌為一字，象人容貌之形，示額下有眉目與口。東方人鼻
不著，故容中無鼻。小兒畫人貌例不著鼻，此足證容字之原始。」的
說法，立論新奇，令人耳目一新。都是結論新奇。馬伯樂《評郭沫若
近著兩種》也說郭沫若想像力豐富，在探求本義上，不僅著眼於字
形，而且著眼於它所描摹的實物，形物雙證，從而得到了更滿而正確
的結論[234]。陳仕益亦云郭沫若的本色是詩人，其激情奔放、靈氣飛
動，以致於析形解義往往出人意表，讓人有新奇之感[235]。

3　有機結合材料和理論方法，微觀《詩經》名物禮制，賦予新義

民國以來運用古文字以考論《詩經》的學者，有王國維、林義
光、聞一多及于省吾等人。其中，聞一多結合文化人類學、心理分析

---

234 馬伯樂：〈評郭沫若近著兩種〉（《文學年報》第2期，1936年5月），頁209。
235 同註143，頁207。

學、神話批評、歷史學、考古學、民俗學、語言學、繪畫美術等多元視域，加以闡發《詩經》新義[236]；于省吾也有以民俗學說釋《詩》義者[237]。在詩歌創作上與郭沫若惺惺相惜的聞一多，研究重心在《詩》義的發掘與闡釋，而郭沫若的終極關懷則在借《詩》以證古史，所以，郭氏《詩經》字詞的研究遠不如對器物銘文的探勘。

例如〈釋祖妣〉一文中，郭氏試圖從中國上古神話傳說中淘洗出一幅原始社會的圖像，除了考釋祖、妣二字在甲骨文中分別象形的牡、牝二器之外，更推論生殖神崇拜的宗教起源事實，並且與傳世文獻《墨子》、《周禮》及《詩經‧斯干》、〈楚茨〉所載民俗燕寢生活作聯結。聞一多〈高唐神女傳說之分析〉一文，接受了郭氏說祖、社稷、桑林和雲漢者國的高禖的說法，並針對郭氏未提出高唐是郊社的音變實例，參照了孫詒讓、《爾雅‧釋木》等訓釋，提出「郊社變為高唐，是由共名變為專名。高唐又變為高陽。由是女人變為男人，這和高禖變為高密，高密又由涂山變為禹，完全一致」的說法，以及媒氏主管男女事務與聽訟皆在社中舉行的論證[238]。侯書勇指出郭氏從母權制到父權制社會的演進及生殖崇拜角度考釋甲骨文，〈釋祖妣〉一文首發其凡，影響了聞一多、孫作雲〈九歌山鬼考〉及陳夢家〈中國古代之靈石崇拜〉等發明[239]。

又如〈釋干鹵〉一文，從古文字字形到文獻典籍比對，以及部落民族持用的盾形貌，再和彝器銘文相對照，證論〈小戎〉「蒙伐有

---

236 〈芣苢〉一詩，聞一多從生物學、心理學、民俗學、文化人類學等角度說明「芣苢」是生命的仁子，具有宜子功能，采芣苢的習俗是性本能的演出（同註188，頁308-309）。

237 〈思齊〉一詩之「烈假不瑕」，于省吾從從民俗學的角度出，以各原始民族所盛行的巫術證明，可知「厲蠱」指陷害敵人的各種惡毒法術，駁正《傳》、《箋》等誤釋（同註187，頁100）。

238 同註188，第三冊，頁17-24。

239 侯書勇：〈郭沫若金文古史研究的成就與局限〉（《郭沫若學刊》第88期，2009年），頁39。

苑」為盾上羽飾；〈釋朋〉從人文進化談「朋」由頸飾到貨幣的使用
演變，然後析分字形本義，再與彝器及傳世文獻印證，斷定〈菁菁者
莪〉「錫我百朋」出現時代較晚。至若〈釋黃〉則先歸納彝銘文例，
再由文獻考察組玉佩制度，以及找出卜辭及金文圖形文字與原始部落
民族器物圖對照，最後從西周銘文賞賜物的文例推論「黃」為命服的
組玉佩。

　　在宏觀的唯物史觀觀照下，郭氏重視歷史變遷中生產力、生產工
具等經濟因素，對農業用具如田器、金器、鐵器以及商業交易的貨貝
演進脈絡，特別強調及考證；而為掌握貴族、庶民等階級的差異，試
圖從古物去觀察古代的真實的情形，以破除後人的虛偽的粉飾，因而
對儀式賞賜器物也有詳盡的考訂。一般而言，儀式經常是社會群體界
定、鞏固和證明其為正當社會關係的一個途徑。由於儀式是特殊、獨
特的事物，所以從形式和語境來看，儀式中使用的古器物、現象都與
日常事象有著較為明顯的區別。由字源本義到與器物互證，從考古冊
命、祭祀等儀式中器物所扮演的角色意義，到多元視域的闡釋，往往
得以進一步微觀《詩經》名物禮制。而對於器物的微觀研究，不僅能
界定《詩》篇的時代背景、人物階級，同時也能彰顯《詩》義旨歸。
此外，在考察古器物在儀式和日常生活中扮演什麼角色時，借重民俗
人類學等大量資料加以理解，更能剔發《詩經》的時代意義特徵。

　　然而，地下材料的相繼出現，雖有利於古文字的研究，但不完全
意味著析形以求義就比較可靠和可行。郭沫若套用唯物史觀研究《詩
經》仍衍生不少問題。有關郭沫若古文字整理方法的局限性，符丹指
出有引據不足、卜辭考釋與卜辭語法脫節節、字形音韻不合、字形文
意不合、字形誤認、所據音韻有誤、所據文意及音韻不確等[240]，江淑
惠亦指出郭氏釋字之弊，有字形的分析偶有據錯誤字形為說者、釋字

---

240 同註177，頁89-102。

之形義過於主觀、過度倚音釋字、憑藉的音韻條件太寬鬆、尚未建立語言孳生、文字分化的觀念等[241]。茲就郭沫若運用考古研究成果在《詩經》訓詁考證上的局限，分別從考古論史與名物新證兩分面加以探討。

1　過度偏執唯物史觀，以論帶史，錯解《詩》義

郭沫若泥足深陷於唯物史觀中大規模的變動與階級意識，在援引金文與傳世文獻比對時，考證論據往往過於簡化，落入自由心證的缺陷[242]，以致於在解讀《詩經》的篇章上，產生過度的聯想與附會。

例如〈釋臣宰〉中，郭氏將臣、民、眾看作奴隸的解釋，引喻失義，過於牽強。其以卜辭、金文「臣」字象人豎目的形貌，申論俯首目豎為屈服之象，並引彝銘中的「民」字像左眼刀刃刺穿的樣，推論臣為奴隸。對此，學界多持反面意見。如于省吾有〈釋臣〉一文，指出：

> 以橫目為目作 ▱ 或 ▱，以縱目為臣，作 ▱ 或 ▱，周代金文略同。臣與目只是縱橫之別……臣的造字本義，起源於以被俘虜的縱目人為家內奴隸，後來既引申為奴隸的泛稱，又引申為臣僚之臣的泛稱。縱目為臣的由來，不僅得到了古文字和古典文獻的佐證，同也得到了少數民族志和少數民族文字作為論據[243]。

于氏以甲骨文中臣有奴隸及臣僚兩種意思，臣與目字只有縱橫的

241　同註176，頁393。

242　侯書勇指出郭氏以兩周時可靠的金文為依據考證傳世文獻典籍，自然僅就傳世文獻自身考為可靠，然其考證有的不免過於簡單，存在「默證」的缺陷，即以不知為不有（同註239，頁41）。

243　于省吾：《甲骨文釋林》（北京市：中華書局，1979年），頁311-316。

分別。臣的造字以本義，起源於縱目的奴隸，其後引申為臣僚的意思。

事實上，單單從縱目的字形看不出奴隸身分的端倪，而西周至春秋戰國的文獻中，也找不出「民」的用例是奴隸的象徵，如《尚書‧泰誓》「天聽自我民聽，天視自我民視」、〈大雅‧烝民〉「厥初生民，時維姜嫄」、〈生民〉「天生烝民，有物有則。民之秉彝人，好是懿德」、〈板〉「先民有言，詢於芻蕘」、〈十月之交〉「民莫不適，我獨不敢休」的，都是作奴隸解。郭氏單憑甲骨文來研究殷代的社會背景，並據字形說民是刺瞎眼睛，證據未免薄弱，至於引用的粵語盲公、盲妹，則與奴隸更是不相干。大抵上，《詩經》大約有九十幾個民字，按其詩義，沒有一個民字解釋為奴隸，所謂「率土之濱，莫非王臣」若解釋成奴隸，根本不恰當。金達凱舉西周《卿鼎》「臣卿錫金，用作父乙寶彝」為例，說明臣應當是王室內的內服百官之一。說明小臣既有指揮眾人的權力，那麼地位自然在眾人之上，如《齊侯鎛》「伊小臣為輔」都可證明臣的地位並不下賤[244]。而周代金文中多「錫臣」之例分明以家為單位，不僅把臣的身分表示得很清楚，就連他家人的身分都表示得很清楚，那是無法解為農奴或自由民的。

其次，郭氏以周初耕田的人也叫作「眾人」，並以〈周頌‧臣工〉「命我眾人，庤乃錢鎛，奄觀銍艾。」證明「眾」是奴隸身分的觀點，而且引〈曶鼎〉為例。陳夢家則予以反駁，指出甲骨卜辭的「眾一百」絕非「人一百」，「眾」是一種身分。在西周金文《鼎》「眾一夫」和另外「臣」三夫是所有者用來作為賠償物的，他們是奴隸。卜辭的「眾人」常常受王的命令，或從事於「協田」，或徵集出征。卜辭有一次記載「我其眾人」，眾人似是屬於王或王國所有[245]。此外，于省吾也提出甲骨文中占卜出征或種田的時候時常提到眾，而甲骨文

---

244 金達凱：〈論郭沫若殷周奴隸社會說的謬誤〉（《東亞季刊》，第11卷3期，1980年），頁5-6。

245 陳夢家：《殷墟卜辭綜述》（北京市：中華書局，1988年），頁610-611。

在祭祀時，殺戮各種各樣的戰俘以為人牲者習見選出，每次用人牲的數目，由一二以至幾十幾百甚至一千。但從沒有殺過眾以當人牲，把眾當作奴隸的事。至於金文中往往以臣作為賞賜品，有的甚至作為交易品，可是，從沒有以眾用來賞賜或交易的例子。至於金文中往往以臣作為賞賜品，有的甚至成為交易品，可是，從沒有以眾用來賞賜或交易的例子[246]。

　　大抵上，從甲骨卜辭中可看出「眾」與「臣」分別代表兩種社會階級，「臣」於卜辭僅用作官名，「眾」則是「族」分化出的「族眾」，皆是屬於自由民。卜辭中的「眾」是指一群協田的農民，雖然由殷王下令去協田，或由小臣去督導從事黍的工作；但接受殷王命令和聽小臣指揮，是自由農民，而不是失去自由的奴隸。裘錫圭也指出《詩・周頌》裡的〈噫嘻〉、〈臣工〉等農事詩所反映的，也應該是周王的籍田，即千畝上的勞動。並把〈臣工〉篇裡的眾人說成大規模的奴隸勞動，是不妥當的[247]。

　　邱敏文依據甲骨文的構形，無法確知日下三人是否在從事工作，因此據形是不能論證眾是大規模耕田的奴隸。其次，就甲骨卜辭的眾字使用考察，從征伐卜辭可知眾是屬於一定的族氏的。另外，眾也有受商王之令參加農業生產。〈周頌・臣工〉從通篇詩文內容觀察，應是一首農事詩。「所反映的，也應該是周王的藉田，即千畝上的勞動。」是周王藉田的儀式，此篇中的「眾」字之意，作眾多的人。而〈曶鼎〉一文中「匡眾厥臣廿夫」之句，其「匡眾」很「可能是指匡的族人」；又于省吾對此句曾作解釋：「如果『眾』也是奴隸的話，『臣』既稱『廿夫』，則『眾』決不能沒有數目的記載。」于省吾視「臣」作奴隸，而此「眾」與「臣」區分并然，顯然是不同身分的兩

246 于省吾：〈關於釋臣和鬲一文的幾點意見〉（《考古》第6期，1965年），頁309-310。
247 李圃主編：《古文字詁林》第7冊（上海市：上海教育出版社，2002年），頁516。

類人。故郭氏以此二項文獻與金文的資料為佐證，藉以立論甲骨卜辭之「眾」人身分為奴隸，實為窒礙難行[248]。

2　緣形生訓，孤證立說，鑿空《詩》旨

乾嘉考據學由字以通其詞，由詞以通其道，因聲求義，並以經籍互證、自證，依上下文義、文例等訓詁範式，疏通經義，論證博洽；民國以後出土材料的發現，應有助於檢證舊訓陳說，核實經義。然而，就如何董作賓所說的，五四運動以後，中國學術界偏重地下材料而看輕紙上史料，甚至抱持著極端懷疑的的態度去對付舊史料。因此，便有不少人借用最新考古的材料，去建構及重新再寫上古信史[249]。今檢核郭沫若析形以求字源本義，援卜辭彝銘古文為證，在名物訓詁上，多有新義。由於殷周銅器銘文中存在著許多類似圖畫的文字，他認為這些圖形文字乃古代國族的名號。他從析形以求義到彝銘、卜辭互證比較，再援引民俗人類學加以推闡，立論大膽，想像紛馳。其中，不乏孤說單行，罔顧文例與上下文義，以致鑿空《詩經》篇章義旨。

例如以臣字象人俯首目豎，代表柔順敏給的男性俘虜，訓民字目橫而盲，意指難馴暴戾的俘虜，瞎盲其眼以作奴隸，援《盂鼎》作 ，《克鼎》作 ，《齊侯壺》作 為例，說明左目象有刃物刺穿的樣子，證明民為奴隸的說法。基本上，民在周金文中早已引申為庶人民的意思，若依郭氏訓解為奴隸，則於《詩》義不合，未若林義光《文源》訓云「象草芽之形。當為萌之古文。音轉如萌。故復制萌字。草芽蕃生，引申為人民之民。其轉音則別為氓字。」來得恰當[250]。

又如論鹵字是櫓的本字，他以㯕、櫓為後起字，鹵被用作鹽鹵是

248　邱敏文：《郭沫若甲骨學研究》（中國文化大學中國文學研究所碩士論文，2003），頁255-256

249　同註223，頁612-613。

250　林義光：《文源》（上海市：中西書局，2012年）卷1，頁69。

假借義。且考察金文盧字作 ，象圓楯上面有文飾的形貌，指出古時盧多作長方形，而上下各三出，故彝銘中常見的「戈在楯形」文，不論是直寫或橫寫如 圉、囝、囯等字，都可看出戈形乃盧上面的文飾[251]。郭氏此說就盧的字形與用法來看，欠缺明確的事證可以證明是干楯的本字。或如以朋字在甲骨文及金文等形貌，郭氏論證朋字乃三個或二個貝玉串成左右對稱的頸飾，並援引商代彝器之圖形文字 、、、 等以論證，說明貝由頸飾轉變成貨幣使用，是在殷周之際等。事實上，朋作為貝的單位，十分明確，但是否為頸飾，並不可考。此外，以黃為組玉佩，並找出卜辭及金文圖形文字 等，加以分析佩飾的三條下垂玉，建構組玉佩的想像圖，則與彝銘賞賜上下文例及《詩》義不合。他如訓〈溱洧〉「女曰觀乎，士曰既且」、〈出其東門〉「匪我思且」之「且」字為祖，更是差之毫釐，謬以千里。

五　結論

時代的大文化語境決定了學術視野的形成，而學術格局又往往影響研究的結局。郭沫若的《詩經》研究，以白話翻譯始，以考古論史而終。其《詩經》白話翻譯依時代可分前後兩期，前期為風韻譯的創作衍繹，代表作品是《卷耳集》，譯詩鋪排全詩場景作為引言、運用西方意識流文學技巧、義複節略或合譯、男女歡會之戲劇性對話、引入西方社會科學注釋名物、以情緒直寫來譯詩等是為特色；而後期譯詩則以農事詩為主，採逐句直譯農官勸耕和樂景象、詠嘆振奮的激昂語調、借重歷史歌劇場景以新譯、側重西周社會制度的反映等特色，讓人得以微觀及親近《詩經》裡的史詩圖像。然而，《卷耳集》風韻譯的創作演繹，因採自由創作的譯法，減卻托物起興、低迴反覆的情

---

251 同註1，頁198-201。

致；而農事詩吸納歷史新歌劇中的技法，進行逐句翻譯，惟因唯物史觀的定見在先，致使翻譯成為目標功利導向的衍繹，其擺落興觀群怨範式，化約成庶民遭貴族剝削欺榨，寄沈痛於農事，盡失《詩經》溫柔敦厚精神及品格。

在《詩經》經學觀念被破除和大眾化意識流行的思想前提下，郭氏白話翻譯《詩經》，創造了一種全新的《詩經》解讀方式，提高了《詩經》在思想、藝術的價值[252]，聞一多就曾讚歎地說：「每一動筆我們總可以看出一個粗心大意不修邊幅的天才亂跳亂舞遊戲於紙墨之間，一筆點成了明珠豔卉，隨著一筆又灑出些馬勃牛溲[253]。」

至於郭氏以《詩經》作為輔證的考古論史部分，則可分成建構唯物史觀下的《詩經》社會圖像及考古研究的詩經訓詁新證二部分。起初，郭氏以國學來考驗辯證唯物論的適應度[254]，其後，有感於立論蜃樓海市，進而轉向彝器銘文的考釋。在建構唯物史觀下的《詩經》社會圖像上，他批判的整理國故，援引《詩經》作為古史斷代的證據，揭露《詩經》時代王者躬親勸耕的盛大場面、井田制的崩解與新富階級的產生、階級統治者欺壓農業奴隸、周正曆法比夏正早二個月、周初商業始有貨幣、從怨天到恨人的存在意識覺醒、殷周親屬稱謂差異

---

252 趙沛霖《現代學術文化思潮與詩經研究》指出，20世紀《詩經》的白話文譯本接連不斷的出現，不僅構成了20世紀《詩經》學園地的一道獨特的風景線，也是數千年《詩經》研究史上空前的學術「盛事」。而追究《詩經》白話文翻譯產生和長期繁榮，他認為有二個文化思想前提，即《詩經》經學觀念的破除和大眾化意識的流行。至於郭沫若的《卷耳集》的問世，他認為標誌著《詩經》學又增添了新的內容，而作為《詩經》學史上的第一個白話本譯本，此書成就有三：創造了一種全新的《詩經》解讀方式、強烈的批判精神賦予其鮮明的時代特徵、對《詩經》思想、藝術的認識提高了一個新的階段對《詩經》思想、藝術的認識提高了一個新的階段（同註144，頁349-362）。

253 同註188，第2冊〈莪默伽亞謨之絕句〉，頁103。

254 《郭沫若文集》第13卷《海濤集・跨著東海》（北京市：人民出版社，1992年），頁331。

有別等社會變貌。展現的特色有五：第一，繼承王國維殷周古史研究成果而推闡之；第二，以唯物史觀系統科學地建構及詮釋《詩經》古史社會；第三，從微觀角度看《詩經》時代社會；第四，結合傳世文獻與出土文獻、器物，進行《詩經》古史論證；第五，留意《詩經》庶民心聲，同情發掘社會底層小人物的無奈。至於其研究限制亦有三：第一，生搬硬套馬克思五種社會形態理論於中國社會，缺乏科學性結論；第二，詩篇年代斷定及訓詁問題，有待商榷；第三，強調詩歌怨怒之聲，捐棄敦厚溫柔情致，開啟浮躁庸俗作風。

而在古文字與《詩經》訓詁新證方面，借詩而考古，宏觀地還原重構《詩經》社會、析形以求字源，並利用出土資料與傳世文獻交驗互足、有機結合材料和理論方法，微觀的掌握《詩經》名物禮制等，是其特色；然而過度偏執唯物史觀，以論帶史，錯解《詩》義，以及緣形生訓，孤證立說，鑿空《詩》旨則是研究限制。

相較於古史辨學者的疑古辨偽，郭沫若的考古論史有思想、制度的論證，既可微觀古代社會的制度文化又能宏觀地完整闡釋古史，但也因為在古史年代、古籍辨偽上不如古史辨派深入，往往輕率地提出錯誤的結論。而與一般古文字學學者不同的是，他釋讀周代彝銘，確立斷代體系，並能依據器銘深入考察殷周時代的思想文化內涵[255]，因此，在考古論史的廣度及高度上，有了劃時代的成就及影響[256]。

魏建〈郭沫若兩極評價的再思考〉一文曾指出：「我們在看到郭沫若博大的同時，也看到了他某些東西並不精深；在看到他屢屢創新的同時，也看到了他的浮躁和片面……他的許多突出的貢獻本身就包

---

255 同註170，頁62-70。

256 趙沛霖《現代學術文化思潮與詩經研究》並逐漸形成了《詩經》研究的一種全新的研究模式和解詩體系，這個新的研究模式和解詩體系以其全新的思想觀點、解讀和闡釋的優勢以及吸納多學科研究成果和方法的整合能力，而有別於任何一種研究模式和解詩體系；正是它所提出的全新觀點和認識（同註144，頁93）。

含著歷史的局限，而在他明顯的缺點裡卻又滲透著積極的時代意義[257]。」侯書勇亦點明郭氏最終目的在於探求中國古代社會的發展規律，認請現實社會的發展方向，所以評價郭氏金文古史研究，必須從學術史的角度作「瞭解之同情的」客觀分析[258]。

綜言之，辯證唯物論是啟蒙郭沫若做人及做學問的鑰匙。在思想、方法上，唯物史觀提供他釋讀《詩經》古史社會，並有機融攝跨領域學科於《詩經》名物新證上，其研究能突破成見舊說，造成別開生面的創造性成就，但卻往往成為他不論是白話翻譯《詩經》，還是考古與新證《詩經》名物最大的盲點與限制。然而，郭沫若的譯《詩》衍繹與《詩經》考古所建構的古史社會，不僅開闢了《詩經》研究的新天地，極具時代意義，也對後來的《詩經》學研究造成深遠的影響。

收入〈民國學者以古文字訓詁《詩經》的實踐情形〉，《變動時代的經學與經學家——民國時期經學研究論文集》，臺北市：萬卷樓圖書公司出版，2014年12月。

---

257 魏建：〈郭沫若兩極評價的再思考〉（《山東師範大學學報‧人文社會科學版》，第57卷第6期，2012年），頁8。

258 同註239，頁43。

二十世紀二、三十年代詩經學的
接受與影響

——以蔣善國《三百篇演論》為考察中心

一　前言

　　在國故整理及疑古思潮的時代背景下，二十世紀二、三十年代的經學發展，面臨了趨新疑古的重建局面。嘗試將中國學術納入世界學術的一部分，借重西方民主、科學的方法態度，以世界的眼光及學術標準來觀照及重估中國治學的內容題材及方法，既是當時學人亟待與與國際接軌的迫切要求，也是學術演進中破舊立新必然的努力。也因此，隨著實證主義科學與多元思潮被引進、學術分科後經史學的分化、公開討論學術的風氣、讀經廢經的對話辯證，甚至於各大學國學院、中央研究院的成立，以及上海新文化中心的形成、出版事業的勃興等等事實表現，都可以看出不論是學術環境、知識結構還是知識分子的思想觀念，顯然都與過去傳統學術迥異，並發生了根本上的轉化。

　　而受到進化論的影響，史學躍居於學術主導地位，經學被邊緣化。經學中蘊涵獨特古史觀念的《詩經》，由於被視為中國最古、最具歷史價值的史料，加上新文化運動中倡導民間文學、平民文學，〈國風〉歌謠性質以及〈雅〉、〈頌〉史詩的元素，備受矚目。此時的研究表現形式，除了採用專書、論文有系統條理地深入探討某一議題之外，由於各中等以上學校陸續開設概論式的課程，促成學界與出版界兩相結合，編印了深入淺出、指點治學門徑的概論、教科書，其中

更不乏從演變進化的觀點研究《詩經》的專著，例如謝无量《詩經研究》、蔣善國《三百篇演論》、胡樸安《詩經學》、金公亮《詩經學ABC》、徐英《詩經學纂要》及張壽林《三百篇研究》等。過去學界對於詩經學專著的研究，僅有夏傳才《二十世紀詩經學》第三章〈現代詩經學的創始期〉的「《詩經》基本問題概說[1]」、陳文采《清末民初詩經學史論》第二章第四節「詩經的通讀與概說[2]」等略為論及民國《詩經》研究史演變，他如胡義成〈《詩經》研究中傳統方法的終結──蔣善國先生《三百篇演論》讀後側記〉[3]、王琳《詩經學注》[4]、朱敬〈從《詩經學》看胡樸安的治學方法〉[5]等專論，則從個別專著進行說明。雖然這些詩經學專著的內容趨於普泛，但其時代意義價值與書寫範式的影響，卻不容忽視。

故此，本文將針對二十世紀二、三十年代詩經學專書發生的背景、撰著的目的、書寫策略及內容接受與影響，進行探討，並以蔣善國《三百篇演論》為考察中心，梳理專書立論中如何吸納國故運動及古史辨對傳統詩經學開出的批判論點，以及對後世詩經學研究之流播影響，以彰顯號稱「經學終結時代」的詩經學專書之時代意義與價值。

二 詩經學史專書發生的背景

有關二、三十年代詩經學研究的總體概況，夏傳才根據時代背景

---

1 夏傳才：《二十世紀詩經學》（北京市：學苑出版社，2005年），頁111-114。
2 陳文采：《清末民初詩經學史論》（新北市：花木蘭文化出版社，2007年），頁246-255。
3 胡義成：〈《詩經》研究中傳統方法的終結──蔣善國先生《三百篇演論》讀後側記〉，《贛南師範學院學報》第3期（1992年）。
4 王琳：《詩經學注》（南寧市：廣西大學碩士論文，2013年）。
5 朱敬：〈從《詩經學》看胡樸安的治學方法〉（《淮北煤炭師範學院學報・哲學社會科學版》第28卷第6期，2007年6月）。

及《詩經》研究的特點，認為清末民初是傳統《詩經》學衰退和出現革新萌芽的時期，五四新文化運動則是進入現代《詩經》學的歷史時期，三十到四十年代乃現代《詩經》學的建設時期。在這時期中，詩經學所開展的文學和史料研究的宏觀視野，以及方法上的創新[6]，除了時代因緣，也和詩經學內在的發展規律有關。

　　一九一九年新文化運動求新求變的意識，催化長期與現實生活疏離的傳統經學，必須積極地回應時代的潮流，甚而開拓嶄新的研究範式。影響所及不僅衝擊學術界的研究環境及教育體制，也深深撼動學人治學的心態。尤其歸國學人紛紛引進多元自由的西方思潮，辦報、譯介理論叢書，對傳統社會進行批判、反省與重建，也同時改革及開展新式教育，學術更面臨分科演進，在國故整理標榜「以科學方法整理國故」的口號下，不盲從、不迷信、實事求是的科學精神，從經史子集到民俗歌謠的研究題材，專門學科的治學方法、目的以及形式，都有別開生面的面貌，對當時學人的研究態度無疑更是一大轉捩點。

　　考察二十世紀二、三十年代的《詩經》研究，表現形式有專著及論文二種，其主題內容涵蓋了《詩經》的基本問題，結合社會文化史、民俗人類學、文學歌謠、出土材料等多元領域的研究，以及詩經學通俗概論、教科書的出版等。其中，詩經學通俗概論、教科書的內容，因缺乏詳細論證，向來被視為學術價值不高，而鮮少受到關注，但這些試圖以宏大的進化史觀來縱覽《詩經》研究的著作，事實上，對後世詩經學的研究開展，具有相當的意義價值。茲就整理國故與經學史學化、學術分科與讀經廢經的對話、古史辨對《詩經》文學歌謠

---

6 詳見註1，頁84。另外，白憲娟析分二、三十年代《詩經》學研究的總體概況有六：第一，反撥《詩經》的經學性質，確立其文學本位原則，並展開對《詩經》的文學和史料價值的探究；第二，新舊雜陳，以新為主的研究局面；第三，大氣開闊的研究視野；第四，動態、急劇的研究態勢；第五，方法論的自覺與創新；第六，學術思維絕對、片面的偏頗。詳見在《二十世紀二十、三十年代的詩經研究——以胡適、顧頡剛、聞一多詩經研究為例》（山東師範大學，2006年碩士論文），頁19-24。

的闡釋、新型文化產業與《詩經》概論的出版等線索，論述二十世紀二、三十年代詩經學專書發生的背景。

（一）整理國故與經學史學化

一九一九年成立的「國故社」及其創辦的《國故》月刊中，劉師培、黃侃、陳漢章等提出昌明中國故舊學術的「整理國故」主張。其後，胡適〈新思潮的意義〉指出「若要知道什麼是國粹，什麼是國渣，先須要用評判的態度，科學的精神，去做一番整理國故的工夫。」並具體提出「研究問題，輸入學理，整理國故，再造文明」四大方向[7]，對國故研究的方法，採用「寧可疑而錯，不可信而錯」亦即先疑再說的態度。在重新估算清儒三百年的經學成績後，胡適批判其為「狹陋的門戶之見」，而標榜乾嘉考據方法與西方科學方法。

在〈國學季刊發刊宣言〉中，胡適更揭示「國學的方法是要用歷史的眼光來整理一切過去文化的歷史。國學的目的是要做成中國文化史。」亟待以此統整一切材料及破除門戶畛域。吳宓〈研究院發展計畫意見書〉一文也說明這種以中國文化史為國學「總系統」的看法，基本上和顧頡剛「整理國故，即是整理本國的文化史，即是做世界史的一部分的研究」的論點是一致的[8]。因此，他檢討清華國學研究院發展方向時，也提及整理材料是為研究國學的兩大目標之一，而整理材料的目的就是要「探求各種制度的沿革，溯其淵源，明其因果，以成歷史的綜合」，所以他把撰成中國文化史和各種專史當成是整理國學的最終目標，梁啟超《中國文化史》的體例便是他認為最好的書寫範式[9]。

7　胡適：〈新思潮的意義〉（《新青年》，第7卷第1號，1919年12月）。

8　顧潮：《顧頡剛年譜》（北京市：中國社會科學出版社，1993年），頁97。

9　吳宓：〈研究院發展計畫意見書〉，《清華週刊》第24卷第4期（1925年3月19日），頁215-217。

　　誠如王汎森〈民國的新史學及其批評者〉所說，胡適提倡的整理
國故運動有兩個要點，第一是「歷史的眼光」，第二是「學術的態
度」[10]。所謂歷史的眼光，就是無論研究什麼東西，都從歷史方面著
手，尋出因果關係、前後關鍵的系統[11]，至於態度，則是民主與為學
問而學問的態度[12]。這種期以透過現代科學方法來解喻傳統，建構符
合現代學術觀點的系統化知識，儘管因為不同學者對於國故價值的重
估與文化的反思，在國故本身的複雜性以及研究者的態度、整理方法
的差異上，有所衝突及爭議，但卻也在彼此的對話、駁難中，使得整
理國故的思路愈加明朗化[13]。薛其林《民國時期研究方法論》即指
出，五四時期是民國時期研究方法新範式的確立時期，而新範式的確
立標誌，為：走出經學時代、顛覆儒學中心、標舉啟蒙主義、提倡科
學方法、學術分科發展、中西會通創新等[14]。

　　若此，整理國故亦即整理本國的文化史，目的是為了納入世界史
的一部分。於是，秉持著歷史進化論的原則，民主且科學地檢視傳統
的經學研究，便不免要去聖化及剷除墨守家法的習氣。傳統學術根柢
的經學，遂面臨了裂解及轉型。這除了外緣的環境因素，內部學術的
問題也是造成經學史學化的重要關鍵。陳寅恪云：

10　王汎森：〈民國的新史學及其批評者〉，收入羅志田編：《二十世紀的中國：學術與
　　社會・史學卷》（濟南市：山東人民出版社，2001年），頁41。

11　詳見劉龍心：〈學科體制與近代中國史學的建立〉，收入羅志田編：《二十世紀的中
　　國：學術與社會・史學卷》（濟南市：山東人民出版社，2001年），頁558。

12　同註10，頁35。

13　周淑媚指出，在通過整理國故向傳統進行批判重估時，復古派的學者老調重談，致
　　使社會上湧現各式各樣的國學機構。而在話語權力的角逐下，新文化派便藉整理國
　　故的潮流當頭，借機為國學正名或強調整理國故的必要性、現實性，予以批判質疑。
　　然而卻也在相互對話、駁難的過程中，整理國故的思路愈來愈清晰。詳見〈學衡派
　　與新文化運動者的多重對話〉，《東海中文學報》第17期（2005年7月），頁142。

14　薛其林：《民國時期研究方法論》（湖南師範大學博士論文，2001年），頁39、49。

獨清代之經學與史學，俱為考據之學，故治其學者，亦並號為
樸學之徒。所差異者，史學之材料大都完整而較備具，其解釋
亦有所限制，非可人執一說，無從判決其當否。經學則不然，
其材料往往殘闕而又寡少，其解釋尤不確定，以謹願之人，而
治經學，則但能依據文句，各別解釋，而不能綜合貫通，成一
有系統之論述。以誇誕之人而治經學，則不甘以片段之論述為
滿足。因其材料殘闕寡少及解釋無定之故，轉可利用一二細微
疑似之單證，以附會其廣泛難徵之結論。其論既出之後，固不
能犁然有當于人心，而人亦不易標舉反證，以相話難……往昔
經學盛時，為其學者可不讀唐以後書，以求速效，聲譽既易致，
而利祿亦隨之，於是一世才智之士能為考據之學者，群舍史學
而趨於經學之一途。其謹願者既止於解釋文句，而不能討論問
題；其誇誕者又流於奇詭悠謬，而不可究詰。雖有研治史學之
人，大抵于宦成以後，休退之時，始以餘力肆及，殆視為文儒
老病銷愁送日之具，當時史學地位之卑下若此，由今思之，誠
可哀矣。此清代經學發展過甚，所以轉致史學之不振也[15]。

由上可知，經學與史學的研究，因治學材料、詮釋立論觀點還是研究
者的心態習氣的不同，往往呈現迥異的成果與態勢。而隨著時代世變
流轉，經學研究淡出消解成不同學術分科。當經學走向終結衰落，史
學反而得以從傳統經學的羈絆中掙脫出來。如同張越〈五四時期史
學：走出經學的羈絆〉文中指出，現代史學建立的前提之一就是走出
經學的羈絆，用史的觀點和方法對待經學，而不是用經的思想和義例
束縛史學[16]。至於經學史學化的結果，雖說經學時代看似走向終結，

---

15 陳寅恪：〈陳垣元西域人華化考〉，《金明館叢稿二編》（臺北市：里仁書局，1981
  年），頁238。
16 張越：〈五四時期史學：走出經學的羈絆〉，《史學理論研究》2002年第3期，頁57。

但實則因經學「史」的研究，而得以延續發展。

（二）學術分科與讀經廢經的對話

　　一九〇二年清廷頒布的《欽定京師大學堂章程》中，突破「中體西用」的窠臼而確立西方學科的知識分類體系。其經學、政法、文學、格致、農、工、商、醫等八科中，經學與其他學科等齊而觀。其後，一九一二年頒布的《大學令》，則分成文、理、法、商、醫、農、工七科，取消了經學科。一九一五年起北大校長蔡元培後展開一系列改革，直至一九一九年設立哲學、中文、史學等十四個系，過往文史哲不分的「通人之學」，從此邁向現代分科性質的「專門之學」，經學儼然在現代學科體系中沒有了位置[17]。

　　而從學術史的角度來看，傳統經學遭遇西方學術的衝擊，力求新變的學者與時代趨勢，不得不對中國傳統中經學產生懷疑。於是被視作幾部書結集的經學，在近代西方學術分類的眼光分析下，《詩經》屬於文學，《尚書》、《春秋》屬於史學，《易經》屬於哲學，《儀禮》則屬於史學與社會學[18]。

　　此外，隨著學術分科後，經典價值的辯證引發了討論熱潮。一九一二年蔡元培在〈對於教育方針之意見〉中，具體闡述以五育為核心的新教育理念以及陸續公布一系列學校令。其壬子癸丑學制在課程上最大變化，是廢除中、小學讀經科，將經學內容分散到文科的哲學、史學、文學三個學門。對於廢除讀經這件事，嚴復等人持相反的態度，他站在世界文明的高度，高度肯定六經的作用。其後，袁世凱為了替復辟尋找合理，而倡導尊孔祀孔，恢復讀經。一九一五年〈特定教育綱要〉規定中小學校均加讀一科經，如初等小學讀《孟子》，高

---

17 詳見袁曦臨、劉宇，葉繼元：〈近代中國學術譜系的變遷與治學形態的轉型〉，《學術界》總第134期（2009年12月21日）。

18 洪明：〈讀經論爭的百年回眸〉，《教育學報》第8卷第1期（2012年2月），頁2-6。

等小學讀《論語》，中學節讀《禮記》、《左氏春秋》，大學設立經學院，專門以闡明經義、發揚國學為主。一九二三年章太炎主辦《華國》月刊，倡導尊孔讀經，一九二七年中華民國大學院通電各教育機關廢止祀孔，一九二八年十一月五日孔教會要求全國學校一律添習經學，但遭國民政府教育部婉拒，其後又變相讀經。一九三四年二月所發起的新生活運動中，全國奉命舉行孔子誕辰紀念典禮，一九三五年《教育雜誌》主編何炳松則廣泛徵詢全國教育界及關注教育的專家學者讀經意見，編成全國專家對於讀經問題的意見專輯呈現特點，結果顯示支持讀經者居多、對經的價值總體肯定者居多、支持中小學讀經節本者居多、主張切近生活讀經者居多、支持分散讀經者居多[19]。

一九二五年十一月二十七日魯迅激進地指出，中國的滅亡是因為過去習慣教養的僵化固陋，以致於無法適應新環境，所以，讀經不足以救國，不如讀史還能得到些進化的思想。胡適〈我們今日還不配讀經〉、〈讀經平議〉二篇文章，也針對傅斯年一九三五年四月七日在學校讀經問題的討論提出看法主張[20]。基本上，在高舉新道德、新文學的新文化運動中，否定經書文言表述的形式，企圖以白話來翻譯經書，破除過去似懂非懂的明盲自欺，讓讀經更貼近大眾生活。

(三) 古史辨對《詩經》文學歌謠的闡釋

在倡導民主精神及科學方法的環境氛圍下，顧頡剛提出的「層累地造成的中國古史」乃國故整理與古史辨運動力圖還原真史的核心議題。這種懷疑與求證的態度，影響並促進《詩經》研究的現代化進

---

19 何炳松：《教育雜誌》第25卷第5期（1935年5月10日）。

20 傅斯年：〈論學校讀經〉，收錄於《大公報》146號（1935年4月7日）、胡適：〈我們今日還不配讀經〉，《獨立評論》第146號（1935年4月14日）、魯迅：〈十四年的讀經〉，《猛進》第39期（1925年11月27日）。

程。誠如謝中元〈論古史辨派《詩經》研究的詩學取向、價值與缺失〉一文中指出：

> 《詩經》在去經典化的宏觀指向下，對《詩經》進行了本文釋讀，這就是對《詩經》文本的最大還原。古史辨完全衝破經學桎梏，開啟了現代《詩經》學的大門，也就是從一般詩歌、歌謠的角度全面闡釋《詩經》，這關係到《詩經》闡釋範式的轉變：解構政教經典，還原《詩經》的文學面目。其詩學價值正是通過古史辨派的闡釋來指認的，解除了經典性的《詩經》就不是脫離現實需要的、僵化的政治說教和道德說教等純粹的形式，而成為文學典範[21]。

當古史辨解構傳統《詩經》的經典性質，重構其歷史價值和文學身分，不僅強調了《詩經》歌謠的平民文學定位，也發掘《詩經》上古社會的材料關鍵。

此外，胡適倡導《詩經》整理最為切近的意圖，是為了普遍提供年輕學子易讀通俗的需要。而這代學人通過對《毛詩序》的批判和對孔子刪詩等問題的探究，來實現對《詩經》經學性質的徹底反叛。其中，又以鄭振鐸《讀毛詩序》最具代表。去聖化的《詩經》，文學價值大為提高，多數學人多從民間歌謠集、文學鑑賞、詩歌的形式、聲韻等結構，進行探究。

（四）新型文化產業與詩經學專書的出版

王汎森在〈民國的新史學及其批評者〉一文中，指出胡適提倡以平民的眼光對治學的題材及治學的材料，產生瞭解放與擴大的作用。

---

21 謝中元：〈論古史辨派詩經研究的詩學取向價值與缺失〉，《廣東教育學院學報》第27卷第2期（2007年4月），頁74。

當他們在重估傳統、重新定義「文化」時，已由過去的精英文化變成歷代平民百姓日用習聞的東西[22]。例如過去為莘莘學子科考所發展出來的一些參考用書，以傳統文化精英的角度來看是投機取巧的專書，但從胡適《國學季刊》的〈發刊宣言〉，卻可看出這些教科書正是胡適所提倡的「結賬式研究」。學人在當時的學術環境下，對於科舉時代「投機書商」及應考士子的參考書，大致予以肯定。

同時，在北大國學門與「古史辨派」的共同推動下，「整理國故」運動迅速高漲。於是全國各大學文科紛紛成立國學研究機構，高級中學普遍開設「國學概論」課程。

值得一提的是，新型文化產業與詩經學專書出版的關係。二十年代中國新文學中心的南移上海，文化規劃與企業生產得以有機結合。出版業者在考慮企業的生產經營時，同時根據整個社會文化發展的趨勢，制定出版計畫，通過出版和發行新的文化讀物。周武在〈論民國初年文化市場與上海出版業的互動〉一文中，提出正視教科書市場和啟蒙讀物市場，深刻地改變了上海乃至全國的文化市場[23]，尤其是中華書局陸費逵編輯出版《中華初等小學國文教科書》，在其《中華書局宣言書》中聲稱「國立根本，在乎教育；教育根本，實在教科書」，鼎故革新教科書，而將中華教科書推向激烈的市場競爭。

其間，商務印書館一方面以學制變更為契機，大規模地組織出版中小學教科書及各種輔助讀物，另一方面又組織出版大量的中譯西書和普及傳播各種新知新學。一九〇二年張元濟加入後，便組織出版政學、歷史、財政、商業、地學、戰史、傳記、哲學等一系列叢書，以及各種中外文辭書、雜誌刊物，為新知新學的普及傳播，推波助瀾。此外，商務還把出版重心轉到國內外最新學術著作的出版和善本古籍

---

22 同註10，頁47-50。

23 周武：〈論民國初年文化市場與上海出版業的互動〉，《史林》第6期（2004年），頁2。

的影印，先後組織出版了《世界叢書》、《共學社叢書》、《文學研究會叢書》、《萬有文庫》，以及《涵芬樓秘笈》、《續古逸叢書》、《四部叢刊》等等，為現代中國學術文化的積累、形成和發展做出了突出的貢獻[24]。

三　詩經學命題及書寫目的策略

（一）詩經學命題

「詩經學」此一命題的提出，最早見於胡樸安《詩經學》一書。其云：

> 吾人研究《詩經》之目的，不僅在於文章一方面，而歷代研究《詩經》者，亦皆不由文章一方面發展。所以詩經學這個名詞，實嫌籠統，而無成立之價值。然則茲編仍名《詩經學》何也？不得已而名之也。中國學術分類，為編者所叛。當茲學術改革之際，新者尚未成立，則舊者自不能遽廢，故仍以《詩經學》名之：一方面為舊者之結束，一方面可為新者之引導也。

在他看來，命名「詩經學」三字，是因為處於學術改革之際，新學尚未完全成立，舊學又不能斷然切割的情形，不得已的一種權宜性命名。基本上，對於這個名詞，他嫌過於籠統，且沒有成立的價值。

　　儘管如此，他仍對「詩經學」的範疇進行了界定，其云：

> 詩經學者，學也。學也者，以廣博之徵引，詳慎之思審，明確

---

24 楊揚：《商務印書館與二十年代新文學中心的南移》，《上海文化》第1期（1995年版），頁12。

之辨別，然後下的當之判斷也。所以《詩經》學者，非《詩
經》也。《詩經》者，古書之一種。詩經學者，所以研究此古
書者也。凡關於《詩經》之種種問題，以徵引、思審、辨別、
判斷之法行之……詩經學者，關於《詩經》一切之學也。《詩
經》本身，僅三百篇而止。《詩經》一切之學，即歷代一切治
《詩經》之著作是也。《詩經》之本身，除文章學外，無他學
術上之價值。《詩經》一切之學，授受異而派別立，派別立而
思想歧，思想之影響於時代，社會道德之變遷，國際政治之因
革，皆有關係焉。所以詩經學，一為研究《詩經》時代之思
想，一為研究《詩經》者各時代之思想，而並求思想之變遷之
際。詩經學者，關於《詩經》一切之學，按學術之分類，而求
其有統系之學也。學術之分類，當於學術上有獨立之價值。
《詩經》一切之學，包括文字、文章、史地、禮教、博物而渾
同之，必使各各獨立；然後一類之學術，自成一類之統系。詩
經學者，依《詩經》一切之學，分歸各類，使有統系之可循。
所以詩經學，一為整理《詩經》之方法，一為整理一切國學之
方法[25]。

由上可知，凡《詩經》一切之學即「詩經學」的範疇，其條件有
三：

第一，《詩經》是古書的一種，「詩經學」並非《詩經》。詩經學
則是在研究這本古書的學問。舉凡關於《詩經》的種種問題，皆須廣
博的徵引、詳慎的思考、明確的辨別，然後下判斷。而判斷妥當的與
否，則端賴辨別的功力；辨別是否明確則仰賴詳審思考的才力。

其次，詩經學是關於《詩經》的一切學問。《詩經》的本身，僅

---

25 胡樸安：《詩經學》（臺北市：臺灣商務印書館，1988年），頁1-3。

有三百篇。《詩經》的一切學問學術,即歷代研治《詩經》的著作都包括在內。《詩經》的本身,除了文章學之外,並無其他學術上的價值。《詩經》一切的學術淵源與傳授,因不同派別的說法而有不同的思想。思想影響時代,社會道德的變遷,國家政治的因革,都與其脫離不了關係。

第三,學術分類應當求其有統系,並具有獨立的價值。所以,詩經學是《詩經》一切之學,其包含了文字、文章、史地、禮教、博物等,都是各自獨立的學術,應當自成一類有系統的學問。

顯然,胡樸安《詩經學》一書的分章分類方式,是將過去傳統研究《詩經》渾然雜揉文字、訓詁、考證、史地等,細分出來,獨立成科。提供研究《詩經》的人更明確的條綱。其鈎稽詩經學研究方法則分四項:搜集材料、分別精粗、辨析門類、依類編纂[26]。

納秀豔〈詩經學與詩經學史芻議〉文中,指出詩經學應是以研究《詩經》的本體研究為核心,以及相關基本問題為重要內容,並對詩經學上的《詩經》研究著作和研究學派予以觀照,以探究詩經學的發展演變規律的一門學科。至於詩經學的核心,則有二方面:即研究《詩經》時代之思想與研究《詩經》者各時代之思想,以及探究各個時代思想的變遷之際,值得後學者借鑒之處。因此,詩經學涵蓋的範圍,應包括《詩經》的產生、結集、流傳等本體問題;研究《詩經》的語言、音韻、義理、性質、特點、表現手法並闡釋其思想性、文學性、意蘊等基本問題;研究歷代《詩經》學術著作和學派思想等[27]。

若此,凡《詩經》一切之學皆可謂詩經學。詩經學史即研究《詩經》一切之學的歷來成果、方法等優劣得失。

---

26 同註5,頁15。

27 納秀豔:〈詩經學與詩經學史芻議〉,《西華師範大學學報・哲學社會科學版》(2013年第5期),頁75。

(二) 二十世紀二、三十年代詩經學史的書寫目的策略

1 謝旡量《詩經研究》

一九二三年出版的謝旡量《詩經研究》，是最早倡導《詩經》當作文學作品向讀者介紹的概說。作者試圖運用文學研究的模式，介紹《詩經》成書、時代背景、史實考察、思想評析、藝術探討，來反映《詩經》學的轉型[28]。全書分成五章，第一章總論《詩經》的來歷、義例及詩序與篇次、流傳及主注的研究；第二章論述《詩經》與當時社會之情勢，其包含了古代固有的思想、國家制度、家族禮制等；第三章則是考證《詩經》中周室、邶鄘衛、鄭、齊、晉、秦、陳、檜曹等地的歷史；第四章、第五章則分別闡述《詩經》的道德觀、文藝觀。

2 胡樸安《詩經學》

一九二八年出版的胡樸安《詩經學》一書，分解傳統《詩經》學，介紹了《詩經》一些基本問題及流傳和研究的歷史，並略述《詩經》中的文字訓詁、文章、史地、博物等學科研究。此書總共二十一節，共分四部分：自命名、原始、作詩采詩刪詩、大序小序、六義、四始、詩樂、詩譜、三家詩計九節，係《詩經》之本身，俾學者由此可略知《詩經》之大旨。自讀詩法、春秋時之賦詩及群籍之引詩、兩漢詩經學、三國南北朝隋唐詩經學、宋元明詩經學、清代詩經學，計六節，係《詩經》學，俾學者由此可略知歷代《詩經》學之變遷。自詩經之文字學、詩經之文章學、詩經之禮教學、詩經之史地學、詩經之博物學，計五節，係以編者對於中國學術分類之方法，依類分析《詩經》，俾益學者由此可得自行研究的便利。

胡氏撰述此書的目的，主要在為學者提供一個研究詩經學的方

---

28 同註1，頁113。

法，希望學者在自修時，除了諷詠傳統傳注的《毛詩正義》（十三經注疏本）、《詩經傳說彙纂》（御纂七經本），詳觀註解，瞭解大義後，能將本書鈎稽的這類學術分類中的文字訓詁、文章、史地、博物等學科領域，視為中國學術的一部分，進行統貫研究，以避免籠統漫無歸宿的弊端[29]。

3 蔣善國《三百篇演論》

一九二一年蔣善國在南開大學讀一年級，適逢北京大學成立研究所國學門，招考研究生。蔣先生以他中學三年級時所選編之《詩今選》、《中國詩選》、《中國文藝叢選》取得資格，入國學門，主要研究《詩經》。南大三年級之時，他上交研究論文《三百篇演論》，獲得北大研究所國學門研究生畢業證書。由於蔣氏曾擔任梁啟超在清華國學研究院的助教，自然頗受梁氏啟發[30]。

一九三一年出版的蔣善國《三百篇演論》一書，作者將全書分成八篇，旁徵詳引資料，用以整理及論述《詩經》的意見。蔣善國取消《詩經》的名稱，而以《三百篇》為書名，夏傳才認為是較有創見一本概論[31]。

此書係將《三百篇》各方面所關注之問題，分成八篇，給以歷史和客觀的序述。撰著期間為民國十年夏天二個月脫稿；十二年春天略加整理；十五年冬天又費時半個月，大加修改。此書曾蒙王國維、梁啟超二位先生相繼閱正。然王靜安辭世，惜未獲見全書問世。蔣氏撰著此書，以《三百篇》為名，不書《詩經》一名，主要對於一般學者將《三百篇》視為經，而不與後世的詩同一看待。在他看來，《詩》

---

29 同註25，頁3。

30 楊樂：《蔣善國先生漢字學思想研究》（長春市：東北師範大學碩士論文，2013年），頁3。

31 同註1，頁114。

雖未亡而實亡。他認為：

> 《詩》在周時已成為政教化；上以之化下，下以之事上，竟成
> 了一部政治倫理學。後世學者，為之訓詁，為之箋注，為之正
> 義，為之集傳，自有詩以來，也沒有像關於《三百篇》著述這
> 麼多的。《三百篇》不但是受了德教化，而且還受了政治化了。
> 《三百篇》所以流傳於今的，由於德政化；三百篇所以把文學
> 的價值埋沒的，也由於德政化。所以我把詩經這個名字取消，
> 採取《三百篇》這個名字，使研究他的人一看見這個名字，如
> 同看見《唐詩三百首》一樣，慢慢的就把《三百篇》本來的面
> 目──詩──收復回來；那蒙蔽《三百篇》的觀念──經，漸
> 漸的也就可以歸化於無何有之鄉[32]。

因為「德政化」使得《三百篇》流傳至今，但同時卻也埋沒了《三百
篇》的文學價值。所以，他採取《三百篇》為名，就是要「使研究他
的人一看見這個名字，如同看見《唐詩三百首》一樣，慢慢的就把
《三百篇》本來的面目收復回來；那蒙蔽《三百篇》的觀念──
經──漸漸的也就可以歸化於無何有之鄉」[33]。

　　至於本書「演論」二字，主要依據歷來研究《詩經》本身、《詩
經》學等，加以推論、發揮。

4　金公亮《詩經學 ABC》

　　一九二九年出版的金公亮《詩經學 ABC》一書，全書分成十三
章，內容含括：《詩經》的來歷、年代、作者、六義、正變、六義、

32　蔣善國：《三百篇演論》（臺北市：臺灣商務印書館，1969年），頁2。
33　同註32，頁2。

正變、大小雅、四始詩序、篇目次第、孔子與《詩經》、詩與樂、詩經學的流派、詩經的價值和讀法、參考書舉要等。

此書乃作者從前在天津教書時的《詩經》講稿，從各方搜集的材料，隨時就按類記在一本小冊子裡，因為功課忙，沒有工夫編講義，講時是叫學生筆記的。後自海外歸國，才發願寫成。對於詩經的主張，他自述頗與朱熹、鄭樵、崔述相近，在本書中頗多採用他們的見解，但又不完全一致。他並以為研究《詩經》應該要有崔述的精神，要打破偶像，凡前人陋解，《序》文謬說，一概摒棄，就詩言詩，求其會通，如此所得，即非真理，總還不失為一家之言；若一為舊說所圍，便終身不能自拔了[34]。

由於本書是 ABC 叢書其中一部。序言中揭示 ABC 叢書發刊旨趣，云：

> 西文 ABC 一語的解釋，就是各種學術的階梯和綱領。西洋一種學術都有一種 ABC……我們現在發刊這部 ABC 叢書有兩種目的：第一，正如西洋 ABC 書籍一樣，就是我們要把各種學術通俗起來，普遍起來，使人人都有獲得各種學術的機會，使人人都能找到各種學術的門徑。我們要把各種學術從智識階級的掌握中解放出來。散遍給全體民眾。《ABC 叢書》是通俗的大學教育，是新智識的泉源。第二，我們要使中學生大學生得到一部有系統的優良的教科書或參考書。我們知道近年來青年們對於一切學術都想去下一番工夫，可是沒有適宜的書來啟發他們的興趣，以致他們求智的勇氣都消失了。這部《ABC 叢書》，每冊都寫得非常淺顯而且有味，青年們要看時，絕不會感到一點疲倦，所以不特可以啟發他們的智識欲，並且可以使

---

34 金公亮：《詩經學ABC》（上海市：世界書局，1929年），徐蔚南〈序〉。

他們於極經濟的時間內收到很大的效果。《ABC 叢書》是講堂
裡實用的教本，是學生必辦的參考書。

由上可知，ABC 叢書的通俗性的學術著作，其目的在於讓每個人都可
以有機會領略學術的內涵，並找到各種學術的門徑，既是大學教育新
智識的泉源，也是中學、大學學生有系統的優良的教科書或參考書。

5 徐英《三百篇纂要》

一九三六年出版的徐英《三百篇纂要》一書，作者在序言中，指
出：

> 三百篇為中國文學之淵海。自七十子之徒傳之，而詩教日廣。
> 漢宋經說，甘辛互忌，流派既繁，口說紛起，於是而有所謂詩
> 經學焉。《詩經》者，經之本文而已。詩經學則內容至廣，舉
> 凡歷代治詩者之學說胥屬焉[35]。

作者明顯區分《詩經》與詩經學的差異，而本書屬於詩經學專著，書
中將歷代治《詩》的學說都含蓋在詩經學的範疇。全書共分二十二
章：正名、原始、采刪、詩序、六義、四始、正變、詩譜、詩樂、詩
教、徵引、三家、毛鄭、訓詁、聲韻、詞章、史地、博物、製作、漢
學、宋學、清學等，旨在提供學者治《詩》的路徑。

6 張壽林《三百篇研究》

一九三五年出版的張壽林《三百篇研究》一書，全書導論外另有
十章：「導論」部分談及詩與歌、研究三百篇的方法，第一章論詩之

---

35 徐英：《三百篇纂要》（上海市：中華書局，1936年），頁2。

文學、心理學、藝術發生學等三方面的起源，第二章論來源，第三章
論采詩、刪詩、逸詩等，第四章釋南風雅頌等四詩、第五章釋賦比
興、第六章論四家詩及其序，第七章論研究三百篇的正變與美刺兩種
錯誤觀念，第八章論篇名與篇次，第九章論三百篇的文學觀，其中論
及三百篇的厄運、文學的欣賞、三百篇的修辭、三百篇所表現的情緒
等，第十章論三百篇所表現之時代背景及思想。

　　本書一開始即表明研究三百篇最重要的是研究方法。因為方法的
錯誤，材料的整理沒有原由，以致研究工作有很大的影響。對於傳統
把《詩經》當作勸善懲惡、修養身心或通達詞理來看待的方法，基本
上與科學方法有很大的差異。其云：

> 他們或以之為因為他們不知道應用鑑賞與研究之間，是有著絕
> 深的鴻溝隔著的。應用完全趨於功利，鑑賞是主觀的讚嘆與直
> 覺的評論，研究卻是客觀的考察與科學的整理。所以在從前，
> 差不多可以只有三百篇的應用與賞鑑，而沒有三百篇的研
> 究……用冷靜的科學方法，把三百篇原原本本的加以詳細的考
> 察與觀照[36]。

所以，張氏提出兩種科學的方法，即「材料的積聚與剖解」以及「材
料的組織與貫通」。而在《詩經》部分，他認為研究三百篇必須有具
有搜集、考證（從文辭方面以證其真偽、從體製方面以證其真偽、從
史實方面以證其真偽）、校勘、訓詁、審察、整理等方法[37]。

　　此外，在〈三百篇的文學觀〉中論及「三百篇的厄運」，他批判了
傳統《詩經》研究除了訓詁成績外，事實上沒有什麼成績遺留給我們。

---

36 張壽林：《三百篇研究》（天津市：百成書店，1935年），頁6。

37 同註36，頁6-8。

這對於被歷代學者嚴重誤解的三百篇來說，已漸漸失掉它的本來面目，成為一部「儒書」，完全沒有文學的意味。所以，在「文學的欣賞」方面，他主張應當一掃前人謬誤的見解，用純文學的眼光，去欣賞品鑑，才能領略中國遠古詩歌文學的優美，瞭解詩人純真的熱情[38]。

綜言之，從書名的命名可看出作者對於《詩經》一書功能性質的界定。胡樸安《詩經學》、金公亮《詩經學 ＡＢＣ》、徐英《詩經學纂要》三書基本上沿襲傳統以《詩經》為經的觀點，謝無量《詩經研究》一書雖極力強調《詩經》的文藝性，但在書名上仍未能擺落「經」字，不如蔣善國《三百篇演論》及張壽林《三百篇研究》直接以「三百篇」命名。蔣善國特意去掉「經」字，打破歷來研究《詩經》的政教德化框架，試圖還原《三百篇》的文章、文學、藝術價值。此書名為「演論」，係著眼於推論與發揮的性質，除臚列各家各派說法外，又細分項各類，最後再陳述個人的評斷與立場，較之其他五本專書，更為詳細，而另標目「特質」，強調《三百篇》樂舞性、政教性、群眾和普遍性等特質，亦比胡、英二書明確。夏傳才先生以為在那個時代，這是較好的一本《詩經》概說。

其次，作為概論性質的書寫策略而言，內容論述不論是對於《詩序》作者的考辨、孔子刪詩、四家詩等意見，尚未能完全脫離傳統經學的範疇，因此創見甚少。誠如陳文采《清末民初詩經學史論》書中所言：

> 大部分的著作不是為了要提出創見，或積極證成某一種論點，而是著力於清理舊說：將前人成說分類歸納，再加以考辨分析，幾乎是民初論述《詩序》作者時的基礎模式。大抵導因於當日「整理國故」的氛圍，想一舉對此訟案完成總結，可惜既

---

38 同註36，頁92-93。

沒有新材料出現，也沒有突破性的論點，其功只在整理故說而已[39]。

不過，作為概論性質功能的詩經學專書而言，對於孔子與《詩經》、《詩經》來源、詩序、四家詩授受、篇名次第、命名、四始、六義、正變等基本問題，以及《詩經》研究史、文化研究、價值、研究方法等，雖然說明詳略有別，但如胡樸安將《詩經學》分成文字學、文章學、禮教學、史地學、博物學等五種系統研究，並於書後附有「研究詩經學之書目」，提供學者治學研究門徑；金公亮《詩經學ABC》則指出研究《詩經》應先確立情意或學術的目標，然後再揀擇一種方法來應用，並舉出注釋及討論書、音韻名物的研究及異文的校勘、詩經輯佚、參證書等四種參考書等，都是研究《詩經》不可或缺的入門指導書。

四　詩經學史專著的內容接受及影響

（一）詩經學專著的內容

　　茲就二十世紀二、三十年代的詩經學六本專著：謝無量《詩經研究》、胡樸安《詩經學》、蔣善國《三百篇演論》、金公亮《詩經ＡＢＣ》、徐英《詩經學纂要》、張壽林《三百篇研究》等篇目，依孔子與詩經、詩經基本問題（來源、詩與樂、詩序、詩譜、四家詩授受、篇名次第、命名、四始、六義、正變等）、詩經研究史與文化研究（詩經研究史、詩經文化研究、語言文字研究）、詩經的價值與研究方法（道德觀、文藝觀、當時社會情勢、研究方法、參考書目）等四方

---

39 參見陳文采：《清末民初詩經學史論》（臺北市：東吳大學中文研究所博士論文，2002年），頁140。

面，歸納如表列，並以引論考證較為詳實的蔣氏《三百篇演論》為考察中心，分別述之。

篇目分類 \ 專書	孔子與詩經	詩經基本問題	詩經研究史與文化研究	詩經的價值與研究方法
詩經研究	1	1、3	1、2、5	4、5
詩經學	4	1、2、3、4、5、6、7、8、9	11、12、13、14、15、16、17、18、19、20	10、21
三百篇演論	1	1、2、3、4、5、6	7	8
詩經ABC	3	1、2、4、5、6、7、8、9、10	11	12、13
詩經學纂要	3	1、2、3、4、5、6、7、8、9、10、12、13	14、15、16、17、18、19、20、21、22	3
三百篇研究	3	1、2、3、4、5、6、7、8	10	1 、9

1 孔子與刪《詩》

蔣善國既然主張並承認《三百篇》是詩不是經，所以，首先要解決的便是孔子刪《詩》的問題。他將孔子是否刪《詩》分為三派意見，而以歐陽修、鄭樵、朱熹、朱彝尊、魏源、程大昌等人所主張孔子未刪《詩》而正樂為近。

> 試看現在的歌謠，有很多相同的，如皆存之，未免太過累贅。即以現在的三百零五篇詩看，其中有很多重名的，可見在孔子時所存於國史的詩，重複的必然比現存的更多……細玩「去其

重」三字，就可知孔子並未曾任意刪去，不過向一塊兒收集罷了[40]。

他更進一步指出，大概周朝的詩在孔子以前已經包括在古詩的裡面；雖然奏樂時單奏周樂卻未出周詩的專書。到了孔子自衛反魯，才把周詩和古詩離開，按著當時奏樂的次序，出了周詩的單行本。

蔣氏肯定《三百篇》是周詩，是文學作品，是屬於新見解。他以孔子並未刪《詩》，也未嘗不刪《詩》，只是按當時太師奏周樂的次序，略去重複殘缺，由古詩裡面，編成了一部周詩的專書。因此，《三百篇》是周詩，不是古詩，也不是商詩。雖其所述之人，所言之事，有在商時的，甚至作詩之人，亦有生於商代的，然而都是與周朝有關係的[41]。

然而，要證明《三百篇》是周詩，有四個疑問必須說明：

首先，何以後世子史所載的，沒有多少古詩呢？

蔣氏以三個假設臆說，說明之。

第一，當時詩樂為一，新樂盛行，古樂徒有詩而無音律。凡祭享和一切用樂的時候，多用今樂，幾乎用不著古樂，以致有譜的也不奏，無譜的更無人去譜，大半古樂皆變為徒詩。

第二，周朝為上古文化大躍進時期，故孔子稱「郁郁乎文哉！」最足以代表當時文化的就是詩樂。自天子王侯以至於庶民，無一人不喜好詩樂的，無一人不重視詩樂的，無一人不懂得詩樂的。可見詩樂在周朝正是極峰的地位。

第三，當時詩皆存於國史，並未通行民間，普遍人所知道的，僅是當時通行的詩。

---

40 同註24，頁13。

41 同註32，頁14-15。

從以上三個理由，可以看出周朝樂詩流行，勢力龐大，古詩式微，徒存國史。孔子自衛反魯，始由國史得其詩而編成單行本，傳之後世。古詩則因乏人編輯而亡佚。

其次，周的諸侯，如滕薛許蔡郕莒與陳魏曹檜地醜德齊，何獨無詩？蔣氏以小國即便有詩，也多同於鄰邦大國。太師采詩時，已歸入大國，故季札觀樂時，就沒有蔡滕各國的詩。

再者，發生於商字的誤解，誤以商為殷。不知「商」不是「殷」，而是「殷朝的後裔」。蔣氏引魏源、皮錫瑞、王靜安等人說法，證明之。最後，第四個疑問是因為有些古詩見於子史所引，但均不見於《三百篇》。蔣氏認為這實在是因為孔子出周詩的單行本，古詩多棄置無聞。

因此，蔣氏斷定《三百篇》乃孔子純取周朝之詩。周以前孔子未敢加入。況且孔子時代已有若干詩是殘篇斷句，不能弦歌，其亡逸並非孔子罪過，是《詩》本身的厄運[42]。

對此，謝无量《詩經研究》認為現行的《詩經》規模是孔子就古詩加以刪定的。他列舉了三條證據考辨《詩序》作者當為衛宏，而既然《詩序》與孔子、子夏無關，自然就沒有任何神聖性和權威性。劉永祥指出一般人在舉民國《詩序》作於衛宏說時，往往沒注意到謝氏的說法及考證，均較黃優仕〈詩序作者考證〉及顧頡剛〈毛詩序之背景與旨趣〉來得早且頗詳[43]。胡樸安《詩經學》以詩義最難明在於一般學者不明作詩、采詩與與刪詩之義。他以〈關雎〉一詩為例，說明作詩之人不必確指何人，詩用在房中之樂乃采詩人之義，至於定為〈國風〉之始乃刪詩人之義。金公亮《詩經 ABC》臚列各家說法，認為主張「述而不作，信而好古」的孔子只是正樂，其未嘗刪詩有十

---

42 同註32，頁35。

43 劉永祥：〈謝無量經學思想略論〉，《史林》（2011年6月），頁143。

大理由。徐澄宇《詩經學纂要》亦以孔子刪詩之說不足據，後世莫能明作詩、采詩及刪詩義例，以致於聚訟而起。張壽林《三百篇研究》指出孔子刪詩之說不可信，並且從文藝賞鑑及事實批評崔述解釋《詩經》只有三百篇是因為人們愛好而流傳的說法[44]。

2　詩經的基本問題

（1）《詩經》的來源

蔣善國以《三百篇》是西元前十三世紀至前五世紀的文學作品，也是中國群眾文學的第一部書，又名為《詩經》。他指出後人都承認《詩經》是詩也是經，自周朝而後成了一部政治倫理書，文學的價值都被埋沒了[45]。相較於另外五本專書，蔣氏對於《詩經》成書前詩的來源、詩與樂等問題，並未申論。謝无量《詩經研究》則以詩乃人類性情中自然所發出，故起源必然甚早。金公亮《詩經 ABC》指出《詩經》的編集，全賴政府方面的力量而成，亦即最早的「官書」。其後，因政府漸設採詩之官，如太史、太師等陳詩以觀民風，國史再進一步整理而編錄。所以，詩經的產生是官民合作的結果。胡樸安《詩經學》以《詩經》中最古的詩是〈商頌〉五篇，然商代以前已有詩。他認為以心理學來推論，詩與人類同時並起，而發生的時代則稍後於言語。徐澄宇《詩經學纂要》以詩歌發動於情志，與樂同時發生。情志之動、傳遞感情交換知識之需要與祈禱的起源，是詩歌發生的三大原素。張壽林《三百篇研究》以一切文學的緣起肇始於詩歌，並從心理學及發生學二方面觀察詩的起源，瞭解詩與樂、舞的密切關係。他斷定中國詩歌的開始當在商代中葉，但因當時流傳詩歌的工具

---

44 詳見謝无量：《詩經研究》（上海市：商務印書館，1924年），頁2-10、胡樸安：《詩經學》，頁11-15、金公亮：《詩經學ABC》，頁21-35、徐澄宇：《詩經學纂要》，頁12-15、張壽林：《三百篇研究》，頁48-52。

45 同註32，頁1-2。

不完備，而未有流傳。至於三百篇的來源則是因為當時社會對於樂歌的需要而集聚[46]。

（2）《詩序》

蔣善國主張周以前的詩，已經有序。《三百篇》的序，有魯齊韓毛四家，但魯齊韓三家的詩序，現已不傳，因為同三家的詩一齊都亡了。現在僅有二十二殘篇斷句，雜見於他書所引。現在完全存在的序，惟有《毛詩》的大、小序。由魏以前始盛行。《大序》是序，關於全部詩的；《小序》是分序關於每篇詩的。蔣氏析分《大序》及《小序》的首尾各種說法，以及自唐以來說詩的宿儒立場及觀點。

由於大、小序的界說未明，導致歧異迭出，誤會實多。所以，蔣氏取概括主義，而廣為分析，以定大小序的境域。他指出宋以前研究《詩》的人，都是尊序派的。到了宋朝則分尊序、疑序及詆序三派。其中，詆序派最有勢力，中堅分子是朱熹[47]。在朱熹看來，《小序》求於詩意於詩文之外，多迂曲不通，是後人湊合而成，只就詩中采摭言語，不能發明大旨。因此，謬誤不可勝數。朱熹反對《小序》有兩方面：由消極方面看，《小序》的美刺為非，由積極方面看，指出些淫奔之詩。由於重性情，所以朱熹以《三百篇》不盡是美刺[48]。

蔣氏主張《詩序》多美刺的話，大略起於傳詩者方面，不是作詩者方面。他援引魏源《詩古微》的辨說，說明宋朝疑〈序〉、詆〈序〉係因學風變異的時代使然。作詩者之意本不同於採詩、編詩者之意；而說詩者之義，亦不同於賦詩引詩者之義，端賴各方注重的點[49]。

46　詳見謝无量《詩經研究》，頁1、金公亮《詩經學ABC》，頁5、胡樸安：《詩經學》，頁7-9、徐澄宇：《詩經學纂要》，頁6-10、張壽林：《三百篇研究》，頁17-41。

47　同註24，頁89。

48　同註24，頁90。

49　同註32，頁127-128。

此外，蔣氏主張《詩》為社會美育化的工具，而云：

> 我們以詩為社會美育化的工具，未為不可；但詩本身的價值是純粹文學的，我們不當以他的宗教倫理的功用，蓋過他本身的價值。誦詩當重詩人作詩之本意，至於一切采詩說詩賦詩者之意，可以不必理會。三家亦多美刺之說。故知四家詩均多屬說詩者之意，純係主觀，昧於詩人本志，不足深信。再說美刺兩種觀念的本身，更靠不住，因為美刺的觀念，常受環境及心理狀態所支配，本來是渺渺無憑，無一定而常變……生於千百載之後的人，未見本人在當時的態度，偏說能相面，能算命，以附會其本事，小序真「神人也」[50]。

> 孔子說「思無邪」，正是說詩本身或詩人作詩有邪正，故明言其可以勸善懲惡，誦詩的人，當存著無邪的觀念[51]。

> 孔子係講禮教的一位道學先生，安能不主張無邪之說！孔子是未敢刪《詩》，未能刪《詩》，故僅編了一部周詩的專籍；如果他刪《詩》，我恐怕〈國風〉裡面的詩，將要去不少。後世研究《詩》的人，以經目之，更不敢有所異議。自《詩序》出，又多以〈小序〉與詩為一人之言，渾而同之，愈遠愈差。但見《詩序》之義通，而詩人之旨不暇問。先以《詩序》存於胸中，安得不自壅蔽！朱熹竟能實地推翻舊說，不使《詩序》害《詩》，雖有些錯誤的地方，他這種思想獨立的精神，以道學先生而具有文學家的思想和眼光，實不能不使人佩服的[52]。

---

50 同註24，頁92。

51 同註24，頁頁92。

52 同註24，頁100-101。

　　大概自來說《詩》的，盡注重詩教詩意或詩本事，只有把人鬧
　　得越發糊塗。我們生在千載之後，當由辭求意，目的在享受原
　　詩的藝術和思想的……再說詩不能全無寄託，也不能全無淫
　　邪；盡信序則不如無序，盡信詩不如無詩。如不玩其原文，參
　　之各家序說，有事足徵，有理可釋，然後信納，則必趨於偏說
　　而有遺漏不通的地方[53]。

　　在他看來《詩》作為社會美育化的工具，未嘗不可。由於《詩》本身
的價值是純粹文學的，不應當用作宗教倫理的功用，所以，「誦詩當重
詩人作詩之本意，至於一切采詩說詩賦詩者之意，可以不必理會。」尤
其是美刺觀念，常受環境及心理狀態所支配。因此，說《詩》當由辭
求意，享受原詩的藝術和思想，不應當牽強附會於某事其人[54]。

　　謝无量《詩經研究》以〈關雎・序〉為〈大序〉，各詩之序為
〈小序〉，為衛宏所作。胡樸安《詩經學》以大、小序之分，採用宋
人四始為〈大序〉，各序一詩之由為〈小序〉，而《詩序》必子夏自
作。金公亮《詩經學 ABC》以《序》中多引漢代諸書、與《三家
詩》異義、《序》與《詩》不相應、《毛詩》在東漢盛於三家、漢文無
引用《詩序》及《毛詩》名稱始見《漢書》，而判定衛序作《序》較
為可信。徐澄宇《詩經學纂要》以錢大昕說法為準的，認為〈小序〉
在孟子之前，故〈詩序〉出於毛公以前之子夏。張壽林《三百篇研
究》指出要免除讀詩的人許多誤會，就必須掃除誤信采詩、刪詩、六
義、美刺附會詩旨。他以全詩總序為〈大序〉，每篇詩的分序為〈小
序〉，作者是衛宏[55]。

---

53 同註24，頁107。
54 同註32，頁92、100-101、107。
55 詳見謝无量：《詩經研究》，頁22、金公亮：《詩經學ABC》，頁87-110、胡樸安：《詩
　　經學》，頁16-20、徐澄宇：《詩經學纂要》，頁20-24、張壽林：《三百篇研究》，頁
　　53-66。

（3）篇名次第、詩譜

　　蔣善國指出古人的詩，有詩才有題；今人的詩，有題才有詩。有詩才有題的詩，多本著情；有題才有詩的詩，多徇於物。所以古人篇名繫篇後；後人篇名冠篇前[56]。而《三百篇》的名篇，本無一定的義例，可以看出來的只有三種：一、取通章之義和字而成的；二、取字句的；三、無所取義的。

　　蔣氏統看所有的篇名，皆不足以發詩內的蘊微。《三百篇》都是先有詩而後有篇名的。名篇的人，有由樂官命名的；也有由詩人自己命名的；又有沿用舊調名的。詩人未命名，樂官則命之。詩人已命名，樂官則仍存其名。由於為樂官所命名，所以，首句相同的詩，有不同樣的篇名。有些沿用舊調或詩人自己命名，所以，《三百篇》裡有很多重複的篇名[57]。

　　至於詩的次序先後，除了在子史裡面有限可靠的材料外，多半是附會。

　　基本上，認為《三百篇》都是周朝的詩，不合論理。以國為次的，在風雅頌的次序上，則屬牽強[58]。

　　對此，胡樸安《詩經學》、徐澄宇《詩經學纂要》皆以《三百篇》詩皆一時之風俗，凡見於詩者，必可從《詩譜》徵驗，惟因去聖久遠，難得而知。金公亮《詩經學 ABC》以《詩經》的篇目次第排列沒有什麼意義，祇是「取得者置於其間」，以類聚、以群分而已。張壽林《三百篇研究》以古人作詩先有詩而後有題，大體都是感物興懷，抒情見志，不期然而流露者。至於名篇義例，他以范家相《詩瀋》為依據，且而命名者絕非一人。而篇名相同的詩歌是同一母題；篇次則因

56　同註32，頁148。

57　同註32，頁150-151、178。

58　同註24，頁178。

大部分時代難以判定,故依時世定其次序,不失為好方法[59]。

(4)四始、六義、正變

蔣善國以四始即四詩,始於《大序》,然後世多誤以為司馬遷所說。對此,他分述關於局部和關於全體的兩派說法。兩派說法中又各細分兩派說法,並統看數派學說,以王安石及戴震的說法略近情理。他認為〈大序〉所說的「四始」是詩的全體體裁,後世學者不知玩索,以訛傳訛。至於為風雅頌是詩體的四始,依音調而分,孔子審視當時周詩音調,分別歸入[60]。

金公亮《詩經學 ABC》針對前人以〈關雎〉、〈鹿鳴〉、〈文王〉、〈清廟〉為四始是有意義內涵的,其義出於孔子的說法,提出四始的名稱可以不要,因為孰先孰後,無足輕重,絕無什麼大義在其間。胡樸安《詩經學》對於四家在四始的說法,認為《毛詩》的說法偏於政治,《齊詩》則囿於律曆,韓、魯二家相近,只是範圍大小不同,應以《魯詩》為根據。徐澄宇《詩經學纂要》以四始之說,《魯詩》以〈關雎〉、〈鹿鳴〉、〈文王〉、〈清廟〉為四始的說法最貼切。張壽林《三百篇研究》以四始為南、風、雅、頌,都與音樂極有關聯[61]。

至於六義的部分,蔣氏以六義又作六藝、六詩,初見於《周禮》和《大序》。由於今詩只有風雅頌,沒有賦比興,所以後世研究詩的人,遂分成兩派法說法。一派說賦比興與風雅頌一樣,只是亡逸了。另一派說法主張風雅頌是詩的名或體,賦比興是詩的用或義。賦比興不可名詩。蔣氏臚列各家說法,斷定本來就沒有賦比興這種體裁[62],

---

59 詳見金公亮:《詩經學ABC》,頁115-135、胡樸安:《詩經學》,頁58-67、徐澄宇:《詩經學纂要》,頁52-74、張壽林:《三百篇研究》,頁74-92。

60 同註32,頁181。

61 詳見金公亮:《詩經學ABC》,頁80-82、胡樸安:《詩經學》,頁47-48、徐澄宇:《詩經學纂要》,頁43-46、張壽林:《三百篇研究》,頁32-39。

62 同註32,頁184。

第二派說法才正確，並舉證四方面的反證，證明第一派說法的錯誤。

　　針對風雅頌類別的標準，舉出六種不同說法：以篇章長短分；以體裁分；以詩的情意及作者分；以用途分；以事的關係不同分；以音調分等，最後斷以音調為類別最合情理[63]。至於雅的大小分別，蔣氏指出有主政及主聲的主張，他認為主聲的說法為近[64]。頌的本字是容，指容貌威儀。頌實是一種舞詩，舞之所重在「頌貌威儀」。王靜安〈樂詩考略〉疑三頌各章不皆是舞容，而獨指頌聲之說，以其聲較風雅為緩[65]。

　　而賦比興定義，他提出「誦三百篇的人都覺著篇篇是餘韻悠揚？試問哪一篇沒有餘興？」、「至於說興兼賦比最明瞭深切的，當以日人大田錦城為著……他自以為啟千古的幽秘，並非自誇。按他的學說，可得一個興的公式。比（前項）＋賦（後項）＝興」、大田錦城是偏重廣義興的，故將狹義的興，概皆否認，而反對無義的興。其實《三百篇》裡面而廣義狹義的興皆備，詩固有無義的興，試看近世的兒歌，比興備有，由不相聯貫的事物上而發表情感，何可勝數！然大田錦城的方法，固為自來談三緯的人所未曾道[66]。」

　　此外，蔣氏還進一步將六義分為三經三緯，認為四始實則為三經。三經是詩的體裁，三緯為作詩的方法。三經的分別，是由於音調的不同。至於和三經連帶的問，就是正變說。其云：

> 正變本為對於時的對待的解釋或概念，並不是絕對的。即一篇一章一句的裡面，也可以發生正變的問題。至於三緯方面，則重廣義比興的多小其範圍，重狹義比興的多大其範圍。賦僅直

---

63 同註32，頁187。

64 同註24，頁210-212。

65 同註24，頁213-214。

66 同註32，頁220-225。

陳事物，最易明瞭。比乃以事物比事物，而所指的常在言外。
興為借物引事，而物常在先，事常在後。比興雖有廣義狹義的
分別，而他們最有價值的地方，卻在於廣義方面。狹義的比
興，最易見；廣義的比興則不甚易見。我們給比興所下的定
義。是趨向於廣義方面的。賦雖較為普遍，興雖範圍較大，然
他們並不分什麼優劣。到了後世，賦盛行，廣義的比興漸衰。
然廣義的比興並未嘗亡，不過受了時代風氣的束縛，家道式微
罷了[67]。

　　金公亮《詩經學 ABC》以風雅頌三者的區分並不是誦、歌、舞
的問題，而是曲調的不同。依內容、性質、詞氣、體製而分，便迎刃
而解。而賦乃「直言其事」，比為「以彼狀此」，二者鈝錯而成文；興
為「託物興詞」，多用以發端。胡樸安《詩經學》指出風雅頌為詩之
體，已有定論；而賦比興為詩之用，則幾無定論。大抵詩各有體，各
有聲。風雅頌為詩篇之異體，而賦比興則是詩文之異辭。徐澄宇《詩
經學纂要》以風雅頌本諷諭之聲，皆與音樂有關；而賦比興三者乃觸
物以起情，賦注重直陳，比重在引喻，興則由彼及此，為聯想之詞。
基本上，六義解說因體用、發生先後、編輯次第等，說法不一。張壽
林《三百篇研究》以風為鄉土樂歌，雅為周代通行的正樂，頌的本義
是否作頌美，他表示懷疑，因為刺詩也可以稱頌。阮元的解作舞歌，
很有特見。至於風雅頌與賦比興的區分，主要是前者用音樂、後者用
修辭的方法做立腳點的不同。其中，「興」本來沒有意思，但顧頡剛
提出是為了押韻的關係而隨使用一件事物為起頭語，意見值得參考。
而他用象徵來說明，認為和修辭學的「隱比」很接近；對於把每一首
詩中的賦比興分清楚，則認為不妥當。因為一切的條例都是為瞭解釋

---

67 同註24，頁232-233。

便利而設，是活的東西[68]。

再者，是正變的部分。金公亮《詩經學 ABC》認為詩並無所謂正變；張壽林《三百篇研究》指出，因為《詩序》的流行，卻在三百篇的研究上，遺留了兩種錯誤的觀念，而使三百篇的真面目不可復見。所謂兩種錯誤的觀念者，就是一般研究三百篇的人最喜歡說的「正變」和「美刺」[69]。〈風〉、〈雅〉的「正變」是出於漢人謬說，正變並無絕對的標準，斷不可信，美刺亦然，完全出自於傳詞者的「以意逆志」，完全不合理。

（5）四家及授受表

蔣善國以魯、齊、韓、毛四家詩中，魯最先出，毛最後出。四家詩其實都大同小異，正如班固所說的「其歸一也。」實見不出彼此相差太遠之跡。即以左氏傳諸書考之，《毛詩》亦有不能相合者；而三家之說亦未必完全不能與此諸書相合。而《毛詩》之所以獨存的原因，主要有三個理由：第一，《三家詩》傳世已久，人情厭故喜新。第二，鄭玄是當時大儒，所作《毛詩箋》，學者群起附和。第三，西漢博士習氣最壞，《三家詩》久立學官，多被牽入緯書雜說。《毛詩》獨較約正，傳箋又復平實簡要，易於傳習[70]。

蔣氏分說四家外，並附以各家授受表。他認為鄭康成說《詩》，雖合今古文，但仍主古文，並進一步歸納鄭玄對於《毛詩》的貢獻，析分十四例[71]。而對於朱熹《詩集傳》一書，蔣氏肯定他對《毛詩》

---

68 詳見金公亮：《詩經學ABC》，頁58-68、胡樸安：《詩經學》，頁31-40、徐澄宇：《詩經學纂要》，頁35-42、張壽林：《三百篇研究》，頁37-52。

69 詳見金公亮：《詩經學ABC》，頁77-80、張壽林：《三百篇研究》，頁67-73。

70 同註32，頁39。

71 破字以易毛例、破字以申毛例、用《三家詩》以申毛例、用《三家詩》以補毛例、古今字異皆從今字為訓例、經文一字《箋》用疊字例、引用他經兼詳其義例、引漢制以證古制例、以俗語釋古語例、經中大義與群經注互相發明例、文具於前而略於

的貢獻，即便有些地方矯枉過正，難免被人指責，但這是思想革新時期人人必犯的，如果沒有過激的動力，是無法打破千百年來深刻的印記舊說[72]。

謝无量《詩經研究》據章如愚「三家詩傳授圖」照錄三家詩傳授情形，指出三家列為學官，好比現在學校教科書一般。而毛詩之學是自鄭玄以後才興盛的。胡樸安《詩經學》以三家不合於詩之本義，不應據此以駁毛說，主張搜採《三家詩》必先辨明兩漢家法。張壽林《三百篇研究》指出《毛詩》不一定優於三家，四者之分在於說詩的不同，並有四家詩傳授淵源簡表[73]。

3 《詩經》研究史與文化研究

對於《詩經》歷代研究的流變，《三百篇演論》多於書中各篇節說明，以達成其推論與發揮的演論目的。謝无量《詩經研究》則對於歷代在《詩經》內容的研究上，他認為可分成：批評、組織、史事、地理、博物、毛詩音韻、專篇及雜研究等八類。胡樸安則歸納歷來研究《詩經》之文字、文章、禮教、史地、博物等，析分成有條理系統的研究，並將歷代《詩經》演變研究分成春秋時代、兩漢、三國南北朝隋唐、宋元明、清代六階段。徐英仿胡氏撰成訓詁、聲韻、詞章、史地、博物、製作、漢學、宋學、清學等篇章；金公亮亦於書中第十一章詩經學的流派中論及唐宋明清詩經學概況[74]。

而在《詩經》語言文字的研究上，蔣善國認為除了《三百篇》的

後例、文具於後而略於前例、文具於前而仍詳於後例、經文同而箋義異例。同註
32，頁60-66。

72 同註32，頁71。

73 詳見謝无量：《詩經研究》，頁35-38、胡樸安：《詩經學》，頁68-74、張壽林：《三百篇研究》，頁53-60。

74 詳見胡樸安：《詩經學》，頁81-157、徐英：《詩經學纂要》，頁119-203、金公亮：《詩經學ABC》，頁141-142。

音韻太複雜，太隨便之外，還有地理、時代、字音及詩本身四個原因。他將形式分成字句與篇章二部分。前者共有重疊、語助、蟬連、對偶、斷續、轉折、反覆、倒插等八種，後者則有半平列、平列、依次、平列兼依次、倒插等五種。聲韻方面，分為有聲韻的和無韻的二類。有聲韻的共分為十八種，無韻的分為一句、數句二類。謝无量從詩形、詩韻及修辭談詩經的文藝。在詩韻上分成十種，修辭法分有譬喻法、疊語法及對句法、逐累進境法、奇警動人句法、省筆法等五種。胡樸安在「詩經文章學」章節中，略分為託事、遣辭、造句、用韻等四種。張壽林《三百篇研究》指出《詩經》不論在內容或是形式，對於後世文學皆有重要的影響。例如對人說話的修辭，就有顯比、隱比、階升、詰問、感歎、呼告六種特色；對物說話則有反覆、儷辭、疊字、揚厲等技巧[75]。

4 《詩經》的價值與研究方法

蔣善國以歷來談詩的人，大半都帶著道學先生氣味，盡說些詩法詩教，把藝術層面拋開。即使有時談到藝術，也是抽象的籠統話[76]。所以，他主張研究《三百篇》的藝術，應當由形式、聲韻、情意三方面實際的分析。情意方面，則由詩人本志，作詩方法，詩的性質三方面研究。蔣氏以《三百篇》裡無病呻吟的作品很少，大都皆是箭在弦上，不得不發時的作品。作詩的人作詩當時並未想到作詩，作成後也未想到流傳。作者多係無名氏，所流傳的大半皆是作者人格的結晶，生命的表現。在當時人心目中都受很大的印象；後人誦之，如見其人，如聞其，有無限的感觸。尤其是《三百篇》的名篇都在詩成之後，足證多是有感而發之作[77]。

---

75 詳見蔣善國：《三百篇演論》，頁233-312、謝无量：《詩經研究》，頁133-138、胡樸安：《詩經學》，頁121-139、張壽林：《三百篇研究》，頁93-108。

76 同註32，頁233。

77 同註32，頁317-318。

　　而從作詩的方法來看，他認為《三百篇》多以象徵而表具體的事物，其中，比興近於象徵主義。由方法看近於象徵，但由詩的性質來看，卻完全為寫實抒情，不盡同於近世歐洲的象徵主義[78]。而由詩的性質來看，《三百篇》實為寫實的文學，而無浪漫的色彩，都是寫人生的實事，而不涉神秘的部分[79]。

　　《三百篇》的特質，蔣氏指出一方面是由它本身產生或流行的時代顯現出來，一方面則是由後世詩的聯想顯見出來的。《三百篇》與後世的詩不同的地方，就在於它的特質。它的特質有三，那就是樂舞性、政教性、群眾和普遍性[80]。所以，他認為《三百篇》在當時雖不能盡人懂得，卻人人可以享受；不同階級的樂詩，雖不盡會歌唱，卻能懂得它的意義或感動，周人對於詩有尊崇的態度，但現在人沒有這種態度罷了[81]。

　　謝无量《詩經研究》點明《詩經》具有史料價值與文學觀價值。前者可探究古代家族禮制、國家制度以及思想意識和倫理道德等社會情狀，後者可從詩形、詩韻、修辭等瞭解其文學特色及價值。胡樸安《詩經學》以時移勢異，指出讀《詩》可以作為勸善懲惡、修養身心、通達詞理、多識博聞等四種功用。金公亮《詩經學 ABC》指出《詩經》有古代及現代的價值。古代價值在於教育、文學、音樂等方面，現代價值則是讀詩可以陶養性情。張壽林《三百篇研究》指出《詩經》不論在內容或是形式，對於後世文學皆有重要的影響。例如修辭上，對人說話有顯比、隱比、階升、詰問、感歎、呼告六種特色，而對物說話則有反覆、儷辭、疊字、揚厲等技巧。而《三百篇》表現出來的是作者內心強烈的情感以及偏於溫柔敦厚、含蓄蘊藉的，

78　同註32，頁319。

79　同註32，頁319。

80　同註32，頁322。

81　同註32，頁348-349。

詩韻則建議參看顧頡剛〈論詩經所錄全為樂歌〉。對於《詩經》所表現出來的時代背景及思想所引發的影響，更是令人驚異於思想淵源的微妙[82]。

　　特別是，胡、金二人專書書後附有「研究詩經學之書目」，提供學者治學研究門徑。此書的編著，主要目的在於讓學者得到研究《詩經》學的方法，並非表示可以盡《詩經》之學。他希望學者在自修時，能用《毛詩正義》（《十三經注疏》本）、《詩經傳說彙纂》（《御纂七經》本），來諷詠本文，詳觀注解。詁訓一旦有所得，大義自然分明。而他對於中國學術的新分類，也就是「詩經學」，期待大家分別研究，以免淪於籠統漫無歸宿的弊端。金公亮《詩經學 ABC》指出研究詩經的方法應先定好想從《詩經》得到情意或是學術的目標，然後再揀擇一種方法來應用。其並舉出注釋及討論書、音韻名物的研究及異文的校勘、詩經輯佚、參證書等四種參考書。張壽林《三百篇研究》則主張應用文學的眼光去讀詩經[83]。

（二）詩經學專著的內容接受與影響

1　詩經學的體例範式

　　就二十世紀二、三十年代的詩經學專著其撰寫體例，可看出徐英《詩經學纂要》一書不論是在體例篇章及內容論點，多因襲胡樸安《詩經學》一書，《詩經學 ABC》、蔣善國《三百篇演論》與張壽林《三百篇研究》體例篇目雖相近，然蔣式引論詳實縝密，金氏深入淺出，而張氏則於《三百篇》之文學藝術性多所著墨。胡樸安提出研讀

82　謝旡量：《詩經研究》，頁114-148、胡樸安：《詩經學》，頁75-78、金公亮：《詩經ABC》，頁142-147、張壽林：《三百篇研究》，頁93-131。

83　胡樸安：《詩經學》，頁75-80、348-349、金公亮：《詩經ABC》，頁142-152、張壽林：《三百篇研究》，頁92。

方法、學術類別、歷代研究流派與參考書目，賅博完備，然書寫較為文言，不若金氏口語通俗。

有關詩經學的撰著體例，大致上有幾個面向：一是《詩經》的基本問題、二是詩經學的流變、詩經學的多元研究、詩經學研究方法、詩經學研究書目等。從在辨章學術、考鏡源流中，基本上，詩經學專書必須從時代學術文化思潮切入，結合傳統《詩經》研究與當代的方法視野，呈現從傳統詩經學到現代詩經學嬗變的過程。同時，梳理並總結學術發展演化的發展規律、各流派興廢沿革及其評價定位。基本上，此時的撰著體例仍依循一般專經研究史的模式，先處理專經與孔子的關係、內在基本問題以及依時代劃分研究階段，探討論點亦受當時整理國故及古史辨學術潮流風尚影響，如崔述、顧頡剛等說法。在以研究專題或列傳式的書寫體例建構上，尚未成熟周備，但其以時代粗淺劃分研究史，對於後來詩經學史列傳式的建構或潮流分類的撰寫範式，無疑具有啟導之功，如張啟成《詩經研究史論稿》將劃分先秦、兩漢、魏晉至唐、宋至明清以及近代等五個時期的詩經研究，便是例證。

其後夏傳才《詩經研究史概要》增列魯迅與詩經、胡適和古史辨派對詩經的研究、郭沫若對詩經研究的貢獻、聞一多現代詩經研究大師等；洪湛侯雜採斷代及居主導地位的研究，以先秦漢學、宋學、清學、現代詩學學派作為學術分期標準，著重在《詩經》學派盛衰消長。而針對二十世紀研究詩經學專著，能兼具學術研究之歷時性與共時性者，有夏傳才《二十世紀詩經學》從傳統向過渡、現代詩經學的創始期、建設期、新中國時期、全方位拓展、四大學案的新進展、出土文獻和古籍整理、臺港的研究、轉型期等，以及趙沛霖《現代學術文化思潮與詩經研究──二十世紀詩經研究史》以詩經學的傳統和轉型、疑古辨偽思潮與詩經研究、唯物史觀與詩經研究、極左思潮干擾下的詩經研究、文化意識與詩經研究、詩經學術史研究的勃興、文化

人類學與詩經研究、二十世紀考古發現與詩經研究、現代學術意與詩經傳注訓詁、大眾化意識與詩經的白話文翻譯、開放意識與詩經研究的海內外學術交流等。大抵上，其涵蓋內容乃植基於二十世紀二、三十年代以降的學術演變成果。

2 詩經學的學科分類研究

胡樸安《詩經學》引入西方現代學科分類法，按照西方的人文與社科具體分類方法中的文字學、文章學、禮教學、史地學、博物學，分別注入《詩經》的研究工作，形成關於《詩經》的文字學、文章學、禮教學、史地學、博物學五個部分，可謂當時詩經學研究的開山之作[84]。

值得一提的是，《詩經》文學研究的興起，在當時的詩經學專著中，普遍對於「詩」的起源發生，以及三百篇詩形、音韻、修辭的分析研究，相當有著力。詳考日人兒島獻吉郎《中國文學通論》下卷第一編「毛詩」部分，論及毛詩與三家詩、大序小序、詩底六義、詩底刪定、詩底功用、三百篇底修辭法、三百篇底的構成法、三百篇底押韻法等。其中，「三百篇底修辭法」對雙聲疊韻、疊字熟語、對偶，以及「三百篇底構成法」中對字法、句法、章法、篇法、押韻法等詳細析分的內容[85]，不難發現《詩經》文學研究的開展與成果。

大抵上，這幾部詩經學專書的寫作目的與格局，主要界定在引介學人如何研治《詩經》，所提供者乃在以宏觀整理的視野，講述詩經學從傳統的基本問題的研究演變到當代衍生的多種學科探究。至於詳實的論證、資料的考索與未來瞻望，則顯然不在其關注範圍。也因此，這幾部詩經學專書的論述，不能切合當時博雜的學術環境，開展

---

84 同註4，頁39。

85 兒島獻吉郎：《中國文學通論》（上海市：商務印書館，1935年），頁580-638。

出學科分類研究上更多元的價值取向。所以，其傳播的歷史性功能便遠大於專經研究或學科分類所開展的研究，來得有深層價值。

3　詩經學的話語權力

　　有關這幾部詩經學專書內容的接受情形，除了傳統詩經學中所參考的漢學、宋學、清學等大家外，崔述、方玉潤、姚際恆、胡適、顧頡剛〈論詩經所錄全為樂歌〉、〈詩經的厄運與幸運〉等對《詩經》基本問題提出的懷疑挑戰，都是他們撰著詩經學專書必要處理的議題。特別是，對於去聖化、平民化的《詩經》文學性的認識與肯定，以及把《詩經》視作史料的態度，是這幾部詩經學撰寫的重點。因為正視詩經的文學性，所以對於詩歌發生的起源、《詩經》反映出來的時代的背景等，都有很多的闡述。張壽林《三百篇研究》更引用 Charles Mills Gayley 等著《文學批評的方法與材料》、叔本華、羅素、麥肯西《文學的進化》等觀點，來相互比較。而蔣善國《三百篇演論》因論文性質，在立論引證上特別詳實，其書也多所參考皮錫瑞《詩經通論》、王國維、日人大田錦城等人的說法，亦可見此時詩經學研究與傳統《詩經》研究話語權力的消長。

　　此外，教科書的話語權力代表著國家話語權力的一部分表現形式。其為達成普及教育與開啟民智的目的，簡化學術內在演變與複雜的脈絡，期以快速籠統地傳遞《詩經》的一切之學。而當《三百篇》不再是經，只是史料或是一本古老的文學詩集時，屬於「經」的德治教化、注疏以及四家詩授受、《詩序》等詮釋系統，便面臨了挑戰及繼往開來的選擇。

　　李娜〈白話文運動與白話文教科書〉一文指出，儘管清末民初的白話文運動持續了三十多年，清末民初的教育改革也取得了一定的成效，但是教科書使話語權力的主戰場仍被文言文所占據[86]。今依詩經

86　李娜：〈白話文運動與白話文教科書〉，《語言建設》（2014年3月），頁67。

學專書的書寫文字形式來看，被視為較具分量及價值的蔣氏《三百篇演論》、胡氏《詩經學》等專著，乃以文言文形式書寫。由此可見，民國的新式教育、學科分類只是解放傳統讀經的八股風氣，但並未能將代表平民文化的白話融入到專書概論的寫作上，因此，所能達成的教育及普及成效，仍限制於中學以上學人初學的階段入門指導。也因此，這類型的專書概論普遍缺乏學術遷移的內化價值，而僅具觀念態度上鼎新革故的時代意義。

五 結論

綜言之，二十世紀二、三十年代《詩經》研究在面臨整理國故與經學史學化、學術分科與讀經廢經的對話、古史辨與《詩經》文學歌謠性質、新型文化產業與《詩經》概論的出版等線索的環境下，提出了概論性質的詩經學專著。其詩經學命題的提出以及提供概論性、深入淺出的《詩經》研究概況及研究路徑，在價值取向方面，此一時期的詩經學史專著所開展出的中國學術流源與派別，不立門戶之見，能糾正與補充前人論述之不足。不論在標舉重要著作、析辨其得失、明列源流變遷或是重視材料考證等四個原則上，大抵面面俱到。其次，在內容選擇方面，能重視普遍通俗之教科書、詩經學史等，並與出版界有效合，會通雅俗、深淺，在啟蒙、普及與流播上，準確瞭解詩經學史的發展變遷。再者，在形式體例方面，除依循傳統論《詩》流變模式，處理孔子與《詩經》以及《詩經》基本問題等，呼應當時整理國故及古史辨學者的論點以外，並能提出簡略的研究學科分類，對於其後詩經學史的寫作具有一定程度的影響。惟因未能引入當時多元思潮在《詩經》研究引發的衝擊，進行論述，以及學術分科不夠縝密，以致於在「經學終結的時代」中發生的時代意義，遠高於學術內涵的深化價值。

收入〈民國學者以古文字訓詁《詩經》的實踐情形〉，《變動時代
的經學與經學家——民國時期經學研究論文集》，臺北市：萬卷樓圖
書公司出版，2014年12月。

香港《詩經》名物研究述評

一 前言

　　五經之名物制度，三《禮》之外，以《詩經》涵蓋名物制度的範圍與數量為最多。舉凡天文地理，宮室器用，山川草木，鳥獸蟲魚，無一不具，向來為研究《詩經》者用力最勤也最費解的地方。俞平伯曾嘆「求之訓故則苦分歧，求之名物則苦茫昧，求之文義則苦含混」（《讀詩札記》）。究其茫昧、分歧與含混者，旨在會通物理與貫通詩義的全整性。

　　《詩經》博物學研究，歷來頗受重視，自成一格。自陸璣《毛詩草木鳥獸蟲魚疏》以來，不乏致力於名物之廣徵博驗的著述大家。中國第一本名物專著《爾雅》，內容大抵以《詩經》名物為主，其制作目的有二，一為正名命物，二則用於解經。其後，《釋名》一書纂集名物詞類，探討其名實由來，以聲訓為主要手段，探求詞源，答難解惑。二書雖然促進《詩經》名物研究，後世著書考證者頗多，然而大多為博物學專著，在貫通《詩》義上並無太大幫助。

　　詳察《詩經》名物約略可分成自然名物與人工名物。其名物特色，主要有四：品類眾多、博物實驗、起興托物、禮義應用。有別於一般的名物訓詁，探賾詩人感物吟志，藉物以言心志，往往是《詩經》名物訓詁的研究重點，同時也是最為困難的一環。

　　由於名物與制度不同，必須置放於古代社會環境中進行理解。基本上，名物制度的研究在三《禮》或《詩經》的解經研究中，代表的意義並不同。三《禮》處理的是典章制度、名物器用等人倫日用所展

現的一種秩序規範的結構，是屬社會學、民俗學的範疇；但《詩經》要面對的則是典章制度與名物器用在一首詩中如何傳達表現的情思過程，屬於心理學、美學的範疇。因此，典章制度、名物器用被放在詩歌的意象結構裡，不僅是媒介，同時也是一個隱性的象徵，具有特定的內涵。一旦結合了《詩經》「與義取喻」的創作方法，相較於字義訓詁與校勘而言，就更為複雜。誠如納蘭成德《毛詩名物解・序》云「學者非多識博聞，則無以通詩人之旨意，而得其比興之所在。」以及戴震所言「不知鳥獸蟲魚草木之狀類名號，則比興之意乖。」(〈與是仲明論學書〉)，皆足見《詩經》名物訓詁與比興手法間複雜的密切關係。

民國以來對於《詩經》名物研究具有重大影響的，莫過於聞一多與郭沫若。聞一多結合文化人類學、心理分析學、神話批評、歷史學、考古學、民俗學、語言學、繪畫美術等不同學科等，用以闡發《詩經》名物的隱喻新義；而郭沫若融攝古文字與文化人類學，析形以求字源，並利用出土資料與傳世文獻交驗互足、有機結合材料和理論方法，微觀的掌握《詩經》名物禮制等，其研究往往突破成見舊說，別開生面，儘管所論難免片面偏執有其歷史的局限，但又滲透著積極開拓研究新局的積極意義。

大抵上，《詩經》名物研究約可分五個面向：第一，固守傳統《詩經》博物稽古之研究，專言名物；第二，致力尋繹《詩經》名物器用制度之禮儀文化的內涵；第三，借助自然科學、田野調查、文化人類學等探查《詩經》名物研究；第四，援引出土材料以新證《詩經》名物；第五，強調《詩經》的名物意象。詳察香港近六十年來的《詩經》名物研究，相較臺灣及中國學者強調《詩經》名物意象的研究，顯然多關注於《詩經》名物的制度文化探索，如以民俗學論《詩經》名物之增殖文化的陳炳良；或借用民族音樂學理論，闡述《詩經》分類的陳致；或承傳統經注互證方式，以論列《詩經》婚期正時

的盧鳴東等，其他如香港大學吳長和博物稽古的《詩經服飾資料通詮》與《詩經飲食資料通詮》等論文研究，相對較少。本文試以宏觀角度述評以上數家在《詩經》名物研究的成果，並與中國及臺灣的名物研究合觀，以見香港《詩經》名物研究的發展情形。

二 《詩經》名物界說

　　人類一切的活動，都是以物質文化的創造為基礎的。物質文化本身是一種思維價值，行為模式，互動形態，語言符號以及生活方式。在某一特定社會所創造的事物或物件裡，人怎麼想、怎麼製造與使用物體，以及物又如何影響人類生活等等，都具有複雜的意義與行為。唯有瞭解各個時期的物質文化發展的狀況，才有可能對該時期人類的一切活動進行深入而準確的研究，是以名物學的研究，愈顯重要。

　　中國古文獻中，名、物一般都單獨使用，連用而作為一個合成詞最早見於《周禮·春官宗伯》：「辨六粢之名物與其用，使六宮之人共奉之。」。狹義的名物指草木鳥獸蟲魚等生物的名稱，廣義的名物則涵括到車馬、宮室、冠服、星宿、山川、郡國、職官和人的命名等領域[1]。名物學推本探源於訓詁學的名物研究，然因後世學者研究方向漸轉名物本身研究，遂與訓詁學分途而獨立成專門之學。

　　王強〈中國古代名物學初論〉一文中，將「名物學」定義為：「名物得名由來、異名別稱、名實關係、客體淵源流變及其文化涵義之學問。」他並指出中國傳統中的「物」，關涉到古代自然與社會生活各個領域的事物，其名稱皆是實有或見諸典籍記載的客體名詞，其

1　錢慧真根據《周禮》中「名物」連言16次，「名」、「物」分述3次，以及「辨○○之名物」、「辨其名物」等句式的出現，指出《周禮》中的名物是由辨別名稱和物色的意圖所提出的，而總歸都是與特定範圍內的物聯繫在一起。（詳見〈名物考辨〉，《敦煌學輯刊》，頁121，2010年第3期）

中也包括圖騰崇拜乃至歷史傳說中客體名詞[2]。錢慧真〈名物考辨〉指出，「名物」為具體特定之物的名詞，通常根據物的顏色、形制等特徵來劃分種類，所以與物類特徵密切相關。從詞義學角度看名物的語義特徵，可以發現名物詞的音義關係具有多樣性。而因時遷地移，導致「同名異實」、「異名同實」的現象。語言產生之初時，音義的結合具有隨意性，但語言固定後，音義的結合便在約定俗成中形成，具有較強的理據性和系統性，為人所普遍接受認可[3]。

（一）名物學與博物學

名物研究通常不太容易區分名物學和博物學。錢慧真從歷史和現實兩個方面談論二者的密切聯繫。云：

> 名物學是研究名物的命名來源、異名別稱及其文化含義的理論。博物學是探討動物、植物、器物等廣泛的名、物系統知識的理論，它指導人們掌握具體事物的信息，以便達到實用的目的。名物學研究的是實物的「名」，由這些名出發來找物，基本上都是從經文或是口語中的「名」來研究「物」。博物學則是從「物」入手，由具體存在之物來找「名」[4]。

此直陳名物學是利用求義與釋義的方法，博物學則是以觀察、分類與描述。名物學研究最終目的是通過對名物的訓解，貫通經文，達到正經補史的作用。博物學研究主要在掌握的具體存在物的特徵及其

2　王強：《中國古代名物學初論》，揚州大學學報（人文社會科學版）2004年1月第8卷第6期。

3　同註1，頁125。

4　錢慧真：〈試論中國古代名物研究的分野〉（寧夏大學學報（人文社會科學版），第30卷第6期，2008年），頁35-37。

相關知識，達到實用目的。

由此可知，二者在研究方法與目的的差異。簡言之，名物學是以「關關」二字來探查雎鳩的特性；博物學則是觀察雎鳩在鳥類中的分類，觀察其特徵，並予以證實關關的聲音出處。所以，名物學探求物之命名起源及其異名之流變；博物學則尋求物之廣博徵驗。

（二）《詩經》名物的內涵與特色

《詩經》名物，約略可分成自然名物與人造名物。中國第一本名物專著《爾雅》，內容大抵以《詩經》名物為主，著重在訓詁的記載。東漢劉熙《釋名》一書則推求訓詁發生之所以然，書序云：

> 熙以為自古造化制器、立象有物以來，迄於近代，或典禮所制，或出自民庶，名號雅俗，各方名殊，聖人于時就而弗改，以成其器，著於既往哲夫巧士以為之名，故興於其用，而不易其舊，所以崇易簡省事功也。夫名之於實，各有義類，百姓日稱而不知其所以之意，故撰天地、陰陽、四時、邦國、都鄙、車服、喪紀，下及民庶應用之器，論敘指歸，謂之釋名，凡二十七篇。至於事類，未能究備，凡所不載，亦欲智者以類求之，博物君子，其答難解惑，王父幼孫，朝夕侍問，以塞可謂之士，聊可省諸。

此載明名物稱號各地不一且分類不同，以致人稱其名而不知其所以然，故撰寫此書以探求詞源，答難解惑。

繼《爾雅》、《釋名》促進《詩經》名物研究後，後世著書考證者頗多，然而大多為博物學專著。胡樸安《詩經學》指出據《詩經》以求博物學，當有二種方法：第一，據《詩經》本書，求草木鳥獸蟲魚之命名由起；第二，據歷代疏草木鳥獸蟲魚之書，求草木鳥獸蟲魚命

名變遷之跡。[5]這種推求名物的命名起源與變遷的方法，往往只針對名物本身進行認識，不能深入名物的文化內涵。因此，《詩經》名物研究常陷入徵引瑣碎，穿鑿妄詞的窘境。

《詩經》名物訓詁的內涵，當以「解物釋名」為首要任務，凡異名別稱、名實關係、名物流變及文化內涵衍生下的詞義，都是關注的重點。解物釋名必須會通物理，格物致知，而後，以「貫通詩義」為《詩經》名物訓詁之依歸。「會通物理」是能把握物產天地間的自然變易，不執今以律古；「貫通詩義」則是洞察名物表象後的深層文化內涵，對《詩經》裡的物性的如何塑造，或與社會文化特性結合的物質文化，能有通透全盤的系統瞭解，最後達致「詩」與「物」的水乳交融，兼顧「多識」與「詩意」的目的。

有別於一般或禮學的名物訓詁研究，《詩經》名物訓詁的研究重點及意義價值究竟為何？解物釋名本身是一種思維價值、行為模式、互動形態、語言符號以及生活方式。在某一特定社會所創造的事物或物件裡，人怎麼想、怎麼製造與使用物體，以及物又如何影響人類生活等等，基本上都具有複雜的意義與行為。然而《詩經》名物研究之困難，前人之述備矣。劉承幹《毛詩多識序》曾云：「古今異俗，鄉土殊產，徒執今時所目驗與夫方俗之稱名，以求當時〈風〉、〈雅〉、〈頌〉之所詠，有以知其齟齬而不能合也[6]」、鄭樵《通志‧昆蟲草木略》亦云：「物之難明者，為其名之難明也，名之難明也者，謂五方之名既已不同，而古今之言亦自差別[7]」等，是以探賾詩人感物吟志，藉物以言心志，實為《詩經》名物研究中，最為困難的一環。

也因此，《詩經》名物研究的重要性，自不殆言，然研究投入者少。當代學者葉國良〈從名物制度之學論經典詮釋，即針對近世忽視

5　胡樸安：《詩經學》（臺北市：臺灣商務印書館，1988年），頁155-156。

6　金毓黻主編：《遼海叢書》第89冊（瀋陽市：遼沈書社，1985年）。

7　鄭樵著，日本蘭山先生校：《通志‧昆蟲草木略》（眾芳軒藏板），頁4。

名物制度之學的原因進行探討，並進一步提挈研究者除重塑自信之餘，應培養必備的文史知識，瞭解傳統學術的淵源架構，融通新理論與新方法，才能準確詮釋《詩經》[8]。

詳究《詩經》名物研究的內涵與成果，實兼含並蓄共時性與歷時性的價值觀、語言、知識以及物質文明。《詩經》的創作過程本身就是一種制度化的寫作。傳統制度文化與《詩經》研究，總是通過解讀《詩經》闡明有關典章制度，然後從現實社會中的物質文化與制度的關懷，提升到精神上的內在超越。其名物制度意象及其背後的文化內涵生成研究探勘，以及詩的感發作用的解讀，基本上，讓不同時代的讀者自己選擇、評價、以及取捨來對待《詩經》與名物的詮釋。

傳統的《詩經》名物訓詁，大抵從現實社會中的物質文化與制度的關懷入手，依傳世文獻典籍範圍內的綜合互證，推衍名物與詩義的關係，甚而提升到精神上的內在超越。而今隨著近世出土文物的發現，傳世文獻與地下發現的實物材料相互驗證，讓人不僅跨越過去由人的觀點看物的研究途徑，反過頭來可以從物的觀點看人文化成。這種據物以釋《詩》，或借《詩》以釋器，交相迴覆地深察名物意象及名物訓詁背後生成的文化內涵，正是古文字與《詩經》名物訓詁研究重要的意義價值。

三　《詩經》服飾飲食通詮

有關《詩經》服飾飲食的名物詮釋，有吳長和《詩經服飾資料通詮》及《詩經飲食資料通詮》二本論文。

吳氏指出「服飾的起源，很多時候牽涉到民俗學、社會學、考古學、字源學的問題。至於服飾的演變，則記錄了人類文明的演進，美

8　葉國良：〈從名物制度之學論經典詮釋〉，(《居愚居文獻論叢》，大安出版社，2011)，頁90-102。

學觀念的轉變，政治風習的推移，意識形態的轉化，因此服飾是值得人們深入研究的題材[9]。」其文分成服篇、飾篇兩部分，再依類繫屬，條列名目，並在各名目之下，輯錄《毛傳》、《鄭箋》等注文，間及《孔疏》、《朱傳》，並吸取清代以來學者在文字、聲韻、訓詁等方面的豐碩研究成果，加以補充說明。此研究期以達成四項任務：一、匯集材料，具體說明各服飾名物的形制；二、探討各服飾名物的體系和源流；三、探求各服飾名物的命名由來和古今異名；四、蒐集實物圖像，附錄於後，以明真貌[10]。

相較於其他研究服飾在《詩經》裡的象徵身分、品德、文化等意涵[11]，或是《詩經》中服飾的文化觀照、文學意義[12]、女性服飾的審美辨析[13]、服飾描寫的審美理想[14]，或是側重服制的形成、確立、變遷發展[15]等研究，吳氏此論文僅具「博物稽古」的特色及效用，可作瞭解《詩經》服飾資料的參考書目。

另外，《詩經飲食資料通詮》則分成四章探討。第一章「飲食的界說，飲食的起源及流變」先是回顧歷代飲資料的保存和研究概況；第二章「《詩經》飲食資料通詮」分從飲篇與食篇兩部分，飲篇包括飲料、飲器兩部分，食篇包括食料、食器、炊器、雜器、烹調方法、加工程序、炊室等，分別統攝各有關名目，排比資料，附錄圖形，依類考究其源流、形制、用途等。第三章「《詩經》飲食文化研究舉隅」，主要從《詩經》提到的飲食原料，探究西周詩的采集、漁獵、

9　吳長和：《詩經服飾資料通詮》（香港：香港大學碩士論文，1991年），頁7。

10　吳長和：《詩經服飾資料通詮》，頁16。

11　陸景琳：《詩經服飾研究》（臺北市：臺灣師範大學國文研究所碩士論文，2000年）。

12　張嘎：《詩經服飾考論》（西安市：西北大學碩士論文，2007年）。

13　倪海波：《詩經女性服飾研究》（上海市：東華大學碩士論文，2009年）。

14　喬麗敏：《文質彬彬──詩經服飾描寫的審美理想》（長春市：東北師範大學碩士論文，2007年）。

15　李岩：《周代服飾制度研究》（長春市：吉林大學博士論文，2010年）。

畜牧情況。至於農業則因前賢早有深入研究，故不論述。第四章列舉
一些同物異名、異物同名的現象，如「同物異名」的部分，分成十四
種：1.古代漢語單音詞，現代漢語雙音詞或多音詞，因而古今詞匯不
同；2.方言分歧，積累而成異名；3.諧音；4.字形；5.避諱；6.指代；
7.比喻；8.諧聲；9.典故；10.戲稱；11.憎稱、美稱；12.省稱；13.外
來語；14.行業語等[16]。

　　此書列舉及梳理名物「同物異名」、「異物同名」的情形，有助於
後來研究《詩經》名物[17]，工具材料性價值較高。相較於探討《詩
經》飲食在禮制中的文化象徵意義的研究，如臺灣學者陳溫菊《詩經
器物考釋》對器物形制、材料、紋飾、演進歷史等內容約略介紹外，
亦側重闡述器物的作用與含意，給予器物合理的安排與解釋[18]，顯然
賦予器物更多的文化詮釋。

四　仲春婚期《易》學根據

　　周代男女嫁娶的婚期，《儀禮》和《禮記》中都沒有記載婚禮
「仲春為期」的說法，所以歷來學界說法不一。戰國時期荀子認為先
秦嫁娶之期在秋、冬季節舉行，如《荀子・大略》：「霜降逆女，冰泮
殺內。十日一禦。」《毛詩》繼承了這樣的說法。《陳風・東門之楊》：
「東門之楊，其葉牂牂。」《毛傳》云：「男女失時，不逮秋冬。」乃以
秋冬為嫁娶的婚期。王肅力主此說。然而，鄭玄的箋注卻以「仲春二
月」為婚娶之正時，歐陽修、嚴粲、包世榮等力主鄭說。其後，又有
主張婚娶無正時，四季皆可成婚，如束晢、蘇轍等人。馬瑞辰《毛詩
傳箋通釋》則以為殷制是季秋至於孟春，而夏制則是仲春至夏。

---

16 吳長和：《詩經飲食資料通詮》（香港：香港大學碩士論文，1991年），頁293。
17 江雅茹：《詩經飲食品類研究》（花蓮市：東華大學中國語文學系碩士論文，2009年）。
18 陳溫菊：《詩經器物考釋》（臺北：文津出版社），2001。

盧鳴東〈《詩經・綢繆》「三星」毛鄭異解探究：婚禮「仲春為期」的「易」學根據〉一文，指出〈綢繆〉詩中鄭玄對《毛傳》「三星」之義產生異解，不單純是訓詁詞義的問題，而是與他注詩的特色及《易》學思想有密切關係[19]。」本文旨在探討「三星」毛、鄭異解的因由，藉此勾勒鄭玄在「以禮注詩」的特色下，提出「仲春為期」之說的背後根據，揭示出漢代的《易》學思想對其注解婚禮的影響。

其中，〈唐風・綢繆〉一詩《毛傳》以「三星」為參星，其在天上的位置變化，由於參星始起自東方至南中天，時為十月至正月之間，因此，即此四月皆合婚時，為男女嫁娶的正時。但《鄭箋》卻另作解釋「三星」為心星，並用中星紀月法，推測心星所記的月份，心星始起自東方至南中天，時為三月至六月之間，與其所訂的婚時為仲春二月不合，故此四個月都嫁娶失時，不可以行婚禮。而《鄭箋》不從毛義，所持的理由有二：其一，鄭玄認為心星呈現出人倫尊卑之象……心星是東方蒼之宿，它的星群包括三顆恆星，因中星最大，前後二星為小，故大者象夫、父為尊，小者象婦、子為卑，由此尊卑之象顯見。要知，男女嫁娶之義，尤重於人倫尊卑分別，始於婚姻得厘，則夫婦、父子關係自能確立。其二，是鄭玄認為心星是二月的「合宿」。先民觀象授時，主要是根據兩個系統：一個系統是以中星的位置確定四時，方法是觀察赤道上的恆星，計算它們從東方升起橫過南中天而在西方落下的位置，即是毛、鄭根據參、心位置來紀月的方法。鄭玄解釋「三星」為心星，卻因心星在天、在隅、在戶所代表的月份不是仲春月[20]。

盧氏細審《鄭箋》「合宿」的意義，推知鄭玄另有從斗建紀月

---

19 盧鳴東：〈《詩經・綢繆》「三星」毛鄭異解探究：婚禮「仲春為期」的《易》學根據〉，《中國文化研究所學報》第11期總42（200年），頁327-342。

20 盧鳴東：〈《詩經・綢繆》「三星」毛鄭異解探究：婚禮「仲春為期」的《易》學根據〉，頁328-330。

法，標明心星能夠起到紀二月時令的作用。斗建紀月法是中星紀月法之外，先民觀象授時的第二個系統。這樣一來，鄭玄「合宿」的說法便可能與中星紀月法有所牴觸。他查考了鄭注《禮記·月令》所云：「仲春者，日月會於降婁，而斗建之卯之辰也。」二月時斗柄指建卯，於此時，心星在卯辰之上。斗柄所指的方向是正東方，而初昏心星在卯上，即初昏時心星在東方之上。得知鄭玄同時以中星紀月法指出心星始見於初昏東方為三、四月，但卻又以「合宿」之義，引證心星於二月時始見於初昏東方，二種說法產生了矛盾情形。深究其因，發現鄭玄分別採用夏、殷二代曆法紀時。

而從國風的地理因素來看，《毛傳》以「三星」為參星的說法較可信。至於鄭玄「以禮注詩」的情形，在《毛詩箋》屢見不鮮，其中以婚禮尤多。除了〈綢繆〉一詩以外，《鄭箋》仲春為期的說法還見於以下八條：〈召南·行露〉、〈召南·摽有梅〉、〈召南·野有死麕〉、〈邶風·匏有苦葉〉、〈鄭風·野有蔓草〉、〈陳風·東門之楊〉、〈豳風·東山〉、〈小雅·我行其野〉。而近人已考據出古代婚期不必限於仲春。聞一多以為婚期「春最多，秋次之，冬最少」。因此，嫁娶的時期四季均可，幾可為定論。

因此，盧氏從鄭玄注《周易》找答案，發現鄭玄「仲春為期」的說法當源自於他的《易》學思想。《周易·泰卦》云：「六五，帝乙歸妹，以祉元吉。」鄭注云：「五爻辰在卯，春為陽中，萬物以生，生育者，嫁娶之貴。仲春之月嫁娶，男女之禮，福祿大吉。」在這條注釋中，顯然鄭玄以泰卦六五爻合卯辰，並以此為嫁娶吉時，而據斗建紀月法，卯辰為仲春二月，故二月便成為婚期正時。這一種契合關係顯然是以《周易》卦爻為基礎，且配合十二辰立說。因此，欲要申明仲春婚期的由來，便先要釐清爻、辰之間的約定準則。而鄭玄確定婚期在仲春，當是在注釋《周易》卦爻中，根據「爻辰說」揭示出來的。所謂陰陽二氣交接，以為萬物化生的根源，這是「陰陽和合」的思想

內容，也是鄭玄以仲春為婚期的思想導源。

他進一步指出，婚禮之義莫重於繼嗣，凡男女嫁娶之禮皆要合乎禮義。《禮記・昏義》云：「昏禮者，將合二姓之好，上以事宗廟，而下以繼後世也。故君子重之。」在泰卦六五爻中，鄭玄謂「生育者，嫁娶之貴」，其義與〈昏義〉同。事實上，鄭玄以仲春二月為婚期正時，其旨也是從生民蕃育方面來考慮的。〈邶風・匏有苦葉〉載「匏有苦葉，濟有深涉」，《箋》云：「匏葉苦而渡處深，謂八月之時，陰陽交會，始可以為昏禮，納采、問名。」親迎之前，繼有納采、問名、納吉、納徵、請期等禮儀。因鄭玄謂八月為陰陽相交之時，故始於八月可以舉行以上的儀式，為親迎作好準備。……可見，婚禮終始皆行於陰陽交會之時，究其因由，乃鄭玄相信「陰陽和合」有利於生育之故[21]。

今人李炳海《部族文化與先秦文學》一書從部族和地域文化的角度，考察先秦時期的嫁娶時月有兩個不同的系統，一是晉地系統，迎娶的時間在春季，主要分布在夏文化地區；另一個系統則是周、齊、魯系統，迎娶時間在秋冬到初春，主要分布在商、周文化區[22]。而從《詩經》二南的記載與考察《左傳》等史書，便可發現李氏的說法不盡完整，周人嫁娶應是四季皆宜的結論[23]。

盧氏能從《周易》卦爻顯示出來的「陰陽和合」思想，找出鄭玄解釋婚期由來的根據，對於廓清毛、鄭異說及鄭玄箋《詩》的理論依據，有其獨特處。

---

21 盧鳴東：〈《詩經・綢繆》「三星」毛鄭異解探究：婚禮「仲春為期」的《易》學根據〉，頁331-340。

22 李炳海：《部族文化與先秦文學》（北京市；高等教育出版社，1995年）。

23 吳曉峰：《詩經二南篇所載禮俗研究》（長春市：吉林大學博士論文，2005年），頁67-75。

孔德淩〈關於周代嫁娶時間問題的探索〉（《咸陽師範學院學報》第21卷第5期，2006年10月）。

五　《詩經》名物增殖儀式

　　社會學家涂爾幹視儀式為加強社會結構的工具，認為儀式具有社會化、整合、交流、精神治療、重現等作用。美國學者艾米‧加金‧施瓦茲在其〈考古學與民俗學中的物質文化、儀式和日常生活〉一文中，亦指出儀式和日常生活之間存在著難以理解的複雜關係。他認為儀式是特殊、獨特的事物，與日常生活相分離。儀式在特殊場所舉行，並且運用較為特殊的手段，所以，儀式中的物質文化會以反常規性的方式被凸顯來。至於伴隨著儀式而展開重要角色的「器物」，在儀式當下的語境涵義中，往往不只是客觀的物，而是富有「物象」特殊意義的存在。

　　特別是儀式中的「物」如何與個體生命的心志之間形成召喚關係，在身體經驗的體物入微部分，藉由儀式中人的身體與物直接的互動過程中，探查人如何經歷文化教養而培養出具文化特色的感知方式，甚至反過來設計、製作「物」而使其具有其特定的功能與歷史文化特性，形塑人們使用的方式與生活習癖，是頗耐人尋味的物我關係。

　　陳炳良從神話學、民俗學的儀式切入，比較研究《詩經》的增殖儀式，所論〈說〈汝墳〉——兼論《詩經》中有關戀愛和婚姻的詩〉、〈從〈采蘋〉到社祀——讀《詩經割記》〉、〈〈生民〉新解——兼論〈天問〉中有關周初的史事〉、〈儀式‧迷狂‧詩人——《詩經》的增殖儀式再探〉等，立論大膽新穎，可謂香港以民俗學、社會人類學等闡釋《詩經》的代表。

（一）〈說〈汝墳〉——兼論《詩經》中有關戀愛和婚姻的詩〉

　　本文以〈汝墳〉為例，除了證明葛蘭和聞一多的說「法值得重視外，同時希望用他們的觀點來研究《詩經》，可以解決很多以往不能

解釋的疑難。

首先，他指出「汝墳」就是汝水的旁邊。引用了水邊的增殖儀式及艾伯華（Wolfram Eberhard）以沐浴可以引致懷孕的思想，說明「簡狄沐浴吞卵」的傳說是一致，而《詩經》中描述男女在水邊戲謔的詩很多，都可供作參考。

其次，詩之「伐其條枚」、「伐其條肄」，指的是斬代樹枝，在《詩經》是代表男女婚姻的象徵。而「伐遠揚」就是「找個意中人來結婚」的意思，至於「伐柯」明顯也是談娶妻的事，「束薪」也是一個婚姻的象徵。

再者，是「調飢」二字，聞一多指出飢是性欲不滿足的隱語。一般來說，性愛都是在夜間進行，「調飢」是對不滿足的感覺的強調。而「飢」的相反是「療飢」，就是「食」。

第四，詩之「魴魚赬尾」，聞一多先前已指出魚代表女性，外國學者也提出魚代表生殖力量，所以它也可以代表男性。

第五，「王室如燬」的「如燬」是「如火」，表示明亮。如同〈商頌・長發〉用「如火烈烈」來形容武王的威儀，可見「王室如火」就是「王室很宏偉」的意思。而王室是指宗廟。〈鄘風・定之方中〉的「作於楚宮」、「作於楚室」可以證明。王室應當和〈召南・采蘋〉的「宗室」同一意義。由於宗廟只在祭祀時才有人進去，所以是男女幽會的好地方，〈鄘風・桑中〉的上宮也是這一類的地方。而在宗廟裡的尸便叫公尸（〈大雅・既醉〉、〈鳧鷖〉）。由於掌祭祀的人有時要早晚都在宗廟內做事，即如《詩經》：「夙夜在公」。（〈采蘋〉、〈小星〉、〈有駜〉），或有時又會在半夜被召去做事（〈東方未明〉）。而這些人也可以叫「狂夫」（〈東方未明〉），狂並不是瘋癲的意思，而是柏拉圖所說的祭儀的狂熱情緒。他又根據《周禮》的說法，認為是方相氏的助手，驅疫並主持祭禮。因此，狂夫的職責既然是祓除不祥，所以春天的增殖儀式也會由他們來主持。至於他們的徒弟──狂童、或狡

童——常是女子的追求對象（〈鄭風·山有扶蘇〉、〈狡童〉、〈褰裳〉）。

第六，詩之「父母孔邇」有兩個含義，第一種，是和〈召南·野有死麕〉「無使尨也吠」、〈鄭風·將仲子〉「畏我父母」相同語氣，都是偷情少女畏羞怕「春光洩漏」的說話。第二種可與「女子有行，遠父母兄弟」（〈邶風·泉水〉、〈鄘風·蝃蝀〉、〈衛風·竹竿〉）比較來看，意思是：「我還未到出嫁的時候啊！」不論選擇那一個解釋，它都表露出少女欲迎還拒的心理[24]。

（二）〈從〈采蘩〉到社祀—讀《詩經劄記》〉說〈汝墳〉——兼論《詩經》中有關戀愛和婚姻的詩〉

本文主要在討論《詩經》中「采花草」的母題。他指出《詩經》中有二十多首詩都有「采花草」這母題出現，其指涉內容約有八類：

> 第一，女子懷春，要找尋配偶，如〈摽有梅〉、〈汾沮洳〉、〈七月〉。
> 第二，男女結識以後便約期幽會，如〈桑中〉。
> 第三，熱戀中的男女當然會朝夕想念，如〈草蟲〉、〈采葛〉。
> 第四，經過一段時間後，一雙男女終於結婚了，〈關雎〉、〈載馳〉、〈谷風〉、〈我行其野〉。
> 第五，結了婚之後，女方便希望能生子，如〈芣苢〉。
> 第六，婚後，男子會有二心，如〈采綠〉。
> 第七，丈夫因王命或其他事不得不與妻子分離，如〈卷耳〉、〈采薇〉、〈出車〉、〈杕杜〉、〈北山〉。
> 第八，因別人的讒言而致婚姻破裂，如〈采苓〉。

24 陳炳良：《神話·禮儀·文學》（臺北市：聯經出版公司，1986年），頁71-90。

此外，另有四首詩有這樣的此母題，如〈采菽〉、〈桑柔〉、〈泮水〉、〈氓〉等。

他推想〈采蘩〉、〈采蘋〉兩詩是描寫高禖的祭祀。詩中「采花草」母題用來象徵男女交合這一祭祀過程中的情節。這種祭祀的目的，主要是祈求生命的綿延和豐足。在祭祀時，參加的人大都盡情飲食，如〈楚茨〉、〈既醉〉、〈鳧鷖〉、〈有駜〉詩中所述，而飲酒至醉的原因，大概是主祭者須要交媾的事。這和古代羅馬的酒神狂歡一樣。至於主祭者，他應該是統治者或他的代表──即祭師，亦即〈楚茨〉的「神保」，〈既醉〉、〈鳧鷖〉的「公尸」。由於這些祭祀一年只舉行一、二次，所以他不是常住在宗廟內；而是他也算是專業人才，因此當祭祀時，他才被聘用。他可能從外地來；人們叫他「客」。他或許經過特別挑選（有客），所以被人們禮待。如〈白駒〉。而他我懷疑〈駉〉是描寫畜養牡馬的情形。由於雄馬和祭祀有關，故詩中的「無疆／無期」是指祭祀的目的而言，「無斁／無邪」是指祭師的人格。

至於〈有駜〉「夙夜在公，在公明明」、「夙夜在公，在公飲酒」、「夙夜在公，在公載燕」之「公」字，他指出以前注釋家都把「公」解作「行政的地方」，但是「在公飲酒」似乎說不通吧？所以，主張「公」指「宗廟」。陳夢家和凌純聲都證明「宗」即「社」；而社的原始意義是男子性器。因此，在宗廟舉行增殖儀式，是最適當的。

他如「振振鷺」的意思，他也以為也和性和子孫有關。所謂「振振鷺」的意思是指經過交合儀式後，子孫便可瓜瓞瓞綿綿了。而既然祭師在祭祀須要作交合之事，以邀天佑，故當然要有女子獻身給神祇，因此「采蘩」、「采蘋」兩首詩都是歌詠女子能獻身於神。他們做公侯之事，在公侯之宮，作先妣之尸。這些女子當然可以生男育女，也可能因為在獻身之後，湊巧年穀豐登，因而擁有權力。這兩個可能性在《詩經》中都可以看到，〈思齊〉、〈瞻卬〉兩首詩就是例證。而

除了宗廟外，泮宮或辟雍也是舉行增殖儀式的地方。

他同時主張增殖禮儀不一定在宗廟內舉行，在田野中亦可，〈甫田〉、〈大田〉都有「曾孫來止，以其婦子，饁彼南畝，田畯至喜。」這幾句，以及〈七月〉的解釋在他看來都很勉強，應解作「在田野裡，祭師（曾孫）舉行了聖婚。田官想著未來的豐收，非常高興。」〈七月〉更清楚的指出舉行儀式的時間。〈載芟〉亦有同樣的描寫。此外，山野樹林之間，亦可舉行祭祀。〈定之方中〉就說明在桑林舉行一次儀式的過程。最後，祭祀時除飲酒外，「萬舞」也是一個主要節目（〈簡兮〉、〈閟宮〉、〈那〉），而「萬舞」是煽情的舞蹈；祭祀時，它當可提高狂歡的情緒。

他點出研究《詩經》的一個方法，就是從各個不同的母題來探討每一首詩的本義，不僅方法比較穩當，也可以廓清大部分「以史說詩」的流毒，同時提供一些社會、宗教史的資料[25]。

（三）〈〈生民〉新解——兼論《天問》中有關周初的史事〉

本文指出〈生民〉第一章很明顯是說姜嫄參加了增殖儀式（fertility rite），因而有孕。《毛傳》、《鄭箋》都作這一解釋。這是無可置疑的。

他說姜嫄和上帝的交合在〈生民〉中被形容成「履帝武敏歆」，〈閟宮〉也說：「姜嫄依著上帝」。所謂「依」應是〈載芟〉「有依其士」的「依」，解作「愛」。較具體的說，它和《國語・周語》上「丹朱憑身以儀之」的「儀」和〈鄘風・柏舟〉的「實為我儀」的「儀」字一樣，作「匹配」解。因此〈閟宮〉就很明顯的說出姜嫄求子，和上帝交合，懷了身孕，到足月時，帝交合，懷了身孕，到足月時，就生下了后稷。但是〈生民〉卻把這一過程寫得神秘一些。它說：姜嫄

踏了上的足跡而懷孕。他認為事實上這就如同澳洲土人認為足跡代表
男子性器的意思一樣，因此，「履跡」便代表交合。此外，足跡還可
代表神靈的降臨；「履跡」便代表神靈降在崇拜者身上。

對於姜嫄跑去祭祀高禖，他認為像是參加古代羅馬的增殖儀式，
等到狂歡過後，果然有了身孕。於是她過著嚴肅的生活，最後，生下
了后稷。至於后稷為什麼被棄，則參考劉盼遂「次子繼承」的習俗緣
故的說法。

所以，純用歷史眼光來看〈生民〉，就會使解釋和原文枘鑿不
入。但如果從比較神話學的觀點來看，就可以發現他和坎貝爾在研究
薩恭的出世故事時，所提出的英雄出生故事模式：變相的處女生子
（即不知其父）→父親是山神的暗示→嬰孩被棄在水邊→由種植的人
（或動物）收養嬰孩→被棄者日後成為農藝方面的大人物→被棄者被
天神所愛，大致吻合的。而且，后稷兄弟相爭的故事也與《舊約聖
經》中該隱和亞伯的故事相似。而他認為這些解釋或許可以給后稷出
生的故事提供一個新的看法，同時向《楚辭・天問》裡的難題給予比
較合理的解說[26]。

（四）〈《詩經》研究的省思〉

本文指出研究《詩經》的基本態度，應是「明訓詁」、「考民
俗」、「認主題」、「知理論」。

首先，指出鳧、雁都水鳥，它們吃魚維生，而吃魚、捕魚都是愛
情、婚姻的隱語。聞一多認為釣魚、用器物捕魚和食魚或水鳥吃魚都
是性愛的隱語。〈曹風・候人〉是個最鮮明的例子。〈邶風・匏有苦
葉〉亦有意義相似的句子。〈候人〉以鵜鶘不濡其咮喻男女性愛不調；
〈匏有苦葉〉則以晨早雁鳴寄興娶妻，正如〈關雎〉以雎鳩的叫聲興

---

26 陳炳良：《神話・禮儀・文學》，頁113-122。

起求偶之念。由此，我們可以推論「弋鳧與雁」亦含有性愛、婚姻的意思。

其次，是飲食（飢渴）也是愛情婚姻的隱語。如〈唐風·杕杜〉「中心好之，曷飲食之？」、〈陳風·株林〉「乘我乘駒，朝食於株」、〈王風·君子于役〉、〈汝墳〉「未見君子，怒如調飢」、〈王風·君子于役〉「君子于役，苟無飢渴？」、〈小雅·采薇〉「憂心烈烈，載飢載渴」、「行道遲遲，載渴載飢」等，在男子方面而言，娶妻亦可用樂（療）飢表示。〈陳風·衡門〉「泌之洋洋，可以樂飢」，總之，飲食是性愛隱語這一說法，應該可以成立的。

再者，是琴瑟代表夫妻。如〈小雅·常棣〉「妻子好合，如鼓瑟琴」、〈周南·關雎〉「窈窕淑女，琴瑟友之」和對方共諧連理，〈女曰雞鳴〉「琴瑟在御」由婚姻引申到性愛方面，〈鄘風·定之方中〉「爰伐琴瑟」他認為是指社祭中的聖婚而言。而《詩經》中詳細述說社祭的詩篇是〈小雅·甫田〉。在祭方、社的儀式中，人們用琴瑟和來迎接田祖，祈求甘雨使土地豐饒。我們注意到「祖」的來源是男性生殖崇拜，所以我們可以推想，琴瑟未必是實際的樂器，而是愛的隱語。至於祭祀的另一面的描寫，又見於〈小雅·信南山〉，可以注意到人們在祭祀時，用犧牲舉行血祭。（〈小雅·大田〉「以其騂黑，與其黍稷」）這和葉舒憲的說法有相似的地方。葉舒憲認為古代祭穀神的儀式包括了獵頭、祭頭等。

最後，是翱翔和贈佩（或花草）也和愛情有關，如〈鄭風·有女同車〉、〈鄭風·清人〉、〈齊風·載驅〉、〈檜風·羔裘〉等詩。至於贈花草以定情，《詩經》中亦出現幾次。〈鄭風·溱洧〉、〈邶風·靜女〉、〈王風·丘中有麻〉、〈陳風·東門之枌〉等都表現餽贈花草都和愛情有關。他並指出孫作雲認為〈溱洧〉等十五首詩歌都是以上已節祭祀高禖，祓禊水濱求子為背景的男女歡會求愛的節日之詩。引證黎

族、苗族以及日本的民俗材料加以對比[27]。

（五）〈儀式·迷狂·詩人──《詩經》的增殖儀式再探〉

本文是繼《神話·禮儀·文學》一書後，本文全面地探索參與「增殖儀式」的人和其他和儀式有關的問題。

首先，他指出舉行祭祀時，主祭者先飲醉食飽。如〈楚茨〉一詩首先說祭祀的目的是由於豐收，所以要酬神謝恩。而備辦祭品，當然離不開烹羊宰牛，而等一切準備就緒後，就讓「孝孫徂位，工祝致告」。儀式完畢後，就「鼓鍾送尸，神保聿歸」。他並從「諸宰君婦，廢徹不遲」兩句，聯想到〈碩人〉一詩的詩句，以為它們的意義是：「健碩的美女，坐車來到郊野，經過誘人的萬舞，她和君主舉行性儀式，詩人就勸導參與典禮者退避。」

其次，他指出在舉行增殖儀式時，其他人大概可以圍觀。如《墨子·明鬼》之「燕之有祖，當齊之有社稷，宋之有桑林，楚之有雲夢也。此男女之所屬而觀也。」這和魯莊公觀社有相通之處。他認為魯莊公觀社一事，三傳中以《穀梁傳》最能道出真相──尸女。而這些資料就和〈采蘋〉的「誰其尸之，有齊季女」彼此相似。其句式如下列：

　　〈采蘋〉尸，女─性儀式─聚觀
　　《春秋》尸，女─性儀式─觀社

他認為這裡的「尸」是「陳」的意思（「尸」指「僵臥四體，展布手足，似死人」）。魯莊公的「觀社」，大概可以和上面勸人不要圍

---

27 陳炳良：〈「詩經」研究的省思〉（《嶺南大學中文系系刊》第5期，1998年6月），頁1-16。

觀的說法互相比照。這也是魯莊公「如齊觀社」之所以被批評為「非
禮」的原因。但是，為了儀式順利完成，所以詩人勸旁觀的「大夫夙
退」（〈碩人〉），其他的「諸宰君婦」，也要「廢徹不遲」了。

他並且舉例〈采蘋〉「祭牲用魚，芼用蘋藻。」認為這讓人聯想
起魯隱公「觀魚與棠」的故事，所以，引據陶思炎《中國魚文化》和
趙國華《生殖崇拜文化論》的說法，認為魚代表女陰。所以觀魚和觀
社的意義一樣。這一個看法就可以解釋為何《春秋繁露》說觀魚、觀
社都是「諱惡」。因為魚代表生殖，所以它亦是豐年的象徵，〈無羊〉
說：「牧人乃夢，眾維魚矣。……大人占之，……實為豐年」可作證
明。

至於，儀式進行時會表演舞蹈以輔助進行，如〈簡兮〉「碩人俣
俣，公庭萬舞」、〈澤陂〉「有美一人，碩大且卷／儼」、〈車舝〉「辰彼
碩女」都是指女性而言，可見舉行增殖儀式時，女性當然也會參加。
〈碩人〉把車子停在田裡，表演萬舞一類的舞蹈等。

至於〈七月〉「三之日于耜，四之日舉趾，同我婦子，饁彼南
畝，田畯至喜。」他認為婦子是指參與儀式的女，以耒耜耕田，和在
田野飲食，都是性愛的隱語。所謂的田畯，不是田官，而是參與儀式
的巫師。而他懷疑田畯的「畯」和田祖的「祖」都是指男性器官，祖
和社指男根，前人已有討論。而畯所從的俊，也是朘的字根，故意義
可通。朘解作男陰，所以畯就是古代的大陰人。

而田祭的儀式，如〈甫田〉「倬彼甫田，歲取十千，我取其陳，
食我農人，自古有年。」為例，可見眾人等前往農田裡，舉行儀式。
「今適南畝……以社以方」目的在於迎接田祖，祈求雨水充足，使五
穀豐收登，人口平安。而舉行儀式時，便「琴瑟擊鼓，以御田祖，以
祈甘雨」。在《詩經》中，琴瑟是夫婦、性愛的隱語（如〈關雎〉的
「琴瑟友之」）、〈女曰雞鳴〉的「琴瑟在御，莫不靜好」、〈常棣〉的
「妻子好合，如鼓琴瑟」，都是明證。所以在祈年儀式中，包括有性

活動是完全可以理解的。

儀式完成後，如〈有狐〉之《毛傳》云：「古者，國有凶荒，則殺禮而多昏，會男女之無夫家者，所以育民也。」會祈求著「曾孫之廋，如坻如京，乃求千斯箱，乃求萬斯箱，……萬壽無疆。」

此外，在春天開始播種的時候，人們也會舉行一些增殖儀式。如〈大田〉「大田多稼，既種既戒，既備乃事，以我覃耜，俶載南畝，播厥百穀，既庭且碩，曾孫是苦。」這裡描述的藉田之禮，令人聯想到〈周頌·載芟〉「有嗿其饁，思媚其婦，有依其士，有略其耜，俶載南畝，播厥百穀，實函斯活。」和〈良耜〉「畟畟良耜，俶載南畝，播厥百穀，實函斯活」。

「俶載」三句都見於〈周頌〉兩篇其次，「耜」除了是農具之外，還有象徵作用。伊利亞地指出在初民社會女性被視作土壤，種子為男精，耕作為交媾；在中美洲、秘魯、爪哇及西非洲都有在田野交合以助長農作物的習俗。

再者，是女性可以參與儀式，如〈七月〉、〈甫田〉和〈大田〉都有「同我／以其婦子·饁彼南畝，田畯至喜」三句，這裡的婦子他認為是指姜嫄的故事。〈良耜〉「婦子寧止」是指儀式的完成。因此，全詩結之以「以似以續，續古之人」，並可參照〈斯干〉之「似續妣祖」。他並且認為〈采蘋〉中「誰其尸之，有齊季女」兩句就是指以少女為尸。又如〈載芟〉的「思媚其婦」和〈大雅·思齊〉「思媚周姜」一樣，都是稱讚尸女的嫵媚。

而「有依其士」的「依」和〈閟宮〉的「上帝是依」同作交合解。這樣，「思媚周姜，京室之婦」兩句是說：姜婦和祭師進行了交合儀式。而他認為這種儀式較詳細描寫的是：〈草蟲〉「陟陟南岡，乃覯於京」、〈大雅·公劉〉「于京新依……既登乃旅……」。「京」在《詩經》中多解作「高丘」，如〈甫田〉「如坻如京」就解作高丘，也就是說，古人舉行增殖儀式多在山丘上舉行。〈陳風·宛丘〉就是很

好的證明。〈鄘風・定之方中〉「楚望與堂，景山與京」，京亦指山丘，也被視為舉行儀式的適當地點。

而明白了「依」和「京」的意義之後，就可以看出〈皇矣〉「依其在京」在高丘上舉行性儀式。另一方面，增殖儀式也會在戰勝後舉行。如〈采蘩〉講的是公宮用事（指祭祀），有充足理由相信南仲凱旋時也舉行社祭。他主張儀式中的迷狂舉行儀式的地方，包括宗廟、小丘、農田、水牢等地方。主持儀式的是當地的長官或他的代表祭師。舉行時，先行飲酒，大概要至於迷狂。也就是飲酒至醉，但又不失禮的描述。誠如伊利阿地認為巫術的基本條件是迷狂和飛的想像，舉行儀式那天，一切的社會規範都暫時停止運作，因此大家都盡量狂歡，達到迷狂的狀態，所以要飲酒至醉。他說如果不從這角度來解釋〈湛露〉，我們很難明白為甚麼有令德／令儀的君子，要在宗廟裡「厭厭夜飲，不醉無歸」呢。我懷疑那些祭師亦因為常表現迷狂的姿態（亦表示神靈附體），所以也叫狂夫。這些狂夫很可能是《詩經》中那個狂夫。〈東方未明〉「東方未明，顛倒衣裳，顛之倒之自公召之。……折柳樊圃，狂夫瞿瞿，不能辰夜，不夙則莫。」雖然沒有指出狂夫是甚麼樣的人，但從「自公召之」一句的「公」可知他和宗廟有關。寫詩的人對狂夫作出嘲弄，說他到別人家裡鬼混，但因宗廟有事，所以衣衫不整地跑開。在黑夜中，即使他睜大眼睛，也不免碰折楊圃的樊籬和花草。我還推想〈鄭風〉中的「狂且」、「狂童」、「狡童」可能就是在儀式中的年輕助手。如同〈山有扶蘇〉「不見子都，乃見狂且／狡童」〈褰裳〉「子不我思，豈無他人；狂童之狂也且」。

而他認為狂夫、狂童之所以受女性親暱的原因，大概是他們和宗教儀式有關。故一般百姓對他們作超乎常人般看待。另一方面，由於儀式又和性有關，故亦易成女性追逐的對象。再者，他們大概來自外地，故亦容易成就露水姻緣。

最後，他指出由於儀式不是常常舉行，所以祭師可以從外地請過

來。在《詩經》中，最明顯的是〈有客〉。「有客有客，亦白其馬。……有客宿宿，有客信信。言授之縶，以縶其馬。薄言追之，左右綏之。既有淫威，降福孔夷。」因為「客」從遠方來，所以「有客戾止」(〈振鷺〉、〈有瞽〉)，而主禮人亦須歡迎他們(「以御賓客」〈吉日〉)。他們騎的可能是白馬，所以〈白駒〉第二章說：「皎皎白駒，食我場藿。縶之維之，以永今夕。所謂伊人，於焉嘉客」從這一點引申，可以瞭解〈簡兮〉中的「西方美人」就是指參與儀式的祭師。她表演「萬舞」(「萬舞」又見〈閟宮〉和〈那〉)，得到主禮人的獎勵。而值得注意的是「秉翟」和〈宛丘〉的「值其鷺羽」同樣指祭師把自己裝飾成飛鳥，象徵著和神靈溝通[28]。

　　陳氏對於《詩經》增殖儀式的闡述，參照了民俗學與人類學的論點，以東西比較方式賦予新義，有其創新積極意義，但以「增殖儀式」貫串、組織詩句，直斷詩篇指涉意涵作片段的民俗事象研究，難免有罔顧語境及窄化名物制度的涵攝意義之嫌。

六　陳致：從禮儀化到世俗化的《詩經》

　　傳統《詩經》分類解釋，是把詩篇的政治主題作為分類的標準。但仍有部分詩篇的主旨與其分類不符合，有鑑於此，陳致《詩書禮樂中的傳統》一書，嘗試採用多學科研究方法，結合音樂考古學與傳統的古文字學、訓詁學和文獻學，進行《詩經》的分類[29]。

(一)〈儀式・迷狂・詩人──《詩經》的增殖儀式再探〉

　　從音樂考古學的研究視野考察先秦音樂和樂器，得知《詩經》各

---

28 陳炳良：〈儀式・迷狂・詩人──《詩經》的增殖儀式再探〉(《嶺南學報》新第1期，1990年10月)，頁31-41。

29 陳致：《詩書禮樂中的傳統》(上海市：上海人民出版社，2012年)，頁5、9。

個部類的名稱，很有可能代表著不同文化起源的樂式。這些名稱也有可能是原本用於指稱各類樂器的文化遺物。也就是說，在安陽文化之前，「南」可能指流行於中國南方長江流域的鎛和鐃；「風」指管樂器，周代時也用來通稱那些不限於禮儀場合的樂器，即大多數弦樂器；管樂器和某些輕型打擊樂器；「雅」指甬鐘（頂部有柄的槌擊樂鐘），西周時期流行於周人統治的中心地區；「頌」或「庸」描繪的是一種限於商代貴族使用的早期槌擊樂鐘。《詩經》的編纂者在編排其中的詩歌時，似乎根據各篇詩歌的伴奏樂器，對不同樂式的詩歌作了分類。此外，古文字學研究表明，這些命名也考慮過地域（更確切地說是族群）的因素。換言之，「風」、「雅」、「頌」、「南」包含著與不同民族或部落群體的文化聯繫。

他提出一個假設，即作為標準的音樂和文學作品傳給後代的《詩經》，最初是經歷了一個從禮儀化到世俗化、從標準化到地方化的過程，才得以將不同的文化遺產融為一體。而此書乃依循宋代學者《詩經》研究的「樂式論」，並加以擴充。現存《毛詩》文本所見《詩經》各個部類的劃分和命名，源自各個種族、地域所代表的不同文化。而且，這些文化差異有一個長時期的變化，始自周朝建國之前（或晚商），其時雅樂文化從商人和周人的文化或政治角逐中產生，後經由周朝貴族標準化，直到春秋中、晚期雅樂文化廣泛流布於中原各屬國，從王宮、朝廷、宗廟降而及於眾的公、侯、伯、子、男國，從而進一步地方化和世俗化[30]。

(二) 論「〈庸、頌、訟（誦）：商代祭祀的樂器、樂調和禮辭」

此先提出對阮元以隨詩樂表演的「舞容」釋「頌」說法，進行檢

---

30 陳致：《詩書禮樂中的傳統》，頁15-17。

視。由於甲骨文並沒有「頌」字，所以他從出現在青銅器銘刻資料一一四次的字形和使用情況，從語源學上加以考察。而因為甲骨文沒有「頌」字，所以認定它可能是一個後起的字。至於今存西周銅器中保存有大量的「頌」字，其中最早的一個刻寫在一件瘋鐘上，其時代可以確定為西周中期。因此，斷定「頌」很有可能是在西周早期造出來的字。並且從商金文與西周金文比對來看，發現西周早期形聲字大量增加，從「頁」旁的字在西周金文中大量出現。而對於「頌」字出現以前，是否存在頌的樂舞或詩歌體裁，抱著存疑的態度。

　　至於鄭玄在《周禮》著述的各種箋注中，不止一次提到「頌」就是「庸」。他把「頌」當成是擺放樂器的方向或地點的名詞，指出稱為頌的樂器常放在西邊。徵之銅器銘文以及上古語音關係，鄭玄「頌」即「庸」字之說又確有根據。而庸與樂鼓頻頻出現的事實，讓人想到一種可能，即「庸」在商、周時代原本是一種用槌敲擊的銅鐘，即如《詩經‧商頌‧那》：「庸鼓有斁，萬舞有奕。我有嘉客，亦不夷懌」。從「庸」字在甲骨文中體現出來的字義來看，它可能指某種樂曲或樂器，或兩者皆是。其並采用李純一之說，稱商代河南地區流行的第一種類型的鐘為「庸」，而長江中下游的第二種類型的大鐘為「句鑃」。

　　另外，他發現《甲骨文合集》、《小屯南地甲骨》和《英國所藏甲骨集》有大量的甲骨資料，說明「庸」與其他樂器一起被商王用來祭祀他們的祖先。祭祀中使用「庸」這種樂器，在甲骨文中常稱為「庸奏」。而且甲骨文資料也顯示，庸的演奏不是只有這一種樂器，而往往和別的樂器像壴、熹、豐等鼓類樂器共同使用。甲骨文中「庸」不只是樂器，也是指有「庸」伴奏的樂歌樂舞形式。「庸」與「舞」、「美」等舞蹈名稱同時出現，以及與舞者「萬」有關係，也進一步證實了筆者的推測，即「庸」是祖先祭祀和其他宗教活動中表演的一組樂舞。

因此，「庸」或為「頌」的前身，「頌」是周代的辭匯，周人用以冠之於一種源自殷人的祀祖的禮樂。從甲骨文例來看，「庸」這字，既可用來指稱商人禮樂中所用之樂器，亦可用來指稱某種祭祀使用的音樂舞蹈體式。「頌」也同樣如此，周代文獻中，頌既是一種樂器，也是一種音樂體式，同時也是一種祭祀中的禮辭。作為樂器，有所謂「頌磬」、「頌琴」之稱……作為音樂舞蹈體式，「頌」是「美盛德之形容」，又有「舞容」之義，又有所謂「闕頌」。《周禮》所謂：「頌之言誦也，容也，誦今之德廣以美之。」是以頌是有器、有樂、有辭、可歌、可誦、可舞的一種祭祀中所用的音樂及禮辭。

最後，他指出仔細研讀詩經的人會發現，在周頌部分，詩篇的內容變化多樣，從稱頌祖先的贊美詩，到稱贊軍事成就的頌歌，甚至宴享詩和關於世俗君王其他活動的詩歌。用歷史的眼光來看，就會發現傳統注疏一直定為周文王和武王時代的〈清廟〉、〈維天之命〉、〈維清〉、〈天作〉、〈我將〉、〈思文〉、〈雝〉，是對周民族早期君王和創業先輩的贊頌，一些大約屬於武王時期的作品，如〈時邁〉、〈執競〉、〈載見〉、〈武〉、〈酌〉、〈桓〉、〈賚〉、〈般〉，贊揚的是周人軍事征服的成就。其他大多數屬於成王、康王和以後君王的作品，則是一些描述宴享、舞蹈、田獵的詩歌，當然也有一些與周王室在朝廷和宗廟舉行的祭祀相關的詩篇。所以，在模仿商代的祭祀音樂「庸」的同時，周人的「頌」也經歷了一場從宗教到功利的重大轉變，並因此導致了早期詩歌在功能上從神靈世界到世俗社會的轉型[31]。

（三）論「雅樂的標準化」

論「雅樂的標準化」的部分，陳氏指出書上所描述的雅樂和音樂制度，很可能與始於周公或其他同時代者之制禮作樂的真正情況不符合，而就三禮的作者而言，書上的敘述也是推測和充滿創造性的構

---

31 陳致：《詩書禮樂中的傳統》，頁37、53-54、61-65、98-99。

想。他從音樂考古資料與現有文獻資料相印證，認為商周音樂文化的分布，特別是西周時期，呈現比較地方性和民族性的差異。他並指出所謂的雅樂就是「夏」樂，是先周時期周民族繼夏文化逐漸發展形成的一樂舞漿歌形式。雅樂從先周到春秋戰國之交經歷了三次比較重大的歷史性變化。第一是武王滅商以後，第二次是平王東遷，第三是春秋中晚期。

從周人對夏人的強調與認同，以及「夏」與「雅」字源上的假借關係，可以確知雅在春秋的文獻中，多指宗周文化方面的事物，而夏則與地方的服飾風格相關。再者，銘文的「夏」字雙手執羽，單足立地而舞的舞容，可知夏樂是最初的雅樂。而據他對雅樂制度及其制度化的分析後，得出了以下結論：第一，雅樂主體應繼夏、周的音樂傳統，並吸收了大量商代的音樂元素，雅樂一般以金奏「九夏」開始，繼之而起則為歌者登堂歌頌先祖，即所謂「升歌」，至於「大舞」則是雅樂演奏的最主要部分。值得注意的是，周代禮樂的六大舞，有五種乃周人采自周以前的五代古樂的組合，另一種稱為「大武」的是周人創用以紀念征服商人的事跡。最常用者是周人稱夏代遺留的〈大夏〉和盛行到晚周的〈大武〉。由此可判定雅樂是兩個相對獨立的文化－商、周以軍事征服的方式全面接觸下所產生的樂作，是兩個不同族群經過文化交流與融合後的產物[32]。

（四）論「古文字中的南及《詩經》中的二南」

陳氏認為風、雅、頌、南之稱，本為樂器與地域名。具體而言，雅、頌、南本是具有地方色彩的不同樂鐘，而「風」則本為普通樂器總稱。其並依據唐蘭及郭沫若的研究成果，出一個字源上的假說，認為：

---

32 陳致：《詩書禮樂中的傳統》，頁192-193。

「南」本應含「初生之竹」之義，象早期一種竹木制筒形器
物，並由此進一步闡釋它在刻畫文字資料以及文獻資料中，中
心義與邊際義之關係，指出其後用來指稱南方的鐘鎛類樂器，
進而代表南方某種特定的音樂體式……《詩經》中「南」、
「風」、「雅」、「頌」之名，大抵皆與樂或樂器有關。「風」最
初為普通管弦樂器的代稱，又進而成為各地具有民間色彩的代
稱；「頌」則源自商代流行的樂鐘，也就是前人所稱的「鐃」，
李純一所說的「庸」（或鏞），商代貴族或宗室用於祭祀、饗宴
乃至軍旅。而「雅」（即「夏」），源自關中宗周地區的流行周
代貴族竹中的編懸的甬鐘和鈕鐘，及相關的音樂體式。《詩
經》的編排，我相信編者既考慮到了樂體之殊，同時也考慮到
了地域之不同[33]。

（五）論「雅的地方化：商代雅樂的復興」

論「雅的地方化：商代雅樂的復興」部分，主要在說明周朝在壓
制商遺民的同時，商周的音樂文化得以互相接觸。雖然音樂文化在中
原地區的發展受到阻礙，但並沒有影響到民間的音樂活動。透過樂
正、瞽、矇及瞍等樂官的采集，再重新編寫以獻天子。文中並討論
「風」字古義及其在《詩經·國風》中的涵義。指出「風」字的字源
可追溯到甲骨文和銅器銘文，商代銘文中，大部分的「風」字均指自
然之風。而《淮南子·主述訓》對音樂起源的說明，可知律乃源於
風，風乃管樂器所發出的聲音。他指出：

> 「風」字的本義，乃由多層意義所組成，而這些意義又與中國
> 早期各種不同層次的想法有關：（1）風即所謂「自然之風」；

---

33 陳致：《詩書禮樂中的傳統》，頁197-198。

（2）風指那些由管樂器發出的聲音；（3）風指人們唱樂詩時所發出的吟誦之聲；（4）風指源於四方的各種不同的音樂風格；（5）風指各社群的風俗與道德情況，創造了各種具有地方風格的音樂；（6）風指通過音樂引起的道德轉化。而周代觀念中的「風」，就在自然與社會、聲音與音樂、地區性與正統性、個人表達與道德轉化之間，扮演著一個對應共鳴的角色[34]。

綜言之，陳致認為作為標準的音樂和文學作品傳給後代的《詩》，最初因經歷了一個從禮儀化到世俗化和從標準化到地方化的過程，而得以將不同的文化遺產融為一體，立論持之有據，見解新穎。朱淵清在其書評中表示此書能從音樂考古學的新穎視角，揭示出《詩》形成過程的深厚寬廣的背景，是前輩學人單從字面概念梳理齊整所完全無法比擬的。尤其是以音樂考古學充分結合古文字學，從文字溯源開掘出平面文本背後的歷史過程的努力都相當成功。但對於本書相對雅、頌、南的研究，似乎較少著力於風的研究。而他根據「伶倫」故事中的「八風之音」和《淮南子·主術訓》「樂生於音，音生於律，律生於風，此聲之宗也」來論證「律」乃源於「風」，「風」是管樂器中發出的聲音，論證似較勉強。綜觀是書對風、南、雅、頌的概念理解，認為基本還是立足於學術史的通行認知。筆者淺見以為，作者在音樂史、考古物質證據，以及文化歷史比較研究上的貢獻要高於語源上的新發明。基本上，作者是在學術史的已有成果上，極大程度地開拓、展開對《詩》形成的音樂、考古物質文化、民族文化交流、宗教儀式世俗化過程的文化背景的解釋，而並非是完全立基於語源新發明之上的文化解釋[35]。

---

34 陳致：《詩書禮樂中的傳統》，頁279。
35 詳見《中國文哲研究集刊》第31期，頁309-313，2007年9月。

　　大抵上，陳氏對於《詩經》名物制度的研究，繼王國維以後如郭沫若、于省吾、陳夢家等援古文字及文化人類學探討經史的路數相近。在語源的探究及說明，以及立論《詩經》之從禮儀化到世俗化的論證，或未能就各詩篇章全面性檢覈，而以「南」為可能流行於中國南方長江流域的鎛和鐘等樂器，基本上論據可提供我們研究的新視野。

　　此外，陳致另有〈殷人鳥崇拜研究〉一文，探討圖騰理論及玄鳥生商的神話，其對照先秦歷史文獻和新的考古發現，得出以前未能充分考慮的可能性，那就是將「燕」確認為殷商部落的象徵標誌，是緣於錯誤地將「燕」字混同於一個稱為「匽」的國名。「匽」或「鷗」也稱為玄鳥，曾是鳳凰、神鳥或鳥之神性的通稱。在殷商晚期，殷人與各種各樣的食肉猛禽都有著聯繫。換句話說，殷人的圖騰崇拜可能只是對鷙鳥類的崇拜而不是對某一種鳥的崇拜。

　　此據先秦文獻資料及刻在獸骨、龜甲、青銅器上的刻辭的重新闡釋，以及阜陽漢代竹簡的「燕」寫作「匽」等，而「偃」字與地名「郾」、鳥名「鷗」以及「燕」也有很密切的聯繫。認為《詩・邶風・燕燕》常被學者徵引來談殷商的燕圖騰問題，事實上，殷商所崇拜的是鳥的神秘性和神性，在現實中是對鷙鳥和猛禽的畏懼和認同[36]。

　　臺灣學者季旭昇結合古文字知識新證《詩經》鐘、兜觥、簟笰等[37]，以及在〈詩經研究也應該走出疑古時代〉一文中，曾就「蔽芾」釋為茂盛，跟〈甘棠〉詩著成時代的早晚有什麼關係，提出名物研究的價值，是該還原史實，還是以推求瞭解詩義為主的說法[38]，都值得思考。

　　呂華亮綜觀五四以來的名物研究，指出雖在方法論上有大的突破，研究角度得以拓展，但卻有四方面的不足：第一，運用人類學研

---

36 陳致：《詩書禮樂中的傳統》，頁138-158。

37 季旭昇：《詩經古義新證》（臺北市：文史哲出版社），1995年。

38 季旭昇：《詩經研究叢刊》第三輯（北京市：學苑出版社，2002），頁267-277。

究《詩經》名物時，有極端化的傾向；第二，名物研究限於個體式單篇文，缺乏對名物做宏觀的把握、綜合的研究；第三，內容多集中在名物的考辨、名物的文化探源方面，而對於名物與《詩經》藝術成就的關係的研究，至少還是一片空白；第四，和《詩經》其他方面研究諸如文化研究、藝術研究、題旨探討、性質探討等的規模相比，以名物為中心的研究相對薄弱[39]。

　　《詩經》名物研究中的物質文化之接受過程，其實是一個不斷建立、改變、修正、再建立期待視野的過程。它同時包括了《詩經》文本與讀者相互關係的歷時性，且同一時期參與的共時性，而構成了《詩經》名物研究中物質文化被接受的歷史性。故此，研究《詩經》名物的物質文化，以及個體生命與名物之間「體物入微」的深層內涵，掌握《詩經》名物研究的共時性與歷時性的價值觀，既是生髮《詩經》名物研究綿延不絕的課題，也是多元視域及跨學科的《詩經》研究是必然的趨勢。

七　結論

　　接受美學大師姚斯曾說作品並不是紀念碑，它更像一部管弦樂譜，在演奏中不斷獲得讀者新的反應，讓文本從詞的物質型態中解放出來，成為一種當代的存在。在姚斯看來，任何一個讀者，在他閱讀任何一部具體的文學作品之前，都已處在一種先在理解或先在知識的狀態（前理解），並形成所謂的「期待視野」。換言之，我們對《詩經》名物研究中的物質文化之接受過程，是一個也就成了一個不斷建立、改變、修正、再建立期待視野的過程。它同時包括了《詩經》文

---

39 呂華亮：《詩經名物的文學價值研究》（合肥市：安徽大學出版社，2010年），頁11-12。

本與讀者相互關係的歷時性，且同一時期參與的共時性，而構成了《詩經》名物研究中物質文化被接受的歷史性。故此，研究《詩經》名物的物質文化，以及個體生命與名物之間「體物入微」的深層內涵，掌握《詩經》名物研究的共時性與歷時性的價值觀，既是生發《詩經》名物研究綿延不絕的課題，也是多元視域及跨學科的《詩經》研究是必然的趨勢。

就《詩經》名物研究的面向而言，香港《詩經》名物研究主要多關注於《詩經》名物的制度文化探索，如以民俗學論《詩經》名物之增殖文化的陳炳良，借用民族音樂學理論，闡述《詩經》分類的陳致，以及傳統經注互證方式以論列《詩經》婚期正時的盧鳴東等，而在博物稽古方面，僅有香港大學吳長和《詩經服飾資料通詮》與《詩經飲食資料通詮》等學位論文研究，相較於臺灣及中國地區多數探討人工器物與自然名物的意象，以及名物與比興的研究，顯然較少，但在接受葛蘭言、聞一多婚戀詩的民俗闡釋與慣用套語，以及王國維、郭沫若等結合古文字與文化人類學，進行語源的研究，卻有一定的成績。

《詩經》名物研究較之他經更為複雜的原因，主要在於推求異名別稱、名實關係、名物流變及文化內涵衍生下的詞義之外，還要與《詩經》「比興」聯結，如此一來，《詩經》名物，具有很大的想像與發揮空間。恩斯特・卡西勒曾說：「人不全然生活在一個鐵板事實的世界，而是生活在想像的激情之中，生活在希望和恐懼、幻覺與醒悟、空想與夢境之中。」生活中使人攪亂和驚駭的，常常不是物，而是人對物的意見和幻想。面對《詩經》的名物研究，在吸收與借鑒西方的新觀念、新方法論的同時，應謹守及把握與《詩經》的實際相結合，不可生搬硬套，把所有詞語都迂曲說成具有象徵意義的穿鑿謬誤，達致會通物理，貫通《詩》義。

引用文獻

一　專書

于省吾：《甲骨文釋林》（北京市：中華書局，1979年）。

于省吾：《雙劍誃吉金文選》（北京市：中華書局，1998年）。

于省吾：《甲骨文字詁林》第二冊（北京市：中華書局，1999年）。

于省吾：《澤螺居詩經新證》（北京市：中華書局，2003年）。

于省吾：《雙劍誃尚書新證；雙劍誃詩經新證；雙劍誃易經新證》（北京市：中華書局，2009年）。

于省吾：《雙誃劍諸子新證》（北京市：中華書局，2009年）。

王繼權、童煒鋼編，《郭沫若年譜》（江蘇人民出版社，1983）。

王國維：《觀堂集林‧補遺》（臺北市：大通書局，1976年）。

王國維：《王國維學術經典集》上冊（南昌市：江西人民出版社，1997年）。

王國維：《王國維論學集》（北京市：中國社會科學出版社，1997年）。

王國維著，彭林整理：《觀堂集林》外二種（石家莊市：河北教育出版社，2001年）。

王訓昭、邵華：《中國文學史資料全編‧現代卷‧郭沫若研究資料》（北京市：知識產權出版社，2009年）。

朱光潛：《朱光潛全集》第三卷（合肥市：安徽教育出版社，1987年）。

朱　熹：《詩集傳》（北京市：中華書局，1958年）。

江淑惠：《郭沫若之金石文字學研究》（臺北市：華正書局，1992）。

米歇‧傅柯：《知識考掘學》（臺北市：麥田出版社，1993年）。

米海里司：《美術考古一世紀》（上海市：上海書店出版社，1998年）。

李　山：《詩經的文化精神》（北京市：東方出版社，1997年）。

李圃等編：《古文字詁林》第一冊（上海市：上海教育出版社，1999
　　　　年）。

李圃主編：《古文字詁林》第七冊（上海市：上海教育出版社，2002
　　　　年）。

李大釗：《李大釗文集》第十四卷（遼寧電子圖書有限責任公司，2003
　　　　年）。

李炳海：《部族文化與先秦文學》（北京市；高等教育出版社，1995
　　　　年）。

呂華亮：《詩經名物的文學價值研究》（合肥市：安徽大學出版社，
　　　　2010年）。

金公亮：《詩經學ABC》（上海市：世界書局，1929年）。

金毓黻主編：《遼海叢書》第八十九冊（瀋陽市：遼沈書社，1985年）。

兒島獻吉郎：《中國文學通論》（上海商務印書館，1935年）。

林義光：《詩經通解》（上海市：中西書局，2012年）。

林義光：《文源》（上海市：中西書局，2012年）。

季旭昇：《詩經古義新證》（臺北市：文史哲出版社，1995年）。

胡樸安：《詩經學》（臺北市：臺灣商務印書館，1988年）。

洪湛侯：《詩經學史》（北京市：中華書局，2002年）。

洪國樑：《王國維之詩書學》（臺北市：國立臺灣大學出版委員會，
　　　　1984年）。

洪國樑：《王國維之經史學》（臺北縣：花木蘭文化出版社，2010年）。

姚淦銘：《王國維文獻學研究》（南京市：江蘇古籍出版社，2001年）。

俞　樾：《春在堂全書》（光緒25年重訂本，環球書局）。

徐中舒：《徐中舒歷史論文選集·上》（北京市：中華書局，1998年）。

徐　英：《三百篇纂要》（上海市：中華書局，1936年）。

馬瑞辰撰，陳金生點校：《毛詩傳箋通釋》（北京市：中華書局，1989
　　　年）。

高本漢：《高本漢詩經注釋》（臺北市：國立編譯館，1979年）。

唐　蘭：《唐蘭先生金文論集》（北京市：紫禁城出版社，1995年）。

夏傳才：《二十世紀詩經學》（北京市：學苑出版社，2005年）。

夏傳才：《詩經研究史概要》（臺北市：萬卷樓圖書公司，1993年）。

孫黨伯，袁謇正主編：《聞一多全集》（武漢市：湖北人民出版社，
　　　1993年）。

孫　機：《中國古輿服論叢》（北京市：文物出版社，2001年）。

孫慶偉：《周代用玉制度研究》（上海市：上海古籍出版社，2008年）。

橋川時雄：《中國文化界人物總鑑》（北京市：中華法令編印館，1940
　　　年）。

曹聚仁編：《卷耳討論集》（上海市：梁溪圖書館，1925）。

郭沫若：《郭沫若全集》文學編第一卷（北京市：人民文學出版社，
　　　1982年）。

郭沫若：《郭沫若全集》文學編第五卷（北京市：人民文學出版社，
　　　1984年）。

郭沫若：《郭沫若全集》文學編第十一卷（北京市：人民文學出版社，
　　　1992年）。

郭沫若：《郭沫若全集》文學編第十二卷（北京市：人民文學出版社，
　　　1992年）。

郭沫若：《郭沫若全集》文學編第十三卷，北京市：人民文學出版社，
　　　1992年）。

郭沫若：《郭沫若全集》文學編第十五卷（北京市：人民文學出版社，
　　　1990年）。

郭沫若：《郭沫若全集》文學編第十六卷（北京市：人民文學出版社，
　　　1989年）。

郭沫若：《郭沫若全集》文學編第十七卷（北京市：人民文學出版社，1989年）。

郭沫若：《郭沫若全集》文學編第十九卷（北京市：人民文學出版社，1992年）。

郭沫若：《郭沫若全集》考古編第一卷（北京市：科學出版社，1982年）。

郭沫若：《郭沫若全集》考古編第四卷（北京市：科學出版社，2002年）。

郭沫若：《郭沫若全集》考古編第五卷（北京市：人民出版社，1954年）。

郭沫若：《郭沫若全集》考古編第六卷（北京市：科學出版社，2002年）。

郭沫若：《郭沫若全集》考古編第七卷（北京市：科學出版社，2002年）。

郭沫若：《郭沫若全集》考古編第十卷（北京市：科學出版社，1992年）。

郭沫若：《郭沫若全集》歷史編第一卷（北京市：人民出版社，1982年）

郭沫若：《郭沫若全集》歷史編第二卷（北京市：人民出版社，1982年）

郭沫若：《郭沫若全集》歷史編第三卷（北京市：人民出版社，1984年）

郭沫若：《今昔集》（重慶東方書社，1943年）。

郭沫若：《郭沫若書信集‧上》（北京市：中國社會科學出版社，1992年）。

梅‧弗里德曼：《意識流：文學手法研究》（上海市：華東師範大學出版社，1992年）。

張松如：《商頌研究》（天津市：南開大學出版社，1995年）。

張壽林：《三百篇研究》（天津百成書店，1935年）。

陳桐生：《史記與詩經》（北京市：人民文學出版社，2000年）。

陳文采：《清末民初詩經學史論》（新北市：花木蘭文化出版社，2007年）。

陳寅恪：《金明館叢稿二編》（臺北市：里仁書局，1981年）。

陳　致：《詩書禮樂中的傳統》（上海市：上海人民出版社，2012年）。

陳炳良：《神話‧禮儀‧文學》（臺北市：聯經出版公司，1986年）。

陳仕益：《郭沫若考古文論》（成都市：巴蜀書社，2009年）

陳溫菊：《詩經器物考釋》（臺北市：文津出版社，2001年）。

陳夢家：《殷墟卜辭綜述》（北京市：中華書局，1988年）。

陳夢家：〈西周銅器斷代〉（北京市：中華書局，2004年）。

陳漱琴：《詩經情詩今譯》（上海市：女子書店，1935年）。

揚之水：《詩經名物新證》（天津市：天津教育出版社，2007年）。

傅斯年：《傅斯年全集》第二卷《史學方法導論》（長沙市：湖南教育出版社，2000年）。

董作賓：《中國現代學術經典：董作賓卷》（石家庄：河北教育出版社，1996年）。

葉國良：《居愚居文獻論叢》（臺北市：大安出版社，2011年）。

楊樹達：《積微居金文說》（北京市：中國科學院，1952年）。

楊向奎等著：《百年學案》（瀋陽市：遼寧人民出版社，2003年）。

蔣善國：《三百篇演論》（臺北市：臺灣商務印書館，1969年）。

趙沛霖：《詩經研究反思》（天津市：天津教育出版社，1989年）。

趙沛霖：《現代學術文化思潮與詩研究──二十世紀詩經研究史》（北京市：學苑出版社，2006年）。

鄭樵著，日本蘭山先生校：《通志‧昆蟲草木略》（眾芳軒藏板）。

翦伯贊：《歷史哲學教程》（上海市：新知書店，1946年）。

鄭憲仁：《西周銅器銘文賞賜物之研究——器物與身分的詮釋》（新北市：花木蘭文化出版社，2011年）。

謝无量：《詩經研究》（上海市：商務印書館，1924年）。

謝保成：《郭沫若評傳》（南昌市：百花洲文藝出版社，1995年）。

龍宇純先生七秩晉五壽慶論文集編輯委員會：《龍宇純先生七秩晉五壽慶論文集》（臺北市：臺灣學生書局，2002年）。

韓高年：《詩經分類辯體》（上海市：上海古籍出版社，2011年）。

顧頡剛：《古史辨》第三冊（臺北市：藍燈文化公司，1987年）。

顧　潮：《顧頡剛年譜》（北京市：中國社會科學出版社，1993年）。

羅志田編：《二十世紀的中國：學術與社會・史學卷》（濟南市：山東人民出版社，2001年）。

二　學位論文

王　琳：《詩經學注》（南寧市：廣西大學碩士論文，2013年）。

王　影：《郭沫若翻譯理論與實踐研究》（保定市：河北大學碩士論文，2011年）。

王志芳：《詩經中生活習俗研究》（山東大學博士論文，2007年）。

白憲娟：《20世紀二三十年代的《詩經》研究——以胡適、顧頡剛、聞一多《詩經》研究為例》（濟南市：山東大學碩士學位論文，2006年）。

包詩林：《于省吾新證訓詁研究》（合肥市：安徽大學博士論文，2007年）。

江雅茹：《詩經飲食品類研究》（花蓮市：東華大學中國語文學系碩士論文，2009年）。

朱金發：《聞一多的詩經研究》（開封市：河南大學碩士論文，2001年）。

李　岩：《周代服飾制度研究》（長春市：吉林大學博士論文，2010年）。

岑溢成：《訓詁學與清儒訓詁方法》（香港：新亞書院博士論文，1984年）。

吳紅松：《西周金文賞賜物品及其相關問題研究》（合肥市：安徽大學博士論文，2006年）。

吳倫柏：《詩經農事詩與周代農耕社會》（暨南大學碩士論文，2008年）。

吳長和：《詩經飲食資料通詮》、《詩經服飾資料通詮》（香港：香港大學碩士論文，1991年）。

吳曉峰：《詩經二南篇所載禮俗研究》（長春市：吉林大學博士論文，2005年）。

尚新磊：《前期創造社作家精神心理研究（南京市：南京師範大學碩士論文，2011年）。

林素清：《西周冊命金文研究》（嘉義市：中正大學中國文學研究所博士論文，2011年）。

金信周：《兩周祝嘏銘文研究》（臺北市：國立臺灣師範大學國文研究所碩士論文，2002年）。

邱敏文：《郭沫若甲骨學研究》（臺北市：中國文化大學碩士論文，2003年）。

侯美珍：《聞一多詩經學研究》（臺北市：政治大學中文研究所碩士論文，1995年）。

時世平：《出土文獻與詩經詞義訓詁研究》（濟南市：山東師範大範碩士論文，2009年）。

宮下正興：《以日本大正時代為背景的郭沫若文學論考》（濟南市：山東大學博士論文，2006年）。

徐　芳：《郭沫若與聞一多新詩理論比較》（濟南市：山東師範大學碩士論文，2010年）。

倪海波：《詩經女性服飾研究》（上海市：東華大學碩士論文，2009
　　　年）。

符　丹《郭沫若古文字整理方法研究》（成都市：西南交通大學碩士論
　　　文，2010年）。

許瑞誠：《聞一多詩經詮釋研究》（臺南市：國立成功大學中國文學碩
　　　士論文，2007年）。

陸景琳：《詩經服飾研究》（臺北市：臺灣師範大學國文研究所碩士論
　　　文，2000年）。

曹建國：《出土文獻與先秦詩學研究》（上海市：復旦大學博士論文，
　　　2004年）。

張　嘎：《詩經服飾考論》（西安市：西北大學碩士論文，2007年）。

張春霞：《詩經農事詩研究》（首都師範大學碩士論文，2001年）。

張晴晴：《聞一多的詩經研究》（青島市：中國海洋大學碩士論文，
　　　2010年）。

陳　欣：《論聞一多的文化闡釋批評》（武漢市：華中師範大學博士論
　　　文，2009年）。

董恩強：《新考據學派：學術與思想1919-1949》（武漢市：華中師範
　　　大學博士論文，2006年）。

葉玉英：《文源的文字學理論研究》（福州市：福建師範大學碩士論
　　　文，2003年）。

喬麗敏：《文質彬彬——詩經服飾描寫的審美理想》（長春市：東北師
　　　範大學碩士論文，2007年）。

楊　樂：《蔣善國先生漢字學思想研究》（長春市：東北師範大學碩士
　　　論文，2013年）。

楊天保：《聞一多與古典文獻研究》（桂林市：廣西師範大學碩士論
　　　文，2000年）。

趙秀芹：《聞一多《詩經》研究評議》（吉首市：吉首大學碩士論文，
　　　2012年）。

管恩好：《青銅文化與詩經發生學研究》（濟南市：山東師範大學博士
　　　學位論文，2007年）。

鄭憲仁：《西周銅器銘文賞賜物之研究──器物與身分的詮釋》（臺北
　　　市：國立臺灣師範大學國文學系博士論文，2004年）。

鄭　群：詩經與周代婚姻禮俗研究》（揚州大學博士論文，2007年）。

潘光哲：《郭沫若與中國馬克思主義史學的發展──以中國古代社會研
　　　究為中心的討論》（臺北市：政治大學歷史研究所碩士論文，
　　　1990年）。

潘　雲：《郭沫若詩歌理論初探》（蘇州市：蘇州大學碩士論文，2009
　　　年）。

薛其林：《民國時期研究方法論》（湖南師範大學博士論文，2001年）。

三　期刊論文

小　民：〈十頁〈卷耳集〉的贊詞〉，《時事新報文學》第93期（1923年
　　　10月22日）。

于省吾：〈關於釋臣和鬲一文的幾點意見〉，《考古》第6期（1965年）。

孔德淩：〈關於周代嫁娶時間問題的探索〉，《咸陽師範學院學報》第
　　　21卷第5期（2006年10月）。

王　強：《中國古代名物學初論》，《揚州大學學報・人文社會科學版》
　　　第8卷第6期（2004年1月）。

王學典、陳峰：〈20世紀唯物史觀派史學的學術史意義〉，《東嶽論
　　　叢》第23卷第2期（2002年3月）。

王　霞：〈淺析郭沫若中國古代社會研究〉，《安徽文學》（2008年第8
　　　期）。

伍明春：〈古詩今譯：另一種新詩〉，《重慶郵電學院學報・社會科學
　　　版》第6期（2006年）。

朱　敬：〈從《詩經學》看胡樸安的治學方法〉，《淮北煤炭師範學院學報・哲學社會科學版》第28卷第6期（2007年6月）。

吳　宓：〈研究院發展計畫意見書〉，《清華週刊》第24卷第4期（1925年3月19日）。

何炳松：《教育雜誌》第25卷第5期（1935年5月10日）。

李　娜：〈白話文運動與白話文教科書〉，《語言建設》（2014年3月）。

李　霞：〈《詩經》農事詩研究綜述〉，《湖北成人教育學院學報》第18卷第5期（2012年5月）。

李思樂：〈聞一多先生對詩經校勘訓詁的傑出貢獻〉，《古籍整理研究學刊》第5期（1996年）。

李紹先、賀文佳：〈西周辟雍考論〉，《文史雜誌》第6期（2011年）。

李玉萍：〈論澤螺居詩經新證對詩經故訓的繼承與開展〉，《懷化學院學報》第32卷第6期（2013年6月）。

李春在：〈翻譯主體與新文學的身份想像——郭沫若「風韻譯」及其論爭〉，《北京第二外國語學院學報》第12期（2009年）。

李　欣：〈《詩經》白話譯本的接受意義〉，《吉林師範大學學報・人文社會科學版》（2011年6月）。

李大釗：〈唯物史觀在現代史學上的價值〉，《新青年》第8卷第4期（1920年12月）。

胡　適：〈新思潮的意義〉，《新青年》第7卷第1號（1919年12月）。

周淑媚：〈學衡派與新文化運動者的多重對話〉，《東海中文學報》第17期（2005年7月）。

周朝民：〈王國維與郭沫若史研究上之關係〉，《中國文化月刊》第180期（1994年10月）。

周　武：〈論民國初年文化市場與上海出版業的互動〉，《史林》第6期（2004年）。

金達凱：〈論郭沫若殷周奴隸社會說旳謬誤〉，《東亞季刊》11卷3期（1980年1月）。

季旭昇：〈評聞一多詩經論著中的古文字運用〉，《經學研究論叢》第2輯（1995年2月）。

季旭昇：〈析林義光詩經通解中的古文字運用〉，收錄中央大學中國文學系《第五屆近代中國學術研討會》（1994年）。

季旭昇：〈澤螺居詩經新證〉，收錄國立臺灣大學中國文學系《語文、情性、義理——中國文學的多層面探討國際學術會議論文集》（1996年）。

邱惠芬：〈林義光詩經通解研究〉，《輔仁國文學報》第32期（2011年4月）。

洪　明：〈讀經論爭的百年回眸〉，《教育學報》第8卷第1期（2012年2月）。

符　丹：〈郭沫若金文古史研究的成就與局限〉，《郭沫若學刊》第2期（2009年）。

梁繩煒：〈評郭沫若著〈卷耳集〉，《晨報副刊》（1923年2月27日）。

胡　適：〈我們今日還不配讀經〉，《獨立評論》第146號（1935年4月14日）

胡義成：〈郭沫若與《詩經》〉，《西南師範大學學報‧人文社會科學版》1981年第1期（1981年2月）。

胡義成：〈《詩經》研究中傳統方法的終結——蔣善國先生《三百篇演論》讀後側記〉，《贛南師範學院學報》第3期（1992年）。

施蟄存：〈蘋華室詩見〉，《時事新報文學》第100期（1923年12月10日）。

侯書勇：〈郭沫若金文古史研究的成就與局限〉，《郭沫若學刊》第88期（2009年）。

馬伯樂：〈評郭沫若近著兩種〉，《文學年報》第2期（1936年5月）。

袁曦臨、劉宇，葉繼元：〈近代中國學術譜系的變遷與治學形態的轉型〉，《學術界》總第134期（2009年12月21日）。

唐　瑛：〈隨意點染也譯詩──由郭沫若今譯卷耳集引發的一點思考〉，《郭沫若學刊》2008年第2期（2008年2月）。

高　玉：〈古詩詞今譯作為翻譯的質疑〉，浙江師範大學文學院《社會科學研究》（2009年1期）。

夏傳才：〈試論郭沫若對《詩經》研究的貢獻〉，《文學評論》（1982年6月）。

納秀豔：〈詩經學與詩經學史芻議〉，《西華師範大學學報‧哲學社會科學版》第5期（2013年）。

徐復觀：〈駁郭沫若殷周奴隸社會說〉，《中華雜誌》12卷4期（1974年4月）。

徐明波：〈從傳統金石學走向科學考古學──郭沫若甲骨文、青銅器研究中考古學方法的應用〉，《郭沫若學刊》（2013年1月）。

陳文采：〈談談胡適與郭沫若的《詩經》新解〉，《國文天地》第22卷10期（2007年3月）。

陳公柔、周永珍、張業初：〈于省吾先生在學術方面的貢獻〉，《考古學報》第1期（1985年）。

陳炳良：〈「詩經」研究的省思〉，《嶺南大學中文系系刊》第5期（1998年6月）。

陳炳良：〈儀式‧迷狂‧詩人──《詩經》的增殖儀式再探〉，《嶺南學報》新第1期（1990年10月）。

張　越：〈五四時期史學：走出經學的羈絆〉，《史學理論研究》第3期（2002年）。

黃新光：〈豳風七月的名物訓釋與歷史文化底蘊的發掘〉，《南昌大學學報‧人社版》第33卷第1期（2002年1月）。

葉玉英：〈論林義光對古文字學的貢獻〉，《福建師範大學學報》第2期（2004年）。

童曉薇：〈日本大正時期都市社會對創造社的影響〉，《歷史教學》第475期，（2003年6月）。

梁繩煒：〈評《卷耳集》的尾聲〉,《晨報副刊》（1924年7月27日）。

張　劍：〈七月曆法與北豳先周文化〉,《寧夏師範學報》第22卷第1期
　　　　（2001年1月）。

張玉林：〈七月流火，九月授衣釋疑〉,《承德民族師專學報》第2期
　　　　（1995年）。

傅斯年：〈論學校讀經〉,收錄於《大公報》146號（1935年4月7日）。

楊晉龍：〈台灣近五十年詩經學研究概述1949-1998〉,《漢學研究通
　　　　訊》第20卷3期（2001年8月）。

楊公驥、張松如撰：〈論商頌〉,《文學遺產增刊》第2輯（1956年）。

楊　揚：《商務印書館與二十年代新文學中心的南移》,《上海文化》
　　　　第1期（1995年版）。

楊敏，王慶：〈郭沫若譯詩「真的美」看「風韻譯」的得失〉,《世紀
　　　　橋》第13期（2012年）。

葡慶華：〈郭沫若研究考訂三則〉,《吉林大學學報‧社會科學版》第4
　　　　期（1998年）。

蔣鐘澤：〈我也來談《卷耳集》〉,《時事新報文學》第102期（1923年
　　　　12月24日）。

潘光哲：〈郭沫若治古史的現實意涵〉,《二十一世紀》29期（1995年6
　　　　月）。

劉永祥：〈謝無量經學思想略論〉,《史林》（2011年6月）。

劉立志：〈二十世紀考古發現與《詩經》研究〉,《南京師範大學文學
　　　　院學報》第2期（2004年6月）。

魯　迅：〈十四年的讀經〉,《猛進》第39期（1925年11月27日）。

歐崇敬：〈胡適、顧頡剛、陳寅恪、錢穆、傅斯年、郭沫若、洪業等
　　　　新時代史學家在哲學上的貢獻〉,《當代中國哲學學報》第4
　　　　期（2006年）。

盧鳴東：〈《詩經‧綢繆》「三星」毛鄭異解探究：婚禮「仲春為期」
　　　　的《易》學根據〉,《中國文化研究所學報》42期（2002年）。

錢慧真：〈名物考辨〉，《敦煌學輯刊》第3期（2010年）。

錢慧真：〈試論中國古代名物研究的分野〉，《寧夏大學學報‧人文社
　　　　會科學版》第30卷第6期（2008年）。

戴晉新：〈是其所以是，非其所以非：談幾則有關王國維史學的評論〉，
　　　　《輔仁歷史學報》28期（2012年3月）。

謝中元：〈論古史辨派詩經研究的詩學取向價值與缺失〉，《廣東教育
　　　　學院學報》第27卷第2期（2007年4月）。

魏　　建：〈郭沫若兩極評價的再思考〉，《山東師範大學學報‧人文社
　　　　會科學版》第57卷第6期（2012年）。

經學研究叢書・經學史研究叢刊 0501031

琢磨論詩，永以為好
——民國以來詩經學研究

作　　　者	邱惠芬
責任編輯	官欣安
特約校稿	林秋芬

發 行 人	林慶彰
總 經 理	梁錦興
總 編 輯	張晏瑞
編 輯 所	萬卷樓圖書股份有限公司

臺北市羅斯福路二段 41 號 6 樓之 3
電話 (02)23216565
傳真 (02)23218698

發　　　行　萬卷樓圖書股份有限公司
臺北市羅斯福路二段 41 號 6 樓之 3
電話 (02)23216565
傳真 (02)23218698
電郵 SERVICE@WANJUAN.COM.TW

香港經銷　香港聯合書刊物流有限公司
電話 (852)21502100
傳真 (852)23560735

ISBN 978-986-478-548-3
2022 年 8 月初版
定價：新臺幣 460 元

如何購買本書：
1. 劃撥購書，請透過以下郵政劃撥帳號：
　帳號：15624015
　戶名：萬卷樓圖書股份有限公司
2. 轉帳購書，請透過以下帳戶
　合作金庫銀行　古亭分行
　戶名：萬卷樓圖書股份有限公司
　帳號：0877717092596
3. 網路購書，請透過萬卷樓網站
　網址　WWW.WANJUAN.COM.TW

大量購書，請直接聯繫我們，將有專人為
您服務。客服：(02)23216565 分機 610

如有缺頁、破損或裝訂錯誤，請寄回更換
版權所有・翻印必究
Copyright©2022 by WanJuanLou Books CO., Ltd.
All Rights Reserved　　　　Printed in Taiwan

國家圖書館出版品預行編目資料

琢磨論詩,永以為好 : 民國以來詩經學研
究/邱惠芬 著.-- 初版.-- 臺北市 : 萬卷
樓圖書股份有限公司,2022.08
面 ；　公分.-- (經學研究叢書. 經學史研
究叢刊 ;501031)
ISBN 978-986-478-548-3(平裝)
1.詩經　2.研究考訂　3.文集
831.18　　　　　　　　　　110018949